Knaur.

Thomas Görden

Das Delphinorakel

Thriller

Knaur Taschenbuch Verlag

Besuchen Sie uns im Internet:
www.knaur.de

Originalausgabe Oktober 2004
Copyright © 2004 by Knaur Taschenbuch
Ein Unternehmen der Droemerschen Verlagsanstalt
Th. Knaur Nachf. GmbH & Co. KG, München
Alle Rechte vorbehalten. Das Werk darf – auch teilweise – nur
mit Genehmigung des Verlags wiedergegeben werden.
Umschlaggestaltung: ZERO Werbeagentur, München
Umschlagabbildung: ZEFA/Masterfile
Satz: Ventura Publisher im Verlag
Druck und Bindung: Clausen & Bosse, Leck
Printed in Germany
ISBN 3-426-62477-X

5   4   3   2   1

1. Kapitel

Auf der Landzunge, die den Niehler Hafen vom Flussbett des Rheins trennt, führt eine Straße, die als Sackgasse endet, vorbei am Heizkraftwerk und dem Cranachwäldchen. In einer milden Freitagnacht im August, gegen zwei Uhr, stand an dieser Straße, dort wo das Gelände sanft und offen zum Kiesufer des Flusses abfällt, ein Ford Transit mit geöffneten Hecktüren. Drei Gestalten bewegten sich im Mondlicht hastig von dem Lieferwagen hinunter zum Ufer. Sie trugen etwas Schweres, das sich bewegte und ein wenig zuckte, in einer Art Tragetuch. Dieses schwere Etwas hatte eine längliche Schnauze und eine runde Stirn, die stromlinienförmig in einen geschwungenen, eleganten Rumpf überging, der größtenteils in dem Tragetuch verschwand. Zwei schlanke Brustflossen hingen schlaff herab und ein Schwanz, der an ein Flugzeugleitwerk erinnerte, bei dem das Seitenruder fehlte, ragte hinten aus dem Tuch.

Der Rhein floss ruhig dahin, die Lichter von Stammheim am anderen Ufer spiegelten sich auf dem Wasser. Die drei Gestalten, zwei Frauen und ein Mann, bewegten sich eilig und schauten sich dabei immer wieder nervös um. Ihre Schuhe knirschten auf dem Kies, vor ihnen gurgelten und gluckerten die kleinen dunklen Wellen des Flusses. Die eine der beiden Frauen war etwas größer und trug eine Strickmütze, unter der blondes Haar hell hervorschimmerte. Die zweite wirkte sehr viel jünger, mädchenhafter, und auch der Mann war eigentlich noch mehr ein Teenager.

»Jetzt ist er gleich wieder in seinem Element«, sagte die blonde Frau, atemlos von der Last, die sie trugen.

»Aber er ist verletzt. Kann er es überhaupt schaffen?«, fragte die zweite junge Frau, und ihre Stimme klang tränenerstickt. »Wir wissen doch gar nicht, was die Schusswunde angerichtet hat.«

»Dann verrat mir mal, wo du mitten in der Nacht einen Tierarzt in Köln auftreiben willst, der sich mit Delphinen auskennt!«, keuchte der junge Mann gereizt. Er sprach mit leichtem türkischen Akzent. »Außerdem ist es bloß 'ne Frage der Zeit, bis diese verrückten Killer uns finden!« Er blickte nervös zur Straße hoch.

Sie wateten mit ihrer Last ins Wasser. Es war schwierig, auf den nassen Steinen das Gleichgewicht zu halten. Dass Schuhe und Hosen durchtränkt wurden, schien sie nicht zu kümmern. Als sie bis über die Knie im Wasser standen und gegen die Strömung balancierten, schwamm der Körper des Delphins auf. Er war noch nicht ausgewachsen, ungefähr einen Meter dreißig lang. Die blonde Frau zog das Tuch weg und streichelte seine glatte Flanke. Dann schwamm er mit zwei raschen Bewegungen hinaus in die Strömung, die ihn sofort erfasste und davontrug.

Die blonde Frau wischte sich Tränen aus dem Gesicht. »Warum nur sind diese Typen plötzlich aufgetaucht und haben um sich geschossen?«, stieß sie hervor. »Alles lief doch nach Plan. Im Rhein gibt es wieder viele Fische. Er hätte keinen Hunger leiden müssen und bestimmt den Weg zurück ins Meer gefunden. Delphine sind so klug. Aber jetzt, mit der Schussverletzung, weiß ich nicht, ob er's schafft.«

Sie tastete mit der Hand ihre Seite unterhalb der rechten Achselhöhle ab. Ihre Jacke war dort aufgerissen und blutgetränkt.

»So eine Scheiße, die haben wirklich auf uns geschossen, und ihr seid beide verletzt!«, erwiderte die Jüngere, als müsste sie sich überzeugen, dass das alles kein Traum war. Sie fing an zu schluchzen.

Der junge Mann tastete nach seiner schmerzenden Schulter. »Nun quatscht nicht so viel rum! Lasst uns endlich abhauen!« Gerade als sie wieder die Böschung zur Straße hochstiegen, sahen sie die Lichtkegel von Autoscheinwerfern um die Kurve vorne beim Heizkraftwerk wandern. Diese Straße, an der niemand wohnte und die ausschließlich zur Hafenmole führte, war nachts ausgestorben. So schnell sie konnten, schlugen sie die Hecktüren zu und sprangen ins Führerhaus des Lieferwagens, die blonde Frau hinters Steuer, die beiden anderen daneben. Dass hier nachts jemand einfach so spazieren fuhr, war kaum anzunehmen. Sie startete den Motor. »Kämpfen«, sagte sie mit zusammengebissenen Zähnen, »wir werden weiterkämpfen. Schnallt euch an!«

Ohne die Scheinwerfer einzuschalten, brauste sie in rasantem Tempo dem anderen Wagen entgegen, der sich langsam näherte. Eine andere Möglichkeit gab es nicht. Hinter ihnen endete die Straße in einem Wendehammer. Erst als sie schon sehr nahe waren, dort, wo rechts die riesigen, düsteren Kessel des Tanklagers aufragten, schaltete sie das Licht an und blendete auf. Der entgegenkommende Fahrer wich aus und prallte mit seinem Auto auf den Bürgersteig, während sie in kaum einem Meter Abstand an ihm vorbeirauschten. Jemand schrie vor Angst laut auf. Mit quietschenden Reifen nahm die blonde Frau die Rechtskurve am Heizkraftwerk.

»Schau nach hinten, ob sie uns folgen!«, rief sie dem jungen Mann zu.

»Scheiße, ja!«, antwortete er. »Fahr auf die Mülheimer Brücke. Drüben in der alten Motorenfabrik kenne ich ein Versteck, wo ich nach einem Bruch schon ein paarmal untergekrochen bin!«

Sie bog auf die Auffahrt zur Brücke ein. Im Außenspiegel sah sie den anderen Wagen rasch näher kommen. Einer seiner Scheinwerfer war durch den Aufprall erblindet. Der Transit hatte einen starken Turbodieselmotor, aber die Verfolger fuhren eine schwere Limousine, der er hoffnungslos unterlegen war. Auf der Brücke herrschte zum Glück relativ dichter Verkehr. Es war die Nacht von Freitag auf Samstag, in der sich viele Leute ins Großstadtleben stürzten. Viele Menschen, reges Treiben – das war das Einzige, was ihnen Schutz bieten konnte. Jedenfalls hoffte die blonde Frau das. Während sie über die Brücke fuhren, blieb die Limousine mit ihrem unverkennbaren blinden Auge hinter ihnen immer in Sichtweite.

»Fahr runter auf den Deutzer Weg«, sagte der junge Mann. Die blonde Frau zögerte. Sie wäre lieber mitten ins Mülheimer Zentrum gefahren. Der Deutzer Weg führte zwar zum Teil durch Wohngebiete, doch dahinter lagen düstere alte Fabrikhallen und der nachts einsame Rheinpark. Aber dann bog sie doch ab. Ganz egal, was er vorschlägt, ich werde durchfahren bis zum Tanzbrunnen, dachte sie. Dort, neben der Messe, herrschte Trubel bis in die Morgenstunden. Vielleicht gelang es ihnen, unter den tanzenden Leuten Schutz zu finden. Einen Moment hoffte sie, die Verfolger hätten nicht bemerkt, dass sie abgebogen waren. Doch dann tauchte der schattenhafte Wagen mit dem blinden Scheinwerfer wieder hinter ihnen auf. Sie gab Vollgas. Der Lieferwagen krachte scheppernd über die Bodenschwellen eines Wohngebietes. Die Verfolger schlossen auf, unternahmen aber nichts und setzten auch nicht zum Überholen an, wie sie erwartet hätte.

Sie spürte, wie sie immer mehr die Nerven verlor; außerdem brannte die Wunde in ihrer Seite wie Feuer.

»Da vorn geht's zu den alten Fabrikhallen!«, rief der junge Mann aufgeregt. »Da können wir uns vielleicht verstecken. Aber nur, wenn wir sie vorher irgendwie abschütteln.«

»Aber wie? Wie?«, stieß die blonde Frau hervor. Ihre Stimme zitterte. Sie bog vom Deutzer Weg in die Hafengasse ein. Der Wagen hinter ihnen kam näher. Würden die Verfolger es riskieren, einfach aus dem Wagen heraus das Feuer zu eröffnen? Das Restaurant am Thermalbad war bereits geschlossen, alle Lichter erloschen, der Parkplatz leer. Ich halte es nicht mehr aus, dachte sie und sagte: »Okay, ich glaube, es ist besser, wenn wir uns trennen. Wenn ich bremse, springt ihr raus und versucht, euer Versteck zu erreichen. Ich probiere, zum Tanzbrunnen durchzukommen. Wir kontaktieren uns später über SMS.«

Bestürzt beobachtete sie, wie aus einer Seitenstraße zwei weitere Limousinen auftauchten und sich direkt hinter ihren Verfolger setzten. Zufall, oder gehörten sie dazu? Sie schwitzte und zitterte, und der Schmerz in ihrer Seite verursachte ihr Übelkeit. Nun waren sie an den Wohnhäusern vorbei. Rechts dehnte sich die weite, stille Fläche des Rheinparks zum Fluss hin aus, links ragten die dunklen Schatten alter Fabrikhallen auf. Wenn die Verfolger zuschlagen würden, dann hier. Warum nur hatte sie nicht vorher bei den Wohnhäusern gestoppt? Jetzt endlich überwand sie sich. Sie musste handeln, den unheimlichen Gegnern zuvorkommen. Mit voller Wucht trat sie auf die Bremse – wie erhofft geschah dies zu schnell und unerwartet für den Fahrer der Limousine. Es gab einen gewaltigen Stoß, als er auf den Transit prallte. »Viel Glück«, zischte der junge Mann, bevor er mit seiner Begleiterin hinaussprang.

Die blonde Frau sprang ebenfalls aus dem Auto, auf der anderen Seite. Ihr Körper wollte nur noch fliehen, rennen. Keuchend lief sie in den Park hinein – auf der Suche nach einem Versteck in den Sträuchern, von wo aus sie sich später vorsichtig hinüber zum Tanzbrunnen durchschlagen könnte. Hinter sich hörte sie mehrere laufende Motoren. Türen öffneten sich. Jemand rief einen Befehl. Panisch rannte sie durch den Park, der stechende Schmerz in den Rippen behinderte sie beim Atmen. Wie viel Blut habe ich verloren?, dachte sie. Jenseits des Rheins leuchteten die tausend Lichter der City wie eine unerreichbare Fata Morgana. Rasch näherten sich ihre Verfolger, jetzt konnte sie schon die ersten Schritte hören. Dann stolperte sie und schlug der Länge nach hin. Sie hatte keine Kraft mehr aufzustehen. Sie war verloren.

Das Mädchen, Nadine, und der junge Türke, Selim, waren in eine schmale, finstere Gasse zwischen verlassenen Fabrikgebäuden aus Backstein gerannt. Nadine folgte Selim blind. Sie war mit ihm zwar schon einmal in seinem Versteck in der alten Fabrik gewesen – dort hatten sie sich zum ersten Mal geliebt –, aber allein hätte sie es niemals wiedergefunden. Selim aber stammte aus einem Clan professioneller Einbrecher (sein Onkel saß gerade wieder mal in Ossendorf ein). Selim kannte hier jeden Winkel.

Sie hatte keine Ahnung, wie viele Männer sie verfolgten, und wie viele Männer Jagd auf Stephanie machten, die blonde junge Frau. Hinter sich hörte sie Schritte, sie wagte aber nicht, stehen zu bleiben und sich umzudrehen. Dann hörte sie wieder dieses bedrohliche Geräusch, das sie schon kannte: Kugeln aus schallgedämpften Pistolen pfiffen an ihnen vorbei. Wieder dieses entsetzliche Gefühl, dem Tod ganz nah zu sein.

»Hier rauf, los!«, zischte Selim.

Er half ihr dabei, über einen Zaun zu klettern. Da war eine dunkle Ecke neben einem alten Schlot und eine Leiter, die senkrecht zwischen dem Schlot und einer Backsteinwand in die Höhe führte. Nadine folgte Selim, der sichtlich Mühe hatte, mit seiner verletzten Schulter zu klettern. Nadines Herz raste. Sie wagte nicht, nach unten zu blicken. Wenn die Männer sie hier oben entdeckten, waren sie verloren. Aber der Raum zwischen Schlot und Wand war eng, fast wie ein Schacht. Sie hoffte, dass er ihnen ausreichend Deckung bot.

Nadine wusste nicht, wie hoch sie hinaufgeklettert waren, und jetzt waren es nicht nur die Verfolger, vor denen sie Angst hatte. Ein falscher Schritt auf den rostigen Trittstufen, und sie würde in die Tiefe stürzen.

»Los, komm!« Selim hielt ihr seinen unverletzten Arm hin und half ihr, von der Leiter auf das Dach einer riesigen alten Fabrikhalle zu klettern. Sie merkte, dass sie am ganzen Körper zitterte, und versuchte, ihren Körper auf das Dach zu hieven, schwindelerregend nahe einer morschen Regenrinne. Sie wagte erst nicht hinunterzuschauen, doch dann riskierte sie doch einen Blick und sah im Lichtschein, der vorne von der Straße in die Gasse fiel, drei Männer unten vorbeilaufen. Nadine konnte sogar ihre Pistolen mit den langen Schalldämpfern erkennen. Sie liefen weiter, verschwanden in der Gasse.

»Los, wir nehmen den Weg übers Dach«, flüsterte Selim keuchend. »Aber sei vorsichtig. Bleib immer dicht hinter mir. Ein falscher Schritt und du brichst ein. Dieses alte Dach ist gefährlich wie dünnes Eis.«

Das Dach hatte ein leichtes Gefälle. Sie kroch hinter Selim her bis zum Dachfirst. Dort richtete sich Selim auf und ging zügig los. »Der Firstträger ist stabil. Du darfst nur nicht auf die Zwischenräume zwischen den Eisenträgern treten.«

Nadine war noch nie auf dem Dach eines Hauses gewesen. Und das Dach dieser Halle war riesengroß. Zwei schräge Flächen, die sich fast endlos weit in die Nacht erstreckten. Auf diesen Flächen befanden sich kleine Inseln. Erst bei genauem Hinsehen erkannte Nadine, dass es sich dabei um Löcher handelte, unter denen die schwarze Tiefe der Halle drohte. Sie schauderte.

Über ihnen dehnte sich der Sternenhimmel. Unter anderen Umständen hätte sie es hier oben vielleicht sogar romantisch gefunden, aber jetzt nahm die Angst überhand. Plötzlich stolperte sie, verlor das Gleichgewicht und fiel der Länge nach hin. Sie glitt vom First ab und rutschte unaufhaltsam ein Stück die Schräge hinunter, bis sie den dicken Draht eines Blitzableiters zu fassen bekam, der wie durch ein Wunder neben ihr auftauchte. Dennoch hatte sie für eine Sekunde das schreckliche Gefühl gehabt, ins bodenlose Nichts zu fallen. Sie schaute hinunter und erkannte entsetzt, dass sie halb über einem der gähnenden Löcher im Dach hing. Unter ihr tat sich ein Abgrund auf. Sie blickte zwei Dachpfannen hinterher, die sich bei ihrem Sturz gelöst hatten und in das Loch fielen. Es dauerte einen Moment, dann schlugen sie tief unten auf und zersprangen; das Geräusch hallte durch die Weite des leeren Gebäudes. Keuchend schaffte Nadine es, sich am Blitzableiter hochzuziehen, bis sie wieder halbwegs festen Grund unter ihren Beinen spürte. Zitternd blieb sie einen Moment liegen.

»Komm! Du schaffst es!« Selim streckte ihr den Arm entgegen.

Als sie es zum Dachfirst geschafft hatte, musste sie erneut einen Moment liegen bleiben. »Ich kann nicht weiter«, stöhnte sie.

»Doch, das kannst du«, widersprach Selim. Mühsam folgte sie ihm, wagte aber nicht mehr, sich aufzurichten, sondern kroch auf allen vieren.

Irgendwann endete der scheinbar endlose Weg über das riesige Dach. Der Abstieg auf der anderen Seite erwies sich als einfacher. Hier gab es eine richtige Feuertreppe mit Plattformen zwischen den Stufen und einem stabilen Geländer. Allerdings waren die Stufen rostig und manche quietschten, wenn man darauf trat. Dann hielten Nadine und Selim jedesmal ängstlich inne und starrten auf den Platz zwischen dieser und der nächsten Fabrikhalle, doch es war niemand zu sehen.

Am Fuß der Treppe verharrten sie einen Moment, bis Selim sicher war, dass sich keiner ihrer Verfolger in der Nähe befand. Dann liefen sie rasch hinüber zur nächsten Halle. Hier ging es zu Selims Versteck – zwei alte Matratzen und ein paar Kerzen in einem Lagerraum. Vorsichtig öffnete er die Tür, die leise in den Scharnieren knarrte. Sie glitten hinein, und wie bei ihrem früheren Besuch stockte Nadine der Atem angesichts der riesigen, leeren Halle. Mondlicht schimmerte durch die Löcher im Dach. Irgendwo tropfte leise Wasser, das offenbar von den heftigen Gewittern der letzten Tage übrig geblieben war. Es roch nach Staub und Verfall.

Nadine folgte Selim eine rostige Treppe hinauf auf eine Galerie, wo sich sein Versteck befand. Aber diese Männer würden ihre Suche nicht aufgeben, da war sie sich sicher, und sie fühlte sich schuldig, weil sie Selim in die Sache mit hineingezogen hatte. Wir werden beide sterben, dachte sie; ein Gefühl der Einsamkeit und Verzweiflung breitete sich in ihr aus, wie sie es nie zuvor erlebt hatte. Selim, der vor ihr die Stufen hinaufstieg, schien plötzlich sehr weit weg zu sein, nur mehr ein Schatten in der Nacht.

Dem jungen Delphin blieb nicht viel Zeit, seine Freiheit zu genießen. Gesund und unversehrt hätte er vielleicht den Weg in den Ozean gefunden. Doch die schmerzhafte Schusswunde in seiner Flanke ließ ihm keine Chance. Desorientiert schwamm er ein Stück mit der Strömung flussabwärts. Als seine Kraft schwand, suchte er das seichte Wasser am anderen Ufer auf. Dort, auf einer Kiesbank, wo der Fluss ihn nur sanft umspülte, rang er noch eine Weile mühsam nach Luft. Bald darauf starb er.

Im Morgengrauen entdeckte ihn ein Junge, der mit seinem Großvater ganz früh zum Angeln an den Fluss gekommen war. »Guck mal!« rief er aufgeregt und stapfte sofort mit seinen Gummistiefeln ins Wasser.

»Ein Delphin im Rhein, wo gibt es denn so was?«, sagte der Großvater.

Vorsichtig berührte der Junge den schlanken, eleganten Leib, doch der Delphin regte sich nicht. »Ich glaube, er ist tot. Wie schade!« Aber auch wenn er nur einen toten Delphin entdeckt hatte, machte er vor Aufregung riesengroße Augen.

»Komm lieber da weg«, sagte sein Großvater, der die Einschusswunde in der Flanke des Delphins bemerkte. »Was das wohl zu bedeuten hat?« Kopfschüttelnd zog er sein Handy aus der Tasche und benachrichtigte die Polizei.

Rheinaufwärts ragte die dunkle Silhouette des Doms in den klaren Himmel, die Morgensonne glitzerte auf dem Fluss und tauchte den einsamen grauen Betonturm des Colonia-Hochhauses am anderen Ufer in ein mildes Licht. Nun gut, inzwischen stand oben auf dem Hochhaus nicht mehr *Colonia,* sondern *Axa,* seit ein französischer Konzern die traditionsreiche Kölner Versicherung geschluckt hatte. Für den einen oder anderen Lokalpatrioten war das gewiss ein Ärgernis.

Die meisten Kölner lagen vermutlich noch in ihren Betten und durften sich auf ein schönes, warmes Sommerwochenende mit Schwimmengehen, Inlineskaten und Biergarten am Abend freuen. Wie schön wäre es, wenn es eine Welt ohne Waffen gäbe, in der die Menschen nur noch ihre Sehnsucht nach Freude und Schönheit auslebten, dachte Susanne Wendland und zündete sich die dritte Zigarette des Tages an. Sie blies Rauch in den blauen Himmel und versuchte, die friedliche Stimmung, die der Morgen ausstrahlte, mit dem in Einklang zu bringen, was da nass und reglos vor ihren Füßen lag. Es gelang ihr nicht. Und ihre gute Laune schwamm mit den Frachtkähnen rheinabwärts, verflüchtigte sich irgendwo Richtung Nordsee.

Ehe sie sich wirklich auf die Begegnung mit dem Tod einließ, gönnte sie sich noch eine kleine Atempause und ließ für einen Moment den Blick schweifen. Rechts von ihr schwang sich kühn die schmale Fußgängerbrücke über die Einfahrt des Mülheimer Hafens. Es waren bereits einige Jogger dort oben unterwegs und schauten neugierig zu dem großen Polizeiaufgebot an der Kaimauer herunter.

Susanne und Tönsdorf standen im Schatten eines gewaltigen, schmutziggrünen Dinosauriers. Dieses vor sich hin rostende Ungetüm von einem Hafenkran war ein Relikt aus jener Zeit, als man mächtige Rheinfrachter mit den Erzeugnissen aus den alten – jetzt größtenteils ausgestorbenen – Fabrikanlagen im Hintergrund beladen hatte. Susanne schaute hinüber zu den alten Backsteinhallen. Wohin das Auge reichte, kaputte Fensterscheiben und rostige Schlote. Ihr Vater hatte in dieser Fabrik malocht, als dort noch Motoren für Lastwagen und Traktoren gebaut worden waren. Aber ihr Vater war schon lange tot, und sie konnte nicht behaupten, dass sie ihn vermisste.

Jeder Polizist, der behauptete, er hätte sich an den Anblick von Leichen gewöhnt, redete Unsinn. Das wusste Susanne aus Erfahrung, denn sie hatte im Laufe der Jahre eine Menge Leichen zu Gesicht bekommen. Immer noch kostete sie der erste gründliche, professionelle Blick große Überwindung. Deshalb hielt sie sich zunächst erst eine Weile mit der Betrachtung der Umgebung auf, ehe sie die Kraft fand, sich dem Unvermeidlichen zu stellen.

Das Unvermeidliche war die Wasserleiche einer schönen jungen Frau von schätzungsweise zwanzig Jahren mit langen blonden Haaren. Sie hatte einen kleinen Rucksack auf dem Rücken, einen dieser farbenfrohen Nylon-Backpacks. Jemand hatte drei Steinbrocken in diesen Rucksack gelegt – vielleicht von dem Schutthaufen, der sich ein Stück neben dem riesigen Hafenkran auftürmte – und die Tote im Hafenbecken versenkt. Dort hätte sie vermutlich noch für längere Zeit gelegen, hätte nicht just an diesem Samstagmorgen um sieben Uhr dreißig eine Rettungsübung der DLRG-Bergungstaucher in diesem Hafenbecken stattgefunden. Um kurz vor acht hatten drei Taucher zufällig die Leiche entdeckt.

Sie musste in der vergangenen Nacht ermordet und versenkt worden sein, voll bekleidet. Die Waschhautbildung an den Händen hatte noch kaum eingesetzt. Susanne schätzte daher, dass sie höchstens fünf Stunden im Wasser gelegen hatte. An der rechten Körperseite, unterhalb der Achselhöhle, hatte ein Streifschuss die Jacke der jungen Frau zerfetzt. Soweit Susanne es ohne Obduktionsbericht beurteilen konnte, hatte diese Verletzung nicht zum Tod geführt. Getötet worden war sie durch einen Genickschuss aus nächster Nähe.

»Wer tut so was?«, fragte Tönsdorf mit belegter Stimme und sog an seiner Zigarette.

Susanne räusperte sich und sagte: »Wer immer es war – sie haben sie erst angeschossen wie ein fliehendes Stück Wild und dann später aus nächster Nähe regelrecht exekutiert.«

»Und zwar sehr professionell«, fügte Tönsdorf hinzu.

Susanne schloss für einen Moment die Augen. Die erloschenen Gesichter junger Frauen oder Kinder, die eigentlich noch ihre Zukunft vor sich gehabt hätten, brannten sich am intensivsten ins Gedächtnis. Vielleicht liegt das daran, dass wir Polizisten darauf trainiert sind, uns Gesichter zu merken, dachte Susanne. Wir streben ständig danach, es darin zur Perfektion zu bringen. Deshalb suchen uns wahrscheinlich die Gesichter der Toten noch Jahre später in Albträumen heim.

»Keine Papiere«, sagte Tönsdorf. »Aber wie eine Nutte, die abserviert wurde, weil sie Ärger gemacht hat, sieht sie nicht aus.«

»Und auch nicht, als hätte sie sich gestern Abend zum Ausgehen aufgedonnert. Hatte sie kein Handy dabei?«

Tönsdorf schüttelte den Kopf. »Junge Leute haben heutzutage eigentlich immer eins dabei, aber vielleicht hat man es ihr mit den Papieren weggenommen.«

Die junge Frau trug Jeans, ein graues Sweatshirt und knöchelhohe Sportschuhe. Sie wirkte, als hätte sie sich mit Freunden verabredet, um im Bergischen Land oder in der Eifel zu wandern.

Toni Walterscheid, der Dienst habende Gerichtsmediziner, hatte, als Susanne am Tatort eingetroffen war, in seinem Wagen gesessen und einen ersten Bericht auf Band gesprochen. Jetzt stieg er aus und gesellte sich zu ihnen. Er klopfte zunächst Susanne und dann Tönsdorf auf die Schulter. »Und? Habt ihr den Fall schon gelöst?«

»Sehr witzig!«, brummte Tönsdorf.

»Und? Deine ersten Erkenntnisse?«, fragte Susanne, ohne auf Tonis etwas bemüht wirkenden Scherz einzugehen.

Toni, ein echtes Kölner Urgestein, strich sich durch seine graue Millowitsch-Tolle. »Wie ihr bestimmt schon bemerkt habt, ist der Streifschuss eher harmlos. Kein hoher Blutverlust. Sicher unangenehm, aber auch nicht unerträglich schmerzhaft.«

»Wie viel Zeit kann denn zwischen dem Streifschuss und dem tödlichen Schuss gelegen haben?«, fragte Susanne.

»Schwer zu sagen, ob sich das noch genau feststellen lässt. Immerhin dürfte sie circa fünf Stunden im Wasser gelegen haben. Ich gehe aber davon aus, dass sie von den Arschlöchern, die ihr das angetan haben, gleich nach dem Mord hier versenkt wurde.«

Susanne nickte. Vielleicht kam hier ja der merkwürdige Verkehrsunfall am Deutzer Weg ins Spiel, der sich, offenbar in der Nacht, direkt vor dem Eingang zum Rheinpark ereignet hatte. Ein Auffahrunfall – die Spuren waren vorhin von einer Streifenwagenbesatzung entdeckt worden, die sich in der Umgebung des Hafens umgeschaut hatte. Kurze Bremsspuren, einige orange und weiße Glassplitter von Scheinwerfern und Rückleuchten, ein paar Kunststoffteilchen von Bugschürzen oder Stoßfängern. Nur keine beschädigten Autos weit und breit. Niemand schien bei diesem Unfall ein Interesse gehabt zu haben, die Polizei hinzuzuziehen.

»Es muss natürlich kein Zusammenhang zwischen dem Unfall und unserer Toten hier bestehen, aber angenommen«, überlegte Susanne laut, »sie hat in einem der Wagen gesessen und den Unfall für einen Fluchtversuch genutzt. Vielleicht haben sie sie im Rheinpark angeschossen und anschließend hierher gebracht.« Der Hafen bot sich geradezu an, um einen Menschen verschwinden zu lassen. Seit die Stadtverwaltung vor einiger Zeit die Bauwagen-Leute vom Hafengelände vertrieben hatte, war diese ganze Gegend nachts wie ausgestorben.

»Wir sollten uns also in der Nähe der Unfallstelle mal den Park etwas genauer ansehen«, sagte Tönsdorf.

Susanne zeigte rheinaufwärts in Richtung des Parks, der gleich hinter der Zoobrücke begann. »Krämers Leute sollen die Anwohner am Deutzer Weg zu diesem Unfall befragen. Die nächsten Wohnhäuser sind zwar ein ganzes Stück von der Unfallstelle entfernt, aber mit etwas Glück hat trotzdem jemand etwas gehört oder gesehen und kann uns eine Uhrzeit angeben.«

Susanne wechselte noch ein paar belanglose Worte mit dem Staatsanwalt vom Dienst, der pflichtschuldig erschienen war, sich aber erkennbar in sein Büro zurücksehnte. Dann ordnete sie an, die Leiche in Tonis Kühlhaus zu bringen. Die Kriminaltechniker waren bereits ausgeschwärmt und durchkämmten das abgesperrte Hafengelände. Aber Susanne ahnte, dass sie hier nichts Wesentliches finden würden.

Einen Moment lang blickte sie sehnsüchtig in Richtung Köln-Deutz. Dort lag die geräumige, ziemlich teure Dachwohnung von Kriminalrat Antweiler, ihrem Chef. In letzter Zeit hatte sie das Gefühl, dass sich zwischen ihnen beiden etwas entwickelte, das über kollegiale Freundschaft hinausging. Aber was Beziehungen betraf, war sie derartig vom Pech verfolgt, dass sie kaum wagte, sich Hoffnungen zu machen; erfahrungsgemäß würde sie doch wieder enttäuscht werden.

Derzeit befand sich Antweiler in Urlaub. Er hatte vorgeschlagen, dass Susanne seine Vertretung übernehmen sollte. Eigentlich war das eine Ehre, und um ihn nicht zu enttäuschen, hatte sie eingewilligt. Aber es bedeutete, dass sie zusätzlich zu ihrer sonstigen Arbeit auch noch die Leitung der gesamten Ermittlungsgruppe am Hals hatte – und damit noch mehr Zeit am Schreibtisch verbringen musste, was sie hasste.

Getreu dem alten Kriminaler-Grundsatz, dass man nach einem schrecklichen Anblick erst einmal gut essen soll, ging sie mit Toni und Tönsdorf in einem Mülheimer Café frühstücken. Mehr als ein Croissant mit etwas Butter konnte sie ihrem Magen allerdings nicht zumuten.

Eine gute Stunde später saß sie in ihrem Büro im Kommissariat am Probsthof. Glücklicherweise hatte Susannes Dienststelle nicht mit ins neue Polizeipräsidium nach Köln-Kalk umziehen müssen und so konnte Susanne von ihrer Wohnung am Chlodwigplatz weiterhin bequem zu Fuß zur Arbeit gehen.

Die Sommersonne schien herein. Es war ein herrlicher Samstag – der ideale Tag, Eis zu essen, Fahrrad zu fahren und sich im Schwimmbad zu aalen. Stattdessen musste sie sich mit der Frage beschäftigen, welches seelisch verkrüppelte Scheusal es fertig gebracht hatte, eine bildhübsche junge Frau mit einem Genickschuss zu töten. Susanne zwang sich, erneut die Fotos der Toten zu betrachten, die sie vor sich auf dem Schreibtisch ausgebreitet hatte. Niemand zwingt dich dazu, dich beruflich tagtäglich mit Gewaltverbrechen zu beschäftigen, sagte sie sich. Du kannst dich in eine »saubere«, unblutige Abteilung versetzen lassen, ins Wirtschaftsdezernat zum Beispiel oder in den Präventionsbereich, wo Bürger aufgeklärt und beraten werden, damit es gar nicht erst zu Verbrechen kommt. Du sitzt hier in dieser Dienststelle, in diesem Büro, weil du hier sitzen *willst.* Sie griff nach der Gauloises-Schachtel, strich sich mit der anderen Hand über den Magen und legte die Schachtel wieder weg. Später. Sie hatte schon fünf geraucht heute Morgen.

Das Telefon klingelte. Es war Krämer. »Wir haben die Eltern«, sagte er.

Susanne hob die Augenbrauen. »Die Eltern? Von wem?«

»Na, von eurer Toten!« Krämer war der Stolz deutlich anzumerken.

»Was, schon?«

»Wir haben doch vorhin ein Foto und die Beschreibung der Leiche an alle Reviere weitergeleitet. Und einer der Beamten auf der Ehrenfelder Wache war auf Zack. Die Eltern der zwanzigjährigen Stephanie Willmer haben diese heute früh vermisst gemeldet. Und die Beschreibung ihrer Tochter passte genau auf die Tote. Also hat er ihnen das Foto gezeigt ...«

»Er hat ... Scheiße ...«

»Was blieb ihm anderes übrig? Der Vater hat die Nachricht relativ gefasst aufgenommen, aber die Mutter ist völlig zusammengeklappt.«

»Kein Wunder. Na gut. Gib mir den Namen des Beamten. Ich rede erst mit ihm, und dann fahre ich zu den Eltern.«

Susanne notierte sich den Namen.

»Ganz schön fix, nicht wahr?«, fragte Krämer, der offenbar noch auf ein lobendes Wort wartete. Da war es wieder, das leidige Thema Mitarbeiterführung. Antweiler war da eindeutig begabter als sie.

Susanne gab sich einen Ruck und sagte: »Wenn ihr Jungs einen guten Tag habt, seid ihr echt zu gebrauchen.«

Krämer schien einen Moment nachzudenken, wie diese Bemerkung gemeint war. Dann antwortete er: »So was in dieser Richtung wollte ich hören.«

»Was ist mit den Anwohnern am Deutzer Weg? Haben die was von dem Unfall mitbekommen?«

»Leider ist nicht viel Brauchbares dabei. Ein paar haben den Crash wohl gehört, aber auf die Uhr geschaut haben nur zwei.

21

Der eine meint, es sei gegen halb zwei gewesen, der andere schwört, dass es kurz nach zwei Uhr war. Und alle haben sich nachher in ihren Betten rumgedreht und friedlich weitergeschlummert, nach dem Motto: Hauptsache, mein Auto steht sicher in der Garage.«

Susanne schob die Fotos der Leiche in die Mappe zurück und stand auf. Sie ging ins Büro nebenan, zu dem die Tür immer offen stand. Dort saß Tönsdorf verschwitzt hinter seinem Schreibtisch, die Hände auf dem stattlichen Bauch gefaltet, und starrte mit halb geschlossenen Augen ins Leere. »Los!«, sagte sie. »Auf! Arbeiten!«

Er wuchtete sich ächzend in die Höhe. »Herrje«, stöhnte er. »Was erwartest du von mir? Ich bin Beamter und hab nur noch ein paar Jahre bis zur Pensionierung!«

Selim war eingeschlafen. Nadine lag auf einer der beiden alten, muffigen Matratzen in Selims Versteck und lauschte auf seine Atemzüge. Manchmal stöhnte er leise. In der düsteren Fabrikhalle war es still wie in einem Grab. Sie fragte sich, ob Stephanie es bis zum Tanzbrunnen geschafft hatte.

Nadine ahnte, dass die Tatsache, dass sie selbst hatten entkommen können, nichts Gutes für Stephanie bedeutete. Wenn sie nur nicht in den Rheinpark gelaufen war, der war so weitläufig, offen und still, und es gab dort nur wenige Sträucher und Bäume als Deckung. Sie hatte bislang nicht gewagt, Stephanie anzurufen, aus Angst, das Handyklingeln könnte Stephanie verraten. Nur eine SMS hatte sie verschickt, aber die blieb unbeantwortet. Nadine sah ein, dass sie im Moment nichts für Stephanie tun konnte. Sie musste sich um ihr eigenes Überleben kümmern – und um Selims.

Am Morgen, nach einer für Nadine unruhigen, angsterfüllten Nacht ohne Schlaf, hatte Selim sich sehr schwindelig und unwohl gefühlt. Nadine hatte noch eine Flasche Wasser und ein paar Kekse in ihrem Rucksack gehabt, doch Selim wollte nichts essen. Er klagte über Bauchschmerzen und zwang mühsam einen einzigen Keks hinunter. Die Schusswunde an seiner Schulter hatte aufgehört zu bluten, war aber offenbar entzündet. Selim hatte Fieber. Seine Haut fühlte sich heiß an.

Ganz entfernt war der Lärm der Stadt zu hören und die Geräusche der Schiffsdiesel auf dem Fluss – Ansonsten herrschte Stille. Vollkommene Stille. Für Nadine hatte das etwas Feinseliges, da sie ständig darauf gefasst war, Geräusche zu hören, die ihr verrieten, dass ihre Verfolger auf das leere Gebäude aufmerksam geworden waren und es nach ihnen durchkämmten. Doch da war nur Wasser, das irgendwo leise aus einem Rohr tropfte. Regenwasser vielleicht, das vom letzten Sommergewitter übrig geblieben war und sich nun irgendwo in einer Pfütze auf dem Dach gesammelt hatte. Ein paar Mal ertönte ein leises Quietschen, bei dem Nadine heftig zusammenzuckte. Da es sich aber regelmäßig wiederholte, immer dann, wenn der Wind stärker durch die Löcher und Ritzen des maroden Gebäudes rauschte, stufte Nadine es nach einer Weile als harmlos ein.

Vom Sonnenlicht draußen war hier drinnen kaum etwas zu spüren. Ein paar vereinzelte Strahlen fielen durch Löcher im Dach und durch ein winziges, schmutzverkrustetes Fenster, das sich zwischen den rostigen Regalen, die den hinteren Teil des Raumes ausfüllten, befand. In diesem Licht wirkte Selims Gesicht bleich und krank. Jetzt schlief er schon seit einigen Stunden einen ungesunden, unruhigen Schlaf, während Nadine sich als Gefangene der Ewigkeit fühlte. Die Zeit dehnte sich zu einer endlosen, unerträglich weiten Fläche. Was, wenn ihre Verfolger die Halle längst beobachteten und nur noch auf den Abend warteten, auf die Dunkelheit? Dann sagte sie sich, dass die Männer gar nicht warten mussten. Das alte Industriegelände lag vollkommen verlassen da. Hier war außer ihnen kein Mensch und außerdem besaßen sie Pistolen mit Schalldämpfern. Wenn sie also hier waren, wenn sie das Versteck aufgespürt hatten, konnten sie ihre grausige Arbeit gleich jetzt erledigen.

Selim stöhnte wieder leise, murmelte etwas Unverständliches. Er braucht einen Arzt, dachte Nadine. Er muss ins Krankenhaus. Was ist, wenn er eine Blutvergiftung hat? Plötzlich fühlte sie wilden Hass, der ihr in der Brust schmerzte, und sie verfluchte ihre Verfolger. Monster, dachte sie, Monster ohne Herz, ohne Gefühl.

Sie musste etwas tun. Sie konnte nicht hier sitzen und tatenlos zusehen, wie Selim immer kränker wurde und sein Fieber immer höher stieg. Schnell aß sie zwei Kekse, trank einen großen Schluck Wasser und stand auf. Ich bin schuld, dachte sie, ich habe ihn da mit hineingezogen. Und wenn sie jetzt auf eigene Faust etwas unternahm, um ihm zu helfen, würde er wütend sein.

Im Halbdunkel stolperte sie über ein herumliegendes Eisenstück. Es gab ein scheppperndes Geräusch, das hinaus in die Düsternis hallte, sich an Dachpfeilern und brüchigen Treppengeländern brach. Ängstlich drehte sie sich zu Selim um, aber er warf sich nur rastlos hin und her, ohne dabei die Augen zu öffnen. Sie schlich aus dem kleinen Lagerraum hinaus auf die Galerie am Rand der weiten Halle, und von dort die alte, rostige Treppe hinab. Unter anderen Umständen hätte dieser Ort Nadine fasziniert. Es gab überall feuchte Stellen, auf die bei Regen Wasser durch das undichte Dach perlte wie in einer Tropfsteinhöhle. Der Wind strich durch graue, erloschene Fensterhöhlen.

Vorsichtig wie eine Katze wagte sie sich ins Freie und blieb für einen Moment von der Sonne geblendet stehen. Als ihre Augen sich ans Licht gewöhnt hatten, suchte sie die Umgebung ab, doch weit und breit war kein Mensch zu sehen.

Auf dem Rhein flimmerte das Sonnenlicht. Die Kölner City duckte sich träge im großen Schatten des Doms. Nadine hatte keine Uhr, schätzte aber, dass es später Vormittag sein musste. Sie machte sich auf den Weg, Hilfe zu holen.

2. Kapitel

Susanne parkte den Dienst-Opel vor einem gepflegten, aber insgesamt durchschnittlichen Einfamilienhaus in Köln-Rodenkirchen. Die ganze Einfamilienhaussiedlung wirkte durchschnittlich, bewohnt von Menschen, die im Mittelfeld der Gesellschaft ein wenig aufregendes, aber einigermaßen gesichertes Leben führten. Die Häuser sahen aus, als ob hier Beamte des mittleren Diensts wohnten, Lehrer vielleicht, oder kaufmännische Angestellte. Stephanie Willmers Vater arbeitete bei einer Sparkasse. Den Menschen in dieser Welt der Einfamilienhäuser und Kleinwagen gelang es oft, sich kleine, erstaunlich heile Paradiese aufzubauen. Aber Susanne hatte berufsbedingt häufiger mit Menschen in Häusern zu tun, hinter deren Mauern die kleine private Hölle herrschte. Deswegen hatte sie sich angewöhnt, Paradiese grundsätzlich in Frage zu stellen und nach Rissen und Widersprüchen zu suchen, auch wenn es diese gar nicht gab. Für den eigenen Seelenfrieden war ihr professionelles Misstrauen vermutlich nicht gerade gut, zumal es sich verselbstständigte und auch dann nicht abstellen ließ, wenn es eigentlich angebracht gewesen wäre.

Im Garten der Willmers gab es viele bunte Blumen, einen kleinen Teich mit Schilf, über dem große Libellen herumschwirrten, und den Rasen zierten Gänseblümchen und Löwenzahn. Chris, meiner besten Freundin und Schamanin vom Dienst, würde dieser Garten vermutlich gefallen, dachte Susanne. Sie und Tönsdorf stiegen aus und gingen auf die Haustür zu. Susanne spürte, wie ihr Magen sich nervös zusammenkrampfte. Die Willmers wussten es bereits, waren vorbereitet auf ihren Besuch. Und doch …

Susanne zögerte einen Moment, blieb stehen und atmete tief durch. Tönsdorf berührte sie am Arm. »Soll ich das Reden übernehmen?«, fragte er fürsorglich. Susanne lächelte ihn dankbar an. »Nein, nicht nötig. Ich mach das schon.« Aber sie war doch froh, den Dicken bei sich zu haben.

Sie drückte auf die Klingel. Ein rundlicher Mann Anfang fünfzig öffnete. Horst Willmer brachte erkennbar seine ganze Kraft auf, um einigermaßen Haltung zu bewahren. Susanne stellte Tönsdorf und sich vor und sprach ihm ihr Beileid aus. »Es ist leider notwendig, dass wir Ihnen ein paar Fragen stellen. Ist Ihre Frau auch anwesend?« Susanne sprach sehr leise und behutsam. Der Mann stand kurz davor, weinend zusammenzubrechen.

»Sie hat sich hingelegt«, sagte Horst Willmer mit brüchiger Stimme. »Der Arzt hat ihr ein Beruhigungsmittel gegeben.«

Er führte Susanne und Tönsdorf ins Wohnzimmer. Es war mit Nippes überladen und wirkte etwas spießig, aber grundsätzlich genauso liebevoll gepflegt wie der Garten. Eine Madonna hing in der Ecke, und es gab allerlei Reiseandenken aus dem näheren europäischen Ausland. Sie konnte sich gut vorstellen, dass sie als Tochter gerne sonntags in dieses Wohnzimmer gekommen wäre, um mit den Eltern bei Kaffee und Kuchen zu klönen. Der Raum strahlte eine heimelige Wärme aus, und Susanne bezweifelte, dass es in dieser Familie dunkle Geheimnisse gab. »Wie man mir sagte, wurden Sie bereits informiert, dass Ihre Tochter … einem Gewaltverbrechen zum Opfer gefallen ist. Ich verspreche Ihnen, dass wir alles tun werden, um den oder die Täter zu finden.«

Willmer nickte und setzte sich schwer in einen Sessel. »Ständig … ständig frage ich mich, wie das geschehen konnte. Stephanie war ein … gutes Mädchen. Wie konnte ihr jemand so etwas antun?«

»Wissen Sie, ob Ihre Tochter Feinde hatte? Gab es Streit mit Freunden, oder am Arbeitsplatz?«

Willmer schüttelte den Kopf. »Nicht, dass ich wüsste. Allerdings hat Stephanie nie sehr viel erzählt, was sie in ihrer Freizeit macht. Eine Zeit lang hat sie uns eine Menge Sorgen bereitet. Sie hatte Drogenprobleme, aber vor zwei Jahren hat sie eine Therapie gemacht. Und richtig aufwärts ging es, als ihr Bruder Carsten ihr einen Job bei ihm in der Bank besorgt hat. Seit längerem ist sie auch Mitglied in einem Jiu-Jitsu-Verein und hat dort Selbstverteidigungskurse gemacht. Seitdem wirkt sie viel selbstsicherer.« Er schüttelte den Kopf. »Wirkte …«

Susanne machte sich Notizen. Jiu-Jitsu? Gab es da irgendeine Verbindung zu Gewaltkriminalität? Das passte eigentlich nicht zur Philosophie dieser Vereine, in denen überdurchschnittlich viele Polizisten Mitglied waren. Aber Stephanies Drogenvergangenheit musste unbedingt untersucht werden. Von dem Jiu-Jitsu-Verein wusste der Vater nur, dass seine Räume sich in Ehrenfeld in der Gertrudenstraße befanden. Dann ließ sie sich die Anschrift des Bruders geben und fragte nach dem Namen der Bank.

»Carsten arbeitet bei der Kölner Privatbank Sonderath. Er ist sehr tüchtig und mit dreiunddreißig bereits Mitglied des Vorstands.« Willmers Gesicht wurde plötzlich blass und leer. Offenbar wurde ihm in diesem Moment, als er über seinen Sohn sprach, wieder voll bewusst, dass er seine Tochter für immer verloren hatte. Er fiel zusehends in sich zusammen und begann zu schluchzen. Susanne konnte gut nachfühlen, was in ihm vorging. Ihr einziger, vier Jahre älterer Bruder war mit dem Motorrad tödlich verunglückt, als Susanne neunzehn gewesen war. Ihre Mutter war nie über den Verlust hinweggekommen und war vier Jahre später mit nicht einmal sechzig Jahren an Krebs gestorben. Nachdem ihm Sohn und Frau gestorben waren, hatte ihr Vater, der immer schon gern ins Glas geschaut hatte, sich buchstäblich zu Tode getrunken. Seit zehn Jahren hatte Susanne nun keine Familie mehr. Ihr Vater war Einzelkind gewesen. Lediglich mütterlicherseits existierte noch eine Tante. Sie wohnte jedoch weit weg in Bayern, schickte aber unverdrossen jedes Jahr zu Weihnachten eine wortkarge, nichts sagende Karte, die Susanne pflichtschuldig zu Neujahr beantwortete. Gesehen hatten sie sich zuletzt auf der Beerdigung von Susannes Mutter, vor dreizehn Jahren.

In der Familie Willmer gab es keine weiteren Geschwister. Zwölf Jahre waren ein ziemlicher Altersunterschied. Susanne hätte Willmer gern gefragt, ob Bruder und Schwester ein gutes Verhältnis zueinander gehabt hatten. Doch sie sah, dass er am Ende war und wollte ihn nicht mehr als momentan nötig belasten. Stattdessen sagte sie: »Ich würde gerne einmal einen Blick in Stephanies Zimmer werfen, wenn Ihnen das recht ist?«

Willmer beschrieb ihr mit zitternder Stimme den Weg. »Aber wecken Sie bitte meine Frau nicht auf.«

Tönsdorf sagte: »Ich glaube, ich bleibe besser hier unten bei ihm.«

Susanne stieg die Treppe hoch und wandte sich nach links. Zwei Kinderzimmer, von denen das eine jetzt offenbar dem Vater als Arbeitszimmer diente. Susanne sah einen Computerschreibtisch durch die halb offene Tür. Auf der anderen Seite der Treppe lagen das Elternschlafzimmer und ein Bad. Leise öffnete sie die angelehnte Tür zu Stephanies Zimmer.

Ein Teenagerzimmer. Für eine Zwanzigjährige war es an der Zeit, einem solchen Zimmer zu entwachsen. In diesem Alter hatte Susanne vor sechzehn Jahren bei der Polizei angefangen. Damals hatte sie sich in Nippes ein billiges, schlecht geheiztes Dachzimmer gemietet, weil sie die ständige Trinkerei ihres Vaters und die Depressionen ihrer Mutter nicht mehr ertragen konnte. Susanne hatte erwartet, als Kontrast zur liebevollen Ordnung von Stephanies Eltern hier in diesem Zimmer rebellisches Chaos vorzufinden, doch es wirkte genauso aufgeräumt wie das übrige Haus. Stephanie schien es als eine Art geborgenen Hafen benutzt zu haben. Auffallend fand Susanne die große Anzahl Plüschtiere, die eher in ein Kinderzimmer gepasst hätten – ein richtiger Kuschelzoo, der sich entlang des Betts und auf dem Schrank aufreihte: Bären, Löwen, Giraffen, Robben, Affen und ein großer, fröhlich dreinblickender Knutsch-Elch. An der Wand hing ein Poster, das eine Gruppe Wölfe irgendwo in der Wildnis zeigte. War Stephanie am Ende eine Geistesverwandte von Chris? Chris Adrian war einst auf den Spuren der Wölfe durch die kanadische Wildnis gewandert und hatte über deren Sozialverhalten ihre Diplomarbeit als Zoologin geschrieben. Wenn man Chris heute erlebte, konnte man leicht vergessen, dass sie ausgebildete Naturwissenschaftlerin war.

Einen Moment schaute Susanne aus dem Fenster auf den bunten Blumengarten. Sie spürte plötzlich eine fast schmerzhafte Sehnsucht, hier einfach alles stehen und liegen zu lassen und aus der Stadt zu fliehen, um bei Chris Adrian in der Eifel ins klare Wasser des Waldsees zu tauchen und anschließend mit ihr am Ufer in der Sonne zu sitzen und über alles Mögliche zu reden, nur nicht über Mordfälle. Am nächsten Wochenende würde Susanne in die Eifel fahren, Chris' zweiunddreißigsten Geburtstag nachfeiern. Chris hatte ein paar Leute eingeladen, und sie würden am Waldsee am Lagerfeuer sitzen, lachen und erzählen. Susanne freute sich darauf.

Sie zwang sich zur Konzentration und wandte ihre Aufmerksamkeit Stephanies Bücherregal zu. Das Mädchen hatte ganz offensichtlich Märchen und Fantasy gemocht. Da standen die beiden Endes – *Momo* und *Die unendliche Geschichte* – und Tolkiens *Kleiner Hobbit* und *Herr der Ringe,* ein paar Hohlbeins, *Harry Potter* und noch einige Susanne, die wenig las, unbekannte Fantasy-Taschenbücher. Stephanies offenkundige Tierliebe dokumentierten einige Fotobände. Susanne nahm einen davon in die Hand und öffnete ihn. Das Buch enthielt faszinierende Aufnahmen von Grizzlybären in freier Wildbahn. Auf der ersten Seite befand sich eine Widmung in blauer Tinte, die beinahe gemalt wirkte, so sorgfältig war sie geschrieben: *Von Deinem Vater als kleine Ermutigung für Deinen Schritt in ein neues Leben.*

Vermutlich hatte Stephanie da gerade ihre Drogentherapie begonnen oder beendet. Susanne stellte das Buch ins Regal zurück und nahm sich die Stereoanlage vor. Sie studierte das CD-Rack und stutzte: Stephanie hatte ausschließlich Klassik gehört. Für eine Zwanzigjährige erschien ihr das ungewöhnlich. Dann entdeckte sie auf einer Kommode neben dem Schrank einen Stapel Klaviernoten. Klassik war in der Drogenszene untypisch, dort hörte man eher dröhnende Wummer-Musik oder psychedelische Klänge. Vermutlich hatte Stephanie nach ihrer Therapie radikal mit der Szene gebrochen und sich – gewiss ganz im Sinne ihrer Eltern – eine heile neue Welt mit Plüschtieren, klassischer Musik und Klavierunterricht gebastelt. Susanne konnte es ihr nicht verdenken. Eine Wand des Zimmers allerdings bildete einen Kontrast zur friedlichen Idylle. Dort hing ein Poster, das zwei durch die Luft wirbelnde Shaolin-Kämpfer zeigte. Wohl ein Tribut an Stephanies neu entdecktes Jiu-Jitsu-Hobby. Auf dem Poster stand: FIGHT FOR THE RIGHT CAUSE. Susanne ging näher heran. Jemand, vielleicht Stephanie selbst, hatte die Worte mit dickem Edding auf das Poster geschrieben. Susanne überlief ein Frösteln. Es gab auf dieser Erde mehr als genug Länder, wo das Kämpfen für eine gerechte Sache schnell lebensgefährlich werden konnte. Deutschland gehörte nicht dazu. Nicht mehr – oder noch nicht wieder. Wofür hatte Stephanie gekämpft? Lag sie deshalb jetzt tot in der Gerichtsmedizin?

Sie setzte sich an Stephanies Schreibtisch, einen dieser Schülertische mit kippbarer Platte und einem einzigen Schubfach. Es war abgeschlossen. Also hatte sie ihre Geheimnisse. Um das Schubfach öffnen zu dürfen, brauchte Susanne einen Durchsuchungsbefehl. Sie würden morgen wiederkommen. Den Eltern würde es gut tun, noch eine kleine Schonfrist zu haben, ehe die Barbaren von der Spurensicherung das Zimmer ihrer Tochter auf den Kopf stellten.

»Was tun Sie in Stephanies Zimmer?«

Susanne zuckte unwillkürlich ein wenig zusammen. In der Tür stand eine grauhaarige Frau um die fünfzig mit aschfahlen Wangen, die sie mehr tot als lebendig erscheinen ließen. Im Gegensatz zu ihrem rundlichen Mann war Frau Willmer knochig und drahtig und hatte ein kantiges Gesicht, das vermutlich unter anderen Umständen freundlich gewirkt hätte. Sie stützte sich am Türrahmen ab.

Susanne stand auf. »Ich bin Hauptkommissarin Wendland. Ich leite die Ermittlungen im Fall Ihrer Tochter. Ihr Mann hat mir gestattet, einen ersten Blick in ihr Zimmer zu werfen.« Sie ging zu Frau Willmer und streckte die Hand aus. »Mein aufrichtiges Beileid.«

Frau Willmer erwiderte den Händedruck mechanisch. Ihre Hand war eiskalt. Diese Frau gehörte wieder ins Bett, und zwar schnell.

»Finden Sie das Schwein, das es getan hat!«, stieß sie mit erstaunlicher Heftigkeit hervor. »Ich hätte das nie für möglich gehalten, aber jetzt bedaure ich, dass es bei uns keine Todesstrafe gibt. Wer immer der Mörder war, ich würde bei seiner Hinrichtung zusehen, ohne mit der Wimper zu zucken!«

»Sie sollten sich besser wieder hinlegen«, sagte Susanne beruhigend. Sie schob die Frau mit sanftem Druck aus dem Zimmer und schloss die Tür.

»Was werden Sie denn jetzt tun?« Frau Willmers Stimme wurde schrill.

»Ich werde mit den Kollegen der Spurensicherung das Zimmer Ihrer Tochter noch einmal gründlich durchsuchen.«, sagte Susanne. »Aber das hat Zeit bis morgen. Ich brauche dafür erst eine staatsanwaltliche Durchsuchungserlaubnis. Und wir wollen Ihnen und Ihrem Mann heute nicht zu viel zumuten.«

»Was könnte uns Schlimmeres zugemutet werden als das, was bereits geschehen ist?«

Darauf wusste Susanne nichts zu sagen. Sie schluckte und fügte hinzu: »Ich bitte Sie, Stephanies Zimmer nicht zu verändern. Jede kleinste Spur, jeder Hinweis kann für uns von Bedeutung sein. Nur wenn wir uns ein möglichst genaues Bild vom Leben Ihrer Tochter machen können, haben wir eine Chance, das Verbrechen aufzuklären.« Susanne spürte, wie routinemäßig und letztlich unangemessen diese Sätze klangen. Aber gab es überhaupt Worte, die dieser Situation gerecht werden konnten?

Frau Willmer hielt einen Moment inne und fasste sich an die

Schläfe. »Dieses Beruhigungsmittel. So etwas bin ich nicht gewöhnt. Man wird ganz schwindelig davon.«

Susanne bot ihr den Arm. »Kommen Sie, ich bringe Sie zurück ins Schlafzimmer.« Frau Willmer stützte sich schwer auf sie, und Susanne hatte schon Angst, sie würde ihr hier auf dem Flur kollabieren. Aber gemeinsam schafften sie den Rückweg in ein, wie zu erwarten ordentliches, nach frischer, parfümierter Bettwäsche duftendes Schlafzimmer. Susanne half der Frau ins Bett. »Ruhen Sie sich aus, schonen Sie Ihre Kräfte. Ich verspreche Ihnen, dass wir morgen nach der Durchsuchung des Zimmers alles wieder in seinen ursprünglichen Zustand versetzen. Und selbstverständlich erhalten Sie alle persönlichen Gegenstände Ihrer Tochter unversehrt zurück.«

Frau Willmer ließ sich von ihr zudecken wie ein Kind, das sich vor bösen Träumen fürchtet. »Finden Sie den Mörder«, sagte sie noch, dann atmete sie tief durch und schloss die Augen. Susanne ging zurück nach unten. Dort hatte der stets fürsorgliche Tönsdorf Herrn Willmer, dem es nicht besser zu gehen schien als seiner Frau, aufs Sofa gepackt und ihm die Beine hochgelegt.

»Sein Kreislauf ist ganz schön weggesackt«, sagte Tönsdorf. »Na, ist ja auch kein Wunder – bei dem, was er heute durchmachen musste. Ich habe ihm vorsichtshalber einen Arzt gerufen. Ich denke, er braucht eine Beruhigungsspritze. Wie wär's, wenn du allein zu Carsten Willmer fährst? Ich bleibe lieber hier, bis der Arzt kommt. Dann lasse ich mich von einem Streifenwagen abholen und ins Präsidium bringen.«

Als Susanne Herrn Willmers kreidebleiches Gesicht sah, stimmte sie sofort zu.

Draußen vor dem Haus zündete sie sich als Erstes eine Zigarette an. Sie merkte, dass ihre Finger zitterten. Rauchend

ging sie zum Wagen. Carsten Willmer wohnte in Lövenbruch, auf der anderen Seite der Stadt. Wenigstens hielt sich
der Verkehr am frühen Samstagnachmittag in Grenzen. Als
sie ein paar Kilometer zurückgelegt und gerade den Filter-
stummel der Gauloises im Aschenbecher ausgedrückt hatte,
rammte sich ihr plötzlich eine heiße Faust in den Magen. Der
dumpfe Schmerz raubte ihr fast den Atem. Sie musste am
Straßenrand anhalten. Stöhnend und mit tränenden Augen
massierte sie sich ihren Bauch. Sie atmete tief durch. Zu
Hause bewahrte sie einen Säureblocker im Arzneischrank
auf. Ihre Hausärztin hatte ihn ihr verschrieben, als Susanne
sie vor ein paar Wochen wegen Magenbeschwerden aufgesucht hatte. So schlimm waren die Schmerzen damals allerdings nicht gewesen. Die Ärztin hatte eine Gastritis diagnos-
tiziert und ihr geraten, weniger Kaffee zu trinken und mit
dem Rauchen aufzuhören. Nikotin sei pures Gift für einen
empfindlichen Magen. Eingenommen hatte Susanne den
Säureblocker nie, da sie Medikamente nur schluckte, wenn
es gar nicht anders ging. Doch jetzt bereute sie, das Zeug
nicht dabeizuhaben. Sie würde doch wohl kein Magenge-
schwür bekommen? Die Aussicht auf eine Magenspiegelung
fand sie wenig erfreulich. »Scheißzigaretten!«, stöhnte sie.
Sie musste endlich mit der Qualmerei aufhören. Ich habe es
doch schon einmal geschafft, dachte sie, wenigstens für ein
paar Monate. Langsam ließ der Schmerz nach und flaute zu
einem dumpfen Gefühl in der Magengegend ab. Sie wischte
sich mit dem Handrücken den Schweiß von der Stirn und
fuhr weiter.

In dem Neubaugebiet auf der grünen Wiese am Rande Löven-
bruchs waren die Häuser deutlich größer als bei den alten
Willmers in Rodenkirchen. Carsten Willmer spielte offen-

sichtlich als aufstrebendes Vorstandsmitglied des Bankhauses Sonderath in einer höheren Liga als sein Vater, wenn er auch dessen Gewerbe treu geblieben war. Susanne fand das Haus aber nicht besonders aufregend – ein eintöniger Allerweltsneubau, zwei Nummern größer als Willmers Elternhaus. Der Mut zu architektonischer Extravaganz würde Carsten Willmer wohl erst überkommen, wenn er zehn Jahre älter und zur Deutschen Bank übergewechselt war. Lediglich ein paar metallische Design-Applikationen versprühten einen Hauch kühlen Banker-Flairs. Der Briefkasten beispielsweise sah aus wie ein futuristischer Fleischwolf. Unvorsichtige Briefträger mussten hier um ihre Fingerkuppen fürchten. Der große Garten hatte allerdings noch Baustellencharakter und es würde noch einige Zeit dauern, bis man in ihm repräsentative Feste feiern konnte.

Susanne rieb einen Moment ihren Magen, der wieder einigermaßen zur Ruhe gekommen war. Halte deinen Zynismus im Zaum, dachte sie, immerhin hat der Junge gerade seine kleine Schwester verloren. Aber sie hegte nun einmal eine herzliche Abneigung gegen die Profiteure des Neoliberalismus. Nun ja, dachte sie, ich kann mir solche Ressentiments leisten, schließlich bin ich Beamtin.

Sie stieg aus dem Wagen und klingelte an der Haustür. Es dauerte ziemlich lange, dann öffnete ein sehr jugendlicher Mann mit geröteten, verweinten Augen. Er war deutlich schlanker als sein Vater und sein kurzes, dunkelblondes Haar, das sonst offenbar sauber gescheitelt war, stand jetzt wirr in alle Richtungen. Susanne stellte sich vor und kondolierte.

Carsten Willmer nickte und bat sie wortlos herein. Erst im Wohnzimmer, das viel größer, aber auch viel ungemütlicher als das seiner Eltern war, sagte er mit zittriger Stimme: »Sie müssen alles tun, um den Mörder zu finden. Besonders für meine Eltern. Sie gehen durch die Hölle. Und dass der Mörder gefasst wird und seine gerechte Strafe erhält, ist das Einzige, was ihnen wenigstens ein klein wenig Trost geben könnte.«

»Aber für Sie ist es doch gewiss auch schrecklich?«

»Ich glaube, ich habe es noch gar nicht ganz begriffen.« Er schüttelte langsam den Kopf. »Kann man so etwas überhaupt begreifen?«

»Wie war denn das Verhältnis zwischen Ihnen und Ihrer Schwester? Ich meine, standen Sie sich nahe? Hat sie Ihnen viel aus ihrem Leben erzählt?«

Carsten Willmer seufzte. »Da war dieser große Altersunterschied. Zwölf Jahre sind eine Menge. Und sie war ein stiller Mensch, wissen Sie. Lange Zeit hatten wir eher wenig Kontakt. Ich habe mich mit ganzer Energie meinem Studium und meiner Karriere gewidmet. Und mit der Drogenszene, in die sie ja leider vorübergehend abgerutscht war, hatte ich nie etwas zu tun.«

»Sie halten es also für möglich, dass der Mörder aus dieser Szene kommt?«, fragte Susanne.

Stephanies Bruder zuckte müde die Achseln. »Woher denn sonst? In der Bank hatte sie keine Feinde. Da war sie sehr beliebt.«

»Wurde sie denn akzeptiert, oder gab es in der Bank Probleme wegen ihrer Vergangenheit?«

»Am Anfang gab es einigen Widerstand, als ihr ein Ausbildungsplatz als Bankkauffrau gegeben wurde«, antwortete Willmer, »aber sie hat das in sie gesetzte Vertrauen verdient. Ich fand, sie brauchte eine faire Chance. Sie hatte eine Therapie gemacht und sich aus ihrem früheren Umfeld völlig gelöst. In der folgenden Zeit erwies sie sich dann auch als wirklich fleißig und tüchtig, und war zugleich sehr freundlich und bescheiden. Ich glaube, weil sie keine Sonderbehandlung verlangte, sondern sich so fleißig ins Zeug legte, gab es auch kein Gerede, dass sie als Schwester eines leitenden Angestellten protegiert wurde. Meine Eltern waren sehr glücklich, dass Stephanie doch noch im normalen Leben Fuß gefasst hatte. Und wir beide sind uns in dieser Zeit zum ersten Mal wirklich näher gekommen.«

Sein Blick verschleierte sich. Er begann leise zu schluchzen und sank in einen eleganten, mit hellem Leder bezogenen Designersessel.

»Papa, warum weinst du denn? Was will denn die große Frau von dir?« Zwei ungefähr drei- und fünfjährige Jungen sausten ins Wohnzimmer. Mit ihren eins vierundachtzig war Susanne in der Tat recht groß und überragte Carsten Willmer um einige Zentimeter.

»Ist es wirklich notwendig, dass Sie meinen Mann heute schon mit Ihren Fragen behelligen? Sie sehen doch, in welchem Zustand er ist!« Eine zierliche Frau kam ins Zimmer. Susanne schätzte sie auf Mitte dreißig. Sie war sehr attraktiv, trotz ihrer strengen, eher männlichen Kurzhaarfrisur. Ihre dezent geschminkte Haut ließ auf regelmäßige Besuche im Solarium schließen und ihr schwarzes Kostüm harmonierte in seiner kühlen Eleganz perfekt mit den Wohnzimmermöbeln. Chris hätte ihre Ausstrahlung vermutlich als frostige Aura bezeichnet. Kalte Schlange, schoss es Susanne durch den Kopf, während die dunklen Augen der Frau sie abschätzig musterten.

Carsten Willmer winkte müde ab und strich seinen Söhnen sanft durchs Haar. »Lass doch, Andrea. Die Kommissarin macht nur ihre Arbeit.«

Seine Frau erwiderte unwillig: »Hat das denn nicht Zeit bis

Montag?« Im Gegensatz zu ihrem Mann wirkte sie von dem Todesfall in der Familie nicht sehr erschüttert. »Besitzt die Polizei denn gar kein Taktgefühl?« Der Klang ihrer Stimme und die Art, wie sie Susanne von oben bis unten ansah, hatte etwas Arrogantes, Herablassendes, das Susanne auf die Palme brachte.

Gereizt entgegnete sie: »Je eher wir die Ermittlungen aufnehmen, desto größere Chancen bestehen, das Verbrechen aufzuklären. Es tut mir Leid, aber ich kann Ihnen das nicht ersparen.« Sie schaute Willmer an, der sich wieder etwas gefasst hatte. »Wie schnell können Sie mir eine Liste aller Kolleginnen und Kollegen beschaffen, mit denen Stephanie in der Bank näheren Kontakt hatte?«

»Aber das wird Sie bestimmt nicht weiterbringen. Ich sagte Ihnen doch schon: Meiner Meinung nach kann der Mord nur etwas mit Stephanies Drogenvergangenheit zu tun haben.« Jetzt wirkte auch Willmer gereizt. Die Vorstellung, dass die Polizei in der Bank Zeugen vernahm, war ihm offensichtlich unangenehm. Aber vielleicht hatte er ganz einfach Recht. Es schien tatsächlich das Naheliegendste zu sein, einen Zusammenhang zwischen der Tat und Stephanies Drogenvergangenheit zu sehen. Gut möglich, dass es sich um den Racheakt eines Dealers handelte, der aus irgendeinem Grund eine Rechnung mit der jungen Frau offen gehabt hatte.

»Auch das werden wir überprüfen«, sagte Susanne. »Aber ebenso werden wir Stephanies berufliches Umfeld durchleuchten. Das ist unvermeidlicher Teil der Mordermittlungen.«

Willmer seufzte. »Natürlich. Ich nehme an, Sie wissen selbst am besten, wie Sie Ihre Arbeit angehen müssen. Ich habe morgen früh eine wichtige Besprechung in der Bank. Reicht es, wenn ich Ihnen die Liste dann zufaxe?«

»Selbstverständlich.« Susanne gab ihm ihre Karte. Dass auch Bankiers am Wochenende Überstunden schieben mussten, hatte etwas Tröstliches.

Draußen im Wagen überfielen Susanne für einen Moment Erinnerungen an jenen Abend vor siebzehn Jahren, als zwei Polizisten die Nachricht überbracht hatten, dass Susannes Bruder tödlich mit dem Motorrad verunglückt war. Während ihre Mutter sich über Wochen und Monate buchstäblich in Tränen auflöste, hatte Susanne nicht weinen können. Nicht einmal auf der Beerdigung. Sie hatte sich deswegen geschämt, sich schuldig gefühlt. Aber sie hatte keinen Verlust gespürt. Im Grunde hatte sie ihren Bruder genauso gehasst wie ihren Vater. Er hatte ihr oder ihrer Mutter niemals beigestanden, wenn ihr Vater sie verprügelte, sondern immer nur auf Susanne herumgehackt. Und als Jugendlicher hatte er sich alle Unarten des Vaters zu Eigen gemacht. Er war ständig in Raufereien verwickelt, hatte Ärger mit der Polizei und trank.

Aber Susanne war beiden schnell über den Kopf gewachsen. Mit vierzehn – da war sie schon über eins siebzig groß gewesen – hatte sie wie eine Wilde zu trainieren angefangen: Karate, Hanteln, Schwimmen. Und mit fünfzehn hatte sie ihrem Vater zwei Zähne ausgeschlagen. Danach hatte er sie und ihre Mutter nie wieder angerührt.

Was sie bei ihrem Vater immer besonders gehasst hatte, war die eigentümliche katholische Frömmigkeit gewesen, mit der seine Brutalität und sein Alkoholismus einhergingen. Bis sie vierzehn oder fünfzehn Jahre alt gewesen war, hatte er sie jeden Sonntag zur Messe in den Dom geschleift. Wahrscheinlich hasse ich den Dom deshalb heute noch, dachte sie. Ich habe einfach den Hass auf meinen Vater auf den Dom übertragen, obwohl der ja nun wirklich nichts dafür kann. Susanne schob die Gedanken an ihre verkorkste Jugend entschieden beiseite und dachte zufrieden, dass sie sich eigentlich ganz wacker schlug. Sie wollte den Zündschlüssel herumdrehen, zögerte dann aber und griff zum Handy, um in der Gerichtsmedizin anzurufen.

»Darf ich dich erinnern, dass Wochenende ist, liebes Mädchen?«, erwiderte Toni Walterscheid etwas ungehalten, als sie ihn fragte, ob Stephanie Willmer schon obduziert sei. »Bis morgen wirst du dich schon noch gedulden müssen.«

Susanne verzog das Gesicht. »Du weißt doch, dass Geduld nicht gerade meine starke Seite ist.«

»Na, dafür hast du ja genug andere Stärken. Hast du übrigens schon von der verrückten Sache mit dem toten Delphin gehört?«

»Delphin? Nein. Für tote Tiere bin ich nicht zuständig.«

Toni berichtete etwas rheinisch weitschweifig von dem toten Delphin, der flussabwärts auf dem Ruwer gefunden worden war, kurz vor dem Bayer-Werksgelände in Leverkusen. »Und stell dir vor, vorhin hat mich Harry angerufen. Du erinnerst dich doch noch an Harry?«

In Susanne stiegen unerfreuliche Bilder hoch. Da war dieser sonderbare Junge gewesen, Nachtauge, und die tödliche schwarze Raubkatze – eine dieser bizarren Geschichten, die sie lieber vergessen wollte. »Der Wildtier-Experte vom Zoo, der uns voriges Jahr wegen der Todesfälle in der Europetrol-Ölraffinerie beraten hat?«

»Bingo! Die Leverkusener Kripo hat ihn wegen des Delphins hinzugezogen. Und jetzt hat er mich gebeten, das Tier zu obduzieren. Also so was ist mir wirklich noch nicht auf dem Seziertisch gelandet! Aber keine Angst, deine Leiche nehm ich mir zuerst vor. Nun, jedenfalls ist der Delphin erschossen worden, und zwar offenbar nicht mit einer Jagdwaffe, sondern mit einer Pistole.«

Susanne wusste, dass Toni trotz seiner Neigung zum rheinischen Frohsinn seinen Dienst gewissenhaft versah, sonst hätte sie vermutet, er habe einige Kölsch über den Durst getrunken. Ein Delphin im Rhein? Wie kam der denn hierher? »Gibt's im Duisburger Zoo nicht ein Delphinarium?«, überlegte sie laut. »Vielleicht ist er dort gestohlen worden?« Aber wie stahl man einen Delphin?

»Nein, dort fehlt keiner. Haben die schon überprüft. Ich werde dich auf jeden Fall auf dem Laufenden halten«, fuhr Toni fort. »Und schalte mal das Radio ein, ich wette, sie bringen in den WDR-Nachrichten etwas darüber. Das ist nun wirklich eine Meldung wert!«

Susanne wollte das Gespräch beenden, zögerte aber noch. »Toni ... ich weiß, du beschäftigst dich hauptsächlich mit Leichen. Aber hast du vielleicht einen Tipp für ... nervösen Magen?«

»Kölsch«, sagte Toni ohne lange Überlegung. »Im Ernst, hat mir ein alter Internist mal empfohlen. Und nicht rauchen, natürlich. Schau mich an: Ich trinke viel, aber nicht übermäßig viel, und ich rauche nicht. Meinem Magen geht's prima – außer an Aschermittwoch. Aber, dass du's am Magen hast, kann ich mir gut vorstellen, du bist die typische Stress-Kandidatin. Ziemlich unrelaxed für eine gebürtige Kölnerin. Lass vorsichtshalber mal 'ne Magenspiegelung machen.«

Susanne verzog schaudernd das Gesicht. »Igitt! Nein, bloß nicht!«

»Ist aber halb so wild. Ich kann dir einen guten Internisten empfehlen. Kenne ich aus dem Vorstand unserer Karnevalsgesellschaft. Der macht das sehr feinfühlig, lässt dazu sogar Musik laufen.«

Susanne musste grinsen. »Musik? Was denn? Etwa die Bläck Fööss oder die Höhner?«

»Nein. Dieses meditative Gesäusel, bei dem ich immer sofort einschlafe. Cusco und dieses Zeug.«

Sie versprach, es sich zu überlegen, dachte aber, während sie das Handy in die Halterung zurückschob, dass sie lieber mehr Kölsch trinken und weniger rauchen würde, als sich zu esoterischen Klängen einen Schlauch in den Magen schieben zu lassen. Sie fuhr zurück ins Präsidium.

Tönsdorf war inzwischen auch wieder im Büro eingetroffen, und auf dem Stuhl vor seinem Schreibtisch saß ein bleich und erschöpft aussehendes Mädchen von vielleicht siebzehn Jahren. Sie hatte kurze, rot gefärbte Haare, trug abgerissene Jeans und war mager wie eine heimatlose Katze. »Das ist Nadine«, sagte Tönsdorf. »Wir kennen uns schon viele Jahre. Auch ihren Vater hab ich gekannt. Ist leider tot.«

Susanne stöhnte. Tönsdorf und sein riesengroßes Herz, in dem Platz für alle Sozialfälle Kölns war!

»Nadine braucht unsere Hilfe.«

»So?« Susanne spürte, dass ihre Stimme genervter klang als beabsichtigt.

Tönsdorf musterte sie aufmerksam. »Du siehst ein bisschen blass um die Nase aus. Hoffentlich gehst du nächste Woche endlich mal zum Arzt wegen deines Magens?«

»Ja, Onkel Tönsdorf! Was ist denn nun mit Nadine?«

»Also, ihr Freund …«

»Vielleicht kann sie das selbst erzählen? Sie hat doch einen Mund zum Reden, oder?«

Nadine druckste einen Moment unsicher herum, dann sagte sie: »Selim ist mein Freund.«

Tönsdorf schaltete sich ein: »Der Neffe von Ibrahim Ylmaz, der voriges Jahr wegen dem Bruch in …«

Susanne hob die Hand. »Nun halt doch mal die Klappe! Also, was ist mit deinem Freund Selim?«

»Es gibt eine alte Fabrikhalle drüben in Mülheim, da hat er schon länger ein Versteck«, sagte Nadine. »Jetzt ist er auch dort. Er ist verletzt. Eine … Schusswunde an der Schulter.«

Susanne hob die Brauen. »Wie ist das denn passiert?«

Nadine wand sich unbehaglich auf ihrem Stuhl. »Er würde es als Verrat empfinden, wenn ich Ihnen das erzähle. Eigentlich hätte ich gar nicht herkommen dürfen, aber Kommissar Tönsdorf vertraue ich. Selim braucht einen Arzt. Er hat Fieber. Ich glaube, die Wunde hat sich entzündet. Ich weiß einfach nicht weiter …« Sie fing an zu weinen.

Tönsdorf schaute Susanne geradezu flehend an. »Du, ich weiß, wir haben hier einen Arsch voll Arbeit, aber meinst du nicht, wir könnten mit Nadine mal eben rüber nach Mülheim fahren und nach Selim sehen? Das ist ein guter Junge. Sein Onkel eigentlich auch – mal abgesehen davon, dass er Einbrecher ist. Und seine Eltern sind brave Geschäftsleute, die vor zwei Jahren in die Türkei zurückgegangen sind.«

»Und der Fall Willmer, und die ganze andere Arbeit, die hier rumliegt? Außerdem wissen wir gar nicht, um was es geht. Wer hat ihm den Schuss verpasst?«

»Das kann ich nicht sagen«, entgegnete Nadine bestimmt. »Ich will, dass wir das mit ihm zusammen entscheiden. Ob wir ihn ins Krankenhaus bringen, und was wir euch sagen.«

Susanne stöhnte. Das hatte ihr gerade noch gefehlt. Tönsdorf würde sie auf keinen Fall mitnehmen. Solche Einsätze waren nichts mehr für ihn, er war viel zu dick und schwerfällig, um sich in eine alte Fabrikhalle hineinzuwagen. Torsten Mallmann, die Nummer drei ihres Trios, hätte sie jetzt gut gebrauchen können, aber Torsten war am Freitag fix und fertig gewesen. Sie würde ihn auf keinen Fall aus dem freien Wochenende holen. »Okay, ich fahr mit ihr hin. Aber du bleibst hier!« Sie zeigte streng auf Tönsdorfs Schreibtisch. »Und nimmst dir den Stapel da vor.«

»Aber wäre es nicht sicherer, wenn ich mitkomme?« Tönsdorf wirkte verletzt. Er wusste, dass er alt wurde, und in diesen Situationen wurde ihm das schmerzlich bewusst. Susanne wollte ihn nicht dabeihaben, weil er vor Ort möglicherweise mehr schadete als nützte. Das tat weh, aber sie konnte es ihm leider nicht ersparen. Sie schüttelte den Kopf.

»Dann nimm wenigstens 'ne Streifenwagenbesatzung mit.«

Nadine hob abwehrend die Hände. »Bloß nicht! Wenn er uniformierte Polizisten sieht, versucht er bestimmt wegzulaufen. Und dabei geht's ihm so elend! Nachher fällt er irgendwo eine Mauer runter und …«

»Ach was«, entschied Susanne. »Ich mach das allein. Die Zivilstreifen sind auch alle überlastet. Und wenn nur eine Person Nadine begleitet, noch dazu eine Frau, ist der Junge bestimmt leichter zur Vernunft zu bringen.« Vermutlich war das Ganze in Wirklichkeit ohnehin weit weniger dramatisch, als es dem offensichtlich heftig in Selim verliebten und dementsprechend besorgten Mädchen erschien.

Nadine wirkte erleichtert. »Ja«, sagte sie, »wenn Sie allein mitkommen, ist das vielleicht am besten. Auch wenn er Sie nicht kennt. Und Sie brauchen keine Angst zu haben. Er ist unbewaffnet. Selim fasst keine Waffen an. Nie.«

»Willst du denn nicht wenigstens eine Zivilstreife im Hintergrund halten?«, fragte Tönsdorf.

»Jetzt nerv nicht rum«, erwiderte Susanne gereizt. »Ich fahr mit ihr hin, sondiere die Lage und melde mich dann über

Handy. Vermutlich muss er einfach nur ins Krankenhaus gebracht werden. Und ich denke, das schaffen wir Mädels auch allein, oder?«

Nadine lächelte tapfer.

Sie stiegen in den Dienstwagen, und Susanne fuhr Richtung Deutzer Brücke. Unterwegs versuchte sie ein paarmal, Nadine weitere Informationen zu entlocken, doch das Mädchen blieb standhaft. »Bitte«, sagte sie, »es ist schon schlimm genug, dass ich eigenmächtig zur Polizei gegangen bin. Ich möchte, dass wir alles Weitere mit ihm gemeinsam besprechen. Selim vertraut mir. Wir ... lieben uns.« Also ließ Susanne sie in Ruhe.

Jetzt führt mich der Dienst heute schon zum zweiten Mal über den Fluss, dachte Susanne, während sie die Brücke überquerten. Sie fuhr am Deutzer Bahnhof vorbei und bog dann nach links ab. Nachdem sie den hässlichen blauen Glasklotz des Messe-Eingangs hinter sich gelassen hatten, näherten sie sich der Industriebrache östlich des Mülheimer Hafens.

»Biegen Sie da vorn links ab«, sagte Nadine, die die ganze Zeit schweigend vor sich hin gestarrt hatte.

Sie näherten sich einer alten Fabrikhalle. Susanne fühlte sich zunehmend unbehaglich. Das war nicht unbedingt ein Ort, wo man sich allein mit bewaffneten Gegnern herumschlagen mochte – ein düsteres, unübersichtliches Gelände. Und die Fabrikhalle lag mit ihren blinden Fenstern da wie ein vergessener Bunker aus dem Weltkrieg. Von hier war es nicht sehr weit bis zum Hafen. Luftlinie. Was, wenn eine Verbindung zwischen Selim, Nadine und der toten Stephanie Willmer bestand?

Nadine war blass geworden. »Was ist?«, fragte Susanne, während sie den Motor stoppte. »Hast du Angst?«

Nadine zeigte auf die Pistole in Susannes Schulterhalfter. »Können Sie gut damit umgehen?«

»Von den Kollegen im Präsidium schießt nur mein Chef besser als ich.« Was sollte das jetzt plötzlich? Vorhin hatte Nadine behauptet, Selim sei unbewaffnet.

»Da sind ein paar Typen hinter uns her«, sagte Nadine gepresst. »Die haben Selim den Streifschuss verpasst. Gut möglich, dass die hier irgendwo rumschleichen.« Sie blickte sich ängstlich um.

»Was denn für Typen, verdammt?«

Nadine schüttelte den Kopf. »Ohne Selim sage ich nichts mehr.«

Susanne zögerte. Unter diesen Umständen war es das Vernünftigste, mindestens zwei Streifenwagen anzufordern und mit dem Mädchen hier im Auto zu warten, bis die Kollegen eintrafen. Sie zog das Handy aus der Tasche.

»Bitte«, sagte Nadine ganz verzweifelt. »Sie haben mir versprochen, dass Sie allein mit mir zu Selim gehen. Sind Sie jetzt plötzlich zu feige? Sie haben es versprochen! Und Kommissar Tönsdorf hat gesagt, dass ich Ihnen vertrauen kann.«

Susanne verdrehte die Augen und steckte das Handy wieder weg. Einen kurzen Moment ruhte ihr Blick auf den Handschellen in der Ablage unter dem Funkgerät. Sie ließ sie fast immer im Wagen liegen, weil man sie so gut wie nie brauchte und sie nur nutzlos und lästig am Hosenbund baumelten. Auch diesmal ließ Susanne sie, wo sie waren. Natürlich ging das gegen die Vorschriften. Seufzend zuckte sie die Achseln.

»Also los, gehen wir.«

Sie stiegen aus. Susanne zog ihre Dienstwaffe. »Bleib immer dicht bei mir«, sagte sie zu Nadine. Sie blickte sich wachsam um, aber weit und breit war kein anderes Auto zu sehen. Allerdings gab es auf dem Gelände genug Stellen, wo jemand seinen Wagen so hätte parken können, dass er von hier aus nicht zu sehen wäre. Um die Umgebung gründlich zu durchkämmen, hätte sie sowieso mindestens acht oder zehn Mann gebraucht. Sie zuckte die Achseln und folgte Nadine durch eine laut quietschende Eisentür, die nur angelehnt war. In der Fabrikhalle herrschte Dämmerlicht und ringsherum gab es nur Schrott, wohin das Auge blickte. »Selim?«, rief Nadine ängstlich.

Keine Antwort.

»Selim?«

»Vielleicht hat er uns kommen sehen und ist abgehauen, als er sah, dass du nicht allein bist«, flüsterte Susanne.

»Ich glaub nicht, dass er aufgestanden ist. Er war ziemlich schwach.« Nadine steuerte langsam auf eine brüchige Eisentreppe zu. Irgendwo tropfte Wasser.

Susanne blieb dicht bei ihr, mit schussbereiter Pistole. Die verrosteten Stufen knarrten unter ihren Füßen. Oben befand sich eine Art Galerie mit einer Reihe ehemaliger Büros oder Arbeitsräume. Nadine spähte in einen der Räume hinein und stieß einen erstickten Schrei aus. In dem Raum hatte jemand, vermutlich Selim, ein kleines Lager hergerichtet. Zwei alte Matratzen, ein paar Kerzen, die aber erloschen waren. Doch das Licht, das durch eine kleine schmutzige Fensterscheibe im hinteren Teil des mit alten Regalen voll gestellten Raums hereinfiel, reichte aus, um einen jungen Mann zu erkennen, der reglos auf einer der beiden Matratzen lag. Nadine blieb steif und zitternd vor ihm stehen. Sie schien unfähig, sich zu rühren.

Jemand hatte Selim erschossen, offenbar während der Junge schlief. Susanne erblickte eine hässliche Einschusswunde an Selims Kopf und viel Blut auf der Matratze. Sie ging in die

Hocke und griff nach seiner Hand, die sich noch warm anfühlte. Jetzt löste sich Nadines Erstarrung. »Diese Schweine!«, schrie sie und warf sich schluchzend auf Selim.

Sekunden später ertönte draußen vor dem Lagerraum ein lautes Scheppern. Jemand fluchte etwas Unverständliches. Mit der Pistole in der Hand stürzte Susanne zur Tür und sah in Richtung Treppe, keine drei Meter entfernt, einen Mann auf der Galerie liegen. Er war ganz offensichtlich gestolpert und der Länge nach hingeschlagen. Seine mit einem Schalldämpfer bestückte Pistole war ihm entglitten und lag außerhalb seiner Griffweite. Ehe er sich wieder aufrappeln konnte, hatte Susanne sich auf ihn gestürzt. Sie trainierte zusammen mit Torsten Mallmann viel öfter und härter als normalerweise unter den Kollegen üblich, was sich in einer Situation wie dieser auszahlte. Sie hielt ihn mit ihrer Waffe in Schach und riss ihm seine Wollmaske herunter. Er hatte breite, kräftige Gesichtszüge und lockiges blondes Haar. Wütend starrte er sie an. »Kriminalpolizei. Sie sind vorläufig festgenommen!«, zischte sie, und wusste im nächsten Moment, dass sie einen schweren Fehler begangen hatte.

Nadine war verstummt, und eine kühle, erstaunlich gelassen wirkende Stimme hinter ihr sagte: »Schön langsam.«

Wie hatte sie nur denken können, dass der Mann alleine war? Nadine hatte doch von ein paar Typen gesprochen. Der andere trug seine schwarze Wollmaske noch, die lediglich kleine Schlitze für Mund, Nase und Augen aufwies. Er hatte Nadine gepackt und hielt ihr eine Pistole an die Schläfe. »Die Waffe hinlegen, sonst erschieße ich das Mädchen.«

Er sprach mit skandinavischem Akzent. Ein Däne oder Schwede?

Zähneknirschend ließ Susanne von dem Mann am Boden ab und legte ihre Waffe auf den staubigen Boden. Der Mann rappelte sich auf, schnappte sich die Waffe und sagte etwas in einer Sprache, von der Susanne vermutete, dass es sich um Schwedisch handelte. Er war nicht sehr groß und hatte die breitschultrige, kompakte Figur eines Bodybuilders.

Der Mann, der Nadine bedrohte, war größer und schlanker als sein Komplize. Beide trugen Handschuhe. Er gab dem anderen eine knappe, autoritär klingende Anweisung. Susanne fluchte innerlich. Sie verstand kein Wort. Englisch und Französisch beherrschte sie gut, und auch mit den holländischen Nachbarn rheinabwärts konnte sie sich einigermaßen verständigen, aber Schwedisch gehörte nicht zu ihrem Repertoire. Dann wandte er sich an Susanne und sagte ruhig, geradezu freundlich: »Sie beide werden uns jetzt begleiten.«

Susanne kämpfte ihre Panik nieder und überlegte fieberhaft. Sie konnte behaupten, dass das Gebäude von ihren Kollegen umstellt war. Doch was brachte das? Sie konnte niemanden benachrichtigen, und bis Tönsdorf sich ernstlich Sorgen machte, weil sie sich nicht meldete, vergingen vermutlich noch zwanzig, dreißig Minuten. Wenigstens wusste Tönsdorf aber, dass er am Mülheimer Hafen nach ihnen suchen musste. Wenn die Männer sie allerdings wegbrachten, gestaltete sich die Suche wesentlich schwieriger. Susanne sagte, mehr probeweise und um die Nerven der beiden Männer zu testen: »Meine Kollegen sind über das Gelände verteilt. Glauben Sie nur nicht, Sie könnten mit uns beiden einfach hier herausspazieren.«

Der Mann mit der schwarzen Wollmaske lachte geradezu vergnügt auf. »Geben Sie sich keine Mühe. Sie sind alleine mit dem Mädchen gekommen. Bis Ihre Kollegen Sie vermissen, vergeht vermutlich noch ein Weilchen. Ziemlich unprofessionell, meiner Meinung nach!«

Susanne biss die Zähne zusammen. Die Bemerkung saß. Er hatte Recht, und sie fing bereits an, sich Vorwürfe zu machen. »Zu dumm, dass mein Mitarbeiter gestolpert ist und Sie sein Gesicht gesehen haben. Sonst könnte ich Sie vielleicht hier lassen und nur das Mädchen mitnehmen.«

Cool bleiben, hämmerte sich Susanne innerlich ein, nicht verrückt machen. »Was haben Sie denn mit uns vor? Vielleicht können wir ja miteinander verhandeln.«

Der freundliche Schwede hinter der Maske war wirklich ein heiterer Mensch. Wieder lachte er leise. »Sie sind wohl kaum in einer günstigen Verhandlungsposition, oder was meinen Sie?« Er gab seinem Komplizen, der sich die Maske wieder übergestreift hatte, einen Wink. »Schluss jetzt! Wir verschwinden von hier.«

Susanne spürte, dass es keinen Sinn hatte, Widerstand zu leisten, wollte sie nicht das Leben des Mädchens aufs Spiel setzen. Sie zweifelte nicht daran, dass der Schwede Nadine ebenso kaltblütig erschießen würde wie Selim. Ohne mit der Wimper zu zucken. Ohnmächtig musste sie sich von dem Blonden grob durchsuchen lassen. Er nahm ihr das Handy und den Dienstausweis ab. Was bin ich für eine Idiotin, dachte sie. Wie konnte ich nur mit dem Mädchen allein in das Gebäude gehen?

Der Blonde versetzte Susanne einen brutalen Schlag in die Magengrube, offenbar um sich für die Demütigung zu rächen, die sie ihm bereitet hatte. Nicht der Magen!, dachte sie und krümmte sich vor Schmerzen. Sein Chef zischte ärgerlich etwas auf Schwedisch, woraufhin ihr der Blonde seine Pistole in den Rücken stieß und sie zu viert die Treppe hinunterstiegen.

Susanne ärgerte sich maßlos über sich selbst. Sie hatte sich benommen wie eine blutige Anfängerin. Aber vielleicht war es sogar besser so. Wäre sie nicht so unvorsichtig sofort auf die Galerie gestürmt, hätte der Blonde Gelegenheit gehabt, in Position zu gehen, und es wäre vielleicht zu einem Schusswechsel gekommen. Dass die beiden Schweden gut mit der Waffe umgehen konnten, hielt Susanne für mehr als wahrscheinlich. Womöglich hätten anschließend nicht nur Selim, sondern auch noch Nadine und sie selbst tot am Boden gelegen. Jetzt hatten Susanne und das Mädchen zumindest eine kleine Chance zu entkommen.

Sie verließen die Halle durch eine andere Tür, die nach hinten hinaus führte. Dort stand, dicht an der Wand, ein weißer VW-Transporter, ein typisches Handwerkerauto, von denen allein in Köln vermutlich Hunderte herumfuhren. Susanne bekam keine Gelegenheit, einen Blick auf die Nummernschilder zu werfen. Die beiden Frauen wurden durch die seitliche Schiebetür ins Innere des Wagens gestoßen. Erst jetzt riss ihr besonderer Liebling die Hecktüren auf und machte sich daran, die beiden Gefangenen an Händen und Füßen zu fesseln, Susanne, die er sicherlich für die Gefährlichere der beiden hielt, zuerst. Sein Boss stand schweigend vor der Seitentür und hielt Susanne und Nadine mit der Pistole in Schach. Der Blonde benutzte Stricke, die er, wie Susanne fand, etwas nervös und nachlässig festzurrte. Zum Glück hatte sie ihre Handschellen im Dienstwagen gelassen, sodass man sie nicht damit fesseln konnte. Kein Mensch konnte sich aus Handschellen befreien. Nachlässig vertäute Stricke boten da schon mehr Möglichkeiten.

Die Türen wurden zugeknallt. Die beiden Schweden stiegen vorne ein und fuhren los. Der VW polterte über den unbefestigten Platz hinter der Halle, und die beiden Frauen, die sich mit ihren gefesselten Händen nirgendwo abstützen konnten, wurden auf der harten Ladefläche unsanft hin und her geworfen. Dann stoppte der Wagen plötzlich wieder. Susanne hielt den Atem an. Hatten es sich die beiden anders überlegt, wollten sie hier an Ort und Stelle kurzen Prozess machen? Die seitliche Schiebetür wurde aufgerissen. Durch die Öffnung sah Susanne ihren Dienstwagen vor der Halle parken. Dann tauchte die muskulöse Gestalt des Blonden auf: »Deine Wagenschlüssel!«

»Hol sie dir doch, Arschloch!«, zischte Susanne wütend.

Er beugte sich zu ihr herab und schlug ihr ins Gesicht, kurz, hart und gemein. Dann durchsuchte er grob ihre Taschen, erkennbar bestrebt, ihr dabei so weh wie möglich zu tun. Als er die Schlüssel gefunden hatte, knallte er die Schiebetür wieder zu. Susanne bebte vor Schmerz und Wut.

Sie hörte, wie draußen quietschend ein Tor oder eine große Tür geöffnet wurde. Dann startete einer der beiden den Motor von Susannes Wagen. Vermutlich bugsierten sie ihn in irgendeinen Schuppen, damit er nicht so schnell gefunden wurde. Die beiden dachten wirklich an alles.

Augenblicke später stiegen sie wieder ein und setzten die Fahrt fort. Als der Lieferwagen festen Asphalt unter die Räder bekam, ließ das Rütteln nach, aber die Ladefläche blieb hart und unbequem. Susanne schaffte es einigermaßen, die Fassung wiederzugewinnen und das Zittern ihres Körpers unter Kontrolle zu bringen, indem sie sich vorstellte, dass sie dem blonden Kerl mit voller Wucht in den Schritt trat, und er sich wimmernd am Boden krümmte. Dieses innere Bild verlieh ihr neue Kraft und Zuversicht.

Nadines bleiches Gesicht dicht neben ihr war tränenüberströmt, der Blick leer.

»Nicht aufgeben«, sagte Susanne. »Wir finden einen Weg hier raus, und ich sorge dafür, dass diese Scheißkerle für lange Zeit in den Knast wandern!«

»Das macht Selim auch nicht wieder lebendig«, erwiderte Nadine leise.

Darauf wusste Susanne keine Antwort. Sie hätte das Mädchen gerne tröstend in den Arm genommen, doch die verfluchten Stricke hinderten sie daran.

3. Kapitel

Nadine schwieg und schien völlig in ihrer Verzweiflung zu versinken. Susanne schätzte, dass sie seit etwa zehn Minuten unterwegs waren. Die Stelle an ihrem Oberkiefer, wo das blonde Arschloch sie geschlagen hatte, pochte schmerzhaft. Einen kleinen Lichtblick wenigstens gab es: Der VW Transporter hatte zwar eine geschlossene Trennwand zur Ladefläche hin, doch darin befand sich ein Schiebefenster.

Und dieses Schiebefenster stand offen. Entweder hatten die skandinavischen Killer das nicht bemerkt oder es war ihnen gleichgültig. Bislang hatte Susanne allerdings mit dem, was die beiden sagten, wenig anfangen können, denn sie unterhielten sich natürlich auf Schwedisch. Jedenfalls gab es ganz offenkundig Meinungsverschiedenheiten. Der blonde Bodybuilder, der, soweit Susanne dies ausmachen konnte, am Steuer saß, widersprach seinem Boss und wurde immer wieder mit knappen, sehr bestimmten Worten von diesem zurechtgewiesen. Verdammt, dachte Susanne, warum war ich noch nie in Schweden? Ist doch eigentlich ein schönes Land, und ich könnte jetzt wenigstens ein paar Brocken verstehen. Dann klingelte im Führerhaus ein Handy. Susanne hielt den Atem an und lauschte angestrengt. Der Boss des Blonden meldete sich mit einem knappen »Ja«. Einen Moment später sagte er: »Der Junge ist tot, ja.« Seine Stimme hatte jetzt nicht den amüsierten, vergnügten Tonfall wie zuvor in der Lagerhalle. »Nein, das Mädchen noch nicht. Sie war nicht allein, eine Polizistin ist bei ihr.« Dazu hatte sein Gesprächspartner offenbar einiges zu sagen, denn der Boss schwieg eine Weile; dann: »Natürlich ist eine Menge schief gelaufen. Aber eigentlich haben wir nur getan, was die Situation erforderte. ... Ja, selbstverständlich bin ich Ihnen unterstellt. Aber auch den Partnern in Schweden. Ich bin verpflichtet, mich auch mit denen abzustimmen, das wissen Sie genau ... Ja, vielleicht hätte es sich vermeiden lassen. Aber was sollten wir machen? Wir mussten schließlich reagieren. ... Natürlich habe ich kein Problem damit, sie zu erschießen ... aber wäre das nicht kontraproduktiv? Jedenfalls müssen wir das gemeinsam mit der Geschäftsleitung in Schweden entscheiden. Ich melde mich, sobald ich von dort Nachricht erhalte.«

Das Gespräch schien beendet. Dann benutzte er ein international gebräuchliches Wort, das auch Susanne verstand: »Shit!« Als er dann begann, auf den Blonden einzuschimpfen, wurde das Schiebefenster mit einem Ruck zugestoßen. Susanne atmete tief durch und zwang sich zur Konzentration. Eine junge Frau war in der Nacht getötet worden. Dann war, nicht weit davon entfernt, ein junger Mann erschossen worden. Und auf der gleichen Rheinseite war ein Stück flussabwärts ein toter Delphin mit einer Schusswunde angetrieben. Es *musste* kein Zusammenhang zwischen diesen Ereignissen bestehen, aber wahrscheinlich schien es Susanne schon. Was es wohl mit der Geschäftsleitung in Schweden auf sich haben mochte?

Ächzend drehte sie ihren durchgerüttelten und malträtierten Körper auf die Seite und musterte Nadine, die weiterhin dumpf zum Wagendach starrte. »Sagt dir der Name Stephanie Willmer etwas?«, fragte Susanne.

Nadine schloss die Augen. »Sie ist auch tot, stimmt's?«, antwortete sie mit dünner Stimme, die über die Fahrgeräusche hinweg kaum zu verstehen war.

»*Was* sind das für Typen da vorn im Fahrerhaus?«

Unter Nadines Lidern quollen Tränen hervor, und ihr Körper wurde von heftigem Schluchzen geschüttelt.

In diesem Moment bremste der Transporter ab. Susanne hörte das Klacken des Blinkers. Sie bekam einen heftigen Stoß ins Kreuz, als der Wagen über eine Bordsteinkante oder etwas Ähnliches rumpelte. Dann verstummte der Motor. Die beiden Männer stiegen aus und sprachen gedämpft mit anderen Männern. Susanne verstand kein Wort. Jemand riss die Hecktüren auf. Ein bulliger Mann mit einer Stirnglatze sagte: »Los! Los! Aussteigen!« Er sprach mit slawischem Akzent, ein Russe vermutlich.

Susanne starrte ihn wütend an. »Wie denn? Unsere Füße sind gefesselt!«

Gleichzeitig hörte sie, wie vorne die beiden Schweden wieder ins Fahrerhaus stiegen. Hinter dem Russen standen noch zwei weitere Männer. Einer von ihnen hatte eine Pistole in der Hand, mit der er drohend herumfuchtelte. Einer ihrer Entführer löste ihre Fußfessel. »Komm«, sagte Susanne sanft zu Nadine, die apathisch liegen blieb. »Was ist?«, rief der bullige Russe. »Hopp-hopp! Beeilung!« Er packte Nadines Fußgelenke und zog sie grob ein Stück aus dem Wagen. Zitternd stand sie auf. Susanne stellte sich schützend neben sie. Sofort wurden sie vorwärts gestoßen. Der Dieselmotor des Transporters sprang mit einem dröhnenden Geräusch an. Susanne riskierte einen raschen Rundblick und sah den Transporter auf ein Tor zu fahren, am Heck ein russisches Kennzeichen. Seit die Russenmafia in Deutschland immer stärker zunahm, erkannte Susanne russische Autokennzeichen auf Anhieb. Sie gingen über einen Hof, auf dem viele Autos ohne Nummernschilder herumstanden. Ein Pistolenlauf wurde ihr unsanft in die Rippen gestoßen. »Guck nicht! Geh!«

Vor ihnen lag ein vergammeltes Werkstattgebäude. Offiziell handelte es sich vermutlich um eine dieser Klitschen, die Gebrauchtwagen nach Russland und in andere Ost-Länder verkauften. In einem engen Flur stieg Susanne der Geruch von Öl und Benzin in die Nase. Dann wurden sie eine betonierte Kellertreppe hinabgeführt. Einer der drei Männer schloss eine Eisentür auf, dahinter drohte ein kahler Kellerraum mit einem winzigen, vergitterten Atemloch, anders konnte man das wirklich nicht nennen. Während die beiden anderen im Flur verschwanden, hielt der Mann mit der Pistole, ein langer, knochiger Kerl mit großen Händen, Susanne und Nadine in Schach. Sein unrasiertes Gesicht war sonderbar schief und verzerrt, es schien in diesem Leben offenbar schon mehr als genug Gegenwind abbekommen zu haben. Als er merkte, dass Susanne ihn musterte, grinste er, sagte aber keinen Ton.

Susanne spürte, wie ihre Knie zu zittern begannen. Sie zwang sich, langsam und tief zu atmen. Auf keinen Fall durfte sie schlappmachen. Nur wenn sie die Nerven behielt, hatten sie und das Mädchen vielleicht eine kleine Chance, lebend hier herauszukommen. Sie dachte an die Eifel, an Chris' idyllisches kleines Jagdhaus mit dem Waldsee und konzentrierte sich auf diese Bilder. Sie würde am nächsten Wochenende bei Chris' Geburtstagsfeier dabei sein. Sie würde mit Chris im See schwimmen, sie würden am Lagerfeuer Steaks grillen und es sich gut gehen lassen. Susanne stellte sich vor, wie Chris' großer, dicker Medizinhund Mister Brown sie schwanzwedelnd begrüßte und sie ihm das Fell kraulte. Die Kraft kehrte in ihre Knie zurück und sie schob trotzig das Kinn vor. Das Grinsen verschwand aus dem Gesicht des hageren Kerls. Er biss sich nervös auf die Lippen.

Die beiden anderen Männer schleppten zwei muffige, fleckige Matratzen herein und knallten sie auf den Boden. Der mit der Stirnglatze stellte einen Blecheimer in die Ecke. »Los, los!«, sagte er. »Hinlegen!«

Wieder wurden Susanne und Nadine die Füße verschnürt. »Was ist, wenn wir mal müssen?«, fragte Susanne.

Der russische Glatzkopf zeigte auf den Blecheimer und grinste. »Einfach rufen Zimmerservice, klar? Dreisternehotel! Später gibt Essen und Trinken.«

Dann fiel die Eisentür ins Schloss, und der Schlüssel wurde zweimal herumgedreht. Eine schreckliche Stille breitete sich im Raum aus. Es herrschte fast völlige Dunkelheit, durch das kleine Lüftungsgitter sickerte nur spärliches Tageslicht. Susannes Magen brannte, und der muffige Geruch der schmutzigen Matratze stieg ihr in die Nase. Sie zerrte an ihren Fesseln. Der blonde Schwede hatte ihre Hände, wie ihr schien, nur nachlässig verschnürt. Doch so sehr sie sich auch abmühte, die Schnur ließ sich nicht lösen. Schließlich sank sie erschöpft und schwer atmend auf die Matratze zurück. »Dreisterneservice – dass ich nicht lache«, stieß sie hervor, und ihre Stimme hallte von den kahlen Betonwänden wieder.

Über dem Waldsee flirrte die Nachmittagssonne. Jonas Faber genoss die erfrischende Abkühlung. Er schwamm mit kräftigen Zügen ein Stück hinaus, und in seiner Nähe paddelte vergnügt Mister Brown. Der große braune Hund hatte einen erheblichen Neufundländer-Anteil in seinen Mischlingsgenen, was ihn zu einem begeisterten Schwimmer machte. Jonas schaute zum Ufer, zu der kleinen Wiese mit der Feuerstelle, wo sie gern saßen und abends mit Freunden grillten und Musik machten. Bestimmt würde es nicht mehr lange dauern, bis Chris den Pfad vom Jagdhaus herunterkam, um sich zu ihm in die Fluten zu stürzen.

Beim Mittagessen hatte Chris wie gewohnt tüchtig zugelangt und dann anschließend erst einmal ein ausgedehntes Verdauungsschläfchen gehalten. Vor ungefähr einer Stunde hatte sie immer noch im Schatten auf der Veranda in ihrer Hängematte gedöst und gebrummelt, Jonas möge ihr doch noch ein Weilchen ihre Ruhe lassen. Also hatte er mit dem Hund allein einen Waldspaziergang gemacht, ehe er an den See ging. Nun war er aber sicher, dass sie bald zwischen den Bäumen auftauchen würde, um ein paar kräftige Bahnen durch den See zu pflügen. Irgendwie hielten sich bei Chris Verfressenheit und Bewegungsdrang die Waage, was sie davor bewahrte, trotz ihrer äußerst lustvollen Beziehung zum Essen unförmig und unbeweglich zu werden – schön rund und mollig, ja, das war sie, aber nicht unförmig.

Und da kam sie endlich mit einem Korb den Pfad hinunter, in ihrem typischen Sommer-Waldsee-Outfit: barfuß, mit über den Knien abgeschnittenen Jeans. Ihr knappes T-Shirt ließ ein Stück von Chris' sonnengebräuntem molligen Bauch frei, der sich sinnlich über dem Hosenbund wölbte. Jonas schwamm zum Ufer, Mister Brown bellte, als Chris rasch ihre üppigen Rundungen von allen einschränkenden Hüllen befreite und sich zu ihnen ins Wasser gesellte.

»Stell dir vor«, sagte sie und paddelte nahe an Jonas heran, »ich hatte vorhin mal wieder einen von diesen Träumen!«

Jonas horchte auf. Wenn Chris einen ihrer schamanischen Träume hatte, standen im Allgemeinen Abwechslung und Abenteuer bevor, und der ruhige Alltag hier im Wald geriet aus den Fugen – wogegen Jonas dann und wann aber nichts einzuwenden hatte. Sein Leben als Dienststellenleiter einer kleinen Eifeler Polizeiwache wäre ihm sonst allzu gemächlich verlaufen.

»Nachdem Mister Brown und du vorhin verschwunden wart,

bin ich noch mal eingeduselt – und plötzlich war ich im Meer! Ich meine, mitten im Ozean, und um mich rum schwammen ganz viele Delphine. Dabei hab ich doch mit Meerestieren normalerweise gar nichts zu tun. Du weißt ja, wie leicht ich seekrank werde. Und auf dem Meer fühl ich mich eigentlich extrem unwohl, nicht in meinem vertrauten Element. Aber bei den Delphinen war's total angenehm. Ich hatte überhaupt keine Angst. Sie schwammen ganz dicht an mich heran. Faszinierende Tiere sind das und so schön prall und rund – genau wie ich!« Ihr Blick glitt an Jonas vorbei in eine unbestimmte Ferne. »Ich hatte den Eindruck, dass die Delphine irgendwas von mir wollen.« Sie zuckte die Achseln, drehte sich im Wasser vom Bauch auf den Rücken und schaute versonnen hinauf in den blauen Himmel. »Irgendwie schien es dringend zu sein. Wichtig. Du weißt ja: mein sechster Sinn. Was wohl dahinter steckt?«

Aus langjähriger Erfahrung wusste Jonas, dass auf Chris' sechsten Sinn und ihr zweites Gesicht Verlass war. Sie tat sich meistens nur schwer damit, diese intuitiven Botschaften richtig zu deuten, wodurch sie immer wieder in den haarsträubendsten Schlamassel hineingeriet. Aber Jonas liebte den Reiz des Unerwarteten – besonders jetzt, nachdem die letzten Monate recht friedlich und gemütlich verlaufen waren.

»Ach was«, sagte Chris, »ich weiß ja, dass fruchtloses Grübeln nix bringt. Los! Wer als Erster drüben am anderen Ufer ist!«

Chris war eine gute, kraftvolle Schwimmerin, und Jonas schlug sie nur um einen knappen Meter. Sie tobten sich noch ein Weilchen im Wasser aus, dann rubbelten sie sich prustend und kichernd gegenseitig trocken, während Mister Brown in respektvollem Abstand einer der größten Freuden seines Hundelebens nachging: sich das Fell in einer gewaltigen Fontäne ausschütteln.

Anschließend suchten sie im Schatten der Birken Schutz vor der heißen Augustsonne, machten es sich bequem und aßen frische Pfirsiche aus Chris' Korb. Chris schaute aufs Wasser und sagte mit vollem Mund: »Mir kommt da eine Idee: Du hast doch ab Donnerstag Urlaub. Wie wär's, wenn wir die Delphine besuchen fahren?« Sie wischte sich mit dem Handrücken Pfirsichsaft vom Kinn.

Jonas bewunderte wieder einmal Chris' runden Bauch, der sich, wenn sie saß, unter ihren üppigen Brüsten in sinnliche Speckrollen teilte. Frauen ohne gut gepolsterten Bauch waren für Jonas, nun ja, überhaupt keine richtigen Frauen. Er konnte nicht verstehen, was andere Männer an diesen magersüchtigen Elendsgestalten fanden, die heute die Titelseiten der Modemagazine zierten und durch Hollywoodfilme klapperten. Jonas' Geschmack ging da doch eindeutig in Richtung Rubens und Renoir.

Aber er liebte ja nicht nur Chris' Äußeres, sondern auch das, was in ihr steckte: in ihrem Kopf und ihrem riesengroßen Herzen. »Gibt es nicht im Duisburger Zoo ein Delphinarium?«, fragte er.

»Eigentlich mag ich gar keine Delphinarien«, sagte Chris. »Ich finde, Delphine gehören ins freie Meer. Aber in Holland gibt's einen großen Meerespark, wo die Delphine in einer riesigen künstlichen Lagune leben und sich sogar fortpflanzen, was doch zeigt, dass sie sich einigermaßen wohl fühlen. Dort arbeitet eine alte Freundin von mir: Maja Anselm. Eine Zoologin. Wir kennen uns von der Uni, haben uns allerdings schon ein paar Jahre nicht mehr gesehen.«

Chris hatte Zoologie studiert und ihre Diplomarbeit über das Verhalten wilder Wölfe geschrieben, weswegen sie einige

Zeit in Kanada zugebracht hatte. Gewissermaßen wohnten also zwei Seelen in ihrer Brust: Schamanin und Wissenschaftlerin. Aber auch Chris' schamanischer Lehrer, der alte Indianer Silver Bear, war ein solcher Wanderer zwischen den Welten gewesen und hatte an Universitäten der Weißen mehrere Doktorgrade erworben.

Chris hatte sich die Hände abgewischt und zwirbelte nachdenklich den kleinen geflochtenen Zopf, der aus ihrer blonden Kurzhaarfrisur hervorlugte und ihr lustig in die Stirn baumelte. »Meinen Traumfänger«, nannte sie dieses stets sorgsam gepflegte modische Detail liebevoll.

»Maja ist *die* Delphin-Expertin. Ihr Vater, Professor Walter Anselm, war ebenfalls Meeresbiologe, eine echte Koryphäe. Leider ist er vor ein paar Jahren bei einem Bootsunfall ums Leben gekommen. Maja ist inzwischen in seine Fußstapfen getreten. Obwohl sie nur ein Jahr älter ist als ich, ist sie international total angesehen und reist überall herum, um Vorträge zu halten und für den Schutz der Delphine zu werben.«

»Wollten wir denn nicht nächstes Wochenende deinen Geburtstag nachfeiern?«, fragte Jonas.

»Hm. Ja. Aber Günter hat angerufen. Er muss zu einer Konferenz. Und ihn und seinen Lover Laurenz hätte ich schon gern dabei.« Günter Scheeven war der Besitzer der Waldidylle, in der sie hier lebten. Er hatte Chris als Hüterin und Verwalterin seines riesigen Familienbesitzes engagiert. »Und dann hat Susannes Chef noch bis Montag Urlaub. Und sie muss ihn doch vertreten. Ich hab den Verdacht, dass da bestimmt am Wochenende was dazwischenkommt. Am Wochenende darauf dagegen hat sie selber Urlaub. Da kann dann nix passieren. Und meinen Geburtstag ohne Susanne feiern – das geht nun wirklich nicht!«

Jonas lächelte. »Also gut. Warum nicht? Besuchen wir diese Maja und ihre Delphine. Etwas Tapetenwechsel tut uns beiden und dem Hund bestimmt gut.«

»Super!«, sagte Chris. »Ich rufe nachher gleich mal Majas Mutter an und lasse mir die aktuelle Telefonnummer geben. Hoffentlich ist Maja im Meerespark und reist nicht gerade in der Weltgeschichte umher.«

Sie aßen jeder noch einen saftigen Pfirsich und wollten gerade zusammenpacken, als Chris' Handy klingelte. Chris fischte in ihrem Korb danach und meldete sich. »Tönsdorf? Du bist das …« Jonas merkte an Chris' Gesichtsausdruck sofort, dass etwas nicht stimmte.

»Oh nein! Und ihr habt überhaupt keine Spur? Ja. Wir … wir kommen sofort!«

Chris unterbrach die Verbindung und sprang auf. Jonas sah, dass ihre Hände ein wenig zitterten. »Susanne ist verschwunden! Spurlos! Zusammen mit einem Mädchen, mit dem sie beim Mülheimer Hafen unterwegs war. Tönsdorf und Torsten Mallmann hoffen, dass ich vielleicht schamanisch helfen kann. Bei der Polizei gibt's schließlich niemanden, der das zweite Gesicht hat, so wie ich! Ich … ich hab solche Angst um sie …« Sie schluckte.

Jonas strich ihr beruhigend über die Schulter. »Komm«, sagte er. »Lass uns gleich losfahren.«

Rasch sammelten sie ihre Sachen ein und eilten zurück zum Jagdhaus. Bald darauf brausten sie in Jonas' Opel Caravan auf der A1 in Richtung Köln. Mister Brown befand sich an seinem Stammplatz im Kofferraum hinter dem Hundegitter. Chris rutschte unruhig auf dem Beifahrersitz hin und her. »Eigentlich glaube ich, dass ich bei Menschen, die mir besonders nahe stehen, so wie du und Susanne, spüren würde, wenn ihr ernsthaft in Gefahr seid. Ich spüre im Moment aber nichts. Nur ob ich mich auf diese Wahrnehmung wirklich verlassen kann?« Sie schaute Jonas unsicher an. »Außerdem bin ich bei Susanne emotional sehr beteiligt, da fällt's mir schwer, mich zu entspannen und meine inneren Botschaften wirklich durchkommen zu lassen.«

»Du schaffst das schon«, sagte Jonas aufmunternd. »Weißt du, ich glaube, du bist eine viel bessere Schamanin, als du es dir selbst zutraust. Wenn Susanne ernstlich in Schwierigkeiten ist und Hilfe braucht, dann wirst du sie finden, und zwar rechtzeitig.«

Chris wirkte nicht recht überzeugt. Tönsdorf rief erneut an und teilte mit, dass sie Susannes Dienstwagen gefunden hatten, in einem Schuppen neben einer alten Fabrikhalle. Offenbar hatte ihn jemand dort versteckt, damit die Polizei ihn nicht so schnell entdeckte. Susannes Handy lag auf dem Sitz. Tönsdorf meinte, sie sollten sich gleich dort treffen, und Chris notierte sich die Wegbeschreibung auf einen Zettel. »Das ist eine ziemlich düstere, verfallene Gegend, nicht?«, sagte sie zu Jonas, als Tönsdorf aufgelegt hatte. »Ich bin dort, glaube ich, mit Susanne mal vom Deutzer Rheinpark aus vorbeispaziert.«

Jonas war seit siebzehn Jahren bei der Polizei. Ehe er sich in die Eifel, in sein Geburtsstädtchen Buchfeld versetzen ließ, hatte er jahrelang bei der Kölner Kripo gearbeitet. Dort war er zusammen mit Susanne durch die harte Schule des legendären Hauptkommissars Moeller gegangen, des Mannes mit der höchsten Aufklärungsquote in der Geschichte der Kölner Polizei. Dass jemand Susannes Wagen in einem Schuppen versteckt hatte, war kein gutes Zeichen. Jonas war plötzlich sehr besorgt, bemühte sich aber, das vor Chris zu verbergen, damit sie sich nicht noch mehr aufregte.

Die Zeit in ihrem Gefängnis tropfte schmerzhaft langsam dahin, und Susannes Blase meldete sich. Sie schaute zu dem in der Finsternis kaum sichtbaren Eimer hinüber und überlegte, ob sie nach dem »Zimmerservice« rufen sollte, beschloss aber, es noch eine Weile auszuhalten. Nadine schwieg beharrlich.

»Willst du mir nicht endlich erzählen, in welchen Schlamassel du, Selim und Stephanie Willmer hineingeraten seid?«, startete Susanne einen neuen Versuch.

»Ich will nicht reden«, sagte Nadine. »Es tut alles so weh. Wir sind doch sowieso schon längst tot. Bestimmt ist das hier so eine Art Wartezimmer vor der Hölle.«

»Unsinn! Wenn wir die Nerven behalten und nicht aufgeben, haben wir eine Chance, hier heil herauszukommen. Wenn sie uns töten wollten, hätten sie das längst tun können. Wahrscheinlich wollen sie nur Zeit gewinnen. Und meine Kollegen suchen nach mir. Vielleicht haben sie schon eine heiße Spur.« Was Letzteres betraf, war sich Susanne alles andere als sicher. Sie sagte es nur, um Nadine aufzumuntern. Es gab schließlich keinen echten Anhaltspunkt, wo Tönsdorf und die anderen Kollegen ansetzen konnten. Wenn es ihnen nicht gelang, sich selbst zu befreien, stand zu befürchten, dass sie noch ziemlich lange in diesem Keller schmoren würden – es sei denn, die mysteriösen Schweden erteilten ihren Handlangern neue Anweisungen.

»Wir sollten die Zeit nutzen, um das, was du weißt, gemeinsam zu analysieren.« Susanne ließ nicht locker. Sie merkte auch, dass sie so hartnäckig war, um sich zu beschäftigen, sich die Warterei erträglicher zu machen und um sich von der demütigenden Situation, in der sie sich befand, abzulenken.

»Wenn ich hier herauskomme, werde ich die Morde an Selim und Stephanie aufklären und die Schuldigen hinter Gitter bringen. Das schwöre ich dir. Aber das kann ich nur schaffen, wenn du mir hilfst. Warum vertraust du mir nicht? Erzähl mir, was du weißt.«

Nadine seufzte. »Es hat doch keinen Sinn. Die wahren Schuldigen werden ungeschoren bleiben. Die werden weiter ihre Millionen scheffeln und sich vor der Verantwortung drücken. Das sind doch alles gewissenlose Typen.«

Ehe Susanne nachfragen konnte, was Nadine damit meinte, wurde der Schlüssel umgedreht, und die Eisentür schwang auf. Das Licht wurde angeknipst. Die plötzliche Helligkeit ließ Susanne schmerzhaft blinzeln. Da stand der bullige Russe mit der Stirnglatze. Er hielt ein Tablett in den Händen, auf dem zwei Suppenschüsseln dampften. Auch zwei Wasserflaschen standen darauf. »Hallo! Zimmerservice!«, sagte er und grinste. Susanne sah, dass er jetzt eine Pistole im Schulterhalfter trug. Hinter ihm stand das lange Elend mit dem windschiefen Gesicht und vorgehaltener Waffe.

Der Glatzkopf löste erst Susannes, dann Nadines Handfesseln. Susanne trank einen großen Schluck Wasser und nahm dann die Suppenschüssel. Sie fragte sich, ob sie ihm die Suppe ins Gesicht schütten sollte. Aber der Lange mit der Pistole blickte wachsam zwischen Nadine und ihr hin und her. Und die Art, wie er die Pistole hielt, ließ darauf schließen, dass er etwas vom Umgang mit Schusswaffen verstand und keine Skrupel hatte, sie zu benutzen. Susanne beschloss, kein unnötiges Risiko einzugehen und löffelte brav ihre Suppe. Sie merkte, wie hungrig sie war. Die Suppe, eine Kartoffelsuppe mit kleinen Wurststückchen darin, schmeckte gar nicht mal schlecht. Nadine weigerte sich zunächst zu essen, doch als sie Susanne eine Weile stumm zugeschaut hatte, siegte offenbar ihr Appetit und sie langte ebenfalls zu. Als sie ihre Schüsseln geleert hatten, zeigte der Glatzkopf auf den Blecheimer. »Geschäft?«

Susanne nickte. Er löste ihre Fußfessel, und sie stand langsam auf, um den Langen nicht nervös zu machen. Als sie ihre Jeans herunterließ und sich über den Eimer hockte, schaute der Glatzkopf, der doch einen gewissen Anstand zu besitzen schien, demonstrativ weg. Der Lange dagegen starrte kalt zu ihr hinüber und fuhr sich anzüglich mit der Zunge über die Lippen. Drecksau!, dachte sie.

Sie kehrte zur Matratze zurück. Der Glatzkopf fesselte ihr wieder Hände und Füße mit den Stricken – viel sorgfältiger und gründlicher als der blonde Schwede. Susanne spürte, dass sie keine Chance hatte, sich aus diesen Fesseln wieder zu befreien.

»Ich muss auch mal«, sagte Nadine. Als sie in den Eimer pinkelte, fand Susanne die Art, wie der Lange sie dabei gierig anglotzte, sehr beunruhigend. Wie die Dinge lagen, würden sie diesen Männern noch Stunden ausgeliefert sein. Wegen des Glatzkopfs machte sie sich nicht so viele Sorgen, aber der Lange wurde ihr zusehends unheimlich. Ein ziemlich übler Bursche, für den die beiden Frauen eine starke Versuchung darstellten. Vermutlich weniger Susanne, die groß und durchtrainiert war, aber Nadine war noch ein Teenager, verletzlich und unerfahren.

Als Nadine wieder verschnürt war, sagte der Glatzkopf: »Moment! Zimmerservice noch nicht fertig!« Er nahm den Eimer und verschwand damit, während der Lange reglos und schweigend über sie wachte. Susanne hörte, wie draußen im Flur eine Klospülung betätigt und der Eimer mit Wasser gesäubert wurde. Der Mann tauchte wieder auf, stellte den Eimer an seinen Platz in der Ecke des Raums und sagte: »So! Luft jetzt viel besser!« Man könnte ja geradezu von russischer Gastfreundschaft sprechen, dachte Susanne in einem Anflug von Sarkasmus.

»Wenn Problem, laut rufen! Okay?«

Das Licht ging aus, und die Tür fiel ins Schloss.

Eine Weile lagen sie schweigend nebeneinander in der Dunkelheit, dann sagte Susanne: »Magst du mir jetzt mehr erzählen?«

»Ach, halt doch den Mund und lass mich in Ruhe!«, gab Nadine zurück. »Ich will schlafen. Am liebsten wäre ich tot. So wie Selim.«

Susanne hörte, wie sie sich zur Seite drehte. Sie starrte zur Decke, die sie nur erahnen konnte, und wunderte sich darüber, dass ihr Magen die Suppe anstandslos verdaute und gar nicht mehr schmerzte. Dabei hatte sie jetzt doch weiß Gott Stress genug. Und sie sehnte sich nach einer Zigarette.

Als Jonas um kurz vor 18 Uhr den Opel Caravan auf den Hof der alten Maschinenfabrik lenkte, sank Chris' Mut immer mehr. Was für eine finstere, verfallene Gegend! Chris erkannte den dicken Tönsdorf. Er stand rauchend vor einem Schuppen, hinter dessen geöffnetem Tor ein ziviler Polizei-Opel parkte. Tönsdorf winkte. Chris und Jonas stiegen aus und gingen zu ihm. Tönsdorf, der sehr beunruhigt wirkte, berichtete kurz, was bisher festgestellt worden war. »Hinten in der Halle, in einem Lagerraum, liegt die Leiche eines jungen Türken, Selim Ylmaz. Vorbestraft. Ein junger Einbrecher aus dem einschlägigen Milieu. Wurde erschossen. Susanne und Selims Freundin Nadine sind verschwunden, und wir befürchten, dass die Killer sie als Geiseln mitgenommen haben. Aber bisher fehlt uns jede Spur.« Er schaute betreten zu Boden. »Ich mache mir große Vorwürfe. Ich habe Susanne nämlich überredet, mit Nadine hierher zu fahren, um nach Selim zu sehen.«

»Wie seid ihr denn so schnell darauf gekommen, dass Susannes Dienstwagen in dem Schuppen versteckt ist?«, wollte Jonas wissen.

Tönsdorfs Gesicht hellte sich für einen Moment auf. »Ich bin zwar kein Schamane«, meinte er mit einem Seitenblick auf Chris, »aber das war wohl meine gute, alte Kriminaler-Intuition. Es gab auf dem Grundstück keine andere Möglichkeit, ihn zu verstecken. Den Kidnappern muss eigentlich auch klar gewesen sein, dass wir relativ schnell dahinter kommen. Entweder halten sie uns für sehr blöd, oder sie wollten einfach nur ein wenig Zeit gewinnen.«

»Seid ihr denn sicher, dass Susanne wirklich gekidnappt wurde?«, fragte Chris. Sie muss noch am Leben sein, dachte sie, ich würde es spüren, wenn es nicht so wäre. Bestimmt würde ich es spüren.

»Wenn die Killer Susanne und Nadine hätten erschießen wollen, hätten sie das vermutlich an Ort und Stelle erledigt, wie bei diesem Selim«, sagte Jonas.

Tönsdorf nickte. Er schaute etwas unsicher zwischen Chris und Jonas hin und her. Chris hatte den Eindruck, dass er zweifelte, ob es wirklich eine so gute Idee gewesen war, Susannes merkwürdige schamanische Freundin um Hilfe zu bitten, zumal das ganze Gelände fest in der Hand der Polizeiprofis war. Mehrere Streifenwagen standen herum, uniformierte Beamte waren auf dem Gelände ausgeschwärmt und gerade rollte ein Krankenwagen auf den Hof, mit dem offenbar die Leiche des jungen Türken abtransportiert werden sollte.

»Wo ist denn Torsten Mallmann?«, fragte Jonas.

»Habe ich vorhin aus dem freien Wochenende heraustelefoniert«, sagte Tönsdorf. »Wird wohl gleich hier sein. Und Antweiler hat seinen Urlaub in Dänemark abgebrochen und ist jetzt irgendwo auf der Autobahn.«

Was soll ich eigentlich hier?, fragte sich Chris. Am besten

wird es sein, wenn die Polizei ihre Arbeit tut, sie werden schon alles daransetzen, Susanne zu finden. Sie wusste, dass in manchen Ländern medial begabte Menschen als Profiler eingesetzt wurden, um bei der Aufklärung von Verbrechen zu helfen. Susanne versuchte gelegentlich, Chris in dieser Weise bei Ermittlungen einzusetzen. So besonders überzeugend waren die Ergebnisse aber nicht, fand Chris. Das Problem bestand darin, dass sich Chris' doch sehr emotional eingefärbten medialen Wahrnehmungen nur schwer brauchbare Fakten für polizeiliche Ermittlungen entnehmen ließen.

Die Sorge um Susanne machte sie allmählich wahnsinnig. Was, wenn diese Killer ihr etwas antaten?

»Sie ist aber auch wirklich leichtsinnig!«, sagte Jonas ärgerlich. »Wie konnte sie sich allein mit dem Mädchen in dieses unübersichtliche Gebäude hineinwagen? Unser alter Moeller würde sich im Grab rumdrehen!«

»Daran bin ich wohl nicht unschuldig«, gestand Tönsdorf kleinlaut. »Nadine ist zu mir ins Kommissariat gekommen, weil sie mich von früher kennt und mir vertraut. Hab mich vor einiger Zeit mal um ihre Familie gekümmert. Schwierige Verhältnisse. Sie betrachtete es als Verrat an Selim, dass sie ohne seine Zustimmung zur Polizei gegangen war. Aber sie sagte, dass er angeschossen wäre und ärztliche Hilfe brauchte. Sie wusste nicht weiter und war ganz verzweifelt. Susanne musste ihr versprechen, allein mit ihr zu Selim zu gehen und gemeinsam mit ihm zu entscheiden, was weiter geschehen soll.«

Jonas verdrehte die Augen. »Schöne Scheiße!«, ächzte er.

Tönsdorf sog nervös an seiner Zigarette. »Wahrscheinlich sind sie dabei den Killern direkt in die Arme gelaufen, die vorher Selim ermordet hatten.« Er verzog schmerzlich das Gesicht. »Die haben ihn regelrecht exekutiert. Kopfschuss.«

Jonas' Augen wurden schmal. »Dann glaube ich nicht, dass die Auftraggeber der Killer aus dem organisierten Verbrechen stammen«, sagte er nachdenklich.

Tönsdorf hob die Brauen. »Wieso?«

»Na, überleg doch mal: Glaubst du, die Russenmafia oder die Albaner hätten ein größeres Problem damit, eine Polizistin als lästige Zeugin umzulegen?«

Tönsdorf seufzte zustimmend. »Nein, deren Brutalität und Rücksichtslosigkeit hat wirklich erschreckende Ausmaße angenommen.«

»Siehst du. Da müssen also andere Kreise dahinter stecken, die sich den Wirbel, den ein Polizistenmord verursacht, nicht leisten können. Ein toter junger Einbrecher, Türke noch dazu, darüber regt sich niemand groß auf, aber eine erschossene Polizeikommissarin, das gibt öffentlichen Rummel. Jetzt habe ich wieder mehr Hoffnung, dass Susanne noch am Leben ist.«

Chris atmete auf. Ihre Lippen hörten auf zu zittern, und sie schaffte es, den Kloß in ihrer Kehle herunterzuschlucken.

Tönsdorf nickte. »So hab ich das noch gar nicht betrachtet. Und es sind ja noch mehr merkwürdige Sachen passiert, bei denen zumindest zu vermuten ist, dass sie irgendwie zusammenhängen. Früh heute Morgen haben wir eine blonde junge Frau aus dem Mülheimer Hafenbecken gefischt. Ebenfalls durch Kopfschuss getötet. Und auf dem Ruwer unten in Leverkusen ist ein toter Delphin angespült worden, der offenbar an einer Schussverletzung verendet ist. Alles sehr sonderbar.«

»Ein toter Delphin?«, fragte Chris verwundert. »Wie kommt der denn in den Rhein? Ich … ich habe heute von Delphinen geträumt!«

Diese Information schien Tönsdorf nicht recht einordnen zu

können. Sein Blick wanderte unsicher zwischen Jonas und Chris hin und her.

Chris aber spürte, wie sich in ihr etwas veränderte. Ihre Schamanenkraft regte sich, ihre Bestimmung, die sie im Leben immer wieder als große Last empfand, machte sich unmissverständlich bemerkbar. In den Tiefen ihres Bewusstseins erwachte Chris' Krafttier, die Bärin, aus ihrem Schlaf. Chris war plötzlich sicher, dass ein Zusammenhang zwischen ihrem außergewöhnlichen Delphintraum, dem toten Delphin im Rhein und Susannes Verschwinden bestand. Sie spürte, wie ihre Sinne sich schärften, als sei sie eine Bärin, die sich irgendwo in der Wildnis auf den Hinterbeinen aufrichtet. Die Veränderung in ihrem Körper war deutlich wahrzunehmen, der Muskeltonus änderte sich, vielleicht wurde sie tatsächlich zwei, drei Zentimeter größer, weil sie eine andere Haltung einnahm.

»Na, endlich tut sich bei dir was«, registrierte Jonas befriedigt, der seine Allerliebste nur zu gut kannte.

»Setzt ihr eigentlich Suchhunde ein?«, fragte Chris. Erleichtert stellte sie fest, dass ihre Stimme jetzt viel stärker und zuversichtlicher klang. Sie war plötzlich sicher, dass Susanne noch lebte. Und sie würde alles tun, was in ihren Kräften stand, um sie zu finden.

Tönsdorf nickte. »Sind angefordert, aber noch nicht eingetroffen.«

»Dann probieren wir es einstweilen mal mit Mister Brown«, entschied Chris. »Er ist schließlich ein begabter Medizinhund.«

»Gute Idee«, sagte Jonas und ging zum Wagen, um den Hund aus dem Kofferraum zu holen.

»Ja ... also, ich weiß nicht. Die Spurensicherung ist schon da, und ...« Tönsdorfs Stimme klang unsicher. Chris bemerkte, wie mitgenommen er aussah. Seine Hände zitterten, und der Schweiß stand ihm auf der Stirn. »Na ja, du hast Recht. Wir sollten jede Möglichkeit nutzen. Warum nicht auch deinen … ähm, Medizinhund.«

Chris strich ihm beruhigend über den Arm. »Susanne ist noch am Leben, da bin ich sicher.«

Tönsdorf schluckte. »Wenn nicht, würde ich mir das nie verzeihen.«

Mister Brown kam herangehechelt. Chris tätschelte ihm den Kopf. »Vielleicht sollten wir ihn mal im Auto schnüffeln lassen.«

Tönsdorf verzog das Gesicht. »Die Spurensicherung hat sich den Wagen aber noch nicht vorgenommen.«

»Ach was«, meinte Chris. »Mit seiner Schnüffelnase wird er schon keine Spuren verwischen.« Entschlossen schob sie sich an Tönsdorf vorbei, öffnete die Fahrertür von Susannes Dienstwagen und nahm deren Handy vom Fahrersitz.

»Nicht anfassen!«, stöhnte Tönsdorf.

Chris ignorierte ihn und hielt Mister Brown das Handy hin. »Such Susanne!«, befahl Chris. Der Hund beschnüffelte das Handy, bellte, wedelte mit dem Schwanz, schaute Chris an. Und rührte sich nicht.

»Hmpf«, sagte Chris und zog, ärgerlich über sich selbst, die Nase kraus. Aus alter Gewohnheit passierte es ihr doch immer wieder, dass sie dem Hund verbale Anweisungen erteilte, obwohl der natürlich kein Wort verstand, sondern nur auf Emotionen reagierte, die in den Worten mitschwangen. Nein, sie musste ihm das, was sie von ihm wollte, in möglichst klaren inneren Bildern vermitteln, die sie konzentriert per Telepathie an ihn zu senden versuchte. Damit hatte sie schon des Öfteren gute Erfolge erzielt. Es klappte zwar auch nicht immer, aber doch zumindest, wenn Mister Brown einen guten

Tag hatte. Also ließ sie vor ihrem inneren Auge zunächst ein möglichst deutliches Bild von Susanne entstehen: große, schöne, sportliche Susanne mit kurzem dunklem Haar, das von ersten Silberfäden durchzogen war. Dann eine Susanne, die lachte und sich zu Mister Brown herunterbeugte und ihm das Fell kraulte. Dann Susanne mit unglücklichem Gesicht, eingesperrt in einer engen Kiste. Und Mister Brown, der schnüffelnd die Nase an den Boden drückte und die Kiste aufspürte, sodass Susanne befreit werden konnte. Es war anstrengend, sich so zu konzentrieren und sich gleichzeitig vorzustellen, dass sie all diese Bilder in Mister Browns wuscheligen Hundekopf hineinsendete. Schweiß trat ihr auf die Stirn. Doch es schien zu funktionieren!

Der geheimnisvolle Medizinhund senkte tatsächlich die Nase auf den Boden und sauste schnüffelnd los, so schnell, dass Jonas und Chris ihm kaum folgen konnten, und Tönsdorf schon gar nicht. Ehe sie sich versahen, verschwand er durch eine offen stehende rostige Eisentür in der alten Fabrikhalle.

»Wartet!«, rief Tönsdorf hinter ihnen her. »Die Spurensicherung arbeitet da drin!«

Chris stockte der Atem angesichts der riesigen Halle. Auf der rechten Seite befand sich eine Galerie, auf der einige Leute in weißer Schutzkleidung bei der Arbeit waren. Mister Brown trabte bereits die rostige Eisentreppe hoch, die auf die Galerie führte. Einer der in Weiß gehüllten Beamten hob den Kopf und rief wütend: »Ja, wo kommt denn der Hund her? Das fehlt noch, dass der hier mit seinen dicken Pfoten rumpatscht und uns die Spuren versaut! Tönsdorf!«

Mister Brown blieb am oberen Ende der Treppe stehen und knurrte so grollend, dass der Mann zusammenzuckte. »Was hat er denn?«, fragte er verunsichert.

Chris schaute von unten zu ihm hoch und sagte schnippisch:

»Kommt davon, weil Sie ihn so angeschnauzt haben! Das mag er nicht!« Sie pfiff leise, worauf Mister Brown kehrtmachte, die Stufen wieder heruntertrabte und zu Chris lief, die ihm den Kopf tätschelte.

»Wer hat Sie überhaupt hier reingelassen?«, wollte der Mann wissen.

Inzwischen hatte sich Tönsdorf schnaufend zu Chris und Jonas gesellt. »Herbert, das ist Chris Adrian – Susannes Freundin, die Schamanin«, erklärte er. »Du weißt doch, sie hat damals nach dem Domprobst-Mord unseren Dom vor dem Einsturz gerettet. Jetzt ist sie hier, um uns … ähm … bei der Suche nach Susanne zu helfen.«

Der Mann zuckte die Achseln. »Mit Schamanismus hab ich nichts am Hut. Ich bin Kriminaltechniker. Und ich weiß es zu schätzen, wenn man uns nicht bei der Arbeit stört.«

»Schon gut, schon gut«, brummte Tönsdorf gereizt.

»Was jetzt?«, fragte Jonas.

Mister Brown gab die Antwort, indem er wieder am Boden herumzuschnüffeln begann. Zielstrebig lief er in den hinteren Teil der Halle. Chris und die beiden Männer folgten ihm. Dort gab es eine weitere offen stehende Tür. Der Hund verschwand nach draußen und schlug dann laut an. »Aha«, meinte Chris. Doch da war nur ein leerer unbefestigter Platz, auf dem Unkraut wucherte. Dicht vor der Tür stand der Hund und hechelte. Er schnüffelte am Boden, hob den Kopf und schaute Chris an. Sie ging hin und streichelte ihn.

»Der Boden ist noch etwas feucht von den Sommergewittern der letzten Tage«, sagte Tönsdorf und bückte sich. »Seht hier. Reifenabdrücke!« Er ging zur Tür und rief in die Halle: »Herbert! Hier draußen sind frische Reifenspuren! Die müsst ihr unbedingt untersuchen!«

In Chris' Bewusstsein gab es einen Tunnel. Sie selbst hatte

diesen Tunnel damals während ihrer schamanischen Ausbildung angelegt, um durch ihn in die Geisterwelt reisen zu können, wenn sie dort Informationen beschaffen oder eine Heilbehandlung vornehmen wollte. Dieser Tunnel, den sie sich als eine natürliche Höhle vorstellte, an deren Wänden Kristalle funkelten und glitzerten, war jedoch keine Einbahnstraße. Manchmal kamen Botschaften durch ihn aus dieser anderen Welt in Chris' Alltagsbewusstsein, zumeist in Form innerer Bilder, die für ihre schamanische Arbeit wichtig waren. Diese Eindrücke, die dann ihr Bewusstsein überschwemmten, konnten ziemlich unangenehm sein. Chris fasste sich an die Schläfen, spürte, wie aus den seelischen Tiefen etwas heraufdrängte. »Oh«, sagte sie leise zu Jonas. »Ich glaub, ich empfange was …«

Jonas, der zum Glück mit diesen Dingen gut vertraut war, kam sofort zu ihr und legte ihr den Arm um die Schulter. Das half. Chris konnte sich so besser entspannen, loslassen, die Bilder fließen lassen. Für einen Augenblick hatte sie das Gefühl, in Susannes Kopf zu sein. Sie spürte, dass Susanne Angst hatte, aber auch sehr wütend war, und ihr Bauch schmerzte, denn jemand hatte ihr einen Fausthieb in den Magen versetzt. Da waren zwei Männer, die schwarze Wollmasken trugen, was ihnen etwas Unheimliches, Bedrohliches verlieh. Der eine war ein athletischer, bulliger Bodybuilder-Typ, unter dessen Maske längere blonde Haare hervorschauten, der andere war deutlich größer und schlanker. Und da war ein junges Mädchen, ein Teenager, bleich, verängstigt, das Gesicht tränenüberströmt. Dann sah Chris noch einen weißen Lieferwagen. Ihre Freunde vom benachbarten Biobauernhof in der Eifel hatten auch so einen. Ja, es war die Lieferwagen-Variante des VW-Busses. Die Biobauern besaßen einen roten. Der Wagen der beiden Killer dagegen war weiß. Chris zweifelte nicht daran, dass Susanne und das Mädchen in diesem Wagen verschleppt worden waren. Möglicherweise wurden sie noch immer darin gefangen gehalten. Dann verblassten die Bilder so rasch, wie sie gekommen waren.

Chris beschrieb so detailliert wie möglich, was sie gesehen hatte. Tönsdorf zückte einen Notizblock und schrieb alles genau mit. »Immerhin«, sagte er. »Das ist besser als nichts. Es gibt einen Zeugen, der heute frühmorgens einen weißen Lieferwagen vom Mülheimer Hafen kommen sah – von dort, wo später die Leiche der jungen Frau gefunden wurde.« Er schaute Chris an. »Siehst du … ich meine, empfängst du – oder wie nennt man das denn – noch mehr?«

Chris schüttelte den Kopf. »Nein, leider nicht. Es ist vorbei.« Wie immer nach solchen Episoden fühlte sie sich erschöpft. Die Bärin war wieder in den Tiefen von Chris' Geist verschwunden und ließ sie ohne die zusätzliche Schamanenkraft zurück. Bis heute gelang es Chris nicht, diesen eigentlich ja sehr angenehmen, besonderen Kraftzustand über längere Zeit aufrechtzuerhalten. Die Bärin erwachte, wenn es galt, schamanische Arbeit zu tun, und wenn die Arbeit erledigt war, zog sie sich wieder zurück. Offenbar musste das so sein.

Tönsdorf sagte: »Jedenfalls werde ich eine Fahndung nach dem weißen VW-Transporter und den beiden Männern rausgeben, auch wenn einige Kollegen mich für verrückt erklären. Klar, von diesem Modell fahren eine Menge herum. Vermutlich werden sich etliche Leute ärgern, die fälschlich angehalten und kontrolliert werden. Aber wir lassen nichts unversucht.« Er seufzte. »Ich fürchte, jetzt bleibt uns nichts übrig, als zu warten und zu sehen, was die Spurensicherung herausfindet. Und die Gerichtsmedizin. Vielleicht bringt die Fahndung nach dem Transporter ja ein Ergebnis. Oder die

Entführer melden sich und stellen eine Forderung. Oder eine Funkstreife macht irgendeine ungewöhnliche Beobachtung. Ich schlage vor, dass wir rüber zum Probsthof fahren, ins Kommissariat. Dort kriegt ihr Kaffee und der Hund eine Wurst.«

Jetzt, wo die Bärenkraft sie wieder verlassen hatte, fühlte sich Chris schwach und etwas verzweifelt. »Wir sind nicht wirklich weitergekommen, nicht wahr? Ich meine, wir haben keine Ahnung, wohin diese Typen Susanne verschleppt haben.«

Jonas nahm sie in den Arm und streichelte ihre Schultern. »Ach, mein Bärchen«, sagte er sanft. »Du sagst doch selbst manchmal, dass die Dinge sich fügen. Wenn wir Susanne finden sollen, dann finden wir sie auch. Aber vielleicht ist es ja so bestimmt, dass sie sich aus eigener Kraft befreien soll. Lass den Kopf nicht hängen.«

Chris schluckte tapfer. »Ich versuch's«, sagte sie leise.

Susanne fürchtete den Langen mit dem windschiefen Gesicht und dem stechenden Blick. Sie fürchtete nicht, dass er sich an ihr vergreifen würde. Aber sie hatte gesehen, mit welcher Gier er Nadine angestarrt hatte, als das Mädchen über dem Eimer hockte. Ich darf nicht einschlafen, dachte Susanne. Längst war vor dem Lüftungsgitter das letzte Tageslicht geschwunden. Nadine hatte sich weiterhin in feindseliges Schweigen gehüllt und schien inzwischen zu schlafen, oder vielleicht stellte sie sich auch nur schlafend, um Susannes Fragen zu entgehen.

Dunkle Vorahnungen ließen Susanne nicht los. Bestimmt würde dieser Kerl in der Nacht kommen. Vielleicht würde er erst einigen Wodka in sich hineinschütten. Vielleicht würde er warten, bis seine Komplizen schliefen und sich ihm eine

Gelegenheit bot. Aber er würde kommen, so weit kannte Susanne die Psychologie solcher Typen aus ihrer langjährigen Berufserfahrung.

Der bullige Glatzkopf war offensichtlich der Chef. Sie schätzte, dass ihm die Autowerkstatt gehörte. Susanne hielt ihn für keinen Killer, sondern vermutete, dass sein Deal mit den beiden Schweden darin bestand, sie und Nadine so lange versteckt zu halten, bis man sich darüber klar geworden war, was weiter mit ihnen geschehen sollte. Sie glaubte nicht, dass er eine Vergewaltigung billigen würde. Nein, vermutlich würde er einschreiten. Den dritten Mann konnte Susanne nicht einschätzen. Er hatte ebenfalls eine Pistole getragen und jünger gewirkt als die beiden anderen. Sie hatte ihn nur kurz gesehen, als Nadine und sie aus dem VW-Transporter in ihr Kellerverlies geführt worden waren.

Wenn ihre Theorie richtig war, dass der Lange es auf Nadine abgesehen hatte, und zwar im Alleingang, gab es nur eine Chance: Sobald er zur Tür hereinkam, musste Susanne schreien, so laut es ging, um die beiden anderen zu alarmieren. Wenn sie sich natürlich irrte, und die beiden sich ein Vergnügen daraus machten, zuzuschauen, oder am Ende sogar selbst Lust bekamen, sich an dem Spiel zu beteiligen, war alles verloren. Aber das schien unwahrscheinlich, dazu glaubte sie den Glatzkopf gut genug einschätzen zu können. Sie durfte also auf keinen Fall einschlafen. Sie musste wach bleiben und die Tür im Auge behalten.

Wäre ich an der alten Fabrik nicht so leichtsinnig gewesen, wäre das alles nicht passiert, dachte sie. Immer wieder stieg dieser Gedanke quälend in ihr hoch und ließ sich nicht fortschieben. Dann lägen sie jetzt nicht hier, wären diesen Typen nicht ausgeliefert, und Nadine hätte vermutlich längst im Kommissariat eine Aussage gemacht, vielleicht im Beisein

Tönsdorfs, zu dem sie ja Vertrauen zu haben schien, und damit wären die beiden Morde vielleicht schon so gut wie aufgeklärt. Sie ahnte, dass es, falls sie hier lebend wieder herauskam, disziplinarische Konsequenzen für sie geben würde. Nicht auszudenken, was passieren würde, wenn dem Mädchen auch noch etwas zustoßen sollte.

Irgendwann, während die Nacht Stunde um Stunde fortschritt, wurde der Schlaf zu ihrem Feind. Sie merkte, wie ihr Verstand, den sie unablässig zu beschäftigen versuchte, immer öfter ins Leere lief. Diffuses Licht drang durch das Lüftungsgitter, sodass sie die Umrisse der Tür mehr erahnen konnte, als dass sie sie sah. Einen Moment lang fielen ihr die Augen zu. Sie schreckte wieder hoch und spürte ihre Müdigkeit wie einen Mühlstein, ein Gewicht, das sie immer tiefer in die Matratze sinken ließ. Dann besiegte der Schlaf sie und sie sah und hörte nichts mehr.

Susanne erwachte vollkommen desorientiert aus einem hässlichen Traum, in dem eine dunkle Gestalt ein junges Mädchen verfolgte, das verzweifelt zu fliehen versuchte. Doch es hatte keine Chance, stürzte, und die unheimliche Gestalt fiel über es her. Zuerst bemerkte Susanne Licht, das sie blendete. Die Tür stand offen, und vom Kellerflur fiel grelles weißes Neonlicht herein. Sie hörte ein leises Stöhnen, drehte den Kopf und erkannte, dass sich ihre Ahnung bewahrheitet hatte. Der Lange mit dem stechenden Blick lag auf Nadine und hatte das Mädchen regelrecht unter sich begraben. Susanne sah die Bewegungen seines Beckens, hörte sein Keuchen und registrierte, dass Nadine keinen Laut von sich gab. Sie sah nur ihr Haar, das über den Boden ausgebreitet war, und die halb leere Wodkaflasche, aus der das Schwein sich offenbar Mut angetrunken hatte. Sie fragte sich, wie sie bloß so tief hatte schlafen können und hörte sich gleichzeitig laut schreien: »Hilfe! Hilfe! Er vergewaltigt Nadine! Er bringt sie um!«

Die nächsten Minuten vergingen wie in Zeitlupe. Susanne wälzte sich von ihrer Matratze, versuchte zu Nadine zu rollen, um ihn zu stören und abzulenken. Dabei fiel die Wodkaflasche um, doch er schien nichts zu bemerken. Dann stürzte der bullige Glatzkopf herein, stieß eine Schimpfkanonade aus, ein Gemisch aus Russisch und Deutsch, und riss den anderen von dem Mädchen weg. »Idiot! Idiot!«, schrie er und schlug ihm mit der Faust ins Gesicht. Danach packte er die Flasche und schüttelte sie. »Wodka? Eh? Idiot!« Er schleuderte die Flasche gegen die Wand, wo sie klirrend zerbrach. Der Lange rappelte sich auf und wollte auf den Glatzkopf losgehen, doch jetzt kam auch der zweite, jüngere Russe herein, nahm den Langen in den Schwitzkasten und hielt ihm die Pistole an die Schläfe. Zumindest wusste Susanne nun, dass er dem Glatzkopf gegenüber loyal war.

Erst jetzt kam sie dazu, sich Nadine genauer anzusehen. Sie rührte sich nicht und gab keinen Laut von sich. Ihr Kopf hing in einem sehr unnatürlichen Winkel über der rechten Ecke der Matratze herab. Susanne kannte die Anzeichen des Todes gut genug. Nadine lebte nicht mehr, dieses perverse Schwein hatte ihr das Genick gebrochen. Susanne schätzte, dass Nadine versucht hatte, unter ihm nach oben wegzurutschen, bis ihr Kopf über der Matratzenkante nach hinten weggesackt war. Durch die auf dem Rücken gefesselten Hände war ihre Wirbelsäule ohnehin schon überstreckt gewesen und vermutlich gebrochen. »He«, sagte Susanne mit einer Stimme rau wie Sandpapier, »euer Komplizen-Arschloch hat dem Mädchen das Genick gebrochen.«

Der Glatzkopf wirbelte herum und beugte sich über Nadine. Er schüttelte sie und sah ihren völlig haltlos baumelnden

Kopf. »Oh! Oh! Idiot! Idiot!« Er stürzte sich auf den Langen und rammte ihm zwei fürchterliche Fausthiebe ins Gesicht. Der Lange sackte zusammen, und sie schleiften ihn nach draußen.

Einen Moment war Susanne mit dem toten Mädchen allein. Sie robbte auf ihre Matratze zurück. Dann kam der Glatzkopf mit einer Decke wieder herein. Er murmelte vor sich hin. Susanne sah, dass seine Hände zitterten und ihm Tränen über das Gesicht liefen. Er vermied es, Susanne anzuschauen. Behutsam zog er das Mädchen auf die Matratze zurück und richtete ihren Kopf gerade. Dann schloss er ihr die Lider. Er verhüllte ihren entblößten Unterleib und zog die Decke dann über ihren Kopf. Anschließend bekreuzigte er sich, ging rasch hinaus und schloss die Tür hinter sich ab.

Du bist schuld, dass sie tot ist, meldete sich eine unbarmherzige Stimme in Susanne zu Wort. Hättest du dich an der alten Fabrik nicht so unverantwortlich verhalten, wäre sie noch am Leben. Doch dann drang eine tiefere, irgendwie machtvollere Stimme an ihr Bewusstsein, vielleicht war es der Geist des alten Kommissars Moeller, der sich zu Wort meldete: Du hattest ihr versprochen, allein mit ihr zu dem Jungen zu gehen, und du hast dich an dieses Versprechen gebunden gefühlt. Du hast dein Bestes gegeben, mehr konntest du nicht tun.

Und noch tiefer in ihr regte sich etwas, was Susanne in dieser Intensität schon sehr lange nicht mehr gespürt hatte: ein unbändiger Wille zu überleben und unbeschadet aus diesem Gefängnis herauszukommen. Sie war oft so unzufrieden mit sich und ihrem Leben, damit, dass sie einfach keinen dauerhaften Partner fand und immer noch allein in ihrer Dachbude hockte, aber jetzt empfand sie eine brennende Sehnsucht nach ihrem Büro, nach dem Morgenkaffee mit Tönsdorf und

Torsten Mallmann, nach den Lagebesprechungen mit Antweiler, der unerschütterliches Vertrauen in ihre Fähigkeiten
zu haben schien und vielleicht, vielleicht doch mehr für sie
empfand, als er nach außen zugab. Nach dem Geschmack der
ersten Zigarette, aber auch nach der Freiheit, das Rauchen
vielleicht doch noch für alle Zeiten aufzugeben. Nach Chris,
Jonas und Mister Brown. Nach dem harten, schweißtreiben-
den Training mit Antweiler und Torsten und nach ihrer ewigen Leidenschaft, dem Schwimmen: mit Chris lachend durch
den Waldsee zu pflügen oder in ihrem Kölner Freibad krau-
lend ihre Bahnen zu ziehen, ehe der Besucheransturm ein-
setzte. Und nach diesen Augenblicken frühmorgens, kurz
nachdem sie vom Dienst kam oder bevor sie zum Dienst
musste, wenn sie am Fenster ihrer Dachwohnung beim
Chlodwigplatz stand und zusah, wie draußen die Stadt erwachte.

Auch jetzt brach draußen ein neuer Tag an. Licht fiel durch
das Lüftungsgitter und schimmerte auf den scharfen Kanten
der zerbrochenen Wodkaflasche, die der Glatzkopf in seiner
Aufregung über Nadines Tod völlig vergessen hatte.

4. Kapitel

Susanne reagierte schnell, rutschte zur Wand, in der Hoffnung, dass nicht gerade jetzt jemand hereinkam. Die Flasche war unterhalb des Halses in zwei Teile zerbrochen. Susanne nahm das untere, größere Teil und rutschte damit zurück auf ihre Matratze, um es verstecken zu können, falls sie gestört wurde. Dann fing sie mit der Arbeit an. Sich mit einem scharfkantigen Gegenstand von einer Handfessel zu befreien, ohne sich dabei unbeabsichtigt die Pulsadern aufzuschlitzen, gehörte zu den kleinen, nicht im Handbuch stehenden Übungen, mit denen Susanne, Torsten Mallmann und Antweiler sich gelegentlich während ihrer ganz speziellen Trainingsstunden beschäftigten. Antweiler hatte vor seinem Job in Köln jahrelang eine Spezialeinheit beim Bundeskriminalamt geleitet, war dort aber wegen seiner unkonventionellen Methoden angeeckt. Er hatte eine Fülle ausgefallener Nahkampftricks und sonstiger Zauberkunststücke auf Lager, die er gern an seine Leute weitergab. Dieses Training, dem Susanne und Torsten sich freiwillig unterzogen, gab ihnen einen besonderen Kick – das Gefühl, besser schießen, kämpfen, klettern und schwimmen zu können als der ältere Durchschnitts-Kriminaler, der im Zweifel lieber im Wagen sitzen blieb und an die jungen, zackigen Kollegen mit den kugelsicheren Westen vom Sondereinsatzkommando übergab. Na, dachte sie, ich bin jetzt sechsunddreißig. Irgendwann werde auch ich für diese Dinge zu alt sein.

Es dauerte seine Zeit, bis Susanne mit den Fesseln vorankam. Ständig fürchtete sie, dass der Glatzkopf oder sein jüngerer Komplize hereinkommen und sie bei ihrem Werk überraschen könnten. Doch schließlich, mit einem Ruck, war es geglückt: Ihre Hände waren frei! Rasch löste sie ihre Fußfesseln, drapierte sie aber so, dass sie weiterhin gefesselt aussah. Dann legte sie sich wieder auf die Seite, die Flasche unter ihrer Bluse versteckt. Da sie auf der rechten Seite lag, musste sie die Scherbe in der linken Hand halten. Eigentlich war sie Rechtshänderin, aber dank ihres intensiven Trainings konnte sie auch mit links gut zuschlagen. Allerdings konnte sie aus dieser Position nicht viel Schlagkraft aufbauen. Da der Glatzkopf aber ein bulliger Kerl war und mit ungeheurer Wucht zuschlagen konnte, musste sie vor allem auf den Überraschungseffekt setzen – und hoffen, dass der Glatzkopf alleine kam. Wenn er seinen jüngeren Komplizen mitbrachte, konnte sie das Ganze vergessen. Ohne es aus ihrer Position überprüfen zu können, hoffte sie, Hände und Flasche mit der Bluse einigermaßen zugedeckt zu haben. Jedenfalls fühlte es sich so an.

Sie fing an zu stöhnen, zunächst leise, dann immer lauter und schmerzerfüllter. Nadines Tod schien dem Russen arg zugesetzt zu haben. Sie hoffte, dass ihn das unvorsichtig machte. Als sie draußen eilige Schritte hörte, verstummte sie, sammelte die letzten Reste Spucke in ihrem trockenen Mund und ließ sie als Schaum auf ihre Lippen treten. Als die Tür aufgerissen wurde, atmete sie stoßweise und keuchend. Der Glatzkopf war tatsächlich allein. Voller Sorge beugte er sich über sie. Man konnte ihm die Angst, jetzt könnte ihm auch noch seine zweite Gefangene unter den Händen wegsterben, vom Gesicht ablesen. »Mädchen, Mädchen, was ist los? Was ist los?«

In dem Moment rammte ihm Susanne den Flaschenboden so

gut es ging über den Schädel. Aus dieser Position bestand keine Gefahr, ihn totzuschlagen, aber außer Gefecht setzen konnte sie ihn so zumindest für eine Weile. Der Schlag traf ihn völlig unvorbereitet, sodass Susanne Zeit genug blieb, sich in eine günstigere Position zu bringen, aus der sie zwei Handkantenschläge links und rechts gegen seinen Hals führen konnte. Das schickte selbst diesen stiernackigen Kerl auf die Bretter. Sie riss ihm die Pistole aus dem Schulterhalfter, zog ihm zur Sicherheit noch eins mit dem Pistolengriff über und trat wuchtig gegen seine Knie, was ihm den Rückweg die Treppe hinauf deutlich erschweren würde.

Sie entsicherte seine Pistole und glitt vorsichtig hinaus in den Flur. Der junge Russe, der sich vermutlich irgendwo oben in der Werkstatt aufhielt, stellte eine nicht zu unterschätzende Gefahr dar. Er hatte vorhin, als sie sich den Vergewaltiger vorgeknöpft hatten, schnell und kaltblütig reagiert.

Sie wägte die verschiedenen Möglichkeiten ab. Sollte sie warten, bis er herunterkam? Nein, es war besser, den Überraschungseffekt auszunutzen. Gerade, als sie sich an die Treppe herangepirscht hatte, hörte sie ihn von oben rufen: »Oleg?«

Sie stellte sich breitbeinig, mit schussbereiter Waffe, ans Ende der Treppe, im selben Moment tauchte er oben im Türrahmen auf, die Pistole in der Hand. Er reagierte blitzschnell und schoss zweimal hintereinander, doch beide Kugeln verfehlten Susanne knapp. Susanne traf ihn in die Stirn und in die Brust. Vermutlich war er bereits tot, als er die Treppe herunterkippte. Er überschlug sich mehrmals und blieb reglos neben Susanne liegen. Sie nahm seine Pistole von den Stufen und steckte sie sich in den Hosenbund, für den Fall, dass Oleg sich schneller als erwartet erholen sollte. Dann ging sie nach oben.

Blieb noch der Vergewaltiger. Doch so, wie Oleg auf ihn eingedroschen hatte, glaubte sie nicht, dass von ihm noch große Gefahr ausging. Tatsächlich fand sie ihn in einem Nebenzimmer des Werkstattbüros auf einer Pritsche liegend, wo er schnorchelnd seinen Rausch ausschlief, das Gesicht blutverkrustet und geschwollen. Sie stieß ihm mit dem Pistolenlauf gegen die Stirn. Einen Moment lang weidete sie sich an seinem Entsetzen, als er erkannte, wen er vor sich hatte. Er riss die Augen auf und wich auf der Pritsche so weit wie möglich zurück, bis er sich den Kopf an der Wand stieß.

Ich könnte ihn einfach abknallen, dachte Susanne, Rache nehmen für das, was er Nadine angetan hat. Aber sie war Polizistin. Rache gab es für sie nicht, durfte es nicht geben. »Keine falsche Bewegung, sonst schieße ich dich über den Haufen!«, zischte sie, und es war ihr egal, ob er sie verstand. Ohne ihn aus den Augen zu lassen, ging sie rückwärts nach nebenan in das Büro, wo sie auf dem Schreibtisch ein Telefon entdeckte. Auch den Flur behielt sie im Blick, falls Oleg plötzlich auftauchte. Als sie nach dem Hörer griff, wurde ihr plötzlich klar, dass sie überhaupt keine Ahnung hatte, wo sie sich eigentlich befand. Dann entdeckte sie auf dem Schreibtisch einen Quittungsblock mit der aufgedruckten Adresse der Werkstatt: *Oleg Kraus* – ein Russlanddeutscher offenbar – *Gebrauchtwagen-Export, Bergheimer Straße 116, Köln-Junkersweiler*. Sie tippte die Nummer ihres Kommissariats ins Telefon.

Zu Susannes Überraschung erschienen mit Tönsdorf und Torsten Mallmann auch gleich Chris, Jonas und Mister Brown. Jonas hatte wie in alten Kommissar-Moeller-Zeiten die Nacht zusammen mit Tönsdorf und Torsten am Probsthof verbracht; Chris dagegen hatte mit dem Hund in Susannes Wohnung ausgeharrt, für die sie ja einen Schlüssel besaß.

Am Morgen, als Susanne anrief, war Chris schon unterwegs zum Kommissariat gewesen. Jonas hatte sie dann per Handy gleich nach Junkersweiler umdirigiert.

Susanne wurde von Chris, die sich rasch erst einmal ein paar Tränen wegwischen musste, ausgiebig geknuddelt. »Scheint ja noch alles dran zu sein an dir«, meinte sie. »Aber ein bisschen mitgenommen siehst du schon aus.«

»Ich hatte schon angenehmere Wochenenden, das gebe ich zu«, sagte Susanne, und es gelang ihr sogar ein etwas verkrampftes Grinsen. Sie fühlte sich ausgelaugt und müde, war aber sehr erleichtert, ihre Kollegen und Freude alle um sich zu haben. »Was macht ihr eigentlich hier?«

»Tönsdorf hat mich als schamanische Beraterin hinzugezogen«, sagte Chris. »Mich ... und den Hund, natürlich.«

Mister Brown schien sich irgendwie noch heftiger als sonst darüber zu freuen, Susanne zu sehen. Der Riesenhund bellte und sprang so schwungvoll an ihr hoch, dass er sie fast umgeworfen hätte – eine Angewohnheit, die Chris ihm vergeblich abzutrainieren versuchte. Susanne musste ihn gründlich kraulen, bis er sich wieder beruhigte.

»Ich habe ihm via Telepathie übermittelt, dass du in Schwierigkeiten steckst. Daraufhin hat er in der alten Fabrik sofort deine Fährte aufgenommen und sie bis zu den Reifenspuren dieses weißen VW-Transporters verfolgt, in dem die Mistkerle dich und das Mädchen verschleppt haben.«

Susanne schaute sie erstaunt an. »Das hast du gesehen?«

Chris nickte. »Als ich dort mit dem Hund stand. Du weißt ja – mein zweites Gesicht.« Sie zögerte einen Moment, dann fügte sie hinzu: »Das Mädchen ist tot, stimmt's?«

Jetzt schossen Susanne die Tränen in die Augen. Sie merkte, wie ihre Lippen zu zittern anfingen. »Ja ... und ich habe es nicht verhindern können.«

Chris streichelte beruhigend Susannes Oberarm. Susanne atmete tief durch, spannte die Muskeln an und gewann die Beherrschung zurück. Das fehlte noch, hier vor allen Kollegen loszuheulen!

Zwei Beamte in Zivil trafen ein, die Susanne vom Sehen kannte – die eisgraue Kriminalrätin Dettmers und ein jüngerer Hauptkommissar, beide vom internen Dienst im Polizeipräsidium. Wenn ein Beamter im Dienst jemanden verletzte oder tötete, gab es stets eine interne Ermittlung. Das gehörte zur unvermeidlichen Routine. Susanne mochte jetzt lieber nicht daran denken, wie das Ergebnis dieser Untersuchung ausfallen würde. Die Dettmers galt als sehr kritisch und war bei Kollegen, die schon einmal Zielscheibe einer internen Ermittlung geworden waren, äußerst unbeliebt. Sie begrüßte Susanne mit einem knappen Händedruck und verschwand dann in der Autowerkstatt, um sich, begleitet von Tönsdorf, einen ersten Überblick zu verschaffen.

Ein weiterer Wagen fuhr vor, dem zu Susannes Überraschung Antweiler entstieg. Sie spürte, wie ihr Puls sich beschleunigte. Er hatte also seinen Urlaub abgebrochen. Antweiler kam sofort zu ihr, berührte sanft ihren Arm und schaute sie prüfend an. »War kein Spaziergang, hm?«, sagte er. »Wir fahren jetzt als Erstes ins Kommissariat, damit du deine Aussage zu Protokoll geben kannst. Man sieht dir an, dass du dringend ein paar Stunden Erholung brauchst. Wo ist denn die gute Frau Dettmers?«

Susanne zeigte auf die heruntergekommene Werkstatt. »Sie will sich dort erst einmal umschauen.«

»Na, hoffentlich braucht sie nicht so lange. Du musst nach Hause. Ich mach das schon und rede mit ihr.« Er ging auf den flachen Betonbau mit dem Wellblechdach zu. Die beiden Toten lagen noch unten im Keller. Oleg Kraus und der Vergewaltiger wurden vorne auf der Straße am Rettungswagen notärztlich versorgt. Torsten kam von dort und klopfte Susanne aufmunternd auf die Schulter. »Der Arzt sagt, dass die beiden heute Nachmittag auf jeden Fall vernehmungsfähig sein werden.«

Der Sonntagmorgen kam Susanne kühl vor für August. Über den riesigen Braunkohlegruben westlich von Köln zogen graue Wolken heran. Vielleicht fröstelte Susanne aber auch einfach vor Erschöpfung. Chris kam mit einer dampfenden Thermoskanne und goss Susanne einen Becher ein. »Hier. Das wird dir jetzt gut tun.«

Der Duft von einem dieser geheimnisvollen Kräutertees, die Chris selbst herstellte, stieg Susanne in die Nase. Susanne, die nicht gerade mit einem grünen Daumen gesegnet war – es gab in ihrer Wohnung keine einzige Zimmerpflanze –, konnte sich nie die Namen der Zutaten merken, obwohl Chris gerne und ausführlich davon erzählte. Chris baute die Pflanzen in ihrem Kräutergarten an oder sammelte sie im Wald und trocknete sie dann auf der Veranda des Jagdhauses.

Der Tee hatte ein angenehm erfrischendes Aroma. Eine Zutat war auf jeden Fall Pfefferminze, das schmeckte Susanne deutlich heraus. Ihre Stimmung hob sich ein wenig. Ungeachtet der Konsequenzen, die die interne Untersuchung möglicherweise nach sich ziehen würde, konnte sie sich zum ersten Mal darüber freuen, lebend und unversehrt draußen in der frischen Luft zu stehen.

Eine knappe Stunde später gab Susanne am großen Tisch des Vernehmungszimmers im Kommissariat ihre Aussage zu Protokoll. Mit am Tisch saßen Antweiler, Torsten und Tönsdorf, sowie die beiden Kollegen vom internen Dienst. Chris und Jonas waren mit dem Hund in Susannes Wohnung gefahren und warteten dort auf sie. »Ihr müsst aber nicht extra dableiben«, hatte Susanne (der es immer unangenehm war, wenn sich Leute wegen ihr Umstände machten) zu Chris gesagt. Worauf Chris sie mit dem Zeigefinger in den Bauch gepiekst und erwidert hatte: »Tun wir aber – extra!«

Susanne wunderte sich erneut, wie gut ihr Magen das alles überstand. Sie hatte sogar ein großes Sandwich gegessen, das Torsten ihr aus der Cafeteria geholt hatte. Jetzt rauchte sie, trank Kaffee und berichtete. Manch anderer hätte vielleicht versucht, seine eigene Rolle in rosigeren Farben zu malen, aber das entsprach nicht Susannes Naturell. Sie berichtete einfach möglichst genau, was geschehen war, und beschönigte auch nicht ihre verhängnisvolle Fehlentscheidung, sich mit Nadine allein in die alte Fabrik zu wagen.

»Das war allerdings ein schwerer Fehler«, stellte die Dettmers kühl fest, als sie, nachdem der gesamte Ablauf der Geiselnahme protokolliert war, noch einmal auf diesen besonders heiklen Punkt zu sprechen kam. »Zumal Sie doch in Vertretung von Kriminalrat Antweiler eine Leitungsfunktion innehatten. Da hätten Sie doch zu dem Schluss kommen müssen, sich im Hintergrund zu halten und Verstärkung anzufordern.«

»Sich im Hintergrund halten und andere die Kastanien aus dem Feuer holen lassen, ist eben nicht Susannes Art«, entfuhr es Torsten Mallmann. Antweiler warf ihm einen ärgerlichen Blick zu.

»Sich im Hintergrund zu halten, Kommissar Mallmann«, korrigierte die Dettmers Torsten streng, »um als Leiterin der Ermittlungsgruppe die Einsätze zu koordinieren und die einzelnen Beamten verantwortungsvoll zu führen.«

»Da war das Versprechen, dass ich dem Mädchen gegeben hatte«, sagte Susanne, aber sie wusste, das würde nicht als Entschuldigung akzeptiert werden.

Die Dettmers erwiderte auch sofort: »Ein Versprechen einem siebzehnjährigen Mädchen gegenüber, das wohl kaum in der Lage war, die Konsequenzen dessen, was es da von Ihnen verlangte, wirklich zu übersehen. Nein, ich fürchte, hier werden wir um disziplinarische Maßnahmen nicht herumkommen – zumal Sie ja keine unerfahrene junge Kommissarin sind, sondern man Ihnen die Leitung von fünf Kommissariaten anvertraut hatte, wenn auch nur in Vertretung des Kollegen Antweiler.«

»Wenn es überhaupt disziplinarische Konsequenzen geben muss, dann doch wohl gegen mich!«, schaltete sich Tönsdorf ein. »Nadine ist zu mir gekommen, weil sie mir vertraute. Und ich habe Susanne überredet, mit ihr nach Mülheim zu fahren.«

»Ihre soziale Ader ist ja im ganzen Präsidium bekannt, Hauptkommissar Tönsdorf«, sagte die Dettmers mit einem süffisanten Unterton, den der Dicke nun wirklich nicht verdient hatte, »aber Frau Wendland war die leitende Beamtin. Sie allein trägt die Verantwortung.«

Susanne fühlte sich inzwischen ganz zittrig. Sie hatte Mühe, dem Gespräch zu folgen. Antweiler, dem solche Dinge nie entgingen, warf ihr einen fürsorglichen Blick zu, hob die Hand und sagte: »Frau Kollegin, bei allem Respekt – Frau Wendland braucht jetzt erst einmal Ruhe, um sich von den Strapazen zu erholen. Ich denke, sie hat uns einstweilen ausreichend Rede und Antwort gestanden.«

Susanne musste wohl ziemlich blass um die Nase aussehen, denn die Dettmers war plötzlich verlegen. »Natürlich. Sie haben Recht. Selbstverständlich sollte Frau Wendland sich jetzt ausruhen. Alles Weitere klären wir dann in den nächsten Tagen.«

Antweiler wies Torsten an, Susanne nach Hause zu fahren.

Auf dem Flur fiel ihr ein, dass sie noch ihre Jacke aus ihrem Büro holen musste. »Soll ich mitkommen?«, fragte Torsten besorgt.

»Lass mal, nicht nötig«, murmelte sie. Im Büro stützte sie sich schwer auf die Fensterbank und schaute hinaus zu dem einsamen Baum, der draußen auf dem Parkplatz stand. Tränen stiegen ihr in die Augen, aber mit einiger Mühe schaffte sie es, den Weinkrampf zu unterdrücken. Sie würde ruhig und erhobenen Hauptes das Kommissariat verlassen.

»Susanne?«

Antweiler stand in der Tür. Dann kam er herein und legte ihr die Hand auf die Schulter. »Ich bin sehr erleichtert, dass du lebst und unverletzt bist. Körperlich zumindest. Mach dir keine Sorgen wegen der internen Untersuchung. Die Dettmers plustert sich gern auf, aber ich habe da auch noch ein Wörtchen mitzureden und der leitende Polizeidirektor ebenfalls. Die wissen schon, was sie an dir haben. Ich bin sicher, es wird kein Disziplinarverfahren geben, nicht mal einen Aktenvermerk, der für deine Karriere nachteilig wäre.«

Die nett gemeinten Worte ihres Chefs trösteten Susanne nicht wirklich. »Die schlimmsten Vorwürfe mache ich mir ja selbst«, sagte sie leise. »Hätte ich die Situation besser eingeschätzt und wäre mit Nadine nicht in die Fabrik gegangen, wäre das Mädchen jetzt noch am Leben.«

»Hätte … wäre …« Antweiler schüttelte den Kopf. »Wer weiß das schon? Angenommen, du hättest das Einsatzkommando angefordert. Dann hätten die Killer sich möglicherweise in der Fabrik verschanzt. Es hätte eine große Schießerei gegeben, bei der womöglich mehrere unserer Beamten verletzt oder gar getötet worden wären. Vielleicht hätte das Mädchen durchgedreht und wäre, um ihren Freund zu retten, geradewegs in die Schusslinie gelaufen. Vielleicht wäre alles noch viel schlimmer gekommen. Und zählt das Wort, das eine Polizistin einem anderen Menschen gibt, etwa nichts? Auch wenn dieser Mensch ein siebzehnjähriges Mädchen war, das die Lage nicht völlig überblicken konnte. Das sehe ich völlig anders als die Dettmers. Nadine ist zu uns gekommen, weil sie Tönsdorf vertraute. Und du bist jemand, auf dessen Wort Verlass ist. Nein, ich bin überzeugt, du hast in der Situation dein Bestes gegeben. Wir sind nicht vollkommen, vergiss das nicht. Wir sind nur Menschen, die sich bemühen, auf bestmögliche Weise ihren Dienst für die Gesellschaft zu leisten.«

Irgendwie schaffte er es immer wieder, Susanne aufzubauen. Zum ersten Mal, seit sie sich aus dem fensterlosen Betonkeller freigekämpft hatte, konnte sie zaghaft lächeln. »So was Ähnliches hat der alte Moeller auch oft gesagt.«

»Muss wirklich ein bemerkenswerter Mann gewesen sein«, sagte Antweiler. »Schade, dass ich kaum noch mit ihm zu tun hatte. Als ich nach Köln kam, wurde er ja kurz darauf pensioniert. So – und jetzt ab nach Hause! Lass dich von deiner schamanischen Freundin aufpäppeln. Aber morgen früh erwarte ich dich pünktlich zum Dienst. Wir haben schließlich einen höchst merkwürdigen Fall aufzuklären.« Er hob die rechte Augenbraue. »Oder willst du ein paar Tage frei haben, um gründlich auszuspannen?«

Jetzt musste sie lachen. »Das will ich ums Verrecken nicht, und das weißt du genau!«

»So kenne ich dich.« Er klopfte ihr auf die Schulter und ging.

Die kurze Fahrt mit Torsten vom Probsthof zu ihrer Wohnung verlief schweigend. Als er vor dem Haus anhielt, sagte er: »Gut, dass deine Freunde oben auf dich warten, dann bist du nicht allein. Ich würde noch mit hinaufkommen, aber ich muss in die Gerichtsmedizin. Toni ist schon mit zwei Obduktionen fertig.«

»Hat er Selim Ylmaz auch schon obduziert?«, fragte Susanne.

»Nein. Stephanie Willmer und den Delphin.«

An den hatte Susanne gar nicht mehr gedacht. »Aha?«

»Wie's aussieht, wurde auf die Willmer und auf den Delphin aus derselben Waffe geschossen.«

Das war ein interessanter Aspekt, aber Susanne merkte, dass ihr kriminalistischer Verstand dennoch nicht recht anspringen wollte. Sie fühlte sich einfach zu ausgelaugt.

»Vielleicht kommen Tönsdorf und ich so gegen fünf mal nach dir schauen, wenn's dir recht ist.«

»Klar doch.« Alles war Susanne heute lieber als eine leere Wohnung, in der die Toten aus den Ecken krochen, um sie anzustarren.

Sie schlich müde die Treppe hinauf und wurde lächelnd von Chris empfangen. »Gleich gibt's was zu essen!«, sagte sie.

Susanne hob erstaunt die Brauen. »Aber mein Kühlschrank ist doch leer.«

»Wie meistens. Drum waren wir vorhin bei deinem Lieblings-Chinesen um die Ecke und haben was besorgt. Ich muss es bloß noch aufwärmen. Dauert nur ein paar Minuten.«

Während Chris in Susannes Küche hantierte, erzählte sie: »Der neue chinesische Koch ist ein echt netter Typ. Er hat auch Mister Brown gleich was zu fressen gegeben. Er meinte, das wäre ja ein wirklich netter Hund. Den würde sogar in China bestimmt niemand aufessen. Beruhigend, nicht? Wo die doch sonst alles essen, was Augen hat.«

Dann saßen sie gemütlich um Susannes Wohnzimmertisch; Susanne aß gebratenen Tofu mit Reis und Gemüse und brachte kein Wort über die Lippen. Sie konnte nicht sagen, wie froh sie war, dass Chris und Jonas ihr Gesellschaft leisteten. Sie versuchte, aus dieser anderen Welt, in der der betrunkene Russe Nadine das Genick gebrochen hatte, während Susanne gefesselt auf einer Matratze lag, hierher in ihre friedliche Wohnung zurückzukehren, aber es gelang ihr noch nicht.

Nach dem Essen gähnte Jonas und verkündete, er würde nun gern auf Susannes Sofa ein Mittagsschläfchen halten, da die Nacht im Kommissariat doch ziemlich unruhig gewesen sei. Auch Mister Brown hielt ein Nickerchen für eine gute Idee, denn er machte es sich auf dem Schaffell bequem, das Chris vor einiger Zeit Susanne geschenkt hatte.

Susanne und Chris setzten sich auf Susannes kleinen, an die Küche angebauten Balkon. »Oder möchtest du schlafen?«, fragte Chris.

Susanne zog die Schultern hoch. »Lieber nicht«, sagte sie, zündete sich eine Zigarette an und schaute auf die Stadt. Oben über der Regenrinne gurrten Tauben. Der Wind war schwül und schien ein Gewitter für den Nachmittag anzukündigen.

Da man Susanne kaum einen Satz entlocken konnte, begann Chris das Neueste aus der Eifel zu erzählen. Vor ein paar Tagen hatte Chris die Luchskätzin mit ihren Jungen beobachtet. Im Rahmen eines wissenschaftlichen Versuchs, Luchse wieder in den waldreichen deutschen Mittelgebirgen anzusiedeln, war im Vorjahr ein Luchspaar in dem Wald, den Chris betreute, ausgesetzt worden. In diesem März hatte Chris Susanne stolz in den Wald an eine Stelle geführt, wo die kehligen Paarungsrufe der Luchse deutlich zu hören gewesen waren. Und im Frühsommer hatte die Kätzin Junge zur Welt gebracht, während der Luchskater, der so genannte Kuder, allein sein Revier durchstreifte.

»Erst war ich ja skeptisch«, gab Chris zu, »aber die Luchse

werden offenbar wirklich bei uns heimisch. Habe ich dir eigentlich schon erzählt, dass jetzt sogar Uhus in unserem Wald nisten? Irre, was?«

Susanne bemühte sich, ihr zuzuhören. »Uhus? Sind die nicht sehr selten?«

»Allerdings! Deswegen war ich ja auch total platt, als ich sie entdeckt habe! Sie nisten in den Felsen oberhalb der alten Mühle. Wenn du das nächste Mal in die Eifel kommst, machen wir eine Uhu-Exkursion und ich zeige sie dir!« Chris breitete die Arme aus. »Sie sind sooo groß!«

Chris war Naturmensch und spürte rasch, dass Susanne im Moment weder zuhören noch reden konnte, aber dass es ihr unendlich gut tat, dass jemand bei ihr saß. Also schwieg sie rasch wieder und teilte die Stille mit ihr.

Susanne blickte in Chris' vertrautes Gesicht, das in den letzten Jahren rundlich geworden war und ein gemütliches Doppelkinn bekommen hatte. Dann ließ sie den Blick über die Stadt schweifen und konnte sich allmählich etwas entspannen. Sie selbst war noch da. Köln war da. Chris war da. Das Leben ging weiter.

Als Chris merkte, dass Susanne wieder aufnahmefähiger war, wurde ihr Blick plötzlich konzentriert, die Augen verengten sich zu schmalen Schlitzen. Ohne Susanne anzusehen, sagte sie: »Dieser tote Delphin im Rhein. Was es wohl mit ihm auf sich hat? Ich habe gestern Mittag von Delphinen geträumt, weißt du? Es war einer von meinen besonderen ... schamanischen Träumen. Es kam mir vor, als ob die Delphine im Traum eine Botschaft für mich hatten. Aber ich hab sie bis jetzt noch nicht entschlüsseln können.« Sie klopfte auf ihren molligen Bauch. »Ganz tief da drinnen spüre ich, dass da ein Zusammenhang besteht mit dem toten Delphin aus dem Rhein – und mit dem Fall, an dem ihr gerade arbeitet.«

Susanne hatte gelernt, Chris' schamanische Träume ernst zu nehmen. Noch vor wenigen Jahren, bevor sie beide Freundinnen geworden waren, hätte sie solche Dinge als lächerlich abgetan, weil sie nicht in ihr fest gefügtes materialistisches Weltbild passten. Heute war das anders. Sie hatte umgelernt, umlernen *müssen*. Das Leben hatte sie dazu gezwungen.

Im vergangenen Jahr hatte Chris auch einen solchen schamanischen Traum gehabt – damals hatte sie von einem dämonischen Jaguar geträumt. Und diese Raubkatze war tatsächlich aufgetaucht und hatte in der Europetrol-Ölraffinerie am Rande Kölns einige Menschen getötet. Im Mittelpunkt dieses Falles hatte ein mysteriöser Junge namens Nachtauge gestanden, der aus dem Dschungel von Belize in Lateinamerika stammte. Chris war es schließlich gelungen, die bösen Kräfte, die sich in Gestalt des Jaguars manifestiert hatten, zu vertreiben, aber der Fall hatte viele beunruhigende Fragen offen gelassen. Susanne hatte sich immer für eine nüchterne, fest in der dreidimensionalen Wirklichkeit verankerte Realistin gehalten. Doch der Nachtauge-Fall hatte ihr auf sehr unheimliche Weise vor Augen geführt, wie wenig sie eigentlich wirklich über die Welt und die Gesetze des Universums wusste. Wenn also Chris von Delphinen träumte, während gleichzeitig in Köln ein toter Delphin auftauchte, der offenbar von denselben Leuten getötet worden war, die ohne Skrupel eine junge Frau in den Mülheimer Hafen geworfen hatten, fand Susanne das alles andere als beruhigend. »Immerhin«, sagte sie unsicher, »scheinen mir Delphine doch harmloser zu sein als schwarze Jaguare …«

Chris schaute sie an. »Spielst du auf den Geisterjaguar und die Balamleute von damals an? Das waren dämonische Geistwesen aus einem Bereich, mit dem ich als Schamanin normalerweise nie in Berührung komme. Mir ist bis heute nicht klar, wie sie eigentlich in unsere Realität eindringen konnten. Und vielleicht will ich es auch gar nicht wissen.« Sie schüttelte den Kopf. »Es wirft zu viele beunruhigende Fragen auf. Aber der Delphintraum ging nicht in diese Richtung, glaube ich. Wenn ich nur wüsste, was die Delphine mir mitteilen wollten! Es schien wichtig zu sein. Na, ich werde versuchen, es herauszufinden.«

Susanne seufzte. »Jedenfalls hoffe ich, dass wir in den nächsten Tagen diese Killer finden, die Selim und vermutlich auch Stephanie Willmer auf dem Gewissen haben.«

Um kurz nach fünf, während draußen eine schwarze Gewitterfront heranzog, klingelte es an der Tür. Susanne öffnete, und die »drei Kölschen T« kamen die Treppe hochgestapft: Tönsdorf, der mit Vornamen Karl hieß, aber diesen Vornamen nach eigenem Bekunden so langweilig fand, dass er ihn selbst nie benutzte, Torsten Mallmann und Toni Walterscheid, der Gerichtsmediziner. Tönsdorf trug ein Tablett mit Streuselkuchen, das er irgendwo organisiert hatte.

Toni schaute Susanne prüfend an und drückte ihr einen Tablettenstreifen in die Hand.

»Was ist das?«, fragte sie.

»Diazepam. Ich habe gehört, was du in den letzten vierundzwanzig Stunden durchgemacht hast. Wenn dich nachher, wenn du allein in der Wohnung bist, das große Zittern überkommt, nimm eine davon. Und wenn das nicht genügt, nimm zwei.«

Tönsdorf weckte Jonas, der immer noch auf dem Sofa schlummerte, unsanft, indem er ihm die Nase zuhielt. Jonas prustete, schlug um sich, traf aber nur Tönsdorfs dicken Bauch, wo er keinen großen Schaden anrichten konnte. Er war völlig überrascht, dass er tatsächlich gute drei Stunden lang tief und fest geschlafen hatte. Torsten wurde als jüngster der anwesenden Männer zum Kaffeekochen in die Küche befohlen. »Wartet nur, bis ich groß bin«, knurrte er grinsend, »dann zahl ich's euch heim!«

Susanne, die es nicht leiden konnte, wenn sie auf ihm herumhackten – selbst wenn es nur zum Scherz war –, half ihm in der Küche. Draußen platschten die ersten Regentropfen herunter und in der Ferne zuckten bereits Blitze über den Dächern.

Dann, während der Gewitterdonner allmählich heranrollte, saßen sie alle um Susannes Wohnzimmertisch herum, tranken Kaffee, aßen Streuselkuchen und hielten Kriegsrat.

»Da mache ich mal den Anfang«, sagte Toni Walterscheid. »Es besteht kein Zweifel, dass Stephanie Willmer und der Delphin mit derselben Waffe getötet wurden.«

»Stammen beide Schussverletzungen bei Stephanie von dieser Waffe?«, fragte Susanne.

»Bei dem tödlichen Genickschuss ist es eine klare Sache, da ich die Kugel genau wie bei dem Delphin in ihrem Körper gefunden habe. Bei dem Streifschuss lässt es sich natürlich schwer sagen.«

Susanne nickte. »Nun fragt sich, wie es bei Selim Ylmaz aussieht.«

»Das wollte ich natürlich auch wissen«, sagte Toni, »und habe ihn mir vorhin vorgenommen, obwohl ich eigentlich meinen Enkeln versprochen hatte, dass der Opa heute mit ihnen am Rhein Eis essen und Schiffe gucken geht. Der Einschusskanal sieht eindeutig anders aus. Die ballistische Untersuchung liegt noch nicht vor. Aber die Spurensicherung hat die Kugel ja gefunden. Jedenfalls scheint es eine andere Waffe zu sein.«

»Was aber letztlich wenig besagt, denn schließlich waren die beiden zu zweit. Dann hat bei Selim eben der andere geschossen«, überlegte Susanne laut. »Wie geht es eigentlich Oleg Kraus? Ich habe ihm ganz schön eins übergezogen.«

Torsten Mallmann winkte ab. »Leichte Gehirnerschütterung und Prellungen an den Knien. Hat er sich redlich verdient, finde ich. Antweiler hat ihn zusammen mit der Dettmers vernommen. Kraus behauptet, er hätte lediglich einem Freund einen Gefallen getan.«

»Die Art von Freund, dem man keinen Gefallen abschlagen kann«, bemerkte Susanne trocken. Sie hatte geahnt, dass Oleg Kraus nicht der Schlüssel zur Aufklärung des Falls war und auch nicht viel darüber wusste.

»Genau. Von den beiden Männern kennt er angeblich noch nicht mal die Namen. Aber seine Beschreibung deckt sich mit deiner Beschreibung der beiden Schweden.«

»Und der Vergewaltiger?« Sein zerschlagenes Gesicht tauchte vor ihr auf, in dem Moment, als sie ihm die Pistole an die Stirn gehalten und mit dem Gedanken gespielt hatte, abzudrücken. Sie merkte, wie ihre Anspannung zurückkehrte. Sie stellte ihren Kuchenteller weg und zündete sich rasch eine Zigarette an.

»Behauptet, kein Deutsch zu sprechen und zu verstehen«, antwortete Torsten. »Da Antweiler jetzt am Wochenende keinen Kollegen mit Russischkenntnissen auftreiben konnte, hat er für morgen einen amtlichen Dolmetscher bestellt. Aber ich schätze, es wird dabei nicht mehr herauskommen als bei Oleg Kraus.«

»Da ist aber noch was anderes«, sagte Tönsdorf, während er sich das nächste Stück Kuchen nahm. »Der Vergewaltiger und der Typ, den du erledigt hast, waren illegal hier. Und jetzt kommt's: Es liegt eine Interpol-Fahndung gegen beide

vor. Sind schwer ins organisierte Ost-Verbrechen ver-
strickt – Rauschgiftschmuggel, gestohlene Luxusautos, die
nach Sonstwo verschoben werden, das Übliche eben. Auch
Oleg Kraus ist kein unbeschriebenes Blatt. Vor zwei Jahren
gab es aufgrund eines anonymen Hinweises eine Durchsuchung in seiner Werkstatt. Es wurde aber nichts Belastendes
gefunden. Heute dagegen: Bingo! In einem Schuppen hinter der Werkstatt haben wir einen Luxusgeländewagen entdeckt, der vor drei Wochen in Marienburg vor einer Villa gestohlen wurde. Carjacking: Erst im Haus eingebrochen und
die Autoschlüssel geklaut und dann mit dem Wagen abgehauen. Er war frisch umlackiert und bereit, seine Reise in die
Weiten Sibiriens anzutreten. Und das ist noch nicht alles:
Im Keller der Werkstatt haben die Kollegen Koks gefunden,
und zwar in nicht unbeträchtlichen Mengen. Also, Mädchen,
Glückwunsch! Dir ist ganz nebenbei ein Schlag gegen die
Russenmafia gelungen. Das wird doch selbst so eine arro-
gante Tusse wie die Dettmers anerkennen müssen und diese
dämlichen internen Ermittlungen gegen dich einstellen.«
Das Gewitter war jetzt ganz nah herangekommen. Draußen
rauschte der Regen, und direkt über dem Haus entlud sich
plötzlich ein gewaltiger Donnerschlag. Susanne zog unwillkürlich ein wenig den Kopf ein.
»Na, jetzt reicht's aber!«, brummte Tönsdorf. »Der Alte hat
wohl schlechte Laune.« Er hob den Arm und drohte dem lieben Gott mit der Gabel.
Chris lachte. »Na, ob ihn das beeindruckt?«, fragte sie.
Für einen Moment zog Susanne die Möglichkeit in Erwägung,
dass doch kein Zusammenhang zwischen Selims Tod und
der Ermordung Stephanie Willmers bestand. Selim stammte
schließlich aus einem Einbrecher-Clan. Waren sich vielleicht
zwei Banden in die Quere gekommen? Eine türkische und

eine russische? Doch sie verwarf den Gedanken sofort wieder. Nadine hatte Stephanie gekannt und mit Erschütterung auf ihren Tod reagiert. Selims Tod, Stephanies Tod und der tote Delphin, da gab es eindeutig eine Verbindung. Nein, es musste mehr hinter der Sache stecken als die üblichen Russenmafia-Geschichten. Zudem passten die beiden Schweden nicht ins Bild. Das waren keine Mafiosi. »Irgendetwas sagt mir, dass wir's hier nicht einfach nur mit organisierter Kriminalität aus Osteuropa zu tun haben.« Sie zog nachdenklich an ihrer Zigarette. »Diese beiden Schweden passen überhaupt nicht ins Bild. Es erscheint mir zu einfach, wenn wir uns voll und ganz auf die Russenmafia einschießen würden. Andererseits besteht natürlich die Verbindung zu Oleg Kraus und seinen Komplizen, das lässt sich nicht leugnen.«

Jonas schaltete sich ein: »Ich habe ja gestern schon zu Tönsdorf gesagt, dass mir das nicht nach organisiertem Verbrechen Marke Ost aussieht. Die Banden aus dem Osten haben doch ihre, nun ja, Fachgebiete: Diebstahl von Luxuswagen, Drogenhandel, Prostitution, Schieberei, Markenpiraterie. Die sind brutal und fackeln nicht lange, wenn ihnen jemand in die Quere kommt. Wenn es Ärger mit der Polizei gibt, hauen die Typen erst mal über die grüne Grenze ab und tauchen im Baltikum oder der Russischen Föderation unter, wo wir keine Chance haben, sie zu fassen. Die hätten gestern Susanne und das Mädchen gleich mit umgelegt und sich nicht die Mühe gemacht, sie zu kidnappen. Nein, da müssen Leute dahinterstecken, die den öffentlichen Wirbel scheuen, den eine ermordete Kripokommissarin verursacht hätte.«

»Kann aber doch auch sein«, wand Torsten ein, »dass sie einfach die Gelegenheit beim Schopf ergriffen haben, eine Polizistin als Geisel zu nehmen, um mit uns einen Deal zu machen. Inhaftierte Komplizen freipressen, vielleicht.«

»Gut, das wäre eine Möglichkeit«, räumte Jonas ein, wirkte aber nicht überzeugt.

Chris mampfte zwar mit Hingabe Streuselkuchen, aber Susanne wusste, dass sie das Gespräch trotzdem aufmerksam verfolgte. Jetzt fragte sie zwischen zwei Bissen: »Was ist eigentlich mit dem weißen VW-Transporter, den ich in meiner Vision gesehen habe?«

»Gute Frage«, sagte Tönsdorf und zückte sein Handy. »Ich hake mal bei den Kollegen nach.« Als er sein Handy ein paar Minuten später wieder wegsteckte, waren sie einen kleinen Schritt weiter: Eine Funkstreife hatte tatsächlich vor einer guten Stunde einen weißen VW-Transporter mit russischen Kennzeichen entdeckt. Auf einem einsamen Parkplatz in den Grünanlagen am Militärring. Der Lieferwagen war unverschlossen und offenbar herrenlos. Im Laderaum hatten die Beamten sogar ein paar Schnüre von der Art entdeckt, mit der Susanne und Nadine gefesselt worden waren. Und im Handschuhfach befanden sich russische Fahrzeugpapiere. »Ich würde sagen, zu neunundneunzig Prozent ist er das«, vermutete Tönsdorf. »Sie schicken jetzt ein Team von der Spurensicherung hin. Natürlich solltest du ihn dir morgen selbst anschauen, Susanne.«

»Eigentlich ganz schön blöd von diesen Typen«, meinte Chris mit vollem Mund, »einen Wagen mit so auffälligen Kennzeichen zu benutzen!«

»Nicht unbedingt«, erwiderte Torsten Mallmann. »Damit lassen sich auch sehr gut Spuren verwischen. Ich wette, der VW wurde irgendwo gestohlen, und die russischen Kennzeichen und Papiere stammen entweder von einem anderen Wagen oder sind gefälscht. Bei dem Chaos, das in Russland herrscht, lassen solche Dinge sich nur schwer überprüfen. Versuch mal, bei den Kollegen von der russischen Polizei eine Fahrzeughalter-Feststellung zu machen. Das kann Wochen dauern, falls du überhaupt je Antwort erhältst.«

Trotz ihrer Erschöpfung, die sich jetzt wieder bemerkbar machte, bemühte Susanne sich um Konzentration. Sie durften sich nicht im Kreis drehen, sondern mussten die für diesen Fall entscheidenden Aspekte herausarbeiten. »Das würde für Jonas' Theorie sprechen«, sagte sie. »Vielleicht sollen wir ja durch diese Verbindungen zur Russenmafia bewusst in die Irre geführt werden, damit wir die Hintergründe für die Morde ausschließlich beim organisierten Verbrechen suchen und andere Möglichkeiten erst gar nicht verfolgen. Ich glaube, dass hier ganz andere Leute dahinter stecken als nur die beiden Schweden. Vielleicht haben wir es sogar mit einem ganzen Clan zu tun. Da hatte bestimmt jemand Kontakte zur Russenmafia. Und diese Kontakte haben sie genutzt, um Nadine und mich erst mal aus dem Verkehr zu ziehen und gleichzeitig unseren Blick in Richtung Ost-Kriminalität zu lenken. Nein, wir müssen uns auf Stephanie, Nadine und Selim konzentrieren, um Antworten zu finden. Was haben die drei Freitagnacht getan? Und wie passt der Delphin ins Bild …«

Tönsdorf sagte: »Zum Thema Stephanie Willmer: Ich habe mir heute Nachmittag mit Herbert und Uli von der Spurensicherung ihr Zimmer angeschaut …«

»… und die verschlossene Schreibtischschublade geöffnet?«, beendete Susanne seinen Satz. Sie musste an das Poster mit den Shaolin-Kriegern denken. FIGHT FOR THE RIGHT CAUSE. Wofür hatte Stephanie gekämpft?

»Nun, dass sie eine große Tierfreundin war, sieht man ja schon auf den ersten Blick, wenn man ihr Zimmer betritt«, fuhr Tönsdorf fort. »In der Schublade kam eine, sagen wir mal, etwas radikalere Seite von Stephanies Tierliebe zutage.

Sie hatte darin jede Menge Fotos und Artikel über das gesammelt, was wir Menschen wilden Tieren antun: Darin ging es um Ausrottung von Wölfen mit Giftködern, Elfenbeinhandel, Großwildjagd auf Bären und Sibirische Tiger, illegale Jagd auf Wale, die blutigen Delphin-Massaker der japanischen Fischer …«

»Aha, Delphine«, unterbrach ihn Chris.

»… aber kein Hinweis auf irgendwelche konkreten Aktionen, die Stephanie geplant haben könnte. Auch kein Hinweis, dass sie Mitglied in einer radikalen Tierschutzorganisation war. Aber vielleicht ist sie die Sache ja sehr vorsichtig angegangen und hat zu Hause nichts aufbewahrt, was sie hätte verraten können. Die Eltern konnten mir auch keinen Hinweis geben. Irgendwie scheinen sie mir in Bezug auf ihre Tochter sehr blauäugig gewesen sein. Nicht gleichgültig – sie haben sie gewiss sehr geliebt. Aber sie wissen erstaunlich wenig über Stephanies Leben, würde ich sagen. Gut, ich habe mehr mit dem Vater gesprochen, da mir die Mutter nicht sehr zugänglich erschien. Vielleicht solltest du mal mit ihr reden, Susanne, bestimmt kriegst du mehr aus ihr raus – so von Frau zu Frau.«

»Das mache ich«, sagte Susanne. »Gleich morgen. Was ist mit Selim Ylmaz' Familie? Sind die schon über seinen Tod informiert?«

Tönsdorf schüttelte den Kopf. »Von uns jedenfalls noch nicht. Sein Onkel sitzt, wie schon gesagt, in Ossendorf ein. Die Eltern wohnen seit einigen Jahren wieder in der Türkei. Es gibt noch einen Vetter, der nach einem Gefängnisaufenthalt offenbar auf den Pfad der Tugend zurückgekehrt ist und jetzt in Nippes einen Obst- und Gemüsehandel betreibt. Selims zwei Jahre älterer Bruder Mesut arbeitet bei ihm.«

Susanne nickte. »Dann werden wir beide morgen früh Mesut und seinem Vetter die Nachricht überbringen – und dabei hoffentlich mehr über Selim und Nadine erfahren, und vielleicht sogar über Stephanie Willmer, falls sie mal mit den zweien dort war.«

Es hatte aufgehört zu regnen. Das Gewitter war über Köln hinweggezogen, und draußen brach die Sonne wieder durch die Wolken.

»Na, ist doch klar, was Stephanie, Nadine und Selim gemacht haben!«, sagte Chris und schlug sich mit der Faust in die flache Hand. »Den Delphin befreit haben sie! Bestimmt wurde er irgendwo gefangen gehalten, in einem viel zu engen Becken. Und da haben sie ihn befreit, um ihn im Rhein auszusetzen. Es gibt doch wieder genug Fische im Fluss, von denen er sich hätte ernähren können. Bestimmt hätte er seinen Weg zurück ins Meer gefunden. Und Selim hat ihnen dabei mit seinen Fähigkeiten als Einbrecher geholfen. Doch dann ist was schief gegangen. Sie wurden entdeckt, und schon hatten sie diese grausamen Killer an den Fersen. Mich wundert das nicht. Wer es fertig bringt, einen Delphin in einem engen Becken einzusperren, ist zu allem fähig!«

Trotz ihrer Müdigkeit musste Susanne lächeln. Wenn es um die Belange wilder Tiere ging, erwachte in Chris die Kriegerin. In diesem Punkt schien ihr Stephanie nicht unähnlich gewesen zu sein. Schon gestern hatte Susanne ja beim Blick in Stephanies Zimmer eine gewisse Geistesverwandtschaft zwischen ihr und Chris festgestellt. »Ja«, sagte sie. »So kann es gewesen sein. Aber im Moment sind das alles nur Mutmaßungen. Hoffen wir, dass wir morgen mehr herausfinden.«

Toni erhob sich als Erster und sagte, er müsse noch auf eine Vorstandssitzung seiner Karnevalsgesellschaft. Er war Karnevalist mit Leib und Seele, der alljährlich als Redner in die Bütt stieg. Auch Tönsdorf und Torsten wollten aufbrechen.

Chris betrachtete Toni, Torsten und Tönsdorf und sagte augenzwinkernd: »Ihr würdet doch eigentlich ein prima Dreigestirn abgeben. Fragt sich nur, wer Prinz wird, wer Bauer, und wer Jungfrau.«

»Ich mache die Jungfrau«, entgegnete Toni trocken. »Ich bin geschieden, zum zweiten Mal verheiratet und habe fünf Kinder. Das passt, finde ich.«

Sie lachten, und die drei umarmten Susanne zum Abschied. Als sie weg waren, sagte Jonas grinsend: »Da beklagst du dich immer über deine Männerlosigkeit. Ich weiß gar nicht, was du willst. Du hast doch gleich drei!«

»Ach, sie sind doch nur gute Freunde. Das ist schon schön, aber du weißt ja, dass es nicht das ist, was ich suche. Außerdem sind Toni und Torsten in festen Händen, Torsten ganz besonders, seit er stolzer Vater geworden ist. Und Tönsdorf – na, bei dem sind wohl Hopfen und Malz verloren.«

»Aber Antweiler«, sagte Chris, »was ist mit dem? Tönsdorf und ich haben uns vorigen Sommer, nach dem Nachtauge-Fall, solche Mühe gegeben, euch beide zu verkuppeln.«

»Na ja, da war so viel Arbeit. Die Neustrukturierung der Dienststelle, nachdem das Präsidium vom Probsthof nach Kalk umgezogen war. Der Personalmangel und all das.« Eine Ausrede, dachte Susanne, und Chris merkt das bestimmt.

Antweiler und Susanne waren sich wirklich näher gekommen. Sie duzten sich inzwischen und redeten viel mehr miteinander als früher. Er hatte Susanne sogar schon ein paarmal zu Hause angerufen, einfach so, um sich mit ihr zu unterhalten. Susanne fand nur nicht den Mut, die Sache auf den Punkt zu bringen und sich Klarheit zu verschaffen – aus Angst, dann wieder um eine Illusion ärmer zu sein.

Jonas zog sich die Jacke an und legte Mister Brown an die Leine. »Ihr wollt auch los?«, fragte Susanne und spürte, wie ihre innere Anspannung zurückkehrte. Gerade eben noch mit all den Menschen um sich herum, hatte sie sich besser gefühlt.

»Nee«, sagte Chris, »ich bleibe, wenn du nichts dagegen hast, und fahre morgen früh ratzfatz mit dem Zug nach Buchfeld. Da bin ich doch mittags schon im Jagdhaus.«

Susanne war erleichtert, sagte aber trotzdem ganz automatisch: »Ist doch nicht nötig, Chris. Ich komme schon klar.«

Chris zog die Nase kraus. »Klar. Du kommst immer allein klar. Auch wenn du gerade vierundzwanzig Stunden gefesselt in einem Keller gelegen hast, hilflos zugucken musstest, wie ein Mädchen ermordet wurde, dich anschließend befreit und einen Gangster erschossen hast, dessen Kugeln dich nur um Haaresbreite verfehlt haben. Klar, Susanne schafft das schon.«

Susanne wollte irgendetwas Bissiges entgegnen, aber ihr fiel nichts ein. Jonas knuffte sie in den Oberarm, sagte: »Wird schon. Wir Moeller-Veteranen sind unverwüstlich«, und verschwand mit dem Hund.

Chris machte sich geschirrklappernd in der Küche zu schaffen, und Susanne zog sich erst einmal ins Bad zurück. Sie saß auf dem Klo, betrachtete die Haare auf den Fliesen und Zahnpastaspritzer, die über den ganzen Spiegel verteilt waren und dachte, dass ihr Badezimmer dringend eine General-Reinigung vertragen konnte.

Der Zusammenbruch kam, als Susanne sich vor das Waschbecken stellte, um sich die Zähne zu putzen. Sie hörte, wie Chris in der Küche leise ein Tracy-Lied sang. Tracy Chapman war Chris' absolute Lieblingssängerin, und Chris konnte viele ihrer Texte auswendig. Sie traf zwar nicht jeden Ton, hatte aber eigentlich eine recht schöne Stimme, um die Susanne sie beinahe beneidete. Sie selbst hielt sich für völlig unmusikalisch. Als Teenager hatte sie für kurze Zeit versucht, sich das Gitarrespielen beizubringen – doch beim Versuch war es geblieben.

Erst mit Chris war wieder mehr Musik in ihr Leben eingekehrt. Chris' musikalisches Universum kreiste zwar um Tracy Chapman als Zentralgestirn, aber zwischendurch ging Chris auf Entdeckungsreisen, an denen sie Susanne teilnehmen ließ, indem sie ihr Kassetten aufnahm beziehungsweise neuerdings CDs brannte. In letzter Zeit hatte Chris unter anderem Norah Jones angeschleppt, dann eine CD des alten Barsängers Tony Bennett, auf der er Duette mit der Kanadierin K.D. Lang zum Besten gab, und *Deb* von Souad Massi, einer algerischen Sängerin, die, wie Susanne zugeben musste, eine wirklich faszinierende Mischung aus algerischer und andalusischer Musik machte. »Die Songs sind irgendwie melancholisch und gleichzeitig dynamisch und lebensfroh, und sie hat eine super Stimme, die Souad Massi«, hatte Chris gesagt.

Seit sie mit Chris befreundet war, ging Susanne auch wieder tanzen, was sie zuvor jahrelang vermieden hatte. Wider Erwarten tat ihr das Tanzen sehr gut, auch wenn sie sich dabei im Vergleich zu Chris, die ziemlich wild über die Tanzfläche wogte, recht steif vorkam. Aber inzwischen ließ sie sich sogar gelegentlich von den jüngeren Kollegen zum Mitkommen überreden, wenn diese im Rudel loszogen, um durch ihre dienstfreien Nächte zu tanzen.

Vielleicht lag es an Chris' Gesang, der leise und ein wenig traurig aus der Küche klang. Susanne wollte zu Zahnbürste und Zahnpasta greifen, als sie merkte, wie ihre Hände zu zittern anfingen. Sie betrachtete ihr bleiches Gesicht mit den dunklen Schatten unter den Augen im Spiegel und versuchte, das Zittern unter Kontrolle zu bekommen. So konnte sie sich unmöglich die Zähne putzen.

Auch ihre Knie zitterten nun, und sie fühlte sich plötzlich so schwach, dass sie sich am Waschbecken festhalten musste. Es hatte sie enorm viel Kraft gekostet, morgens, als die Kollegen an Oleg Kraus' Werkstatt eingetroffen waren, Ruhe und Haltung zu bewahren und dann während des ganzen Tages stark zu bleiben. Jetzt war diese Kraft verbraucht. Die Anspannung löste sich langsam, und plötzlich, als könnte ihr Körper so die mühsam unterdrückten Bilder aus der Hölle nicht mehr zurückhalten, überfluteten sie Susannes Bewusstsein. Nadines grotesk verdrehter Kopf mit den starren Augen, der Gesichtsausdruck des jungen Russen in dem Moment, als Susannes Kugel seine Stirn durchschlug. Gleichzeitig mit den Bildern kamen Schuldgefühle. Das Gefühl, versagt zu haben, Nadines Tod nicht verhindert zu haben, nicht gut genug gewesen zu sein, fraß sich wie ein brennender Schmerz in ihre Brust und zog ihr förmlich den Boden unter den Füßen weg.

»Chris ... Chris ... k-kommst du mal?«

Erstaunlich schnell stand Chris neben ihr. Sie schien geahnt zu haben, dass der Zusammenbruch passieren würde, wenn Susanne zum ersten Mal an diesem Tag mit sich allein war. Zum Glück machte sie keine spitze, rechthaberische Bemerkung wie: »Siehst du, ich wusste doch genau, dass es besser ist, wenn jemand bei dir bleibt!« Sie sagte gar nichts, sondern half Susanne ins Schlafzimmer und setzte sich mit ihr aufs Bett.

Susanne weinte stockend und so schmerzhaft, dass es ihren ganzen Körper durchschüttelte. Chris hielt sie fest und wiegte sie schweigend in den Armen. Irgendwann ließen die Trä-

nen nach und Susannes Körper kam allmählich zur Ruhe.
»Willst du nicht doch eine von Tonis Diazepam nehmen?«,
fragte Chris. »Bin ja nicht so 'ne Anhängerin der Schulmedi-
zin, aber manchmal …«

»Mir wäre lieber«, sagte Susanne mühsam, mit vom Weinen
rauer Stimme, »wenn du mir was vorsingst. Nichts von Tracy,
sondern … du weißt schon.«

»Du meinst das heilige Lied, das ich voriges Jahr für dich ge-
sungen habe, als der schwarze Jaguar Arne Felten getötet
hatte?«

Susanne nickte. Sie legte sich aufs Bett und schloss erschöpft die Augen.

»Etwas von diesem Lied ist immer noch hier im Zimmer zu
spüren«, sagte Chris. »Aber ich werde versuchen, es noch einmal neu zum Leben zu erwecken. Du weißt ja, ich hatte es damals speziell für dich ausgesucht; es soll dir als eine Art Ta-
lisman dienen, wenn du als Polizistin wieder mal eine gefährliche Situation durchstehen musst, wo es auf Leben und Tod
geht und der dadurch ausgelöste Stress dein Nervensystem
durcheinander wirbelt.«

Chris hatte Susanne damals von der Herkunft dieses heiligen Liedes erzählt. Es sei, wie die anderen heiligen Lieder
auch, sehr alt und entstamme nicht der indianischen Traditi-
on. Silver Bear, der ja ein recht sonderbarer Wanderer zwischen den Welten gewesen war, hatte sie im Himalaja kennen gelernt. Angeblich waren sie sogar noch älter als die ti-
betische Kultur. Sie schienen in engem Zusammenhang mit
jener ursprünglichen Energie zu stehen, aus der die mate-
rielle Welt erschaffen worden war. Aber auch Chris hatte
das Geheimnis dieser heiligen Gesänge bislang nicht wirklich entschlüsselt.

Susanne schlug die Augen auf und sah, dass Chris sich im

Schneidersitz auf den Teppich gesetzt hatte. Sie hatte die Augen geschlossen und wiegte sanft den Oberkörper hin und her. Nach einer Weile öffnete sie den Mund und begann einzelne Töne, die sie sehr lange hielt, zu intonieren. Susanne machte gleichfalls die Augen zu und überließ sich den Klangfolgen, die Chris hervorbrachte. Leise schwingend erfüllten sie das Zimmer. Wieder, genauso wie beim ersten Mal, als sie diese Töne gehört hatte, kam es Susanne vor, als erreichten sie eine sehr tiefe Ebene von Susannes physischer Existenz. Sie schienen gleichsam jede einzelne Zelle ihres Körpers in Schwingung zu versetzen, und zwar auf eine sehr angenehme Weise. Ein wohltuendes Wärmegefühl breitete sich in ihr aus. Sie spürte, wie sich eine Kraft in ihrem Inneren regte, die sich sehr alt anfühlte, älter vielleicht als die Erde, alt wie die Sterne, aus denen die Erde und alles Leben darauf geboren worden waren.

Es war eine seltsame, schwer zu beschreibende Empfindung, die kaum etwas mit Susannes Alltagsleben zu tun hatte. Diese Kraft war immer schon da und würde immer da sein, unbesiegbar und jenseits aller Furcht und Schuld. Diese Kraft ermöglichte es ihr, die Dinge so anzunehmen, wie sie sich ereignet hatten: Nadine war tot, und vielleicht wäre sie noch am Leben, wenn Susanne früher aufgewacht wäre. Susanne hatte einen jungen Mann erschossen, wenn auch in Notwehr. Diese Erinnerungen würden sich nicht auslöschen lassen. Aber die rätselhafte Kraft, die geradewegs aus dem Kosmos, aus dem Meer der Sterne zu kommen schien, ermöglichte es Susanne, alles so anzunehmen, wie es geschehen war, loszulassen und weiterzugehen. Wie gut, dass ich mit einer Schamanin befreundet bin, war Susannes letzter Gedanke, dann sank sie in einen tiefen, traumlosen, heilbringenden Schlaf.

5. Kapitel

Am nächsten Morgen traf Susanne pünktlich im Kommissariat ein. Sie stellte ihre Tasche neben ihren Schreibtisch, der einst dem alten Moeller gehört hatte. Wohl um zu signalisieren, dass er Susanne als seine legitime Nachfolgerin betrachtete, hatte er ihn ihr vermacht, als er in Pension gegangen war. Bald darauf war er dann plötzlich gestorben, als hätte er ohne seine Arbeit nicht sein können. Für Susanne war er eine Art Ersatzvater gewesen, und sein plötzlicher Tod hatte sie damals sehr geschmerzt, mehr als der Tod ihres leiblichen Vaters.

Tönsdorf war immer schon eine Viertelstunde vor den anderen da, um in aller Ruhe allein an seinem Schreibtisch einen Kaffee zu trinken. Als er sie hörte, erschien er in der Tür, die von seinem in Susannes Büro führte und stets offen stand. Diese »Politik der offenen Tür« galt auch für Torstens Büro, das auf der Rückseite an Susannes angrenzte. Sie hatten so lange alle drei zusammen in einem Büro gehockt, dass sie sich nun einsam fühlten, wenn jemand die Tür zu den beiden anderen zumachte. »Na, wie isses?«, fragte er.

»Sind ja alle rührend um mich besorgt«, erwiderte Susanne und war unsicher, ob sie sich darüber freuen oder es als lästig empfinden sollte.

»Chris hat bei dir übernachtet, nehme ich an?«

»Jo. Wollte noch auspennen und fährt dann nachher mit dem Zug zurück in die Eifel.«

Tönsdorf lächelte. »Keine Ahnung, was sie mit dir angestellt hat, aber du siehst um Klassen besser aus als gestern.«

Susanne hatte nicht vor, es ihm zu sagen, zumal es ihr schwer fiel, die Erfahrung, die sie gestern wieder einmal gemacht hatte, in Worte zu fassen. Stattdessen sagte sie: »Gibt's denn noch Kaffee?« Sie fühlte sich tatsächlich sehr viel besser, und auch ihr Magen hatte sich bislang nicht wieder gemeldet.

Tönsdorf goss ihr eine Tasse ein. Während sie zusammen Kaffee tranken, besprachen sie die Dinge, die am Vormittag anstanden. Torsten Mallmann hatte sich den Morgen freigenommen, was Susanne ihm nach dem verdorbenen Wochenende nicht verdenken konnte. Schließlich war er verheiratet und hatte ein kleines Kind. Susanne merkte überrascht, dass sie ihre Zigaretten vergessen hatte. Tönsdorf bot ihr von seinen an, doch sie lehnte ab. Das Verlangen war nicht allzu groß, was vielleicht auch eine Auswirkung von Chris' geheimnisvollen Gesangskünsten war.

Sie gingen über den für Susannes Geschmack viel zu düsteren Flur des Kommissariats in Antweilers Büro, zur morgendlichen Lagebesprechung. Wesentliche neue Erkenntnisse hatten sich über Nacht nicht ergeben. Als Antweiler berichtete, am Nachmittag werde der Russisch-Dolmetscher kommen, sagte Susanne sofort: »Beim Verhör von Nadines Mörder will ich auf jeden Fall dabei sein.«

Antweiler hob die Brauen. »Ins Vernehmungszimmer kann ich dich nicht hineinlassen. Wegen Befangenheit. Das weißt du.«

»Ich will nur von außen vor der Scheibe zuhören«, sagte sie. Antweiler nickte. »Das ist natürlich kein Problem. Wenn du es dir antun willst.«

Sie runzelte die Stirn. »Ist mein Job, oder?«

Anschließend ging sie hinunter auf den Hof, sich den VW-Transporter ansehen, der inzwischen dort parkte. Wagenpapiere und Kennzeichen waren höchstwahrscheinlich gefälscht. Man wartete aber noch auf Antwort aus Russland. Vielleicht hatte der zwielichtige Oleg Kraus sie beschafft. Susanne betrachtete das Kennzeichen lange, war sich aber nicht sicher. Sie ahnte, dass sie nicht in der Lage sein würde, das Kennzeichen eindeutig zu identifizieren, wenn man ihr mehrere russische Nummernschilder vorlegte. Als sie den Laderaum inspizierte, hatte sie zumindest das Gefühl, es könnte sich um den Wagen handeln, in dem sie verschleppt worden waren. Ihr Blick blieb am Schiebefenster in der Trennwand haften. Jetzt war sie sich ihrer Sache beinahe sicher. Sie setzte sich einen Moment in den Laderaum auf den harten Bodenbelag. Deutlich spürte sie wieder die Fesseln an ihren Händen und Füßen, das demütigende Gefühl der Verschleppung und Gefangenschaft. Sie hatte sich vorgenommen, dem blonden schwedischen Bodybuilder bei seiner Festnahme in die Eier zu treten und war fest entschlossen, dieses Vorhaben in die Tat umzusetzen.

»Ja, es könnte der Wagen sein«, sagte sie zu dem kriminaltechnischen Assistenten, der ihn ihr aufgeschlossen hatte. »Aber Sie sind nicht sicher?«

Sie schüttelte den Kopf. »Nicht hundertprozentig. Doch auch wenn er es ist, glaube ich nicht, dass er uns viel über die Täter verraten wird.«

Endgültige Klarheit erhielt sie erst, als sie schon mit Tönsdorf unterwegs nach Nippes war, wo Selim Ylmaz' Vetter auf dem Kaisermarkt einen Gemüsestand betrieb. Herbert, der Chef der Spurensicherung, meldete sich über Handy und teilte mit, dass der Reifenabdruck des VW-Transporters identisch war mit den Abdrücken, die sie hinter der alten Fabrikhalle gefunden hatten.

»Schön«, sagte sie zu Tönsdorf. »Das hätten wir nun. Aber diese Schweden wirkten ziemlich professionell. Wenn die Karre für uns von Wert wäre, hätten sie sie bestimmt in irgendeinem Baggersee versenkt, statt sie einfach am Militärring zu parken.«

»Was soll's? Am Montagmorgen erfreuen selbst kleine Fahndungserfolge das Gemüt«, meinte Tönsdorf, ehe er sich fluchend bemühte, möglichst nahe am Markt einen Parkplatz zu finden, da er nur sehr ungern mehr als nötig zu Fuß ging.

Der Markt auf dem Kaiserplatz stellte eine interessante Kombination aus rheinischem Treiben und türkischem Bazar dar. Als Susanne noch in Nippes gewohnt hatte, war sie dort Stammkundin gewesen. Es herrschte ein buntes Durcheinander von deutschen und türkischen Marktständen. Rheinische Rentnerinnen kauften hier ebenso ein wie runde, in Kopftücher gehüllte türkische Mamas. Die Türken waren aber sowohl bei den Kunden als auch bei den Händlern eindeutig in der Überzahl. Das Geschrei heiserer, urkölnischer Marktfrauen, die ihre Ware im breitesten Dialekt anpriesen und die nicht minder klangvollen türkischen Verlautbarungen der orientalischen Händler mischten sich zu einer eindrucksvollen Kakophonie.

Susanne ließ gerne Tönsdorf den Vortritt, dem es mit seinem dicken Bauch relativ leicht fiel, ihnen einen Weg durch die engen, von den Markisen der Stände überdachten Gässchen zu bahnen. Das Angebot an Obst und Gemüse war außerordentlich üppig. Zwischendrin gab es Billig-Textilien, Käseständе und eine Theke, wo man sich Pitabrote frisch mit allerlei Zutaten belegen lassen konnte.

Der große Gemüsestand von Selims Vetter lag ziemlich zentral im Herzen des Markts. Ein junger Mann, der Selim auffallend ähnlich sah, ein älterer Mann um die vierzig und eine füllige junge Frau mit Kopftuch bedienten dort ihre überwiegend türkische Kundschaft. Zielstrebig steuerte Tönsdorf, das Kommunikationsgenie, auf den älteren Mann zu und wechselte ein paar Worte auf Türkisch mit ihm.

Der nickte und drehte sich zu dem jungen Mann um. »Mesut! Komm mal her! Besuch für dich.«

Mesut bediente gerade am anderen Ende des Standes eine ältere Türkin, bei deren Anblick Susanne sich fragte, wie sie es im August aushalten konnte, in so viel Stoff gehüllt zu sein. Er starrte zu Susanne und Tönsdorf hinüber, ließ den Salatkopf, den er in der Hand hielt, fallen, wirbelte herum und rannte davon.

»Mesut! Verdammt, was tust du?«, rief sein Vetter.

Susanne setzte ihm nach. Sie wusste, dass Tönsdorf gar nicht erst versuchen würde, ihr bei der Jagd zu helfen. Die Gassen zwischen den Marktständen waren eng, und dann dieses furchtbare Gedränge. »Warte!«, rief Susanne. »Wir wollen nur mit dir reden!«

Flink wie ein Wiesel flitzte Mesut zwischen Kinderwagen und Frauen mit dicken Einkaufstaschen hindurch. Susanne bezweifelte, dass sie ihn einholen würde. Sie stieß mit zwei Türkinnen zusammen, murmelte eine Entschuldigung und rannte weiter. Mesut hatte inzwischen einen ziemlichen Vorsprung. Doch plötzlich stolperte er bei einem unvorhergesehenen Ausweichmanöver gegen einen Verkaufsstand mit T-Shirts und Blusen. Das Gestänge, an dem die Ware aufgehängt war, fiel in sich zusammen. Während eine schrille türkische Schimpfkanonade des Händlers sich über Mesut ergoss, versuchte er sich aus einem Gewirr bunter Damenblusen freizukämpfen.

Hab ich dich, dachte Susanne, die nur noch ein paar Meter von ihm entfernt war. Dann stellte ihr im Gedränge jemand gezielt ein Bein. Sie stolperte und schlug der Länge nach hin. »Ey!«, schrie sie, »welches Arschloch ...«

Als sie sich wieder aufgerappelt hatte, war Mesut verschwunden. Sie fluchte und schaute sich keuchend um. Da sah sie, wie Mesut am Rand des Markts über die Straße rannte und in einem Dönerladen verschwand.

Während Susanne auf ihren langen Beinen wie eine Gepardin über die Straße flitzte und einen Autofahrer zur Vollbremsung und lautstarkem Hupen veranlasste, überlegte sie: Es gab zwei Möglichkeiten – entweder Mesut türmte durch einen Hinterausgang, dann hatte sie ihn verloren, musste Verstärkung anfordern und das Viertel um den Kaisermarkt systematisch durchkämmen. Oder er versteckte sich im Laden.

Der Mann hinter der Theke, vor den beiden großen, sich langsam drehenden Fleischspießen, machte ein erschrockenes Gesicht, als Susanne hereinstürmte und ihm ihren Dienstausweis hinhielt. »Wo ist der junge Mann, der eben Ihren Laden betreten hat?«

»Es hat eben ... niemand den Laden betreten«, sagte er.

»Nein? Er heißt Mesut Ylmaz.«

»Kenne ich nicht. Nie gehört, den Namen.«

»So?«, fauchte Susanne. »Ich fordere ein Einsatzkommando an und stelle das ganze Haus auf den Kopf, vom Keller bis zum Dachboden. Danach werden Sie für ein paar Wochen wegen Renovierung schließen müssen!«

Der Mann senkte den Blick. »Schon gut. Er ist auf dem Männerklo.«

Susanne steuerte entschlossen auf die Tür zu.

»Moment!«, rief der Dönerverkäufer entsetzt. »Sie wollen ... in das Männerklo gehen?«

Susanne warf ihm einen funkelnden Blick zu. »Na und? Haben Sie ein Problem damit?«

Die Klokabine neben dem stinkenden Pissoir war verschlossen. Susanne ging in die Hocke und sah zwei in schmuddeligen Turnschuhen steckende Füße. Sie grinste, richtete sich wieder auf und sagte laut: »Okay, Freundchen, ich geb dir drei Sekunden, um freiwillig rauszukommen. Sonst wirst du erleben, wie eine Frau die Klotür eintritt und dir eins aufs Maul haut!«

Das wirkte. Mesut Ylmaz öffnete sofort die Tür. Als Susanne sein Gesicht sah, bereute sie, dass sie ihn so grob angeraunzt hatte. Er wirkte völlig verstört.

»Du weißt bereits, dass dein Bruder tot ist?«

Mesut nickte.

»Warum bist du weggerannt? Wir wollen nur mit dir reden. Vielleicht kannst du uns helfen, die Männer zu fassen, die Selim erschossen haben.«

Mesut starrte Susanne aus großen, verwirrten Augen an. »Er…, erschossen? Aber ich dachte, die Bombe … dass er durch die Bombe …« Er schüttelte den Kopf. Susanne sah, dass er zitterte. Tränen liefen ihm über das Gesicht, die er schnell mit dem Handrücken wegwischte.

»Was für eine Bombe?«, fragte Susanne irritiert. »Selim ist erschossen worden.«

In diesem Moment hörte sie draußen Tönsdorfs schnaufenden Atem und die Stimme von Mesuts Vetter. Die beiden schauten in die Toilette. »Was machst du für Sachen, Junge?«, fragte Mesuts Vetter aufgeregt. »Das ist doch Kommissar Tönsdorf, der ist in Ordnung. Vor dem musst du nicht wegrennen!«

Nach einem kurzen Blick zu Susanne fügte er hinzu: »Seit gestern Morgen ist er völlig verstört. Durcheinander. Zwei Männer sind bei uns zu Hause aufgetaucht. Er hat mit ihnen einen Spaziergang gemacht. Danach war er völlig fertig. Hat kein Wort gesprochen.«

»Wie haben die beiden Männer denn ausgesehen?«, fragte Susanne.

»Ein großer, schlanker Mann mit dunklen Haaren und ein kleinerer, gebaut wie ein Muskelmann, mit langen blonden Haaren. Sie waren keine Deutschen, das habe ich an ihrer Aussprache gehört, aber ich habe nicht erkannt, woher sie kommen.«

Susannes Herz begann etwas schneller zu klopfen. Die beiden Schweden. Zum ersten Mal hatte sie in diesem Fall das Gefühl, ein wirkliches Stück vorangekommen zu sein.

Tönsdorf schaute Mesuts Vetter nachdenklich an und sagte: »Dann wissen Sie noch gar nicht, dass Selim tot ist?«

Mesuts Vetter wurde blass. »Was ... was sagen Sie ...« Er sank schwer auf einen der Stühle an den runden Metalltischen gegenüber der Theke. »Und du ... du hast seit gestern gewusst ...«

Mesut nickte, sagte aber nichts.

»Wissen Sie«, stammelte Mesuts Vetter, »es kommt öfter vor, dass Selim ein paar Tage wegbleibt, darum habe ich mir noch nichts gedacht ...«

Mesut fing an zu weinen. Susanne legte ihm beruhigend die Hand auf die Schulter. »Ich glaube, du kommst erst mal mit uns mit«, sagte sie, jetzt in bewusst freundlichem Tonfall. »Ich denke, es gibt einiges, was du uns erzählen solltest.«

Der Zug hatte die Kölner Bucht hinter sich gelassen und rollte nach einem Zwischenhalt in Euskirchen nun in die Eifel hinein. Chris lehnte behaglich in den Polstern und schaute auf die vertrauten Wald- und Wiesenhügel der Nordeifel. Durch das geöffnete Fenster wehte milder, angenehm duftender Sommerwind herein. Jetzt, am späten Vormittag, war es im Zugabteil relativ leer. Auf der anderen Seite des Ganges saß ein Rentnerehepaar, das seinen gemeinsamen Gesprächsvorrat schon vor Jahren aufgebraucht zu haben schien, und weiter hinten im Abteil versuchte eine junge Mutter ihr Kind im Zaum zu halten. Sein Gequengel nervte, aber nur ein kleines bisschen, denn Chris war insgesamt gut gelaunt. Sie war mit dem schönen Gefühl aus Köln weggefahren, Susanne wirklich geholfen zu haben. Susanne hatte beim Frühstück für ihre Verhältnisse gut gegessen, nicht geraucht, keine Unmengen Kaffee in sich hineingeschüttet und sogar ziemlich entspannt gelächelt. Dann war Susanne zum Dienst gegangen, und Chris, die keine ausgesprochene Frühaufsteherin war, hatte auf dem Sofa noch etwas Schlaf nachgeholt, ehe sie sich auf den Weg zum Bahnhof gemacht hatte. Draußen vor dem Fenster zog eine Wiese vorbei, auf der dickbauchige Kühe zufrieden Gras mampften. Sie seufzte entspannt und schloss für einen Moment die Augen. Es war gut, dass es Susanne wieder besser ging. Vielleicht waren diese geheimen heiligen Gesänge, die Chris vor einigen Jahren von Silver Bear beigebracht worden waren, das Kostbarste, was er ihr hinterlassen hatte. Die heilende Wirkung von Klängen auf Körper und Seele – dieses ganze Themengebiet – wurde Chris' Meinung nach bislang viel zu wenig erforscht. Vielleicht ließen sich durch den gezielten therapeutischen Einsatz von Klängen längerfristig teure Medikamente überflüssig machen. Chris hatte den Eindruck, dass die Menschheit gerade erst dabei war, das Potenzial zu entdecken, das sich hier eröffnete. Letztlich beruhte doch im materiellen Universum alles auf Schwingungen. Weswegen schon die Menschen in der Antike den Ausdruck Sphärenmusik geprägt hatten. Silver Bear war jedenfalls der Ansicht gewesen, dass das ganze Universum nach harmonischen Gesichtspunkten aufgebaut war, fast wie eine einzige göttliche Symphonie.

Und das galt dann natürlich auch für die Atome und Zellen, aus denen sich der menschliche Körper zusammensetzte. Krankheiten und andere Probleme traten auf, wenn diese musikalische Harmonie gestört wurde und aus den Fugen geriet.

Vermutlich brauchen wir eine neue Wissenschaft, dachte Chris, die all diese faszinierenden Zusammenhänge ohne die Scheuklappen, die uns unser veraltetes, viel zu enges Weltbild auferlegt, erforscht. Andererseits – was war alt? Was war neu? Chris hatte Geschichten über den versunkenen Kontinent Atlantis gehört, in denen behauptet wurde, die Menschen von Atlantis hätten über eine Technik verfügt, die es ihnen ermöglichte, mit Hilfe von Tönen schwere Gegenstände wie zum Beispiel Steinquader fortzubewegen. Diese Technik hätten sie auch zum Antrieb von Fahrzeugen und Flugmaschinen benutzt. Vielleicht hatten die Menschen in früheren Jahrtausenden diese Transportmethode ja auch beim Bau der großen Pyramiden in Ägypten eingesetzt oder zur Schaffung der riesigen Tempelanlagen im Hochland von Bolivien. Bei Erich von Däniken hatte Chris gelesen, dass die uralten Gebäude dort, beispielsweise in der Ruinenstadt Tiahuanacu, aus Steinblöcken von bis zu hundert Tonnen Gewicht errichtet worden waren. Die orthodoxe Schulwissenschaft konnte bislang nicht wirklich erklären, wie die Menschen in der dünnen Luft des Hochlands mit den für die damalige Zeit vermuteten einfachen, technischen Hilfsmitteln diese Riesenquader angefertigt und bewegt hatten.

Chris musste lächeln. Sie und Jonas mochten beide den alten Däniken, der schon seit Jahren als unermüdlicher Vortragsreisender in Sachen Rätsel der Vergangenheit durch die Lande tourte. Sie hatten schon einige seiner Vorträge besucht. Er war so ein schräger, pfiffiger Querdenker – und wie Jonas immer sagte: Leute wie Däniken waren es doch schließlich, die die Menschheit weiterbrachten und faszinierende Entdeckungen machten, nicht die schulwissenschaftlichen Erbsenzähler.

Allerdings hieß es in den Legenden über Atlantis auch, dass die Menschen damals ihre Technologie missbraucht hatten, was letztlich zum Untergang ihrer Zivilisation führte. Chris wusste nicht, ob es Atlantis wirklich gegeben hatte, oder ob es sich dabei lediglich um ein esoterisches Phantasiereich handelte. Aber eines wusste sie: Sie lebte in einem intelligenten Universum, einem sinnerfüllten, geordneten Kosmos. Paradoxerweise war ihr das gerade während ihres schulwissenschaftlichen Biologiestudiums klar geworden. Je mehr sie damals das Leben draußen in der freien Natur beobachtet und unter dem Mikroskop untersucht hatte, desto mehr hatte sie darüber gestaunt, wie sinnreich, wie strukturiert, wie kunstvoll das alles war – wie ungeheuer intelligent. All diese Organismen, vom winzigen Pantoffeltierchen bis zum Grizzlybär, erschienen wie das Werk einer unglaublichen schöpferischen Intelligenz.

Geradezu absurd fand Chris die vorherrschende schulwissenschaftliche Lehrmeinung, wonach das Leben lediglich Zufallsprodukt physikalisch-chemischer Prozesse sein sollte, die sich völlig geistlos und sinnleer abspulten. Chris war schließlich Schamanin und darum wusste sie einfach, dass Seele und Bewusstsein nicht bloß ein bisschen Elektrochemie in den Hirnzellen waren, wie manche moderne Wissenschaftler offenbar glaubten. Nein, Seele und Bewusstsein waren viel, viel mehr, und sie waren nicht an die Hirnzellen gebunden.

All diese unglaublichen pflanzlichen und tierischen Wesen in ihrer üppigen Vielfalt, die faszinierende Weisheit und Schönheit, die einem in der Natur auf Schritt und Tritt begegnete – wer sich lange genug mit den Wundern des Lebens beschäftigte, musste einfach religiös werden, oder spirituell! Im Grunde war es sehr traurig, dass die moderne Wissenschaft so engstirnig am Wesentlichen vorbeisah – an dem, was die Indianer das GROSSE GEHEIMNIS nannten.

Na, dachte Chris, sicher gehört's zur Bestimmung von uns Schamanen, dass wir etwas gegen diese seelische Verarmung der heutigen Zivilisation unternehmen! Letztlich ist es ja egal, ob wir die Symphonie des Lebens und die Möglichkeit, mit Tönen Gutes zu tun, heute völlig neu entdecken, oder ob es sich um altes Wissen früherer Kulturen handelt, das wir nur wiederentdecken. Hauptsache, wir nutzen dieses Wissen! Nicht, um Macht auszuüben und Kriege zu führen, sondern um Glück, Freude und Wohlergehen zu erzeugen.

Sie gähnte und sah auf ihre Armbanduhr – eine Automatikuhr ohne umweltschädliche Batterie, die Jonas ihr irgendwann geschenkt hatte, wohl als kleine Anspielung auf Chris' notorische Unpünktlichkeit, oder, wie sie es selbst lieber nannte, ihren entspannten Umgang mit der Zeit.

In einer knappen halben Stunde würde sie in Buchfeld eintreffen. Das passte gut. Da hatte Jonas gerade Mittagspause und konnte sie eben hoch in den Wald fahren. Sie telefonierte kurz mit ihm. »Mister Brown wird sich freuen, wenn er wieder hinauf in sein angestammtes Revier kommt«, sagte Jonas. »Hier auf der Wache langweilt er sich, auch wenn Schöntges ihn mit Wurst mästet.« Chris musste lächeln. Sie mochte den alten Schöntges gern, der so etwas wie der gute Geist der Buchfelder Polizeiwache war und bald in Pension gehen würde. Er war ein grundanständiger Kerl, der während ihrer schwierigen Teenagerzeit immer freundlich zu ihr gewesen war, damals, als die meisten Leute in Buchfeld sie wie eine Aussätzige behandelt hatten – die verrückte Tochter einer verrückten Mutter.

Der Zug hielt kurz im Örtchen Nettersheim, wo sich schon die alten Römer getummelt hatten. Von hier aus hatten sie ihre eindrucksvolle Wasserleitung bis nach Köln gebaut – eines der Wunderwerke der Antike. Und hier gab es einen römisch-keltischen Tempelbezirk aus jener Zeit, als die Menschen in der Eifel und anderswo noch weibliche Fruchtbarkeitsgöttinnen angebetet hatten und Frauen wie Chris nicht fürchten mussten, auf dem Scheiterhaufen zu enden. Dazu hatte erst das christliche Mittelalter über das Land hereinbrechen müssen. Aber zum Glück waren auch diese finsteren Zeiten vorübergegangen.

Chris machte die Augen wieder zu und döste ein wenig vor sich hin. Sie versuchte, den gedanklichen Faden von vorhin aufzunehmen. Das versunkene Atlantis. Die Symphonie des Lebens und das segensreiche Potenzial der Töne und Klänge. Die Notwendigkeit, dass die moderne Zivilisation ihre weltanschauliche Engstirnigkeit überwand und neue Wege ging. Seltsamerweise kamen Chris dabei die Delphine in den Sinn. Wie viel wissen wir wirklich über diese Wesen?, dachte sie. Sie haben sehr große Gehirne. Was fangen sie damit an? Sie haben keine Hände, und deshalb konnten sie keine technische Zivilisation entwickeln. Aber sind sie deshalb dümmer als wir? Auch wenn ich mich den Landtieren zugewandt habe, habe ich doch während des Zoologiestudiums einiges über die ausgeklügelte Kommunikation der Delphine erfahren. Sie verfügen über eine enorme Vielfalt an Lautäußerungen. Vielleicht besitzen die Delphine eine ganz eigene Zivilisation im Meer, die so anders ist als unsere, dass wir sie gar nicht als solche erkennen.

Chris kam ein Gedanke, der fast so etwas wie Heiterkeit in

ihr auslöste: Was, wenn gar nicht wir die am höchsten entwickelte Kultur auf diesem Planeten sind? Vielleicht sind uns ja die Delphine um einen oder sogar um viele Schritte voraus und kommunizieren auf ihre Art längst mit dem Kosmos! Vielleicht haben wir nur deshalb noch keine anderen intelligenten Wesen im Universum entdeckt, weil die anderen den Delphinen viel ähnlicher sind als uns – sodass wir sie mit unseren heutigen Messgeräten gar nicht aufspüren können, weil sie keine technische Zivilisation, die mit der unseren vergleichbar wäre, besitzen. Vielleicht sollten wir uns erst einmal um eine Verständigung mit den Delphinen bemühen und von ihnen lernen. Könnte doch sein, dass wir zunächst diese Entwicklungshürde nehmen müssen, ehe an eine Kommunikation mit außerirdischen Intelligenzen überhaupt zu denken ist. Eine faszinierende Idee, fand Chris. Ich sollte mal Erich von Däniken eine E-Mail schreiben und ihn fragen, was er davon hält. Oder spinne ich nur herum? Sie seufzte. Dieser tote Delphin im Rhein ... Was hatte er mit ihrem Traum vom Samstagmittag zu tun?

Das Rattern der Räder auf dem Gleis wiegte Chris sanft hinüber in eine Traumwelt, in der sie sich selbst im Waldsee, inmitten ihrer Eifel-Idylle schwimmen sah. Sie schwebte im angenehm weichen, von einer unterirdischen Quelle gespeisten Wasser des Sees, spürte die erfrischende Kühle auf ihrer Haut.

Dann hörte sie, wie plötzlich fremde Stimmen das Wasser erfüllten. Leise, klickende Laute, die von einer spielerischen Leichtigkeit waren – die Sprache der Delphine ... Bislang war es noch keinem Menschen gelungen, diese Sprache zu entschlüsseln.

Sie hatte im Traum das Gefühl, dass die Delphine sie mit ihrem Sonar abtasteten, fühlte es als sanftes Kribbeln auf ihrer

Haut. Und gleichzeitig schaute sie sich in diesem beinahe luziden Traum selbst zu und dachte: Wie ist das möglich? Wie können Delphine mich im Waldsee besuchen? Doch dann sah sie die Delphine im klaren Wasser näher kommen. Silbergrau schimmernd glitten ihre eleganten, stromlinienförmigen Silhouetten heran, als hätte sich im See ein magisches Tor zum weiten Meer geöffnet.

Ganz nah kamen die Delphine zu ihr. Es war eine ganze Familie von zehn oder fünfzehn Tieren. Chris sah ihre spitzen Schnauzen, ihre Münder, die stets zu lächeln schienen. Zwei große, bestimmt zwei Meter lange Delphine stupsten sie mit der Schnauze an, was sich anfühlte, als wollten sie ihr freundschaftlich auf die Schulter klopfen. Da waren auch junge Delphine, Delphinkinder, die durchs Wasser tanzten.

Und hinter alledem ahnte Chris eine Weite, eine Unendlichkeit, die sie im Waldsee, dessen Ufer stets gut zu sehen und immer erreichbar waren, niemals gespürt hatte. Fast war es, als handele es sich bei dem Ozean, in dem die Delphine schwammen, um das Universum selbst, den weiten Raum zwischen den Sternen, Planeten und Gasnebeln.

Dann änderte sich ganz plötzlich, übergangslos, die Szenerie. Der Waldsee mit seinen freundlichen, vertrauten Ufern verschwand und mit ihm auch die Delphine.

Chris befand sich in einem engen Raum, der sich rasend schnell mit kaltem Wasser füllte. Es gab einen heftigen Stoß, eine Wand des Raums verschwand plötzlich und Chris wurde von einer wirbelnden Strömung erfasst, die sie fortriss, hinaus in offenes Gewässer. Sie schwamm nach oben, dem Licht der Wasseroberfläche entgegen. Gleichzeitig formte sich hinter ihr ein Strudel, der wie mit kräftigen Armen an ihr zerrte. Sie kämpfte dagegen an, glaubte, ihre Lungen müssten zerspringen. Schließlich gelang es ihr, sich aus dem Sog zu befreien, der sie in die Tiefe ziehen wollte. Sie stieß sich zur Oberfläche empor und schnappte dort keuchend nach Luft. Als sie sich umschaute, wurde sie von lähmendem Entsetzen gepackt. In allen Himmelsrichtungen erstreckte sich die endlose Fläche eines unruhigen Meers. Nirgendwo war Land zu sehen. Und es gab kein Stück Treibholz, nichts, an dem Chris sich hätte festhalten können, um sich auszuruhen. Die See war kalt und rau, und Chris' Körper tanzte in den Wellen wie ein vergessener Korken. Die Kälte drang ihr durch die Haut und machte ihre Muskeln müde und steif. Sie schwamm und schwamm und spürte, wie ihre Kräfte immer mehr nachließen. Lähmende Erschöpfung erfasste sie, der Wunsch loszulassen, sich auszuruhen, wurde übermächtig. Schon drang ihr kaltes, salziges Wasser in Mund und Nase.

Sie hustete, schnappte nach Luft und erwachte ruckartig. Atemlos sprang sie vom Sitz auf und riss das Fenster ganz herunter. Zitternd stützte sie sich auf den Fensterrahmen und hielt ihr Gesicht in den milden Fahrtwind. Der Duft frisch gemähter Wiesen stieg ihr in die Nase. Voraus näherten sich die Häuser Buchfelds. Sie schauderte. Was für ein scheußlicher Traum! Erst war alles so schön gewesen – der Besuch der freundlichen Delphine im Waldsee. Dann diese erschreckende Wendung. Um die Fassung wiederzugewinnen, klammerte sich Chris geradezu an den beruhigenden Anblick der sonnigen grünen Eifelhügel.

Der Zug rollte in den kleinen Bahnhof von Buchfeld, sie schulterte ihren Rucksack, und als sie Jonas mit Mister Brown auf dem Bahnsteig stehen sah, fühlte sie sich plötzlich wie eine Heimkehrerin nach langer, gefahrvoller Reise. Unwillkürlich wurde Jonas von ihr so heftig geknuddelt, als wären sie nicht nur eine Nacht, sondern viele Nächte getrennt gewesen. Dann ging sie in die Hocke und kraulte dem

Hund intensiv das Fell. Er schien zu spüren, dass etwas nicht stimmte, denn er winselte leise und leckte ihr das Gesicht.

»Du hast doch was«, meinte Jonas, als sie sich wieder aufrichtete, »das sehe ich dir an der Nasenspitze an.«

Chris versuchte, sich ihr Unbehagen nicht anmerken zu lassen. Sie betastete ihre Nase mit den Fingern und sagte leichthin: »Wieso? Ist doch noch alles dran an meinem Riechorgan.«

Es gehörte zu Jonas' Vorzügen, dass er in solchen Situationen nicht nachbohrte, sondern ihr Zeit ließ, die Sprache wiederzufinden. Auf dem Weg zum Auto sagte sie schließlich zögernd: »Hatte eben im Zug so 'n komischen Traum. Mag aber noch nicht drüber reden, okay?«

Jonas zeigte hinüber zu Luigis Eissalon auf der anderen Straßenseite. »Was hältst du von einem schönen Eisbecher mit viel Sahne? Das hilft doch bei dir eigentlich gegen alles.«

Jetzt musste Chris ein wenig lächeln. »Ach, du ... du bist mir vielleicht ein Therapeut!«

Luigis Eis war wunderbar. Nicht diese Fertigpampe voller künstlicher Farbstoffe, sondern echtes hausgemachtes italienisches Eis. Aber Chris' Bauch signalisierte deutlich, dass Eis im Moment nicht hilfreich sein würde. Sie fühlte sich noch ziemlich zittrig, und da war so ein unangenehmes Ziehen in der Magengegend.

Sie fuhren aus Buchfeld heraus und folgten der Landstraße, die aus dem Tal kurvenreich hinauf in den Wald führte, wo Chris und Jonas in einem kleinen, ganz aus Holz gebauten Jagdhaus wohnten. Damit Jonas sich keine unnötigen Sorgen machte, begann Chris ziemlich viel zu reden, wenn auch nur oberflächliches Zeug. Sie erzählte von Susanne und was sie am Morgen gefrühstückt hatten, von dem stummen Rentnerpaar und der Mutter mit dem quengelnden Kind im Zugabteil.

Doch dann dachte sie: Ach, was strenge ich mich an? Er merkt ja sowieso, dass dieser Traum mich ganz schön aus dem Gleichgewicht gebracht hat. Dazu kennt er mich viel zu gut. Normalerweise hätte sie sich darauf gefreut, sich am Nachmittag eine erfrischende Abkühlung im Waldsee zu gönnen. Aber jetzt hatte sie beinahe Angst davor. Sie würde stattdessen eine Kleinigkeit essen, etwas Salat und Obst, anschließend mit dem Hund einen Spaziergang machen und im Garten arbeiten. Am späten Nachmittag würde sie dann etwas Gutes für Jonas und sich zum Abendessen kochen.

Der tote Delphin im Rhein, die Morde in Köln, ihre sonderbaren Delphinträume – sie war überzeugt, dass hinter alledem eine Botschaft verborgen lag, die sie entschlüsseln musste – eine *schamanische* Botschaft.

Chris seufzte und dachte: Wieder einmal ein neues Puzzlestück meiner geheimnisvollen Bestimmung. Dieser Bestimmung konnte Chris sich nicht entziehen, auch wenn sie manchmal davon träumte, den bequemen Weg zu gehen und ihr Schamanentum für immer an den Nagel zu hängen. Doch das ging einfach nicht, das Schicksal ließ es nicht zu. Und wenn Chris aus ihren mysteriösen Abenteuern der letzten Jahre etwas gelernt hatte, dann das: Es gab in diesem Universum keine Zufälle.

Sie beschloss, sich am Nachmittag die Telefonnummer von Maja Anselm zu besorgen, der Delphinexpertin. Es wurde Zeit, dass sie nach Holland in den Meerespark fuhr und die Delphine besuchte. Vielleicht fand sie dort Antworten. Und nebenbei konnte sie mit Jonas und dem Hund ein paar schöne Tage am Meer verbringen.

6. Kapitel

Susanne und Tönsdorf vernahmen zuerst Mesuts Vetter, Ali
Ylmaz, der sich sehr kooperativ zeigte. Seit seiner Haftent-
lassung vor fünf Jahren war er nicht mehr auffällig geworden
und hatte sich mit seinem Gemüseladen in Nippes und dem
Gemüsestand auf dem Kaisermarkt eine bürgerliche Existenz aufgebaut. Vor kurzem hatte er außerdem in Mülheim
einen Döner-Imbiss übernommen, den er gerade renovierte,
sodass es für seine verzweigte Familie genug Arbeit gab. Als
Mesuts und Selims Eltern in die Türkei zurückgekehrt waren, weil der Vater dort die von seinem Onkel geerbte Autowerkstatt übernehmen wollte, hatten sie den Vetter gebeten,
ein Auge auf ihre beiden Söhne zu haben. Mesut hatte inzwischen eine Lehre als Kfz-Mechaniker abgeschlossen, während Selim mit seinen Kontakten zum kriminellen Zweig der
Familie offenbar das schwarze Schaf gewesen war.
Ali Ylmaz beteuerte aber, nicht über Selims Aktivitäten Bescheid gewusst zu haben. Susanne konnte die Probleme, die
der Geschäftsmann mit der Verwandtschaft hatte, nachemp-
finden. Bei den Türken war der Familiensinn sehr ausge-
prägt, was jemanden wie ihn, der ein neues Leben begonnen
hatte, in starke Loyalitätskonflikte bringen konnte. Sie hatte
aber nicht den Eindruck, dass der Mann sie anlog, zumal
Tönsdorf, auf dessen Instinkt in solchen Dingen meistens
Verlass war, ihn für vertrauenswürdig erklärte.
Ali Ylmaz beschrieb die beiden Männer, die Mesut am Sonntagmorgen aufgesucht hatten, sehr genau, und Susanne war

nun völlig sicher, dass es sich um die beiden schwedischen Killer handeln musste, die Selim ermordet und sie und Nadine entführt hatten. Susanne wusste ja von Toni Walterscheid, dessen schriftlicher Obduktionsbericht inzwischen vorlag, dass Selim kurz vor seinem Tod gefoltert worden war. So hatte Selim vermutlich Namen und Adresse seines Bruders preisgegeben.

Selim sei immer wieder für einige Tage verschwunden und habe sich anschließend geweigert, ihm zu sagen, was er in dieser Zeit getrieben habe, erzählte Ali Ylmaz. Er habe deshalb gerade erst in der vorigen Woche Selims Vater einen Brief geschrieben, um ihn um Rat zu fragen. Zwischendurch hatte Selim fleißig im Gemüsegeschäft mitgearbeitet und, da er kürzlich den Führerschein gemacht hatte, auch schon ein paarmal Waren ausgeliefert. »Er war immer freundlich und kam gut klar mit unseren Kunden«, sagte Ali Ylmaz, »da gab es kein Problem. Aber … ich glaube, in der übrigen Zeit hat er … na ja … Sie wissen ja, wer alles zu meiner Verwandtschaft gehört …« Er schüttelte traurig den Kopf. »Vielleicht hätte ich mich mehr einmischen sollen. Dem Jungen mal gründlich den Kopf waschen. Jetzt ist es zu spät.«

»Und Nadine?«, fragte Susanne. »Was wissen Sie über sie?«

»Ein gutes Mädchen«, sagte Ali Ylmaz. »Ich glaube, Selim war wirklich verliebt in sie. Sie hatte guten Einfluss auf ihn, glaube ich.« Er schaute Susanne besorgt an. »Weiß Sie schon …«

»Sie ist leider ebenfalls ermordet worden«, antwortete Susanne leise.

Jetzt fing Ali Ylmaz an zu schluchzen. Tönsdorf legte ihm beruhigend die Hand auf die Schulter. »Was sind das für … für … Teufel?«, stammelte er. »Sie wissen ja, warum ich gesessen habe. Ich war ein Dieb … Einbrecher. Aber nie haben wir Menschen verletzt oder gemordet.« Er schüttelte den Kopf. »Sie waren doch noch halbe Kinder, Nadine und Selim. Wie kann man das tun? Finden Sie diese Teufel. Sie müssen bestraft werden!«

Susanne zeigte ihm ein Foto Stephanies. Er betrachtete es einen Moment und sagte: »Nein. Die kenne ich nicht. Habe ich nie gesehen.«

»Das ist Stephanie Willmer. Hat Selim vielleicht einmal ihren Namen erwähnt?«, fragte Tönsdorf.

»Nie«, sagte Ali Ylmaz. »Vielleicht ist sie eine Freundin von Nadine? Aber sie war nie bei uns und Selim hat auch nie von ihr gesprochen. Von Nadine hat er oft gesprochen.« Er lächelte unter Tränen. »Wie junge Männer halt so sind, wenn sie verliebt sind. Hatte ihn sehr erwischt …«

Susanne bestellte einen Streifenwagen, der Ali Ylmaz zurück zum Markt fahren sollte. Zum Abschied drückte er mit beiden Händen Susannes Hand und hielt sie einen Moment fest. »Bitte, fassen Sie Mesut nicht so hart an, Frau Kommissarin«, sagte er. »Mesut ist … sehr weich. Mesut ist zwei Jahre älter, aber Selim war für ihn immer der starke Bruder, verstehen Sie? Mesut ist ganz anders. Er hat jetzt eine Kfz-Lehre beendet und will in die Türkei zurück. Seinem Vater helfen, eine große Autowerkstatt aufzubauen.«

Mesut, der bei Torsten im Büro hatte warten müssen, während sie seinen Vetter verhörten, wirkte blass und sehr mitgenommen, als Tönsdorf ihn hereinholte. Susanne bot ihm eine Zigarette an, die er mit zittrigen Finger nahm. Dann gab sie ihm und sich selbst Feuer. Es war tatsächlich schon Mittag, und sie hatte den ganzen Morgen noch keine einzige geraucht.

Nach einer Bombe hatte sie Ali Ylmaz ganz bewusst nicht gefragt, da sie sicher war, dass er darüber nichts wusste. Außerdem hatte der Mann schon Sorgen genug. Vermutlich war es auch in Mesuts Sinn, wenn sie seinen Vetter aus der Sache heraushielt. Sie nahm an, dass die beiden Schweden Mesut geschlagen hatten und er Ali Ylmaz auch davon nichts erzählt hatte. »Willst du uns jetzt erzählen, was es mit dieser Bombe auf sich hat?«, fragte sie freundlich. »Es ist bestimmt das Beste für alle Beteiligten, auch für deinen Vetter Ali und deine Eltern, wenn du uns alles erzählst, was du weißt. Deinen Bruder musst du ja leider nicht mehr schützen.«

»Ich ... habe sie ihm besorgt. Ich kenne jemanden, der ... solche Sachen besorgen kann. Er kann ... alles besorgen. Aber ich darf nicht sagen, wer das ist. Da könnte ich mich genauso gut gleich selbst erschießen. Bei Verrätern kennen sie keine Gnade. Ich wäre nirgendwo sicher. Nicht hier und nicht in der Türkei.« Er sog nervös an seiner Zigarette und musste husten.

Tönsdorf stellte ihm ein Glas Wasser hin. »Trink mal einen Schluck, Junge.«

Susanne überlegte, ob sich ihnen hier eine völlig neue Dimension des Falls auftat. Konnte religiöser Fanatismus eine Rolle spielen? Doch die Kollegen von der Kriminalgruppe Staatsschutz hatten sich nach dem 11. September 2001 in Zusammenarbeit mit dem BKA die islamistische Szene in Köln gründlich vorgenommen. Natürlich konnte es immer sein, dass bestimmte Gruppen übersehen worden waren oder sich neue gebildet hatten. Aber irgendwie passte das nicht ins Bild. Wieso hätten Islamisten einen Delphin im Rhein aussetzen sollen? Und dass Stephanies und Selims Mörder aus islamistischen Kreisen stammten, fand Susanne ebenfalls unwahrscheinlich. Schweden war nun wirklich keine Hochburg des heiligen Kriegs, und in dem Telefonat, das Susanne mitgehört hatte, während sie gefesselt hinten in dem

VW-Transporter lag, hatte er von der »Geschäftsleitung in Schweden« gesprochen, daran erinnerte sie sich genau. Das schien ihr nicht gerade der Jargon einer Terrorzelle religiöser Fanatiker zu sein.

»Was war das denn für eine Bombe, und wofür brauchte Selim sie?«, fragte Susanne. Sie beschloss, das Gespräch erst einmal in diese Richtung zu lenken. Natürlich würde Mesut irgendwann seine Beschaffungsquelle nennen müssen, aber das hatte noch Zeit. Sie wollte nicht, dass er gleich zu Beginn der Vernehmung abblockte und auf stur schaltete.

»Plastiksprengstoff mit Zeitzünder«, antwortete Mesut. »Kann man nehmen, um bei einem Bruch eine Tür aufzusprengen.«

»Oder für einen Selbstmordanschlag«, bemerkte Tönsdorf trocken.

Mesut machte ein entsetztes Gesicht. »Ihr denkt doch nicht, dass Selim …«

»Könnte aber doch sein, dass er irgendwie in islamistische Kreise geraten ist«, sagte Susanne – nicht unbedingt, weil sie es wirklich glaubte, sondern mehr, um Mesut aus der Reserve zu locken. »Oder was hat er getrieben, wenn er tagelang weg war?«

»Hat er mir nie gesagt. Er wusste, dass ich diesen Typen kenne. Ein Kunde aus der Autowerkstatt, in der ich meine Lehre gemacht habe. Der beschafft alles, was du brauchst, um ein Ding zu drehen, die ganze … Ausrüstung. Aber mit Politik oder Religion hat das nix zu tun.« Nach einer kurzen Pause fügte er hinzu: »Ihr meint immer, wir Muslime sind alle Fanatiker, aber das ist nicht wahr. Die meisten von uns haben mit den Islamisten nichts zu tun. Unser Vater hat immer gefordert, dass sich die Mullahs aus der Politik heraushalten. Er fand es gut, dass in der Türkei Staat und Religion getrennt sind. In den Ländern, in denen die Mullahs mitregieren, wie im Iran, ist es viel schlechter.«

»Selim hat dir also nicht gesagt, wofür er die Bombe brauchte«, sagte Susanne. »Und du hast sie ihm trotzdem besorgt. War das nicht unverantwortlich? Du bist immerhin zwei Jahre älter als er, sein älterer Bruder. Du hättest dich weigern sollen und stattdessen versuchen sollen, ihm die Sache auszureden.«

Mesut unterdrückte mühsam ein Schluchzen. Er fuhr sich mit der Hand übers Gesicht. »Ich weiß, und ich werde mich immer dafür hassen, dass ich nicht … stärker war. Aber so war es immer. Eigentlich war Selim der große Bruder. Ich war schwächer. Und ängstlicher. Selim kletterte auf jeden Baum und stieg über alle Mauern. Ich lief hinterher. Aber … ich habe ihn geliebt. Wenn er etwas von mir wollte, habe ich nie Nein gesagt. Er war … ein Held.«

»Trotzdem«, sagte Tönsdorf. »Ich kann mir nur schwer vorstellen, dass er dir gar nichts über die Sache erzählt hat, für die er den Sprengsatz brauchte.«

»Er hielt es für besser, wenn ich nichts weiß. Er wollte mich nicht in Gefahr bringen.« Mesut schaute nervös zwischen Susanne und Tönsdorf hin und her. »Aber das glaubt ihr mir nicht, stimmt's? Genau wie die beiden Männer. Die wollten auch nicht glauben, dass ich nichts weiß.«

Susanne beugte sich gespannt vor. »Erzähl mir mehr von diesen Männern.«

Mesut zuckte die Achseln. »Ich weiß nicht, wie sie heißen, und ich habe sie nie zuvor gesehen. Gestern Morgen klingelte es plötzlich an der Tür. Ali ging nachschauen. Er kam wieder und sagte: ›Da wollen dich zwei Leute sprechen.‹ Als ich an ihm vorbeiwollte, hat er mich festgehalten und gesagt: ›Was sind das für Typen? Die gefallen mir nicht. Hat Selim was angestellt?‹ Das Herz schlug mir bis zum Hals, und ich dachte: Bestimmt Polizei. Sie sagten, sie müssen mich kurz sprechen. Wegen Selim. Wir sind nach draußen gegangen. Der eine zeigte mir seine Pistole unter der Jacke. Da wusste ich, dass sie keine Polizisten waren. Außerdem fiel mir ihr Akzent auf. Um die Ecke parkte ein weißer VW-Transporter. Ich musste mich vorne zwischen sie setzen. Wir sind ein Stück gefahren, raus zum Militärring. Dann haben sie mich hinten im Wagen in die Mangel genommen. Der Große, Lange – das war wohl der Chef – hat mich ausgefragt, und der Blonde, so ein Bodybuilding-Typ, hat zugeschlagen. Gezielt dahin, wo man es nicht sieht, aber wo es richtig wehtut.« Mesut rieb sich mit schmerzverzerrtem Gesicht die Rippen. »Ich hätte alles gesagt, was ich weiß. Vor lauter Schmerzen. Aber ich weiß ja nichts.«

»Zeig mal«, sagte Susanne.

Zögernd zog er sein T-Shirt aus, und Susanne pfiff bestürzt durch die Zähne. Das blonde Arschloch hatte den Jungen übel zugerichtet. Sein ganzer Oberkörper war voller blauer Flecke. Ein Wunder, dass er mit diesen vielen Prellungen am Morgen auf dem Markt noch so schnell hatte wegrennen können. Aber da hatte er vor lauter Panik wahrscheinlich nichts gespürt.

»Das sollte sich unbedingt ein Arzt anschauen«, meinte sie. »Nach dem Verhör fahren wir mit dir gleich zur Unfallambulanz.«

»Die Männer haben mir nur gesagt, dass Selim tot ist, aber nicht, wie er gestorben ist.«

»Und da hast du angenommen, es wäre etwas schief gegangen und die Bombe hätte ihn zerrissen.«

Mesut nickte. »Deshalb war ich so überrascht, als Sie gesagt haben, dass er erschossen worden ist.«

Das Telefon klingelte. Es war ein internes Gespräch. Susanne meldete sich und hörte Antweilers Stimme, die einen gereizten, grollenden Unterton hatte, als stünde er kurz vor einer Explosion. »Susanne? Kommst du mal in mein Büro?«

»Hat das nicht noch etwas Zeit? Wir sind gerade dabei, Mesut Ylmaz zu verhören.«

»Nein. Es ist dringend.« Wenn er so kurz angebunden war, was nur selten vorkam, war es besser, man tat, was er sagte. Sie seufzte. »Okay. Bin gleich da.« Zu Tönsdorf sagte sie: »Gut, gönnen wir Mesut eine Pause.« Mesut zog sich unter sichtlichen Schmerzen sein T-Shirt wieder über. »Hast du Hunger?«, fragte sie ihn. »Wir können dir was aus der Kantine bringen lassen.«

Er schüttelte den Kopf. »Danke«, murmelte er. »Ich kann im Moment nichts essen. Vielleicht später.«

Auf dem Weg über den düsteren Flur überlegte sie, weswegen Antweiler so wütend geklungen hatte. Sie war sich keiner Schuld bewusst. Natürlich mussten sie wegen der Sache mit der Bombe früher oder später die KG Staatsschutz hinzuziehen. Aber es war durchaus in Ordnung, wenn sie damit bis nach der Vernehmung wartete. Jedenfalls sah Susanne das so. Jetzt wollte sie sich erst einmal ein Bild von der ganzen Sache machen. Außerdem hatte sie die Bombe Antweiler gegenüber noch gar nicht erwähnt. Als sie und Tönsdorf vorhin die beiden Türken zur Vernehmung ins Kommissariat gebracht hatten, waren sie sich auf dem Flur begegnet, doch Susanne hatte nur ein paar knappe Worte mit Antweiler gewechselt, weil sie es kaum erwarten konnte, mit der Vernehmung zu beginnen. Aber ihr Chef wusste ja, dass sie in solchen Situationen kurz angebunden war. Dazu arbeiteten sie lange genug zusammen.

Als sie sein wie immer bewundernswert ordentliches Büro betrat, wurde ihr klar, dass seine Erregung gar nicht ihr galt. Es waren zwei Männer bei ihm, die sie noch nie zuvor gesehen hatte. Der eine saß im Besucherstuhl, der andere lehnte lässig am Fenster. Er trug kein Jackett. Sein hellblaues, verwaschenes Hemd, dessen Ärmel er hochgekrempelt hatte, spannte über dem Bauch und wurde durch die großen Schweißflecken unter den Achseln nicht schöner. Dass es sich um Kollegen handelte, schloss Susanne aus der Waffe, die der Hemdsärmelige im Schulterhalfter trug.

Antweiler stellte die beiden vor. Er deutete mit einem Kopfnicken auf den Mann am Fenster. »Das ist Kriminalrat Jakobs, und das ist Kommissar Ransauer.« Den schwitzenden Jakobs schätzte Susanne auf Mitte vierzig, seinen jüngeren Kollegen auf dreißig. »Vom BKA in Heckenbrück«, fügte Antweiler mit säuerlicher Miene hinzu. Er gab sich keine Mühe, zu verbergen, dass er die Gegenwart der beiden in seinem Büro als Zumutung betrachtete. Susanne unterdrückte ein Grinsen. Antweiler hasste es, wenn sich andere Dienststellen in ihre Arbeit einmischten.

»Wir sind wegen Mesut Ylmaz hier«, sagte Jakobs ohne weitere Begrüßungsformalitäten.

Susanne schaute Antweiler irritiert an, der seine Brille abgenommen hatte, sie putzte und dabei ratlos die Achseln zuckte. Woher wusste das BKA von Mesut? Sie und Tönsdorf hatten ihn doch erst vor einer guten Stunde ins Kommissariat gebracht. Das ließ nur einen Schluss zu …

»Er wird von uns seit ein paar Tagen observiert. Ihre Einmischung war wenig hilfreich.« Jakobs schien es nicht darauf anzulegen, bei Susanne Sympathiepunkte zu gewinnen.

»Langsam«, erwiderte Susanne. »Wir ermitteln wegen dem Mord an seinem Bruder. Mesut ist für uns ein wichtiger Zeuge. Außerdem hat man uns nicht über die Observierung informiert.«

»Das hätten wir zu gegebener Zeit schon noch getan«, sagte Jakobs herablassend. »Was den Mord an Selim Ylmaz angeht, übernimmt das BKA die weiteren Ermittlungen. Wir sind überzeugt, dass ein terroristischer Hintergrund vorliegt. Meiner Meinung nach hätten Sie uns schon viel früher hinzuziehen müssen.« Er schaute Susanne vorwurfsvoll an und wischte sich mit einem schmuddeligen Stofftaschentuch den Schweiß von der Stirn.

»Nun mal langsam, Herr Kollege«, sagte Antweiler ärgerlich. »Ich habe volles Vertrauen in das Urteilsvermögen meiner Beamten. Bisher bestand für uns kein Anlass, von einem terroristischen Hintergrund auszugehen.«

Autsch, dachte Susanne, er weiß noch nichts von der Bombe, und Jakobs antwortete auch prompt maliziös: »So? Wenn Ihnen ein Plastiksprengsatz mit Zeitzünder nicht Anlass genug ist ...«

Antweiler warf Susanne einen Hilfe suchenden Blick zu.

»Jedenfalls«, fuhr Jakobs ungerührt fort, »nehmen wir Mesut Ylmaz jetzt mit. Der Mordfall Selim Ylmaz wird ab sofort ausschließlich von einer Sonderermittlungsgruppe in Heckenbrück bearbeitet. Selbstverständlich werden wir Ihre Kriminalgruppe Staatsschutz über die Ergebnisse auf dem Laufenden halten. Die können das dann ja an Sie weiterleiten. Seien Sie froh – so haben Sie einen komplexen Fall weniger, mit dem Sie hier doch sowieso bloß überfordert sind, und können sich wieder der normalen Gewaltkriminalität widmen.«

Sowieso überfordert? Was fiel diesem herablassenden Arschloch ein? Susanne bemühte sich, ihre Wut im Zaum zu halten. Cool bleiben. Nachdenken.

Wieso schaltete sich jetzt plötzlich das BKA ein? Nahm der

Fall tatsächlich solche Dimensionen an? Und offenbar waren die BKA-Leute schon länger an der Sache dran, denn Jakobs hatte ja gesagt, dass sie Mesut Ylmaz bereits seit einigen Tagen observierten. Warum hatten sie dann nicht schon gestern oder am Samstag Kontakt mit Antweiler aufgenommen und sich in die Ermittlungen eingeklinkt?

Jakobs wandte sich Susanne zu und sagte: »Da Sie ja persönlich in die Sache involviert sind – wegen der Entführung, meine ich –, werden wir Sie in den nächsten Tagen zur Vernehmung nach Heckenbrück bitten. Halten Sie sich dafür bereit.«

Sie können uns doch Mesut jetzt nicht einfach wegnehmen!, dachte Susanne wütend. Mühsam zwang sie sich zur Ruhe. »Wir sind gerade mitten in der Vernehmung«, sagte sie bemüht freundlich. »Warum setzen wir das Verhör nicht gemeinsam fort? Wir können unsere Erkenntnisse austauschen …«

Jakobs schaute auf die Uhr. »Danke, aber dazu ist keine Zeit. Ihre Erkenntnisse können Sie uns mitteilen, wenn wir Sie zur Vernehmung vorladen, Frau Hauptkommissarin. Das wird noch in dieser Woche geschehen. Selbstverständlich wissen wir es zu schätzen, wenn Sie uns vorher schon mal einen schriftlichen Bericht faxen. Die Nummer steht auf dem Schriftstück da.« Er deutete auf ein Schreiben, das vor Antweiler auf dem Tisch lag.

»Mesut ist geschlagen worden«, sagte Susanne. »Er muss dringend ärztlich untersucht werden.«

»Eine ärztliche Untersuchung können wir ohne Probleme auch in Heckenbrück veranlassen. Und wo finde ich Herrn Ylmaz?«

»Am anderen Ende des Flurs, letzte Tür links«, knurrte Antweiler unfreundlich.

»Bemühen Sie sich nicht. Tag zusammen.« Jakobs marschierte hinaus. Kommissar Ransauer, der sich die ganze Zeit in Schweigen gehüllt hatte, sagte deutlich freundlicher als sein Chef Auf Wiedersehen. Hilflos blickte Susanne ihnen nach, während sie den Flur hintergingen, um Mesut abzuholen. Antweiler telefonierte mit Tönsdorf und wies ihn an, Mesut an die beiden BKA-Beamten zu übergeben.

Susanne schloss die Bürotür. »Können wir gar nichts dagegen machen?«, fragte sie.

Antweiler wedelte mit dem Papier auf seinem Schreibtisch. »Eindeutige Dienstanweisung, vom LPD gegengezeichnet. Warum hast du mich nicht vorhin schon über die Plastikbombe informiert? Dann wäre ich auf den Besuch dieser beiden Herrschaften etwas besser vorbereitet gewesen.«

Susanne senkte verlegen den Blick. »Du weißt doch, wie das bei mir ist. Ich wollte möglichst schnell mit der Vernehmung beginnen. Nachher hätte ich dich dann ausführlich informiert. Wie immer.«

Er nickte, sagte aber nichts.

»Du … du hast die beiden doch gecheckt?«, fragte sie. »Ich meine, es passieren die verrücktesten Sachen …«

Jetzt huschte ein Grinsen über Antweilers Gesicht. »Natürlich habe ich das. Ich habe es genüsslich zelebriert. Erst hab ich beim Staatsschutz angerufen, dann beim LPD, dann in Heckenbrück die Identität der beiden bestätigen lassen. Jakobs ist vor Wut fast aus dem Hemd geplatzt.«

Das war nur ein schwacher Trost. »Dann können wir jetzt ja wohl einpacken?«

Antweiler schaute, wie er immer schaute, wenn sie eine seines Erachtens dumme Frage gestellt hatte. »In Sachen Selim und Nadine, ja. Aber dass wir die Ermittlungen in der Mordsache Stephanie Willmer einstellen, kommt nicht in Frage.

Zumal mit ihrem Tod das Rätsel des toten Delphins im Rhein verbunden ist, über das sich ganz Köln den Kopf zerbricht. Immerhin wissen wir, dass auf Stephanie und den Delphin aus derselben Waffe geschossen wurde.«

»Aber wir wissen doch auch, dass es einen Zusammenhang mit dem Mord an Selim und der Entführung gibt – also ist auch hier jetzt das BKA am Zug.«

Antweiler zuckte die Achseln. »Wieso? Dieser Zusammenhang gründet sich einzig und allein auf eine Vermutung deinerseits. Du befandest dich in einer extremen Stresssituation, als du gefesselt in diesem Lieferwagen lagst, und hast aus einer Reaktion Nadines gefolgert, dass sie Stephanie kennt.«

»Aber ihre Reaktion war eindeutig …« Dann begriff sie, worauf Antweiler hinauswollte, und musste grinsen. »Natürlich, ich *könnte* mich geirrt haben.«

Er erwiderte das Grinsen. »Und deshalb gehen wir einstweilen davon aus, dass zwischen den Morden kein Zusammenhang besteht. Zumal der Kollege Jakobs ja der Ansicht ist, dass wir für komplexe Fälle zu beschränkt und überfordert sind. Das werden wir ihm dann jetzt eben unter Beweis stellen. Ich schlage vor, du nimmst dir heute Nachmittag noch mal Stephanies Eltern vor, besonders die Mutter, mit der Tönsdorf sich ja etwas schwer getan hat. Und eventuell auch die anderen Verwandten. Das Geheimnis dieses Mädchens muss sich doch irgendwie entschlüsseln lassen.«

Susanne ging Mesuts verstörtes, ängstliches Gesicht nicht aus dem Kopf. Auf dem Rückweg in ihr Büro waren ihr die beiden BKA-Leute mit Mesut entgegengekommen. Jakobs hatte ihr wortlos zugenickt, während Mesut sich Hilfe suchend nach ihr umsah. Dann waren sie im Treppenhaus verschwunden. Sie hatten ihm Handschellen angelegt, was Susanne nach allem, was er durchgemacht hatte, für eine überflüssige Maßnahme hielt, die ihn nur unnötig in Stress versetzte. Als Susanne und Tönsdorf ihn am Morgen ins Kommissariat gebracht hatten, hatten sie auf Handschellen verzichtet. Mesut hatte sich ruhig und folgsam verhalten und keinerlei Schwierigkeiten mehr gemacht. In solchen Fällen hielt Susanne nichts von Handschellen und war sich darin mit Tönsdorf und Torsten einig. Aber manche Beamten vollzogen, auch wenn das objektiv gesehen überflüssig war, gerne das demütigende Handschellen-Ritual, um dadurch ihre Unsicherheit zu kaschieren oder ihr Ego aufzupolieren.

Susanne saß in einem Café, das weder besonders gut noch besonders preiswert war, aber den Vorteil hatte, dass man in der Nähe immer einen Parkplatz fand. Das sparte Zeit, und davon hatte Susanne im Dienst meistens zu wenig. Lustlos kaute sie auf einem Baguette herum, das mit irgendetwas Undefinierbarem belegt war. Schinken und Salat vermutlich. In die Kantine am Probsthof hatte sie sich nicht gesetzt, weil sie keine Kollegen um sich herum haben wollte, die sie beim Nachdenken störten.

Sie trank Kaffee und spülte damit ohne viel Appetit das Baguette herunter. Eigentlich hatte sie am Nachmittag die Vernehmung des russischen Vergewaltigers verfolgen wollen. Doch jetzt hatte sie es sich anders überlegt. Es schien ihr wichtiger, sich um Stephanie Willmer zu kümmern – die einzige Richtung, in die sie ihre rastlose kriminalistische Energie nun noch lenken konnte. Stephanie und der Delphin. Stephanie war vier Jahre älter als Nadine gewesen. Die Reifere der beiden – die Anführerin, Anstifterin? Waren die beiden vielleicht in eine Art Ökoterrorismus verwickelt? Susanne dachte an das, was Chris am Sonntag gesagt hatte. Hatten sie am Ende den Delphin befreit? Vielleicht hatten sie außerdem mit dem Sprengsatz die Einrichtung zerstören wollen, in der der Delphin gefangen gehalten worden war. Zwei Teenager und eine Zwanzigjährige – war das denkbar? Ja, entschied Susanne nach kurzer Überlegung – durchaus. Jiu-Jitsu, das Poster in Stephanies Zimmer. Kämpferin für eine gerechte Sache.

Susanne schluckte den letzten Bissen des pappigen Baguettes herunter, zahlte und ging zum Auto. Ihr Magen blieb noch immer friedlich, obwohl sie heute schon Stress genug gehabt hatte. Sie beschloss, das als gutes Zeichen zu nehmen. Frau Willmer schien den Umgang mit Polizistinnen zu bevorzugen. Jedenfalls hatte sie am Telefon beinahe erfreut geklungen, als sie hörte, dass sich nun wieder Susanne ihrer annahm, und erwartete sie.

Als Susanne vor dem gemütlich wirkenden Haus in Rodenkirchen parkte, war Frau Willmer gerade dabei, im Garten die Blumen zu gießen. Sie gab Susanne die Hand und sagte: »Ich weiß, um kurz nach halb drei ist es dafür eigentlich etwas früh, aber … man muss sich beschäftigen. Das hält einen vom Grübeln ab.«

»Wie geht es Ihrem Mann?«

Sie seufzte. »Den Umständen entsprechend, wie man so schön sagt. Er ist bei unserem Sohn in Lövenbruch und passt auf die Kinder auf. Carsten und meine Schwiegertochter haben beide Termine. Sie arbeitet ja bei ihrem Bruder in der Firma mit.«

Susanne bemerkte eine deutliche Schärfe in Frau Willmers Stimme, als sie über ihre Schwiegertochter sprach.

»Kommen Sie, wir setzen uns auf die Terrasse in den Schatten. Möchten Sie einen Zitronentee mit Eis?«

»Sehr gern«, antwortete Susanne. Der Nachmittag war

schwül, und im Westen türmten sich wieder einmal die Wolken eines heranziehenden Gewitters auf. Der Garten der Willmers mit dem kleinen Teich war wirklich eine Oase. Susanne sah Schmetterlinge herumflattern und hörte Hummeln und Bienen.

»Man kann sich seine eigene kleine heile Welt erschaffen«, sagte Frau Willmer, während sie eine Karaffe und zwei Gläser auf den Tisch stellte. »So etwas wie unseren Garten hier. Aber die große Welt lässt sich dennoch nicht aussperren. Jedenfalls nicht auf Dauer.« Sie schenkte Susanne Tee ein. »Jetzt, wo sie nicht mehr da ist, wird mir bewusst, wie wenig ich eigentlich von meiner Tochter wusste. Sicher, sie mochte es nicht, wenn man sich in ihr Leben einmischte. Und ich konnte das verstehen. In ihrem Alter möchte man sich von den Eltern abnabeln, eigene Wege gehen. So ging es mir mit achtzehn, zwanzig Jahren auch. Aber vielleicht hätte ich mehr nachfragen sollen.«

»Hatten Sie nicht die Befürchtung, sie könnte wieder in die Drogenszene abgleiten, wenn sie sich so abkapselte?«, fragte Susanne.

Frau Willmer schüttelte energisch den Kopf. »Nein, da war ich mir sicher. Sie hätten miterleben sollen, wie sehr sie sich nach ihrer Therapie verändert hatte. Mein Mann hat Ihnen ja erzählt, dass sie seit zwei Jahren Jiu-Jitsu machte. Und seitdem strahlte sie ein ganz neues Selbstvertrauen aus, wissen Sie. Das sah man an ihrer Haltung und in ihren Augen.«

»Sagen Ihnen die Namen Nadine und Selim etwas?«

»Selim sagt mir nichts«, antwortete Frau Willmer. »Aber Nadine … ein Mädchen, siebzehn, glaube ich. Stephanie erzählte, dass sie sich aus der Therapie kennen und zufällig wiedergetroffen hätten. Nadine hat offenbar eine schwere Kindheit gehabt, sie stammt aus einer dieser Problemfamilien. Sie wissen ja, Vater Alkoholiker und so weiter. Stephanie kümmerte sich ein bisschen um Nadine, wie eine große Schwester. Sie hätte sonst niemanden, meinte sie.«

»War Nadine oft da?«

Frau Willmer schüttelte den Kopf. »Nein, eigentlich nicht. Das erste Mal war sie vor ungefähr einem halben Jahr hier, schätze ich. Hat mit uns Kaffee getrunken. Ein nettes Mädchen. Etwas still und schüchtern und viel zu dünn. Danach war sie vielleicht noch drei oder vier Mal da, am Wochenende. Einmal hat sie bei Stephanie übernachtet, bei ihr im Zimmer auf der Luftmatratze.« Sie schüttelte missbilligend den Kopf. »Das wäre doch nicht nötig gewesen. Ich hatte ihr unser Gästezimmer angeboten, wo sie in einem bequemen Bett hätte schlafen können. Aber die beiden hatten wohl viel zu bereden.« Sie lächelte. »Ich habe sie die halbe Nacht miteinander flüstern hören.« Das Lächeln erstarb. Sie schluckte und schnäuzte sich die Nase.

»Worüber sie getuschelt haben, wissen Sie aber nicht zufällig?«, fragte Susanne, wenig behutsam, wie sie sich sofort eingestand.

Frau Willmer blickte sie empört an. »Ich habe meine Tochter niemals belauscht! Sie glauben doch wohl nicht, dass ich mich an ihre Tür gestellt und gehorcht hätte? Nein. Ich habe nur vom Schlafzimmer aus leise ihre Stimmen gehört, ohne zu verstehen, was sie sagten.«

Frau Willmer schien Susanne in der Tat nicht der Typ zu sein, der heimlich seine Kinder belauschte. In ihrer ganzen Art lag etwas Aufrechtes, Vertrauenerweckendes. Susanne begann zu verstehen, warum Frau Willmer so wenig über Stephanies Leben wusste. Das hatte nichts mit Gleichgültigkeit zu tun, sondern war wohl eher der Versuch gewesen, ihrer Tochter den Freiraum zu lassen, den sie brauchte, um erwachsen zu werden und sich ihr eigenes Leben aufzubauen. Hier die richtige Balance zu finden, war bestimmt für jede Mutter schwierig.

Als hätte Frau Willmer Susannes Gedanken gespürt, sagte sie: »Sie haben ja keine Vorstellung davon, wie schwer das ist! Ein Kind gehen zu lassen, sich nicht einzumischen, sondern es ... aus dem Nest fliegen zu lassen ... Besonders wenn sie ein Kind haben, dass große Probleme hatte. Aber trotzdem ... man muss immer wieder darauf vertrauen, das alles gut geht.« Sie schaute Susanne traurig an. »Oder meinen Sie, ich habe versagt? Ich stelle mir diese Frage immer wieder.«

»Ganz sicher nicht«, entgegnete Susanne schnell. »Sie haben Ihre Tochter bestimmt sehr geliebt.« Vielleicht könnte ich mich besser in sie hineinversetzen, wenn ich selbst Kinder hätte, dachte sie. Manchmal ertappte sie sich dabei, dass sie Torsten Mallmann um diese neue Dimension in seinem Leben beneidete. Das Baby machte viel Arbeit und kostete ihn eine Menge Schlaf, aber er wirkte trotzdem überglücklich. Allerdings hatte er auch selbst eine glückliche Kindheit gehabt und bis heute ein gutes Verhältnis zu seinen Eltern. Jedenfalls behauptete er das. Susannes familiäre Erfahrungen ermutigten sie dagegen wirklich nicht dazu, das Wagnis einzugehen, selbst eine Familie zu gründen.

Sie merkte, wie ihre Aufmerksamkeit nachließ und wandte sich wieder Frau Willmer zu. »Wie war denn eigentlich das Verhältnis Stephanies zu ihrem Bruder und der Schwägerin?«

»Nun, da war der große Altersunterschied zwischen ihr und Carsten. Das schaffte natürlich eine gewisse Distanz. Und Carsten hat sich immer sehr auf sein berufliches Fortkommen konzentriert. Er war ganz anders als Stephanie. Hatte nie Probleme in der Schule. Er war wohl das, was man einen Streber nennt. Und für Drogen hatte er nie etwas übrig. Aber ich glaube, er hatte Stephanie trotz ihrer Probleme gern. Es hat ihn gefreut, dass sie sich nach der Therapie so gut gefangen hatte. Als sie ihn dann fragte, ob er ihr eine Stelle in der Bank verschaffen könnte, hat er sich sofort für sie eingesetzt, und es hat ja dann auch geklappt.«

»Und wie kam sie mit ihrer Schwägerin klar?«, hakte Susanne nach.

Frau Willmer zögerte. Sie blickte sich in ihrer Gartenidylle um, als könnte sie dort Halt finden. »Er hätte sie nicht heiraten sollen«, sagte sie leise, aber bestimmt. »Stephanie und ich, wir haben Carstens Frau beide nie gemocht. Auch ihren Bruder nicht. Vielleicht gehört es sich nicht, dass ich das Ihnen gegenüber sage. Aber … aber ich habe meine Tochter verloren. Warum soll ich da noch Rücksicht nehmen auf … irgendwen.« Sie wirkte jetzt erregt. Ihre Hände und ihre Stimme zitterten.

»Gibt es denn einen konkreten Grund für die Abneigung, die Sie Ihrer Schwiegertochter gegenüber empfinden, Frau Willmer?«, fragte Susanne. Handelte es sich nur um die üblichen Ressentiments gegen die Frau des Sohns – welche Mutter war schon der Meinung, dass ihr Sohn die richtige Frau geheiratet hatte? – oder steckte mehr dahinter? Ich muss unbedingt mit Andrea Willmer sprechen, mir ein genaueres Bild von ihr machen, dachte Susanne. Sie erinnerte sich, wie frostig und herablassend Carsten Willmers Frau bei ihrer ersten Begegnung auf sie gewirkt hatte.

»Sie ist … kalt. Berechnend. Ich mochte sie vom ersten Tag an nicht. Mein Sohn ist sanft und liebevoll. Er hätte etwas Besseres verdient als diese Frau. Sie ist … *Betriebswirtschaftlerin.*«

Frau Willmer betonte mit solcher Verachtung den Beruf ihrer Schwiegertochter, dass es beinahe komisch wirkte – als sei sie Pornodarstellerin oder Prostituierte. »Aber das ist doch ein durchaus ehrenwerter Beruf«, wandte Susanne ein.

»So, wie sie ihn betreibt, ganz gewiss nicht. Dort, wo andere Menschen ein Herz haben, hat sie eine Rechenmaschine! Manchmal glaube ich, sie lebt nur für den Erfolg ihrer Firma.«

»Was ist das denn für eine Firma?«, fragte Susanne. Frau Willmer schien richtigen Hass für ihre Schwiegertochter zu empfinden. Ihre Wangen hatten sich vor Erregung gerötet, so sehr hatte sie sich in Rage geredet. Aber vielleicht tat ihr diese Wut auch gut und lenkte sie vom Kummer über Stephanies Tod ab.

»Andrea ist eine geborene Gräwert«, antwortete Frau Willmer. »Die Firma heißt Gräwert Präzision. Sie ist in den fünfziger Jahren von ihrem Vater gegründet worden. Er hat die Firma aufgebaut. Als er vor drei Jahren an Krebs gestorben ist, hat er die Firma Andrea und ihrem Bruder Peter vermacht. Die beiden teilen sich jetzt die Geschäftsleitung. Peter ist Ingenieur und fürs Technische zuständig, Andrea für die wirtschaftlichen Dinge.«

»Und was stellt die Firma her?«

Frau Willmer verzog das Gesicht. »Dafür habe ich mich nie interessiert. Es hat irgendetwas mit Flugzeugen zu tun. Andreas Vater war Flugzeugingenieur.«

Eine kurze Stille entstand, in der die summenden Insekten im Garten gegen den aus dem Stadtzentrum herüberwehenden Verkehrslärm ankämpften. Dann sagte Stephanies Mutter: »Meine Tochter war ein völlig anderer Mensch als Carstens Frau. Sie war nicht kühl oder berechnend. Und sie hat die Dinge in der Welt auch nicht nur nach ihrem materiellen

Nutzen beurteilt. Stephanie war sehr musisch veranlagt. Haben Sie die vielen Klassik-CDs in ihrem Zimmer gesehen?«

Susanne nickte. »Und sie war auch ein sehr tierlieber Mensch, nicht wahr? Tiere müssen sie fasziniert haben.«

Frau Willmer hob den Kopf und schaute Susanne an. »Oh ja! Manchmal glaube ich, sie hat Tiere mehr geliebt als Menschen. Und vielleicht hatte sie damit Recht. Ich meine, wir sind es doch, die … alles zerstören, überall die Natur zerstören, das … das Schöne in der Welt.«

»Hatten Sie den Eindruck, dass diese Liebe zu Tieren etwas war, das Stephanie und Nadine verband? Haben die beiden zum Beispiel über Tierschutz gesprochen, wenn Nadine hier zu Besuch war?«

Frau Willmer nickte. »Über fast nichts anderes. Stundenlang haben sie über all das Leid gesprochen, das wir Menschen den Tieren zufügen. Durch die Massentierhaltung in der Landwirtschaft. Aber auch, weil wir die Lebensräume der wilden Tiere immer mehr zerstören. Oder weil wir sie in Zoos und Wildparks einsperren, um sie anzugaffen.«

Susanne beugte sich aufmerksam vor. »Haben die beiden auch über Delphine gesprochen?«

Frau Willmer seufzte. »Fragen Sie mich lieber, über welche Tiere sie nicht gesprochen haben! Wölfe, Bären, Elefanten, Wale – ja, ich glaube, von Delphinen war auch die Rede. Dass man keinen Thunfisch mehr kaufen soll, weil in den Netzen so viele Delphine und andere Meerestiere qualvoll sterben müssen.«

»Und Delphine in Gefangenschaft – war das ein Thema?«

Sie überlegte. »Wenn Sie mich so genau darauf ansprechen … Nein, ich glaube nicht. Von Tieren in Zoos haben die beiden eigentlich nicht so viel geredet. Ich hatte eher den Eindruck, dass es ihnen um den Schutz der wilden Tiere draußen in freier Natur ging. Aber ... nun, so oft war Nadine ja auch nicht bei uns.« Nach einer kurzen Pause fügte sie hinzu: »Ich weiß noch, als Nadine zum letzten Mal da war – vor ungefähr sechs Wochen – Sonntagnachmittag. Mein Mann und ich haben hier mit ihnen auf der Terrasse gesessen.« Sie lächelte. »Ich hatte Kirschstreuselkuchen gebacken. Den mochte Stephanie besonders gern. Da sprachen sie wieder davon, wie wichtig es sei, dass die Rechte der Tiere endlich anerkannt würden. Stephanie wurde richtig aufgeregt und forderte, dass es so, wie es bei den Vereinten Nationen eine Menschenrechts-Charta gibt, auch eine Tierrechts-Charta geben sollte. Ja, so hat sie sich ausgedrückt. Tiere hätten das gleiche Recht auf Würde und Schutz wie wir Menschen, weil wir doch diesen Planeten gemeinsam bewohnen, meinte sie.«

Susanne bemühte sich, die nächste Frage behutsam zu formulieren. »Verstehen Sie mich jetzt bitte nicht falsch. Tierliebe ist ja grundsätzlich etwas sehr Gutes. Ich selbst mag Tiere auch.« Immerhin, fügte sie in Gedanken hinzu, habe ich draußen in der Eifel eine beste Freundin, die mich bald stolz zu ihren brütenden Uhus führen wird. »Aber hatten Sie je das Gefühl, dass Stephanies und Nadines Tierliebe, nun ja, etwas fanatische Züge gehabt haben könnte?«

Frau Willmer schaute sie betroffen an. »Fanatisch? Was wollen Sie denn damit sagen?«

Susanne seufzte. »Frau Willmer, der Mord an Stephanie steht eindeutig in Zusammenhang mit dem verendeten Delphin, der im Rhein gefunden wurde. Auf beide ist geschossen worden, und zwar aus derselben Waffe. Das wurde bei der gerichtsmedizinischen Untersuchung zweifelsfrei festgestellt. Oder, um es anders auszudrücken: Der Mörder Ihrer Tochter hat auch auf den Delphin geschossen. Nun sagen Sie mir, dass Ihre Tochter immer wieder Ansichten zum Thema Tierschutz äußerte, die zwar nachvollziehbar, aber doch auch recht radikal sind. Ich bin überzeugt, dass der Delphin das Bindeglied ist, das uns zu dem Mörder oder den Mördern Ihrer Tochter führt. Halten Sie es für denkbar, dass Stephanie in ihrer Tierliebe so weit gegangen ist, dass sie etwas Ungesetzliches getan hat? Also könnte sie etwa, wie es radikale Tierschützer gelegentlich tun, einen Einbruch begangen oder eingesperrte Tiere befreit haben?« Ja, fügte Susanne in Gedanken hinzu, so verrückt das klingen mag, vielleicht sogar einen Delphin befreit haben. Irgendjemand muss ihn ja schließlich im Rhein ausgesetzt haben. Es ist kaum anzunehmen, dass er sich aus dem Atlantik bis hinauf nach Köln verirrt hat.

Die Farbe war aus Frau Willmers Wangen verschwunden. Sie wirkte jetzt blass und erschöpft. Susanne spürte, dass Stephanies Mutter am Ende ihrer Kräfte war. Viele Fragen durfte sie ihr heute nicht mehr stellen. »Also ... Stephanie war immer ein stilles, friedliches Mädchen. Besonders in der Zeit, in der sie noch Drogen genommen hat, war sie sehr passiv und in sich gekehrt. Nach der Therapie ging sie dann mehr aus sich heraus. Man hatte den Eindruck, dass ihr Jiu-Jitsu mehr Selbstvertrauen gegeben hat, aber das sagte ich ja schon. Sie war viel ... wie soll ich sagen? ... energiegeladener als früher.«

»Kämpferischer?«

»Ja, kämpferischer. Sie meinen, wegen des Posters in ihrem Zimmer? Diese asiatischen Krieger ...«

»Und der Spruch darauf – für eine gerechte Sache kämpfen. Wann hat sie es aufgehängt?«

»Vor einem Jahr etwa. Ja, ein Jahr ist es her, schätze ich. Den Spruch hat sie selbst auf das Poster geschrieben. Ich habe sie gefragt, was er bedeutet, denn ich kann kein Englisch. Sie hat ihn mir übersetzt. Dabei hat sie gelächelt und wirkte sehr stolz. ›Eigentlich ist das doch eine Selbstverständlichkeit‹, sagte sie. ›Jeder Mensch sollte für seine Überzeugungen eintreten.‹ Mehr mochte sie dazu nicht sagen. Sie hatte es nicht gern, wenn man ihr Fragen stellte. Da hat sie dann schnell abgeblockt. Ich habe es damals auf sich beruhen lassen. Meinen Sie, dass das ein Fehler war?«

»Niemand macht Ihnen einen Vorwurf, Frau Willmer«, sagte Susanne unangenehm berührt. Die einzige Möglichkeit, das Leid dieser Frau zu lindern, hätte darin bestanden, ihr die Tochter zurückzugeben. Doch solche Wunder gab es im Leben nicht. Susanne konnte nur versuchen, das Verbrechen aufzuklären und die Schuldigen vor Gericht zu bringen. Sie wusste, wie wichtig das für die Hinterbliebenen war. Weniger, um ihr Rachebedürfnis zu befriedigen, sondern vor allem, um innerlich zu einem Abschluss zu kommen. Die Klarheit, die sich durch die Aufklärung eines Verbrechens einstellte, half den Hinterbliebenen, die Toten ruhen zu lassen und sich dem Leben neu zuzuwenden.

Susanne erkundigte sich noch, wie sie Frau Willmers Schwiegertochter erreichen könne und notierte sich deren Büro- und Handynummer. »Wissen Sie, man muss für alles das richtige Maß finden«, sagte Frau Willmer. »Mein Mann arbeitet in einer Sparkasse. Da geht es um überschaubare Angelegenheiten und vernünftige Summen. Die Kunden sind Handwerker, Einzelhändler, Leute wie Sie und ich.«

»Und Ihre Schwiegertochter und ihr Bruder – wie ist sein Name? …«

»Peter Gräwert.«

»… die finden nicht das richtige Maß?«

Frau Willmer schaute auf den Gartenteich, über dem eine zarte Libelle schwebte wie ein kleines Gespenst. »Wissen

Sie, Stephanie hat nie viel geredet, aber wenn, dann hat sie sehr kluge Sachen gesagt. Vor ein paar Tagen, als in den Nachrichten wieder mal über irgendeine der vielen Ungerechtigkeiten auf der Welt berichtet wurde, sagte sie: ›Wenn die Menschen nur lernen würden, bescheiden zu sein, dann könnten wir uns die Erde mit den Tieren teilen, und es wäre genug für alle da.‹ Mein Mann und ich sind immer bescheiden gewesen, und wir haben versucht, das auch unseren Kindern zu vermitteln. Warum müssen die Autos und die Häuser immer größer werden? Ich sehe es doch bei meinem Sohn. Sicher, nach den Maßstäben unserer Gesellschaft hat er Erfolg, aber es macht ihn nicht glücklich, das spüre ich. Manche Menschen können sich nie zufrieden zurücklehnen und sagen, das genügt mir jetzt. Dieses Immer-mehr-haben-Wollen ...«

»Gier?«

Frau Willmer richtete sich in ihrem Stuhl auf. »Ja. Schon in der Bibel galt Gier als Todsünde. Gier zerstört die Menschen.«

Susanne war weder gläubig noch besonders bibelfest, aber das eine oder andere Zitat konnte sie bei Vernehmungen religiöser Menschen doch einflechten. »Eher geht ein Kamel durch ein Nadelöhr, als dass ein Reicher in den Himmel kommt?«

Stephanies Mutter nickte. »Wir müssen lernen, uns zu bescheiden. Wenn wir nicht das richtige Maß finden, beschwören wir Unheil herauf für uns selbst und andere.«

Kommissar Ransauer mochte Kriminalrat Jakobs nicht. Das lag weniger an dem penetranten Schweißgeruch, den dieser ständig um sich verbreitete, sondern vielmehr an seiner unkollegialen und herablassenden Art. Das hätte man vielleicht noch ertragen können, wenn Jakobs wenigstens in seinem Job herausragend gewesen wäre. So hatte es Ransauer früher schon bei anderen Vorgesetzten erlebt, unter denen er gerne gearbeitet hatte, weil man von ihnen fachlich etwas lernen konnte, auch wenn es zwischenmenschlich oft nicht einfach gewesen war.

Doch nach dreimonatiger Zusammenarbeit fiel Ransauers Urteil über Jakobs wenig schmeichelhaft aus. Er hielt den Kriminalrat schlicht für eine Niete. Und obendrein war er faul. Man hatte Ransauer Jakobs zugeteilt, weil gegen den Kriminalrat vor einem guten Jahr Korruptionsvorwürfe erhoben worden waren. Die damalige Untersuchung hatte keine eindeutigen Beweise erbracht, aber seitdem trauten seine Vorgesetzten Jakobs nicht mehr und hatten Ransauer dazu ausersehen, ihm auf die Finger zu schauen. Inzwischen langweilte Ransauer sich und sehnte sich danach, möglichst bald in eine andere Abteilung versetzt zu werden. Jakobs versah seinen Dienst nach der Methode: Wer wenig tut, macht auch wenig Fehler. Und so gab es für Ransauer nicht viel zu berichten.

Deswegen wunderte er sich über den Elan, den Jakobs nun plötzlich im Fall Ylmaz an den Tag legte. Er hatte den Eindruck, dass der Fall bei Kriminalrat Antweiler und seinen Leuten in guten Händen gewesen war. Antweiler hatte aus seiner Zeit beim BKA unter den Kollegen einen ausgezeichneten Ruf, auch wenn er damals wegen seiner unkonventionellen Methoden angeeckt war. Aber er hatte enorme Erfolge vorweisen können. Und Gleiches galt auch für seine Abteilung in Köln, allen voran Hauptkommissarin Wendland. Auf der Liste der Kripobeamten, die das BKA gerne vom Land Nordrhein-Westfalen abgeworben hätte, stand sie ganz oben, denn ihr waren mit ihrem Team in den vergangenen Jahren spektakuläre Fahndungserfolge gelungen.

Jakobs gab immer nur bruchstückhafte Informationen an seine Untergebenen weiter. Bisher war Ransauer davon ausgegangen, dass Jakobs durch diese Geheimniskrämerei versuchte, sich den Touch des genialen Ermittlers zu geben. Natürlich könnte es auch sein, dass er so lediglich seine Faulheit zu vertuschen suchte. Im Fall Ylmaz war er sich jedoch nicht mehr so sicher. Er fragte sich, woher Jakobs von der Bombe wusste, die Mesut Ylmaz seinem ermordeten Bruder offenbar beschafft hatte. Die Kölner Kollegen hatten das BKA doch noch gar nicht über diesen Umstand informiert.

Und warum hatte Jakobs in Ransauers Beisein gelogen? Seine Behauptung, das BKA habe die Familie Ylmaz observiert, war eindeutig unwahr. Hätte eine solche Observierung stattgefunden, wäre Ransauer darüber informiert gewesen. Seit dem noch nicht völlig ausgeräumten Korruptionsverdacht wurde Jakobs im Amt an der kurzen Leine geführt. Für eine Observierung wären Jakobs nur Beamte zugeteilt worden, wenn er sich von der Amtsleitung zuvor eine Genehmigung besorgt hätte, und davon hätte Ransauer erfahren.

Bevor sie morgens nach Köln aufgebrochen waren, hatte Jakobs Ransauer gegenüber noch etwas anderes behauptet: Er habe diese Information aus einer zuverlässigen Quelle, die er aber im Moment noch nicht preisgeben könne. Es handele sich um eine ganz heiße Sache, die sie unbedingt verfolgen müssten. »Wird auch für Ihre Karriere förderlich sein, Ransauer«, hatte er großspurig getönt. Am Morgen hatte Ransauer das noch als Jakobs' übliches wichtigtuerisches Gehabe eingestuft. Jetzt fragte er sich, ob nicht etwas anderes dahinter steckte. Dass der Kriminalrat korrupt war, hielt er nach wie vor für möglich. Irgendwie passte das zu Jakobs Mentalität. Glücklicherweise machte er meistens pünktlich

Feierabend. Ransauer beschloss, nachher das Büro seines Vorgesetzten zu durchsuchen. Vielleicht entdeckte er dort irgendeinen Hinweis.

Als sie sich auf der Autobahn dem letzten Parkplatz vor der Ausfahrt Heckenbrück näherten, sagte Jakobs: »Fahren Sie mal kurz raus, Ransauer. Meine Blase drückt. Bis zum Amt schaffe ich es nicht mehr.«

Ransauer warf einen Blick in den Rückspiegel. Mesut Ylmaz starrte bleich und apathisch vor sich hin. Ransauer fand es übertrieben, dass Jakobs dem jungen Türken Handschellen angelegt hatte. Ylmaz war in schlechter Verfassung. Die Kollegin Wendland hatte darauf hingewiesen, dass er brutal verprügelt worden war. Der Junge machte nicht den Eindruck, als ob er einen Fluchtversuch wagen würde. Außerdem war die Zentralverriegelung aktiviert.

Jakobs, der neben Ylmaz saß, wischte sich wieder einmal den Schweiß von der Stirn. Täuschte Ransauer sich oder schwitzte der Kriminalrat heute noch mehr als sonst? Vermutlich lag das an der Gewitterschwüle.

Der Kommissar zuckte die Achseln. »Wie Sie möchten.« Er setzte den Blinker und hielt auf dem Parkplatz, bei dem es sich um einen der einfachen Sorte handelte, ohne Toiletten. Der Parkplatz lag mitten in einem größeren Waldstück. Von der Autobahn trennte ihn ein künstlich aufgeschütteter, mit Sträuchern bepflanzter Hügel, sodass er von dort nicht eingesehen werden konnte.

Jakobs stieg aus, und Ransauer aktivierte die Zentralverriegelung, falls Mesut wider Erwarten doch auf dumme Gedanken kommen sollte. Er sah, wie der Kriminalrat, durch seinen dicken Bauch behindert, schwerfällig die Böschung erklomm und zwischen den Bäumen verschwand.

»Ich muss unbedingt meinen Vetter anrufen«, sagte Mesut

mit dünner, ängstlicher Stimme. »Meine Familie macht sich Sorgen, wenn ich gar nichts von mir hören lasse.«

»Kein Problem. Von unserem Büro aus in Heckenbrück dürfen Sie telefonieren«, sagte Ransauer.

»Wann … darf ich denn wieder nach Hause?«

Diese Frage konnte Ransauer ihm nicht beantworten, da er bislang keine Ahnung hatte, wieso Jakobs den Jungen eigentlich nach Heckenbrück holte. »Bald. Machen Sie sich keine Sorgen«, sagte er beschwichtigend.

Der Kommissar schaute auf die Uhr und fragte sich, wo Jakobs so lange blieb. Hatte er neuerdings Prostata-Probleme? Irgendetwas machte Ransauer nervös. Ihr Dienst-BMW war der einzige Wagen, der hier parkte. Durch die Böschung, die rechts zum Wald anstieg, und den Hügel zwischen Parkplatz und Autobahn fühlte er sich eingeschlossen, wie in einem Canyon. Er lockerte seinen Hemdkragen. Im Stand arbeitete die Klimaanlage nicht, also schaltete Ransauer die Zündung ein und ließ das Seitenfenster herunter. Bis zur Dienststelle brauchten sie von hier maximal fünfzehn Minuten. Er fragte sich, warum Jakobs ausgerechnet jetzt noch pinkeln musste. Dass der Kriminalrat an einer schwachen Blase litt, war ihm bisher noch nicht aufgefallen.

Dann bewegte sich etwas zwischen den Bäumen. Jakobs tauchte auf, aber er war nicht allein. Ransauers Herzschlag beschleunigte sich. Vier Männer begleiteten ihn, von denen einer Jakobs eine Pistole mit Schalldämpfer an die Schläfe hielt. Als sie die Böschung herunterkamen, sah Ransauer, dass auch die anderen Waffen trugen. Ihre Gesichter waren hinter dunklen Wollmasken verborgen.

Mesut stöhnte entsetzt auf, warf sich hinüber auf Ransauers Seite und rüttelte mit seinen gefesselten Händen an der verriegelten Tür. Instinktiv griff Ransauer nach seiner Pistole im Schulterhalfter, ließ die Hand dann aber wieder sinken. Die Situation war zu unübersichtlich, und er wollte kein Blutbad riskieren.

Jakobs schwitzte jetzt so stark, dass er fast wegzuschmelzen schien. Der Mann, der ihm die Pistole an die Schläfe hielt, war kompakt und muskulös wie ein Bodybuilder. Unter seiner Maske schauten blonde Haare hervor. Der Mann daneben war groß und schlank. Er sagte mit skandinavischem Akzent: »Hören Sie gut zu, Kommissar Ransauer. Wir wollen Mesut Ylmaz. Lebend. Wenn Sie ihn uns herausgeben, passiert Ihrem Kollegen nichts. Ansonsten jagt ihm mein Mitarbeiter hier eine Kugel in den Kopf.« Sein Tonfall war in Anbetracht der Situation geradezu grotesk freundlich und gelassen.

Ransauer bemühte sich, die Nerven zu behalten und blitzschnell alle Möglichkeiten abzuwägen. Über Funk Verstärkung anfordern? Keine Chance. Sollte er mit Mesut davonbrausen und Jakobs seinem Schicksal überlassen? Doch dass er Jakobs nicht mochte, gab ihm noch lange nicht das Recht, dessen Leben aufs Spiel zu setzen. Und er selbst hatte Frau und Kinder zu Hause. Ihm blieb keine Wahl.

»Gut«, sagte er. »Nur ruhig. Sagen Sie mir, was ich tun soll.«
Er hörte Mesut auf dem Rücksitz vor Angst wimmern.
»Einen Moment noch«, antwortete der freundliche Skandinavier. »Meine Leute sind verständlicherweise etwas nervös. Um Missverständnisse zu vermeiden, werfen Sie bitte Ihre Dienstwaffe aus dem Wagen. Schön weit weg.«
Ransauer nahm die Pistole langsam aus dem Halfter und warf sie in weitem Bogen auf den Asphalt.
»Sehr gut. Dann steigen Sie jetzt aus und bringen uns den jungen Mann. Anschließend können Sie und Ihr Kollege unbehelligt weiterfahren. Das ist doch eine sehr vernünftige Lösung, nicht wahr?«

162

Ransauer stieg aus, öffnete die hintere Tür und zog Mesut, der sich mit Händen und Füßen dagegen wehrte, aus dem Wagen. Als er ihn endlich hinausbugsiert hatte, fügte Mesut sich in sein Schicksal und ließ sich widerstandslos von ihm um den Wagen herumführen.

Sie gingen auf die maskierten Männer zu. Jakobs' verschwitztes Gesicht, das eben noch bleich und ausdruckslos wie ein Pfannkuchenteig gewesen war, verzerrte sich plötzlich zu einem hässlichen, triumphierenden Grinsen. In diesem Moment wusste Ransauer, was er insgeheim immer schon vermutet hatte – dass Jakobs ein widerlicher, korrupter Verräter war. Aber diese Erkenntnis nützte ihm nichts mehr, denn der blonde Bodybuilder richtete die Waffe auf Ransauers Brust und drückte ab.

7. Kapitel

Nachdem Susanne Frau Willmer mit ihrer Trauer und Wut allein gelassen hatte, saß sie noch einen Moment im Auto, rauchte eine Zigarette und trotzte der Gewitterschwüle, die ihr den Schweiß aus allen Poren trieb. Die Sonne war hinter schweren Wolken verschwunden. Endlich kam ein erfrischender Wind auf. Er blies durch das offene Seitenfenster, kühlte ihre Stirn und wehte die Asche der Zigarette auf den Beifahrersitz. Susanne schnippte den Zigarettenstummel aus dem Fenster (wenn Chris nicht in der Nähe war, gönnte sie sich mitunter etwas ökologische Lässigkeit), fegte die Asche mit der Hand vom Sitz und fuhr los.

Frau Willmers Andeutungen gaben Anlass genug, Andrea Willmer, ihren Bruder und die Firma *Gräwert Präzision* einmal genauer unter die Lupe zu nehmen. Hatte der Mord an Stephanie vielleicht doch einen familiären Hintergrund? War sie dem angeheirateten Teil ihrer Verwandtschaft irgendwie in die Quere gekommen? Vielleicht hatte Frau Willmer aber auch etwas spießige Vorstellungen von Bescheidenheit, und die Eigentümer der Firma Gräwert waren einfach nur ehrgeizige, aufstrebende mittelständische Unternehmer. Das musste ja nicht gleich bedeuten, dass sie über Leichen gingen.

Der Regen prasselte in schweren Tropfen auf den Wagen, als Susanne über die Freisprechanlage mit Andrea Willmer telefonierte, die sie in ihrem Büro erreicht hatte. »Haben Sie eine Ahnung, wie viel Arbeit ich habe?« Ihre Stimme klang spröde und gereizt.

»Es gehört nun einmal zur Routine bei einem Mordfall, dass wir alle nahen Angehörigen einzeln befragen«, sagte Susanne betont ruhig. Diese Frau schien eine Begabung zu haben, andere Leute nervös zu machen. Etwas knurrig fügte sie hinzu: »Ich kann Sie auch aufs Kommissariat vorladen lassen, wenn Ihnen das lieber ist.«

Andrea Willmers Stimme klang nun, als ob sie sich zu einem frostigen Lächeln zwang. »Ja, dann muss ich das wohl über mich ergehen lassen. Ich habe hier in der Firma noch eine kurze Besprechung, dann mache ich mich auf den Weg. Im Moment passt mein Schwiegervater auf die Kinder auf. Sagen wir, in einer guten halben Stunde bei mir zu Hause?«

Dagegen hatte Susanne nichts einzuwenden. Zu dieser Tageszeit brauchte sie ziemlich genau eine halbe Stunde von Rodenkirchen nach Lövenbruch. Vor dem Haus von Willmer junior blieb sie noch einen Moment im Wagen sitzen und verglich es mit dem Haus seiner Eltern. Sie schätzte, dass es ungefähr doppelt so groß war. Aber sie fand es dann doch etwas weit hergeholt, die Moral eines Menschen nach der Größe seines Hauses zu beurteilen. Und Bescheidenheit war letztlich relativ. Einem Menschen, der in Afrika in einer Wellblechhütte vor sich hin hungerte, wäre vermutlich auch das bescheidene Häuschen der alten Willmers in Rodenkirchen wie eine Luxusvilla vorgekommen.

Inzwischen kam die Sonne schon wieder durch die Wolken. Der Regen hatte die drückende Schwüle aus der Luft gewaschen, sodass man freier durchatmen konnte. Auf Susannes Klingeln öffnete Carsten Willmers Vater die Tür. Er sah etwas besser aus als am Samstag, wirkte aber still und bedrückt. »Da ist ja die große Frau wieder!«, rief der ältere seiner beiden Enkelsöhne. »Musst du so groß sein? Meine Mama ist viel kleiner.«

Susanne lächelte, bückte sich und strich ihm über den Kopf. »Sagen wir mal, es ist eine Angewohnheit, die ich nur schwer loswerde. Vielleicht schrumpfe ich später wieder ein, wenn ich alt bin.«

Herr Willmer kicherte plötzlich verkrampft. »Was … für eine alberne Bemerkung … Größe als Angewohnheit … Ach je …« Sein Kichern ging in Schluchzen über. Er murmelte eine Entschuldigung und verschwand in einem Nebenzimmer. Susanne konnte ihn dort leise weinen hören.

»Opa ist sehr traurig«, sagte der Junge. »Papa auch. Sie weinen viel. Mama weint nicht. Sie ist stark. Sie weiß immer, was zu tun ist.«

Wie auf Kommando wurde in diesem Moment ein Schlüssel im Türschloss gedreht und Andrea Willmer kam im dunklen, perfekt sitzenden Kostüm herein. »Na, ihr beiden Kronprinzen«, sagte sie und gab jedem ihrer Söhne einen flüchtigen Kuss auf die Wange. Susanne warf sie nur einen kurzen Blick zu und sagte: »Kommen Sie, wir unterhalten uns oben in meinem Arbeitszimmer.« Dann ging sie zügig auf die ausladende Wendeltreppe zu. Für ihren Schwiegervater, dessen leises Weinen aus dem Nebenzimmer drang, schien sie sich nicht zu interessieren.

Susanne gab den beiden Jungs einen freundlichen Klaps. »Los, lauft mal zu eurem Opa und tröstet ihn. Das tut ihm bestimmt gut.« Sie folgte Andrea Willmer, die bereits oben angekommen war und eine Tür aufschloss. Das fand Susanne merkwürdig. Im eigenen Haus, in dem niemand außer ihr, ihrem Mann und den Kindern wohnte, brauchte man doch keine Zimmertür abzuschließen, oder? Nun, vielleicht wollte sie nicht, dass die Kinder ihre Papiere in Unordnung brachten.

Als Susanne eintrat, saß Andrea Willmer schon hinter ihrem

Schreibtisch und schaltete den Computer an. »Machen Sie die Tür zu und setzen Sie sich«, sagte sie, als sei Susanne bei ihr angestellt.

Trotz der Unruhe, die diese Frau ausstrahlte, war sie wie schon am Samstag perfekt gepflegt. Sie war klein, Susanne schätzte sie auf höchstens eins fünfundsechzig, zierlich, hatte dabei aber etwas Drahtiges, beinahe Maskulines, wozu ihre schwarz glänzende Kurzhaarfrisur ausgezeichnet passte. »Einen Moment, ich frage eben meine E-Mails ab.«

Susanne hatte schon in vielen Büros und Arbeitszimmern gesessen, um Zeugen zu vernehmen, und meistens hatte man ihr Kaffee oder wenigstens ein Glas Sprudel angeboten. Doch bei Andrea Willmer war mit solchen Höflichkeiten offensichtlich nicht zu rechnen. Sie starrte auf ihren Computermonitor und machte ein ärgerliches Gesicht.

»Keine guten Nachrichten?«, fragte Susanne.

»Schwierigkeiten, wohin man schaut. Aber mein Vater hat immer gesagt, dass ein Leben ohne Herausforderungen langweilig ist.«

An der Wand hinter Andrea Willmer hing die Fotografie eines weißhaarigen älteren Mannes, der ihr streng über die Schulter schaute. Sein energisches Gesicht ähnelte dem ihren.

»Ihre Schwiegermutter hat mir erzählt, dass Sie zusammen mit Ihrem Bruder das Erbe Ihres Vaters angetreten haben und Gräwert Präzision leiten.«

Andrea Willmer verzog spöttisch die Mundwinkel. »Ab und zu kommt es sogar vor, dass meine Schwiegermutter keinen Unsinn redet.«

»Unsinn? Inwiefern?«

Stephanies Schwägerin machte eine ungeduldige Handbewegung. »Na, wenn Sie mit ihr gesprochen haben, wissen Sie das

167

doch. Dieses moralinsaure Gesülze. Immer die gleiche Leier.«
Sie ahmte den Tonfall ihrer Schwiegermutter nach. *»Beschei-*
denheit ist eine Zier. Hockt da in ihrem spießigen, mit Nippes
voll gestopften Wohnzimmer, starrt in ihren Schrebergarten,
in dem die Meisen zwitschern, und maßt sich an, über Dinge
zu reden, von denen sie keine Ahnung hat.«

»Welche Dinge, zum Beispiel?«

»Wie mein Bruder und ich unsere Firma zu führen haben,
zum Beispiel, oder wie ich meine Kinder zu erziehen habe.
Oder wie groß Häuser und wie teuer Autos sein dürfen. Ich
kann ihr Gerede immer nur kurzzeitig ertragen.« Zum ersten
Mal schenkte sie Susanne einen längeren Blick. Sie konnte
ziemlich durchdringend schauen, das war Susanne schon bei
ihrer ersten Begegnung aufgefallen. »Sie sehen tüchtig und
energisch aus, wenn ich das mal so sagen darf, Frau Wendland. Ich wette, Ihnen geht das Gerede engstirniger Menschen auch auf die Nerven.«

Susanne überlegte, ob engstirnig eine zutreffende Beschreibung für Stephanies Mutter war.

Andrea Willmer sagte: »Und Stephanie war genauso schlimm.
Eine Moralapostelin wie ihre Mutter.«

»Sie meinen, wegen ihrer Tierliebe?«

Die kleine, drahtige Frau gab einen verächtlichen Laut von
sich. »Das war doch schon krankhaft! Sie redete ja von nichts
anderem. Hatte ein Herz für jedes Vögelchen und jeden Mist-
käfer. Für mich kommen immer noch die Menschen an erster
Stelle. Ich habe ein mittelständisches Unternehmen zu führen und bin für das Wohlergehen von 290 Mitarbeitern verantwortlich, die alle eine Familie zu ernähren haben, Kredite
für Autos und Häuser abbezahlen müssen. Ich kann mich
nicht um irgendwelche Schnepfen und Sumpfbiber kümmern.
Und das interessiert mich auch nicht, ehrlich gesagt.«

»Halten Sie es denn für möglich, dass Stephanie sich an ungesetzlichen Tierschutz-Aktionen beteiligt hat?«

Andrea Willmer zuckte die Achseln. »Verrückt genug dafür war sie. Aber genau weiß ich das natürlich nicht.« Nach einem kurzen Schweigen fügte sie hinzu. »Das Mädchen war einfach völlig verkorkst. Ich habe nie einen Draht zu ihr gefunden.«

»Und was halten Sie von dem toten Delphin im Rhein?«, fragte Susanne.

Stephanies Schwägerin hatte, während sie redete, wieder auf ihren Monitor gestarrt und ungeduldig die Maus hin und her bewegt. Jetzt hob sie den Kopf und schaute Susanne an. »Der Delphin? Tja, das ist ein Ding! Ich habe davon gehört. Er ist ja überall in der Stadt Gesprächsthema, auch bei uns in der Firma.«

»Auf den Delphin ist aus derselben Waffe geschossen worden, mit der Ihre Schwägerin ermordet wurde.«

»Was? Kein Zweifel?«

Susanne schüttelte den Kopf. »Wir haben eindeutige gerichtsmedizinische Befunde.«

Zum ersten Mal schien Andrea Willmer ein klein wenig die Fassung zu verlieren. »Das hätte ich nicht gedacht. Ich bin davon ausgegangen, dass ihre Drogenvergangenheit sie eingeholt hat – irgendein durchgeknallter Junkie oder Dealer über sie hergefallen ist. Aber die Drogenszene mit dem Delphin in Verbindung zu bringen, fällt dann doch etwas schwer.«

Als sie weitersprach, klang ihre Stimme eine Spur weicher, so wie vorhin, als sie ihre Söhne begrüßt hatte. »Das Einzige, was mir bei Stephanie etwas Respekt abgenötigt hat, war, wie sie sich aus eigener Kraft aus dem Drogensumpf befreite. Trotzdem, als mein Mann ihr die Stelle in der Bank besorgte, habe ich zu ihm gesagt: Vergiss es, vertue nicht deine Zeit mit ihr. Sie taugt nicht fürs harte Leben in der modernen Marktwirtschaft. Am besten ist es, sie heiratet einen reichen Mann, der sie versorgt, sodass sie sich in Ruhe ihren versponnenen Ideen widmen kann. Aber sie hat ihren Job in der Bank dann wider Erwarten gut gemacht. Wer weiß, vielleicht steckte doch mehr in ihr, als ich ihr zugetraut habe. Schade, dass sich das nun nicht mehr herausfinden lässt.«

Susanne ahnte, dass von dieser Frau nicht mehr Emotionen zum Tod ihrer Schwägerin zu erwarten waren. Andrea Willmer schaute ungeduldig auf die Uhr. »Ich hoffe, ich habe Ihre berufliche Neugierde ausreichend befriedigt. Wenn Sie mich jetzt entschuldigen. Ich habe nur noch eine halbe Stunde Zeit, um konzentriert zu arbeiten, dann muss mein Schwiegervater nach Hause und ich muss mich selbst um meine beiden Jungs kümmern.«

»Haben Sie kein Kindermädchen?«

»Doch, natürlich. Normalerweise sind wir gut organisiert. Aber das Kindermädchen liegt mit Sommergrippe im Bett, und eine Vertretung ließ sich so schnell nicht auftreiben. Ich hoffe, dass sie ab Mittwoch wieder kommt. Gut, das mein Schwiegervater diese Woche krankgeschrieben ist und einspringen kann.« Sie machte eine kurze Pause und fügte hinzu: »Obwohl es im Moment eher so aussieht, als ob die Jungs ihn betreuen, und nicht umgekehrt.«

»Mit Ihrem Bruder muss ich natürlich auch noch sprechen. Wo erreiche ich ihn?«

»Peter ist zu einem Meeting nach Stockholm geflogen und kehrt erst spätabends zurück. Kommen Sie am besten morgen früh in die Firma. Falls Ihnen noch eine Frage einfällt, mit der Sie mich belästigen können – ich bin morgen auch dort.« Sie gab Susanne eine Visitenkarte.

Auf dem Weg nach unten – Andrea Willmer machte keine Anstalten, sie hinauszubegleiten – warf Susanne von der Treppe aus einen Blick durch das große Panoramafenster im
Wohnzimmer. Draußen im Garten, der noch einer Baustelle
glich, spielte Herr Willmer mit seinen Enkeln. Er hatte sich
also offenbar wieder etwas gefangen.

Als Susanne im Stadtzentrum Richtung Probsthof fuhr, war
es schon kurz nach halb fünf. Sie hatte den ersten Arbeits-
tag nach der Entführung gut überstanden, was sicher auch
auf Chris' schamanischen Gesang zurückzuführen war. Aber
jetzt fühlte sie sich müde und erschöpft. Sie beschloss, zum
ersten Mal seit Monaten pünktlich Feierabend zu machen,
tippte Tönsdorfs Büronummer ins Handy und fragte ihn, was
bei der Vernehmung des russischen Vergewaltigers herausgekommen war.

»Wenig, wie zu erwarten. Dieses Arschloch tut so, als hätte
er nicht die leiseste Ahnung von Oleg Kraus' krummen Geschäften. Zur Fahndung, die gegen ihn vorliegt, hat er nur gesagt, dass das wohl eine Verwechslung sein muss. Da wurde
er richtig weinerlich und beschuldigte uns, ihn zu Unrecht
festzuhalten. Er hätte noch nie etwas Kriminelles getan.«

»Der Ärmste kann einem ja direkt Leid tun. Und wie hat er
sich zu der Vergewaltigung geäußert?«

»Er behauptet, dass du ja von der Sache nichts mitbekommen
haben könntest, weil du tief und fest geschlafen hättest. Er
hätte mit Nadine Wodka getrunken, und sie hätte ihn ermu-
tigt, ihn regelrecht zum Sex genötigt, und da hat er sich dann
überreden lassen. Dass sie sich dabei das Genick gebrochen
hat, bezeichnet er als bedauerlichen Unfall.«

»Jaja«, sagte Susanne bitter. »So stellen Vergewaltiger das
meistens da. Alles nur ein bedauerlicher Unfall, und die Frau
ist selber schuld. War er schon beim Haftrichter?«

»Jawoll! Unser Towaritsch wird so schnell keine Sonne mehr sehen.«

»Das hat er sich redlich verdient. Andere Frage: Was weißt du über die Firma Gräwert Präzision?«

»Der Laden von Stephanie Willmers Schwägerin und deren Bruder?«, brummte Tönsdorf etwas missmutig. »Noch nichts, ehrlich gesagt. Der Name ist zwar bei den Fakten aufgelistet, die wir bislang zu dem Fall gesammelt haben. Aber ich bin noch nicht dazu gekommen, mich näher damit zu befassen.«

»Dann tu's jetzt. Klemm dich hinter deinen Computer und beschaffe mir Informationen über die Firma. Frag auch mal bei der KG Wirtschaftskriminalität, ob da was vorliegt.«

»Ich wollte gerade Feierabend machen«, stöhnte Tönsdorf. »Der Mensch muss sich auch mal erholen. Besonders in meinem Alter.«

»Dann nimm's dir halt gleich morgen früh vor«, seufzte Susanne. Da sie selbst nach Hause wollte, konnte sie schlecht von ihm verlangen, Überstunden zu machen. »Ich komme heute sowieso nicht mehr ins Büro.«

»Du machst auch schon Feierabend?« Sofort klang seine Stimme besorgt. »Das ist aber ungewöhnlich früh – für deine Verhältnisse, meine ich. Macht der Magen wieder Probleme?«

»Nee. Ich muss nur mal relaxen. Meine Gedanken sortieren.« Sie wollte die Verbindung schon trennen, als Tönsdorf plötzlich rief: »Warte! Da fällt mir was ein. Gräwert Präzision – über die kam vor ein paar Tagen was im Regionalfernsehen. Blöd, dass ich da nicht früher dran gedacht habe! Der Betrieb ist draußen in Lövenbruch. Sie stellen irgendwelche Bauteile für Verkehrsflugzeuge her. Was, weiß ich nicht mehr genau. Jedenfalls macht ihnen die Flaute im Luftverkehr schwer zu schaffen. Die Nachfrage nach Flugzeugen ist offenbar stark zurückgegangen, und das wirkt sich natürlich auch auf die Zulieferer aus. Sie mussten über hundert Leute entlassen.« Dann ermahnte Tönsdorf Susanne noch, sich nur ja gut zu erholen und unbedingt etwas Gescheites zu essen. Vielleicht sollte ich ja Tönsdorf heiraten und mich von ihm bemuttern lassen, dachte sie schmunzelnd. Dann wäre ich in einem halben Jahr bestimmt dicker als Chris. Sie parkte ihren Dienstwagen im Hof des Kommissariats am Probsthof und ging zu Fuß nach Hause.

Unterwegs kaufte sie bei ihrem türkischen Gemüsehändler Schafskäse, Oliven, Tomaten, Salat sowie Fladenbrot. Andrea Willmer hatte gesagt, dass ihre Firma 290 Mitarbeiter beschäftigte. Wenn es vorher hundert mehr gewesen waren, bedeutete das, dass sie über ein Viertel der Belegschaft hatten entlassen müssen. Wie hatte sie gesagt? *Schwierigkeiten, wohin man schaut.* Susanne fragte sich, wie weit diese kleine, zähe Person gehen würde, um das Erbe ihres gestrengen Vaters zu retten. Und da war noch etwas: Stockholm. Andrea Willmers Bruder befand sich auf einem Meeting in Schweden. Susanne dachte mit gemischten Gefühlen an die beiden schwedischen Killer. Das konnte natürlich reiner Zufall sein, auch wenn Chris immer behauptete, dass es im Leben keine Zufälle gab. Es musste überhaupt nichts miteinander zu tun haben.

Susannes Dachwohnung war zwar gut isoliert, doch die Schwüle, die das Gewitter mit sich gebracht hatte, hing noch immer darin. Voller guter Vorsätze, in nächster Zeit freundlicher zu ihrem Magen zu sein und ihn nicht mit zu viel Junkfood zu quälen, bereitete sie sich einen großen griechischen Bauernsalat mit geröstetem Weißbrot. Sie aß draußen auf dem Balkon, wo die Nachmittagssonne die Regentropfen längst wieder getrocknet hatte. Dazu trank sie ein Glas erfrischend kühlen Weißwein. Nach dem Essen holte sie Stift und Notizblock und machte sich daran, die vielen losen Fäden dieses Falls zu ordnen.

»Was ist denn nun, kommst du?« Jonas und Mister Brown plantschten bereits im Wasser, während hinter den Bäumen die Sonne unterging.

Chris saß am Ufer und zögerte. An und für sich gab es am Ende eines schwülen Sommertags nichts Verlockenderes als ein erfrischendes Bad im Waldsee. Wenn nur der Traum nicht gewesen wäre, der sie auf der Zugfahrt in die Eifel so erschreckt hatte. Chris hatte den Tag mit dem Versuch zugebracht, den Traum zu vergessen. Das war ihr auch einigermaßen gelungen, solange sie im Garten Unkraut gejätet und mit dem Hund ihren täglichen Inspektions-Spaziergang durch den Wald gemacht hatte.

Doch nun, als sie auf die stille Wasserfläche schaute, kehrten die beängstigenden Bilder zurück – der gefährliche Strudel oder Sog, der sie in die Tiefe zu ziehen drohte. Das Gefühl, sich mühsam zur Oberfläche vorkämpfen zu müssen, und dann die schreckliche Erkenntnis, dass sie mutterseelenallein im Ozean trieb und weit und breit kein Land zu sehen war.

Aber der Waldsee war schließlich kein Ozean, seine Ufer lagen ringsum in Sichtweite. Und bei Mister Brown handelte es sich zwar um keinen Rassehund, aber Chris schätzte den Neufundländer-Anteil in seinen Genen auf mindestens achtzig Prozent. Neufundländer waren für ihre außerordentliche Fähigkeit berühmt, Menschen vor dem Ertrinken zu retten. Sie wurden sogar bei waghalsigen Rettungsmanövern als vierbeinige Lebensretter eingesetzt, bei denen sie von Hubschraubern abgesetzt wurden, um Schiffbrüchige aus dem Meer zu bergen. Zweifellos würde auch Mister Brown Chris ans rettende Ufer ziehen, falls sie irgendwie in Schwierigkeiten geraten sollte. Und Jonas war schließlich auch noch da.

Seufzend zog sie sich aus. Ein Graureiher flog am anderen Ufer auf und strich mit langsamen Flügelschlägen über das Wasser. Im Abendwind, hoch über den Baumwipfeln, kreiste ein Bussard, dessen Rufe weithin zu hören waren. Ganz in der Nähe kletterte ein Eichhörnchen auf eine Birke und schaute Chris an. Sicher wollen die Tiere mir zeigen, dass ich keine Angst haben soll, sagte sie sich und glitt ins Wasser. Sie schwamm zu Jonas; der See wirkte ruhig und friedlich, alles war wie immer.

»Was ist denn los? Du bist doch sonst so eine Wassernixe«, wunderte sich Jonas, dem sie noch immer nichts von ihrem Traum erzählt hatte.

Chris wusste nicht recht, was sie darauf erwidern sollte, also schwieg sie und kraulte mit Jonas quer durch den See. Sie sah einen zweiten Graureiher, der wie eine Statue im Schilf stand. Ein paar Krickenten nahmen sicherheitshalber vor Mister Brown Reißaus, obwohl der ganz friedlich vor sich hin paddelte. Hier und da sprang mit dumpfem Platschen ein Fisch.

Vom anderen Ufer aus konnte man in ein paar Minuten die Felsen erreichen, wo die Uhus nisteten. »Hach, ist einfach total schön, wie hier alles wächst und gedeiht«, sagte Chris, um endlich auf andere Gedanken zu kommen. Doch sie fühlte sich heute im See einfach unwohl, war verkrampft und konnte sich dem Wasser nicht wirklich anvertrauen. »Uhus und Luchse haben wir jetzt schon … fehlen uns noch Biber und Fischotter. Das wär doch was, wenn die hier auch wieder heimisch würden!«

»Am Ende trollen irgendwann Braunbären durch den Wald und stibitzen meinen Honig«, sagte Jonas scherzhaft. Neben den köstlichen Forellen, die er auf den Tisch brachte, betätigte er sich seit dem vorigen Jahr auch als Hobby-Imker. Er war dem Buchfelder Imkerverein beigetreten, stellte im Wald und am Rand der üppig blühenden Wiesen seine Bienenstöcke auf, und Chris mit ihrer Vorliebe für Süßes freute sich über den aromatischen Honig, den die Bienen produzierten. Die Imkerei fand Chris außerordentlich wichtig. Bedauerlicherweise ging die Zahl der Imker stetig zurück, was, wenn es nicht mehr genug Bienen zur Bestäubung gab, die heimische Obsternte gefährden konnte. So hing eben alles mit allem zusammen. Dieses Netzwerk des Lebens begegnete einem in der Natur auf Schritt und Tritt. In ihrer Naturschule versuchte Chris, solche Einsichten an Schulklassen und Jugendgruppen, die sie hier im Wald besuchten, zu vermitteln. Das machte ihr viel Freude, und die Kurse erfreuten sich bei den Schulen in der Umgebung inzwischen großer Beliebtheit. Sogar aus Köln waren schon Klassen angereist.

»Hast du eigentlich inzwischen mit Maja Anselm telefoniert?«, fragte Jonas. Sie hatten sich auf den Rücken gedreht und schwammen zu jenem Ufer zurück, an dem sich ihre Feuerstelle und der Pfad zum Jagdhaus befanden.

»Oh. Hab mal wieder vergessen, dir davon zu erzählen. Ja. Heute Nachmittag. Das mit Donnerstag geht klar. Sie freut sich, wenn wir kommen. Und wir kriegen freien Eintritt in den Meerespark! Maja wohnt ganz in der Nähe, sodass wir von ihr aus sogar zu Fuß hingehen können. Wir können auch bei ihr pennen. Sie sagt, sie hat Platz genug.«

»Und der Hund? Darf der denn mit in den Park?«

»Das ist das einzige Problem. Hunde sind im Park verboten,

und da kann Maja leider auch für Mister Brown keine Ausnahme machen.«

»Halb so wild«, meinte Jonas. »Dann wechseln wir uns eben ab. Wenn du im Park bist, passe ich auf den Hund auf, und umgekehrt.«

»Wenigstens einmal würde ich aber gerne mit dir gemeinsam zu den Delphinen gehen. Ich habe Maja nämlich gefragt, ob wir mit ihnen in der Lagune schwimmen dürfen.«

»Das wollte ich immer schon mal machen«, sagte Jonas begeistert. »Und, dürfen wir?«

»Na ja, sie hat erst ein bisschen gezögert. Normalerweise ist das den Besuchern nicht gestattet, da sonst der Andrang riesig wäre, und die armen Delphine in ihrer Lagune überhaupt nicht mehr zur Ruhe kämen. Aber bei uns beiden will sie eine Ausnahme machen! Wenn der Park geschlossen ist, sodass die anderen Besucher nichts davon mitbekommen.«

»Na, da bin ich ja sehr gespannt. Wie lange habt ihr euch eigentlich nicht gesehen, du und Maja?«

Chris überlegte. »Hhm, das letzte Mal haben wir uns, glaube ich, nach meiner Rückkehr aus Kanada getroffen, muss also über vier Jahre her sein. Ich kenne sie ja aus Gießen. Da haben wir während des Studiums ein Jahr lang zusammen in einer Frauen-WG gewohnt.« Sie seufzte. »Wie die Zeit vergeht! Mein Studium scheint eine Ewigkeit her zu sein, fast, als wär's in einem anderen Leben gewesen. Wenn du jung bist, scheint so ungeheuer viel Zeit vor dir zu liegen. Aber jetzt sind wir beide, du und ich, schon über dreißig. In ein paar Jahren sind wir vierzig … fünfzig … sechzig …«

»Ich freue mich jedenfalls drauf, mit dir alt zu werden«, sagte Jonas. »Das wird ganz sicher nicht langweilig.«

»Stimmt! Schamanismus und Langeweile gehen irgendwie

nicht zusammen. Bin jedenfalls gespannt, welche Überraschungen das Universum noch so für mich bereithält ...«

Einen Moment schwammen sie schweigend nebeneinander her. Chris musste daran denken, wie die Delphine sie im Traum hier im Waldsee besucht hatten. Ganz schön verrückt, was im Traum alles möglich ist, dachte sie. Aber es war eben nur ein Traum – das Meer lag über zweihundert Kilometer entfernt.

Inzwischen war es fast dunkel geworden. Die Vögel hatten sich in ihre Schlafbäume verkrochen, und über den Hügeln entdeckte Chris den ersten Stern. Plötzlich spürte sie eine heftige Sehnsucht, persönlichen Kontakt zu den Delphinen aufzunehmen und konnte es kaum erwarten, in Holland im Meerespark mit ihnen auf Tuchfühlung zu gehen.

Susanne stand am Dienstagmorgen eine halbe Stunde früher auf und tat etwas, das sie sich schon länger nicht mehr gegönnt hatte. Zum ersten Mal seit Wochen holte sie ihr Fahrrad aus dem Keller und fuhr zum Freibad. Abgesehen von ein paar Rentnern, die gemächliche Runden drehten, herrschte dort um diese Zeit himmlische Ruhe. Susanne schwamm leidenschaftlich gerne.

Als Teenager hatte sie eine Zeit lang mit dem Gedanken gespielt, Sport zu studieren und Leistungsschwimmerin zu werden. Auch bei der Polizei hatte sie bis vor wenigen Jahren an zahlreichen Meisterschaften teilgenommen und diverse Urkunden und Medaillen gewonnen. Sie fand sich zwar manchmal etwas knochig und unweiblich – welche Frau war schon mit ihrem Körper zufrieden? –, aber andererseits war sie stolz auf ihre athletische Schwimmerinnenfigur, die breiten Schultern, schmalen Hüften und langen Beine. Sie kraulte mehrere Bahnen und spürte, wie gut die Anstrengung ihrem Körper tat. Sie fragte sich, warum es in den letzten zwei, drei Jahren immer wieder geschehen war, dass sie das Schwimmen und alle anderen sportlichen Aktivitäten wochenlang vernachlässigte und sich völlig in die Arbeit vergrub.

Frisch und entspannt radelte sie zum Probsthof, betrat ihr Büro sehr schwungvoll und begrüßte Tönsdorf mit einem ungewöhnlich gut gelaunten »Morgen!«.

Er schaute sie überrascht an. »Du warst schwimmen?«, fragte er und deutete auf ihre nassen Haare.

»Ich habe vor, das jetzt wieder öfter zu tun. Bei unserer vielen Büroarbeit ist die Versuchung groß, körperlich bequem zu werden.«

Tönsdorf legte die Hand auf seinen stattlichen Bauch. »Was du nicht sagst.« Lächelnd fügte er hinzu: »Jedenfalls freut's mich, dass du wieder was für dich tust. Wenn du regelmäßig schwimmen gehst, bist du immer viel … ruhiger.«

Susanne grinste. »Genießbarer meinst du.«

»Kaffee?«

Susanne schüttelte den Kopf und nahm eine Thermoskanne aus dem Rucksack. »Hab mir einen von Chris' Zaubertees mitgebracht.«

»Oha. Das sind ja einschneidende Veränderungen. Womöglich willst du obendrein wieder mal einen Versuch starten, dir das Rauchen abzugewöhnen?«

Susanne zuckte die Achseln. »Erst mal habe ich beschlossen, wieder mehr schwimmen zu gehen und, um meinen Magen zu schonen, meinen Kaffeekonsum einzuschränken. Wie ich's mit dem Nikotin halte, überlege ich mir noch. Hast du schon was in Sachen Gräwert Präzision recherchiert?«

»Gemach! Es ist erst zehn vor acht. Ich befinde mich mitten in meiner Warmlauf-Viertelstunde. Du weißt doch, dass mein

Gehirn zuerst eine kräftige Dosis Kaffee braucht, ehe es in den Arbeitsmodus umschaltet. Torsten und Antweiler sind schließlich auch noch nicht da.«

Seufzend setzte sich Susanne selbst vor den PC und sah sich den Internet-Auftritt der Firma an. Sie klickte sich durch die verschiedenen Seiten und stieß auf nichts, was ihr besonders bemerkenswert oder auffällig erschien. Gräwert Präzision war 1957 von Andrea und Peter Gräwerts Vater, einem Flugzeugingenieur, gegründet worden. Die Firma stellte Instrumente für die Zivilluftfahrt her: Höhenmesser, Fahrtmesser, Kreiselkompasse, seit einigen Jahren auch digitale, computergesteuerte Anzeigeinstrumente für moderne Verkehrsflugzeuge, aber auch für Hubschrauber und kleine Sportflugzeuge. Interessanterweise war der militärische Sektor überhaupt nicht vertreten – zumindest gab es keinen Link, der in diese Richtung führte. Das fand Susanne erstaunlich, weil die Cockpit-Armaturen, die Gräwert Präzision fertigte, doch gewiss auch in Militärflugzeugen und -hubschraubern verwendet werden konnten.

Über die Geschäftsleitung gab es nur sehr spärliche Informationen. Peter Gräwert senior hatte von 1927 bis 2001 gelebt. Er war in Köln geboren, hatte aber nach dem Krieg in München und Hamburg Flugzeugbau studiert. Kurz vor Kriegsende war er noch zum Wehrdienst eingezogen und verwundet worden. Im Text hieß es, Gräwert habe sich deshalb in den fünfziger Jahren ganz bewusst der Zivilluftfahrt zugewendet. Das erklärte möglicherweise, wieso Gräwert Präzision den militärischen Bereich nicht bediente. Susanne fragte sich allerdings, ob Andrea Willmer und Gräwert junior nach dem Tod ihres Vaters diese Praxis beibehalten hatten. In wirtschaftlich schwierigen Zeiten war die Versuchung doch gewiss groß, sich lukrative militärische Aufträge als zusätzliche Einnahmequelle zu erschließen.

Es gab Fotos der Geschwister. Überrascht stellte Susanne fest, dass die beiden Zwillinge waren, 1968 geboren. Sie glichen einander wie ein Ei dem anderen. Die biographischen Angaben waren jedoch spärlich. Andrea Willmer, geborene Gräwert, hatte in Köln, London und Paris Betriebswirtschaft studiert und – das war nur sehr allgemein formuliert – »Management-Erfahrung in mehreren Großunternehmen gesammelt«.

Peter Gräwert war Diplomingenieur. Er hatte in Aachen und in Stockholm studiert – Schweden, da haben wir es wieder, dachte Susanne, auch wenn sie zugeben musste, dass es im Moment natürlich überhaupt keinen erkennbaren Zusammenhang gab. Weiter hieß es bei den biographischen Angaben, Peter Gräwert junior habe mehrere Jahre in der Entwicklungsabteilung eines schwedischen Rüstungskonzerns gearbeitet, ehe er im Jahr 2000 in die väterliche Firma eintrat. Ob das seinem Vater wohl recht gewesen war?

Das Telefon auf Susannes Schreibtisch klingelte. Ali Ylmaz war am Apparat, Mesuts und Selims Vetter. Seine Stimme klang besorgt. »Ich möchte gerne Kommissar Tönsdorf sprechen.«

Susanne schaute auf die Uhr. Es war drei Minuten vor acht, Tönsdorfs Warmlauf-Viertelstunde war also noch nicht vorbei. Susanne beschloss, ihm diese drei Minuten zu gönnen.

»Kommissar Tönsdorf ist noch nicht im Dienst. Kann ich Ihnen helfen?«

»Eigentlich würde ich gerne mit ihm sprechen. Aber Sie waren auch sehr freundlich. Also gut – wo ist Mesut? Was haben Sie mit ihm gemacht? Sie haben ihn doch nicht in U-Haft genommen. Warum erfahren wir nichts? Wir sind doch seine

Familie, und ich muss seinen Eltern Bescheid geben. Er ist schließlich der einzige Sohn, der ihnen geblieben ist.«

Susanne war irritiert. Das BKA hätte die Angehörigen gestern schon benachrichtigen müssen. Das war üblich. Und in Mesuts Fall gab es eigentlich keinen Grund, von dieser Regel abzuweichen, zumal jener überaus sympathische Herr Kollege Jakobs gestern keinerlei besondere Geheimhaltungsmaßnahmen gefordert hatte. Allerdings, dachte Susanne schuldbewusst, hätten auch wir Ali Ylmaz wegen Mesuts Überstellung nach Heckenbrück benachrichtigen können. Aber sie hatte gestern einfach nicht mehr daran gedacht, und Tönsdorf offensichtlich auch nicht.

»Nun, ich muss Ihnen leider sagen, dass Mesut zur weiteren Vernehmung zum Bundeskriminalamt nach Heckenbrück überstellt wurde.«

»Aber … warum denn das? Der Junge hat doch nichts getan.«

Susanne überlegte, ob sie Ali Ylmaz von der Bombe erzählen sollte, ließ es dann aber. Mesuts Vetter klang ängstlich, fast den Tränen nah. Gewiss war es schon furchtbar genug für ihn, Selims und Mesuts Eltern über den Tod ihres Sohns informieren zu müssen.

»Hören Sie, Sie müssen sich keine Sorgen machen. Mesut wird nichts geschehen. Wir rufen Sie heute im Laufe des Tages an, sobald wir Neues aus Heckenbrück erfahren, das verspreche ich Ihnen.«

Ali Ylmaz bedankte sich höflich, wirkte aber nicht sehr beruhigt. Tönsdorf streckte den Kopf herein, als Susanne den Hörer auflegte. »Wer war das?«, fragte er.

Susanne erzählte es ihm. »Der arme Kerl hat bestimmt die ganze Nacht vor Sorge kein Auge zugemacht«, sagte Tönsdorf kopfschüttelnd. »Ich rufe gleich mal in Heckenbrück an. Vielleicht erreiche ich ja schon jemanden.«

»Tu das. Ich versuche inzwischen mein Glück bei Gräwert Präzision.« Sie wählte die Nummer, die auf Andrea Willmers Visitenkarte unter »Geschäftsleitung« angegeben war. Obwohl es erst fünf nach acht war, meldete sich sofort eine freundliche, erstaunlich ausgeschlafen klingende Sekretärin. »Ah, Frau Hauptkommissarin Wendland. Es wurde mir schon angekündigt, dass Sie heute Morgen Herrn Gräwert sprechen möchten. Er ist ab acht Uhr dreißig in der Firma und hat dann sofort Zeit für Sie.«

Na, so wünscht man es sich, dachte Susanne. Bis dahin konnte sie es locker nach Lövenbruch schaffen.

Tönsdorfs Telefonat mit Heckenbrück hatte etwas länger gedauert. Jetzt kam er in Susannes Büro und machte ein ziemlich verwundertes Gesicht. »Komisch«, sagte er, »ich habe die Durchwahl benutzt, die auf der Dienstanweisung angeben war. Aber es hat sich nicht Jakobs gemeldet, oder dieser Ransauer, sondern eine Kriminalrätin Winzer. Die klang … irgendwie schrill, überdreht, als hätte sie schon eine ganze Kanne Kaffee intus. Sie war so nervös, dass sie sich beim Sprechen ein paarmal verhaspelte. Jakobs sei nicht zu sprechen. Im Fall Mesut Ylmaz gäbe es noch keine neuen Erkenntnisse. Aber es ist eine Nachrichtensperre verhängt worden! Sie hat mir eingeschärft, dass wir keine Informationen über den Fall nach draußen geben dürfen. Und jetzt wird es besonders seltsam: Wenn es etwas Neues gibt, wird sofort der Polizeipräsident informiert, hat sie gesagt. Warum läuft das denn plötzlich auf so hoher Ebene ab? Klingt, als wollten sie eine richtige Staatsaffäre daraus machen.«

Susanne bekam plötzlich ein ganz ungutes Gefühl. Der schwitzende, herablassende Kriminalrat Jakobs hatte auf sie wenig Vertrauen erweckend gewirkt. Seit dem Genotec-Fall vor ein paar Jahren war sie, was übergeordnete Bundesbehörden anging, ein gebranntes Kind. Aber der halb illegale Militärische Sicherheitsdienst MSD war seit Jahren zerschlagen, alle Verantwortlichen saßen hinter Gittern. Sie musste an den mysteriösen Kriminaldirektor Kettler mit den vielen Ausweisen denken, der zum Glück tot und begraben war, und an dessen Handlanger Grabbe, dem sie es zu verdanken hatte, dass sie damals mit zwei Kugeln im Körper auf der Intensivstation der Uniklinik gelandet war. Andererseits verdankte sie es ebenfalls dem Genotec-Fall und ihren Schussverletzungen, dass Chris und sie heute Freundinnen waren. So konnten auch die schlimmsten Ereignisse noch ihre guten Seiten haben.

»Wenn Antweiler gleich kommt, informiere ihn sofort«, sagte sie zu Tönsdorf. »Du kennst ihn ja. Er wird fuchsteufelswild werden, weil das BKA uns übergeht und direkt den PP einschaltet. Ich wette, er ruft sofort in Heckenbrück an und macht denen die Hölle heiß. Dann erfahren wir jedenfalls heute noch, warum die wegen Mesut Ylmaz so einen Wirbel veranstalten.«

Anschließend machte sie sich auf den Weg nach Köln-Lövenbruch, um die Firma Gräwert Präzision unter die Lupe zu nehmen, und deren Geschäftsleitungs-Zwillingspaar. Die Firma verfügte über drei große Fertigungshallen, die, wie Susanne auf der Website gelesen hatte, in den siebziger Jahren errichtet worden waren. Aus dieser Zeit stammte auch das dreistöckige Verwaltungsgebäude, ein schlichter, zweckmäßiger Betonwürfel. Diese Nüchternheit setzte sich im Inneren fort. Susanne glaubte, überall den Geist von Peter Gräwert senior spüren zu können. Sie stellte ihn sich als tüchtigen Konstrukteur vor, mit Prinzipien, die aus jenen Tagen stammten, als »Made in Germany« noch ein Qualitätssiegel gewesen war.

Die Geschäftsleitung befand sich im dritten Stock. Susanne wurde von der Chefsekretärin, einer hübschen, molligen Brünetten, genauso freundlich wie am Telefon begrüßt und ins Büro von Peter Gräwert junior geführt. Er stand am Fenster und schaute hinaus. »Nehmen Sie doch Platz«, sagte er, nicht weniger freundlich als seine Sekretärin. Er schüttelte ihr die Hand und setzte sich hinter seinen schlichten Schreibtisch, der aussah, als hätte dort zuvor dreißig Jahre lang sein Vater gesessen. »Möchten Sie Kaffee?«

»Gern.«

»Monika. Seien Sie so nett ...«

Jetzt, wo sie ihm persönlich gegenübersaß, fand Susanne die Ähnlichkeit mit seiner Schwester noch auffälliger als auf den Fotos im Internet.

»Schreckliche Sache, das mit Stephanie. Haben Sie denn schon einen Verdacht? Meinen Schwager und seine Eltern nimmt das alles furchtbar mit.« Seine Stimme klang weicher und sanfter als die seiner Schwester.

Susanne ließ einen Moment den Blick durch sein Büro schweifen. Im Unterschied zu Andrea Willmers Arbeitszimmer gab es hier kein Foto des Vaters. Peter Gräwert schien keinen Wert darauf zu legen, dass der Vater ihm bei der Arbeit über die Schulter schaute. Die eine Wand des Raums wurde vollständig von Glasvitrinen eingenommen, in denen diverse Flugzeug- und Hubschraubermodelle standen.

Gräwert lächelte. »Die Sammlung meines Vaters. Ich habe sie zusammen mit diesem Büro von ihm übernommen, als er starb. Das sind sämtliche Flugzeugtypen, für die wir bislang Cockpitinstrumente produziert haben.«

»Soweit ich sehe, sind keine Militärflugzeuge darunter. Auf Ihrer Website habe ich gelesen, dass Ihr Vater aufgrund seiner Kriegserlebnisse bewusst nur die Zivilluftfahrt beliefern wollte.«

Gräwert stand auf und ging zu einer der Vitrinen. »Das war ihm immer ein Anliegen. Natürlich lässt sich das in Reinkultur kaum durchhalten. Von fast allen zivilen Verkehrs- oder Transportflugzeugen gibt es auch Militärversionen, zum Beispiel von diesen kleinen Turboprop-Maschinen hier. Und genauso ist es auch bei den Hubschraubern. Aber wir haben niemals Technologie für Kampfflugzeuge, Bomber und dergleichen geliefert. Diesem Grundsatz bleibt die Firma bis heute treu.«

»Aber die Zeiten sind schlecht, nicht wahr?«, sagte Susanne. »Ist da nicht die Versuchung groß, sich auch lukrative Militäraufträge an Land zu ziehen? Ich habe gehört, dass Sie über hundert Mitarbeiter entlassen mussten.«

Gräwert strich mit der Hand über die Vitrine, in der die schlanken, eleganten Flugzeugmodelle mit zwei Propellern standen, sowie zweistrahlige Business-Jets. »Was hat das mit dem Mord an Stephanie zu tun?«

»Das sind reine Routinefragen. Ich versuche, mir ein Bild von Stephanies familiärem Umfeld zu machen, weiter nichts.«

»Ah so? Na gut.« Seine Stimme wurde etwas höher und schärfer. »Ich nehme an, Sie spielen auf diesen Bericht an, der vor ein paar Tagen im Regionalfernsehen lief. Der war schlecht recherchiert und ziemlich einseitig. Dass wir Personal abbauen mussten, bedeutet nicht, dass die Firma in Gefahr ist. Es geht darum, effizienter zu werden, Kosten zu senken. Es ist eine Gesundschrumpfung, die uns wettbewerbsfähiger macht. Und damit sind wir ja nicht allein. Viele Unternehmen durchlaufen zur Zeit einen solchen Prozess.«

Seine Schwester ist direkter, dachte Susanne. Ich glaube nicht, dass Andrea Willmer solche Phrasen dreschen würde.

»Auf der Website steht auch, dass Sie mehrere Jahre bei einem schwedischen Rüstungskonzern gearbeitet haben. War Ihr Vater eigentlich damit einverstanden?«

Jetzt wirkte er verärgert. »Noch einmal: Was hat das mit dem Tod der Schwester meines Schwagers zu tun? Ich dachte, Sie wollten mich zu Stephanie befragen.«

Die Sekretärin brachte Kaffee und eine Schale mit Keksen. Gräwert kippte reichlich Milch und Zucker in seinen Kaffee. Susanne trank ihren wie immer schwarz. Er war heiß und gut. Sie hatte nicht vor, völlig auf diese Droge zu verzichten. Zwei, drei Tassen am Tag wollte sie sich schon noch gönnen. Das würde ihr Magen ja wohl aushalten.

Gräwert seufzte. »Polizisten und Journalisten können wohl nicht anders. Sie müssen einfach neugierige Fragen stellen.« Susanne lächelte und zog die Nase kraus. »Ist unsere zweite Natur.«

»Mein Vater war überhaupt nicht damit einverstanden, und wir haben uns einige Male deshalb gestritten.« Er zögerte. »Vielleicht habe ich es sogar gerade deshalb getan. Um ihn zu ärgern. Außerdem war Schweden weit weg von Köln.«

»Ich nehme an, Ihr Vater war ein richtiger Patriarch«, sagte Susanne.

»Er verlangte viel von sich selbst und anderen. Anders können Sie eine Firma wie diese nicht aufbauen. Heutzutage, wo die Leute lieber jammern, statt zu arbeiten, werden Leistungsträger wie er als Workaholics bezeichnet, doch zur Zeit des Wirtschaftswunders pflegte man solche Qualitäten Disziplin und Fleiß zu nennen. Bis drei Tage vor seinem Tod hat mein Vater täglich in diesem Büro gearbeitet. Zuletzt brauchte er dazu eine Sauerstoffflasche, und sein Chauffeur musste ihn mit dem Rollstuhl hier heraufbringen. Aber er kam jeden Tag in die Firma. Einen solchen Arbeitseinsatz kann eine Beamtin wie Sie wahrscheinlich nicht verstehen. Die Firma war sein Leben.«

»Arbeit bis zum Umfallen ist mir durchaus nicht fremd«, erwiderte Susanne trocken. »Welche Beziehungen bestehen eigentlich zwischen Ihrer Firma und der Privatbank Sonderath, in der Ihr Schwager arbeitet und auch Stephanie beschäftigt war?«

»Seit mein Vater in den fünfziger Jahren Gräwert Präzision gegründet hat, ist die Privatbank Sonderath unsere Hausbank. Mein Vater und der alte Direktor Sonderath, der inzwischen ja auch gestorben ist, waren gute Freunde. So hat Andrea übrigens ihren Mann kennen gelernt.«

Auf die nächste Frage würde Peter Gräwert vermutlich nicht antworten, andererseits führte Unverfrorenheit manchmal zu guten Ergebnissen. »Sie sind sicher einer der Großkunden dieser Bank. Wenn Ihre Firma in eine finanzielle Schieflage gerät, dürfte das auch für Sonderath Konsequenzen haben. Und für Ihren Schwager.«

Gräwert lächelte. Susanne registrierte aber, dass seine Mundwinkel etwas zitterten. »Eine hypothetische Frage. Und ohne richterliche Anordnung muss ich Ihnen wohl kaum Auskunft über die finanziellen Verhältnisse unserer Firma geben.«

In Gräwerts Büro befand sich seitlich noch eine zweite Tür, die sich jetzt plötzlich öffnete. Andrea Willmer kam herein, ging zu Gräwert und stellte sich neben ihn. »Ich hoffe, mein Bruder konnte Ihre Neugierde befriedigen, Frau Wendland? Leider muss ich ihn jetzt entführen. Wir haben noch einen wichtigen geschäftlichen Termin.«

Sie legte Gräwert die Hand auf die Schulter. Susanne wusste nicht recht, wie sie diese Geste deuten sollte – war sie liebevoll gemeint, oder eher kontrollierend und besitzergreifend?

Sie fragte sich, ob Andrea Willmer an der Tür gelauscht hatte. Wie immer strahlte sie perfekte Eleganz aus. Aber sie wirkte auch wieder streng und unnahbar. Susanne überlegte, wodurch dieser Eindruck hervorgerufen wurde. Vermutlich lag es am Klang ihrer Stimme, dem kurzen, glatt gekämmten Haar und dem Schnitt ihres schwarzen Kostüms. Es fiel schwer, sich diese Frau in weich fließenden Kleidern vorzustellen.

»Mir scheint, die Polizei interessiert sich mehr für den Zustand unserer Firma als für die Aufklärung des Mordfalls«, sagte Gräwert.

Seine Schwester lächelte frostig. »Reine Routine, nicht wahr, Frau Wendland? Sie selektieren die Verdächtigen.«

Wenn ich doch nur schon einen halbwegs brauchbaren Verdächtigen hätte, dachte Susanne und entgegnete: »Ich bin noch dabei, mir einen Überblick zu verschaffen.«

»Und natürlich fragen Sie sich, ob ehrgeizige Jungunternehmer wie wir möglicherweise über Leichen gehen, stimmt's?« Andrea Willmer musterte Susanne spöttisch. Susanne bemerkte aber auch, dass Gräwert seiner Schwester einen peinlich berührten Blick zuwarf. Doch sie fügte ungerührt hinzu: »Und ich sage Ihnen was: Um die Firma zu retten, die unser Vater aufgebaut hat, würde ich tatsächlich über Leichen gehen. Unseren Betriebsratsvorsitzenden zum Beispiel – den würde ich liebend gern über den Haufen schießen.«

»Ach, Andrea, lass das doch«, sagte Gräwert leise.

»Die Sache hat nur einen Haken: Wir leben nicht im Wilden Westen. Hierzulande wird Mord mit Gefängnis bestraft. Wenn ich im Gefängnis sitze, kann ich nichts mehr für unseren Betrieb tun. Da bleibe ich lieber ehrlich.« Sie schaute demonstrativ auf die Uhr. »Wenn Sie uns jetzt entschuldigen.

Wir sind dabei, unsere Firma zu retten. Unsere Zeit ist kostbar.«

»Aber Ihr Bruder sagte eben, dass Ihre Firma nicht in Gefahr ist«, entgegnete Susanne.

»Der moderne Kapitalismus ist ein Haifischbecken, da ist jede Firma zu jeder Zeit in Gefahr. Außerdem neigt mein Bruder dazu, die Dinge ein wenig schönzureden. Eigentlich eine sympathische Eigenschaft.« Ihre Hand lag immer noch auf seiner Schulter und schien dort einen gewissen Druck auszuüben. »Glauben Sie mir, ich wünsche mir wirklich schon um der Gerechtigkeit willen, dass der Mord an meiner Schwägerin aufgeklärt wird. Auch wenn ich sie nicht ausstehen konnte. Mein Vater hätte das auch gewollt. Er war ein Mann mit Prinzipien.« Sie schaute wieder auf die Uhr. »Los jetzt! Hier bei uns finden Sie Stephanies Mörder ganz bestimmt nicht. Verschwenden Sie also nicht Ihre und unsere Zeit!«

Jetzt redete sie wieder in einem Tonfall, als ob Susanne zu ihren persönlichen Lakaien gehören würde. Ärgerlich stand Susanne auf. »Wie ich meine Ermittlungen führe, müssen Sie schon mir überlassen. Ich werde Sie in den nächsten Tagen noch ins Kommissariat vorladen, wo wir Ihre Aussagen protokollieren.« Sie verabschiedete sich schroff und marschierte hinaus.

Während Susanne das Gebäude verließ, stand Peter Gräwert auf, ging zum Fenster und schaute auf die drei Firmenhallen. Seine Schwester stellte sich dicht neben ihn. »Sie wird es herausfinden«, sagte er leise. »Hast du ihre wachsamen Augen gesehen? Die lässt nicht locker, da bin ich mir sicher. Bestimmt hat sie bereits Verdacht geschöpft.«

»Vor allem müssen wir jetzt die Nerven behalten«, antwortete

Andrea Willmer. »Die Verträge sind unterzeichnet. Es ist alles unter Dach und Fach.«

Gräwert schüttelte den Kopf. »Wenn der Betrug ans Licht kommt, sind die Verträge null und nichtig, das weißt du.«

»Aber wir haben doch unseren Persilschein, und das genügt den Verteidigungsministern, um den Kritikern den Wind aus den Segeln zu nehmen.«

»Es ist schon viel zu viel schief gegangen«, sagte Gräwert. »Und wer hätte das mit Stephanie vorhersehen können?«

Andrea Willmer legte den Arm um ihn. »Umso wichtiger ist es, dass wir jetzt durchhalten. Schau die Hallen an, die Vater aufgebaut hat! Soll das alles umsonst gewesen sein? Willst du, dass hier ein Insolvenzverwalter einzieht und über das Schicksal unserer Firma bestimmt? Nein! Wir werden die ganze Nato beliefern. Bald werden wir neue, zusätzliche Hallen bauen können.« Ihre Stimme klang jetzt begeistert, fast träumerisch. »Du bist der Ingenieur, das technische Genie. Überlass alles Geschäftliche mir. Wenn wir beide zusammenhalten, dann schaffen wir es. Gemeinsam sind wir unschlagbar.«

Gräwert seufzte. »Trotzdem. Vater wäre es nicht recht gewesen.«

»Vater ist tot. Er hat die Zukunft der Firma in unsere Hände gelegt. Wir mussten entscheiden«, sagte seine Schwester. »Es ist unsere Verantwortung. Und jetzt werden wir es gemeinsam durchstehen. Wir dürfen nicht zweifeln. Wir müssen an den Erfolg glauben.«

»Manchmal wünschte ich, es ließe sich rückgängig machen.«

»Aber du hast das System doch selbst entwickelt. Es ist dein Werk. Du hast den Kontakt zu den Schweden hergestellt.«

Gräwerts Augen wurden schmal. »Die Geister, die ich rief …«

Andrea Willmer machte eine ungeduldige Handbewegung.

»Wir werden siegen! Wir beide gemeinsam! Wenn erst einmal die Regierungs-Millionen der Nato-Länder fließen und die Firma so groß wird, wie Vater es sich immer gewünscht hat, wirst du hoffentlich endlich aufhören, dauernd schwarz zu sehen.«

»Ich weiß nicht, ob Vater sich das gewünscht hätte. Vielleicht ist der Preis zu hoch.« Er ließ sie am Fenster stehen und setzte sich wieder an seinen Schreibtisch.

Sie schaute ihn schweigend an. Für einen kurzen Moment wurde ihr Gesicht weich und traurig. Dann ging sie rasch aus dem Büro und schlug die Tür hinter sich zu.

8. Kapitel

Susanne fuhr mit dem sicheren Gefühl ins Kommissariat zurück, dass die Zwillinge etwas zu verbergen hatten. Natürlich musste sie bei ihren Mutmaßungen vorsichtig sein, sich nicht von Sympathien und Antipathien leiten lassen – das oberste Gebot für jede gute Ermittlerin, wie Moeller es ihr immer eingeschärft hatte. Sie mochte Andrea Willmer nicht, musste sich aber eingestehen, dass sie doch so etwas wie widerwilligen Respekt für diese Frau empfand. Das Kämpferische an ihr gefiel Susanne. Sie schien alles in ihrer Umgebung ziemlich gut unter Kontrolle zu haben, einschließlich ihres Bruders. Warum hatte sie so offen ausgesprochen, dass sie bereit war, über Leichen zu gehen, um ihre Firma zu retten? Was bezweckte sie damit? Würde sich so jemand verhalten, der tatsächlich in die Morde verwickelt war? Susanne musste zugeben, dass das unwahrscheinlich schien. Oder diese Frau war noch viel abgebrühter, als sie es ihr bislang zugetraut hatte, und trieb irgendein besonders raffiniertes Spiel. Susanne ließ ihre Zusammenkünfte mit Andrea Willmer noch einmal vor ihrem inneren Auge ablaufen, während sie gleichzeitig auf den hektischen Stadtverkehr Acht gab. Sie liebte die besondere Konzentration, die dazu erforderlich war. Beim Autofahren konnte sie deshalb besonders gut über knifflige kriminalistische Probleme nachgrübeln.

Während sie die letzten Ampeln vor dem Kommissariat hinter sich brachte, entschied sie, dass sie Stephanie Willmers Schwägerin alles Mögliche zutraute. Vielleicht verbarg sich hinter ihrer schroffen Art ein gehöriges Maß an Selbstüberschätzung. Manchmal waren Menschen, die sich selbst für intelligenter als andere hielten, besonders anfällig für die Versuchungen des Verbrechens. Sie glaubten, alle Eventualitäten einkalkulieren zu können, sodass man ihnen nicht auf die Schliche kommen würde. Aber das gelang niemals. Das perfekte Verbrechen gab es nicht. Irgendetwas vergaßen oder übersahen die Täter immer, und früher oder später kamen die Ermittler ihnen auf die Spur.

Ihr Bauchgefühl sagte Susanne, dass es an der Zeit war, Andrea Willmer auf der Liste möglicher Verdächtiger ganz nach oben zu setzen. Angenommen, sie hatte sich im verzweifelten Versuch, das Erbe ihres Vaters zu retten, auf dunkle Machenschaften eingelassen ... und dabei war ihr Stephanie unerwartet in die Quere gekommen. War es denkbar, dass irgendwo auf dem Gelände der Firma Gräwert Präzision illegale Experimente mit Delphinen stattfanden oder stattgefunden hatten?

Während Susanne den Dienstwagen im Hof parkte und hoch ins Kommissariat ging, meldete sich allerdings ihr Moeller'sches Über-Ich mit neuen Zweifeln zu Wort: Sie hatte bislang nichts in der Hand, das auch nur annähernd genügte, um bei der Staatsanwaltschaft eine Durchsuchungserlaubnis für die Firma und die Bank zu erwirken, zumal sie beim LPD dafür mindestens die halbe Kriminalgruppe Wirtschaft als Unterstützung hätte anfordern müssen. Andrea Willmer hatte bereitwillig zugegeben, dass sie ihre Schwägerin nicht gemocht hatte und dass ihre Firma sich in Schwierigkeiten befand. Die Animosität zwischen ihrer Schwiegermutter und ihr schien sich gleichfalls noch im üblichen Rahmen zu bewegen. Der zuständige Staatsanwalt würde nur müde mit den Achseln zucken, wenn sie ihm mitteilte, dass ihr Verdacht sich auf nicht mehr gründete. Deswegen stellte man keine angesehene Firma auf den Kopf. Und das Bankhaus Sonderath war in Köln eine Institution mit gutem Namen. Nein, sie mussten zunächst mehr Indizien finden – falls es solche gab. Sie beschloss, erneut mit Carsten Willmer zu sprechen – allein, ohne dass seine Frau Gelegenheit hatte, sich einzumischen. Und sie würde bei Antweiler eine Observierung von Andrea Willmer und ihrem Bruder beantragen. Sie zweifelte nicht, dass er das bewilligen würde.

Als sie ihr Büro betrat, stand sofort Tönsdorf in der Tür.

»Heilige Scheiße«, sagte er, »da ist vielleicht ein Ding passiert!«

»Wieso? Was ist los?«

Tönsdorf zündete sich eine Zigarette an. »Mesut ist verschwunden.«

Susanne setzte sich auf die Schreibtischkante. »Das kann doch wohl nicht wahr sein!«

»Ist es aber.«

Torsten kam hinzu. »Und Jakobs, dieses schwitzende Stinktier vom BKA, gleich mit.«

Susanne blickte verwirrt von einem zum anderen. »Ich habe doch geahnt, dass mit Jakobs was faul ist.«

»Aber es kommt noch verrückter«, fuhr Tönsdorf fort. »Kommissar Ransauer ist tot.«

»Der, der mit Jakobs Mesut abgeholt hat?«, fragte Susanne.

»Bingo. Ist auf einem Autobahnparkplatz bei Heckenbrück erschossen worden. Der Dienst-BMW der beiden parkte dort, und Ransauers Leiche lag im Kofferraum.«

Susanne rief sich den jungen Kommissar ins Gedächtnis, der sich im Gegensatz zu seinem Vorgesetzten freundlich von ihnen verabschiedet hatte. Und dann sah sie Mesuts bleiches, verstörtes Gesicht vor ihrem inneren Auge – der letzte, angstvolle Blick, den er ihr zugeworfen hatte, als die BKA-Leute ihn in Handschellen abführten.

»Antweiler hat den neuesten Stand. Er telefoniert gerade mit Heckenbrück«, sagte Torsten. »Die Nachricht kam eben erst. Sonst hätten wir dir über Handy Bescheid gegeben. Die haben direkt den Polizeipräsidenten informiert. Uns zu benachrichtigen, hielten sie offenbar nicht für nötig. Du kannst dir denken, wie Antweiler getobt hat.«

Jetzt zündete sich Susanne die erste Zigarette des Tages an. Während sie Rauch in die Luft blies und versuchte, ihre Gedanken zu ordnen, klingelte das Telefon. Es war Antweiler, dem man anhörte, dass er mühsam um Beherrschung rang. »Ah, da bist du ja wieder.« Knapp ordnete er an: »Sofortige Lagebesprechung!«

Ein paar Augenblicke später saßen sie um den Konferenztisch des kleinen Besprechungszimmers, wo sie ihre »Kleeblattrunden« abhielten, wie Antweiler das nannte, wenn er gut gelaunt war. Jetzt allerdings befand sich seine Laune auf dem absoluten Tiefpunkt. »Gestern Nachmittag ist es passiert!«, berichtete er. »Als Jakobs und Ransauer seit Stunden überfällig waren und sich nicht gemeldet hatten, startete eine Suchaktion. Gegen 18 Uhr haben sie dann den Dienstwagen der beiden verlassen auf einem Autobahnparkplatz bei Heckenbrück gefunden. Ransauers Leiche lag im Kofferraum.« Wütend fügte er hinzu: »Und erst vor einer knappen Stunde haben sie es für nötig befunden, die Kölner Polizei zu informieren! Und zwar nicht etwa die zuständige Dienststelle, also uns, sondern gleich den PP!«

»Jetzt verstehe ich auch«, schaltete sich Tönsdorf ein, »warum diese Kriminalrätin Winzer, die ich heute Morgen am Telefon hatte, so nervös war.«

»Mit der habe ich eben lange telefoniert«, sagte Antweiler. »Sie leitet die Sonderkommission.«

»Gibt es denn schon irgendwelche Erkenntnisse?«, fragte Susanne und zündete sich die zweite Zigarette an.

Antweiler putzte seine Brille. »Der Parkplatz liegt hinter einem mit hohen Sträuchern bewachsenen Hügel und kann von der Autobahn aus nicht eingesehen werden. Ransauer wurde aus etwa drei Meter Entfernung in die Brust geschossen. Ein einzelner Schuss genau ins Herz. Der Schütze muss also sein Handwerk verstanden haben. Des weiteren befand sich Ransauers Dienstwaffe nicht in seinem Schulterhalfter, sondern wurde ihm von den Tätern – dass es mehrere waren, davon ist ja wohl auszugehen – mit in den Kofferraum gelegt, als Grabbeigabe gewissermaßen. Aus seiner Waffe wurde jedoch kein Schuss abgefeuert. Dass Ransauer auf dem Parkplatz erschossen wurde, steht fest, denn ein paar Meter vom Wagen entfernt wurde Blut gefunden, das von ihm stammt. Am Rand des Parkplatzes befindet sich eine Böschung, die in einen bewaldeten Hang übergeht. Entlang dieses Hangs verläuft ein Waldweg, der von unten nicht zu sehen ist; von dort oben kann der Parkplatz aber gut beobachtet werden. Auf diesem Waldweg hat die Spurensicherung auch Reifenspuren einer großen Limousine gefunden – vermutlich ein neuerer Audi, BMW oder Volvo – und mehrere Fußspuren, die noch analysiert werden.«

»Und Jakobs und Mesut?«, fragte Tönsdorf traurig. »Oh, mein Gott! Was sage ich bloß Ali Ylmaz!«

Susanne legte ihm beruhigend die Hand auf die Schulter. »Wenn die Täter vorgehabt hätten, Mesut und Jakobs ebenfalls zu ermorden, hätten sie das doch gleich an Ort und Stelle tun können. Es besteht also eine gewisse Hoffnung, dass Mesut noch lebt«, sagte sie. »Aber woher wussten die Täter, dass Ransauer ausgerechnet diesen Parkplatz ansteuern würde? Warum hat er überhaupt dort angehalten, wo sie die BKA-Dienststelle in Heckenbrück doch schon fast erreicht hatten?«

»Das ist noch nicht völlig geklärt«, antwortete Antweiler. »Fest steht inzwischen, dass Jakobs ein falsches Spiel gespielt hat. Im Nachhinein muss ich zugeben, dass sein Auftritt hier bei uns in der Tat etwas seltsam war. Da wirst du mir sicher zustimmen, Susanne…«

Sie nickte. »Allerdings. Aber du hast die Sache doch überprüft. Du hast mir erzählt, wie sich Jakobs über deine Kontrollanrufe geärgert hat.«

Antweiler seufzte. »Jetzt ärgere ich mich, dass ich darauf hereingefallen bin. Aber er hat das sehr geschickt eingefädelt. Die Dienstanweisung, die er mir vorgelegt hat, war ganz offenbar von ihm gefälscht.«

»Das ist ja ein Ding!«, ächzte Tönsdorf.

»Er musste aber doch damit rechnen, dass das schnell auffliegen würde«, wunderte sich Susanne.

»Als alter Hase beim BKA«, fuhr Antweiler fort, »kannte er die Dienstwege dort ganz genau. Du kannst dir sicher vorstellen, dass auch die Mühlen dieser Behörde langsam mahlen. Der Stelle in Heckenbrück, bei der ich meinen Kontrollanruf gemacht habe, lag ebenfalls diese gefälschte Anweisung vor. Und er war sogar noch schlauer und hat sie auch an unsere KG Terrorismus und den PP gefaxt.«

»Und die haben nichts gemerkt?« Torsten schüttelte erstaunt den Kopf.

»Wie denn?«, sagte Antweiler. »Die Anweisung trug die von Jakobs gefälschte Unterschrift des zuständigen Polizeidirektors und dessen Stempel, den sich Jakobs irgendwie beschafft haben muss. Die Sache kam erst heute Morgen he-

198

raus, als auf dem Schreibtisch dieses Polizeidirektors der Rücklauf einer Dienstanweisung landete, die er gar nicht erteilt hatte.«

Susanne blies nachdenklich Rauch zur vergilbten Zimmerdecke, die schon lange einen neuen Anstrich vertragen konnte. »Wahrscheinlich genügte Jakobs die Zeit, die er dadurch gewann«, sagte sie. »Angenommen, er wollte Mesut in seine Gewalt bringen und sich dann auf diesem Parkplatz mit seinen Komplizen treffen. Wenn er von vornherein beabsichtigte, sich mit ihnen aus dem Staub zu machen, konnte es ihm egal sein, dass sein Betrug am nächsten Tag auffliegen würde.«

»Hinzu kommt, dass Jakobs kein unbeschriebenes Blatt ist«, berichtete Antweiler weiter. »Die Kollegin Winzer hat mir erzählt, dass vor ungefähr einem Jahr Korruptionsvorwürfe gegen ihn erhoben wurden. Doch die intensive Untersuchung, die dann durchgeführt wurde, hat keine eindeutigen Beweise erbracht. Seitdem hatten seine Vorgesetzten Jakobs auf dem Kieker. Vor drei Monaten haben sie ihm Ransauer zugeteilt, der den Auftrag hatte, Jakobs heimlich auf den Zahn zu fühlen.«

»Bestimmt hat er Ransauer unter einem Vorwand zum Halten überredet«, sagte Susanne. »Vielleicht hat er behauptet, dass er mal pinkeln muss, oder so. Und am Parkplatz erwarteten ihn seine Komplizen – die wiederum etwas mit den Morden an Stephanie und Selim zu tun haben müssen.« Beunruhigt fügte sie hinzu: »Ich finde, diese ganze Sache nimmt allmählich beängstigende Dimensionen an.«

»Aber könnte es denn nicht sein, dass Jakobs im Alleingang gehandelt hat?«, fragte Torsten. »Vielleicht hatte Ransauer etwas Belastendes über ihn herausgefunden, und da hat Jakobs ihn einfach ausgeschaltet und ist untergetaucht. Die Sache muss doch nicht zwangsläufig etwas mit unseren Morden zu tun haben. Kann doch sein, dass Mesut einfach das Pech hatte, mit im Auto zu sitzen. Jakobs hat ihn nach dem Mord an Ransauer mitgenommen, da er auf die Schnelle nicht wusste, was er sonst mit ihm tun sollte. Tja, und jetzt, befürchte ich, lässt er ihn verschwinden, weil er ein lästiger Zeuge ist.«

Susanne schüttelte den Kopf. »Wozu hat er dann diesen Aufwand mit der gefälschten Dienstanweisung betrieben und Mesut bei uns abgeholt, wenn es ihm nur darum ging, Ransauer loszuwerden? Nein, das ergibt keinen Sinn.« Mit wachsender Besorgnis fragte sie sich, was für eine Organisation hinter alldem steckte – eine Organisation, die ganz offensichtlich mafiose Züge aufwies: Profikiller schalteten Zeugen aus, korrupte Polizisten standen auf der Gehaltsliste. Mit dem, was Jakobs gestern getan hatte, war sein Pensionsanspruch für immer dahin. Das Schmiergeld, das er kassiert hatte, musste demnach so üppig sein, dass sein Lebensabend trotzdem gesichert war. Sonst wäre er wohl kaum zu dieser Tat bereit gewesen. Oder hatte man ihn erpresst?

Als hätte Antweiler ihre Gedanken erraten, sagte er: »Die Kollegin Winter überlegt zur Zeit, ob islamistische Kreise dahinter stecken könnten. Wegen der Sache mit der Bombe und der Beteiligung der beiden Türken. Meiner Meinung nach scheidet diese Möglichkeit aus. Die Beteiligung Selims, und damit auch die seines Bruders Mesut, lässt sich hinreichend aus Selims Liebesbeziehung zu Nadine und ihrer Freundschaft mit Stephanie erklären. Da muss man nicht nach irgendwelchen islamistischen Hintergründen suchen. Ich glaube auch nicht, dass wir es mit dem üblichen organisierten Verbrechen zu tun haben. Dass Mafiosi BKA-Beamte bestechen, ist zwar durchaus möglich – aber der Delphin passt da nicht ins Bild. Was haltet ihr denn von der Möglichkeit, dass wir es hier mit einem Verbrechen zu tun haben, das etwas mit Tierschutz zu tun hat? Da fällt mir ein: Was ist mit dieser Firma von Stephanies Schwägerin – Gräwert Präzision? Habt ihr da schon etwas herausgefunden?«

Susanne berichtete von ihrem Besuch. Danach herrschte erst einmal minutenlanges Schweigen.

»Hat Andrea Willmer wirklich gesagt, sie würde über Leichen gehen, um ihre Firma zu retten?«, fragte Tönsdorf verblüfft. »Das ist ja allerhand!«

»Sie ist ziemlich sarkastisch«, sagte Susanne, »aber ich habe das Gefühl, dass da noch mehr dahinter steckt.« Sie schaute Antweiler an. »Natürlich reichen meine Mutmaßungen nicht aus, um einen Durchsuchungsbefehl zu bekommen, ich weiß.«

»Schön, dass du das selbst einsiehst«, stöhnte er und warf ihr einen dieser schwer zu deutenden Blicke zu, die in Susanne sofort wieder Hoffnungen aufkeimen ließen. Sie mochte es, wenn er sie so ansah und musste unwillkürlich grinsen. Was Durchsuchungserlaubnisse und abenteuerliche Sondergenehmigungen anging, hatte sie schon die tollsten Dinge von ihm verlangt.

»Also«, sagte sie, »dann bleibt uns nur eines übrig: Wir laden morgen die ganze Familie Willmer-Gräwert zur Vernehmung vor. Einzeln, selbstverständlich. Die junge Willmer ist knallhart, die wird uns nur sagen, was sie sagen will. Aber ihr Mann und ihr Bruder kommen mir nicht sehr standhaft vor. Vielleicht können wir denen etwas entlocken, das für einen Durchsuchungsbefehl reicht. Oder hat jemand einen besseren Vorschlag? Und natürlich sollten wir Andrea Willmer, ihren Bruder und ihren Mann observieren.«

Antweiler war einverstanden, und Tönsdorf und Torsten hatten auch keine Einwände. Auf dem Rückweg zu ihren Büros bot Susanne Tönsdorf an, Ali Ylmaz anzurufen und ihn über Mesuts Verschwinden zu informieren. Tönsdorf warf ihr einen dankbaren Blick zu, sagte aber: »Nein, lass mal. Nett von dir, aber das muss ich schon selbst machen. Und ein kleiner Funke Hoffnung besteht ja noch, dass Mesut lebend aus der Sache rauskommt. Obwohl ich, ehrlich gesagt, nicht wirklich daran glaube.«

Kriminalrätin Winzer hatte um Unterstützung aus Köln gebeten. Antweiler grollte zwar noch, weil das BKA sie erst so spät hinzugezogen hatte, war aber doch bereit, Tönsdorf und Torsten mit allen bisherigen Ermittlungsergebnissen nach Heckenbrück zu schicken. Das kam Susanne sehr gelegen, denn so hatte sie Gelegenheit, sich ungestört in ihrem Büro einzuigeln und alle Fakten noch einmal gründlich zu sichten und zu ordnen. Zwischendurch rief sie Stephanies Angehörige an und lud sie für den nächsten Tag zur Vernehmung vor. Alle akzeptierten dies ohne größeres Murren – bis auf Andrea Willmer, womit Susanne gerechnet hatte. Carsten Willmers Ehefrau schimpfte über die unnütze Zeitvergeudung, fügte sich dann aber in das Unvermeidliche. »Nur eine halbe Stunde! Keine Minute länger!«, beharrte sie wütend.

Am Mittwochnachmittag gegen 15 Uhr saßen Susanne, Tönsdorf und Torsten erschöpft und ziemlich frustriert in Susannes Büro und besprachen ihre Eindrücke. Sie hatten Stephanies Eltern vernommen, Carsten Willmer, Peter Gräwert und zuletzt Andrea Willmer. Viel herausgekommen war dabei allerdings nicht. Zusätzlich zu dem, was Susanne schon bei ihren vorherigen Gesprächen mit der Familie herausgefunden hatte, gab es praktisch keine neuen Erkenntnisse. Auch bei diesem offiziellen Verhör hatten Stephanies Mutter und ihre Schwiegertochter keinen Hehl aus ihrer gegenseitigen Abneigung gemacht, aber die Alibis für die Zeit, als man Stephanie getötet hatte, waren bei allen Beteiligten über jeden Zweifel erhaben. Da der Mord ohnehin eindeutig die Handschrift von Profikillern trug, kamen Andrea und Carsten Willmer oder Andreas Bruder, wenn überhaupt, dann sowieso nur als Anstifter oder Mitwisser in Frage. Eine Beteiligung der Eltern schloss Susanne kategorisch aus. Dafür gab es nicht den geringsten Anhaltspunkt.

Andrea Willmer war wieder mit der kaltschnäuzigen Arroganz aufgetreten, die Susanne bereits kannte. Sie hatte aber fast wortwörtlich das Gleiche gesagt wie zuvor schon Susanne gegenüber. Irgendwelche Bemerkungen, die dazu im Widerspruch standen, ließ sie sich nicht entlocken. Und in ihrer Firma gebe es nichts, wofür die Polizei sich zu interessieren habe. »Wenn Sie mir das nicht glauben, beantragen Sie doch einen Durchsuchungsbefehl«, hatte sie herausfordernd gesagt. Alles in allem machte sie den Eindruck einer Frau, die sich ihrer Sache sicher war und sich durch nichts aus dem Konzept bringen ließ.

»Mannomann«, sagte Torsten, »bin ich froh, dass du meine Chefin bist. Wenn ich diese Andrea Willmer sehe, weiß ich erst so richtig zu schätzen, was wir an dir haben. Ich glaube, die hat die Gabe, ihren Angestellten das Leben zur Hölle zu machen.«

»Danke für die Blumen«, sagte Susanne lächelnd. »Aber sogar mir fällt es leicht, umgänglicher als Andrea Willmer zu sein.«

Tönsdorf zündete sich eine Zigarette an. »Ich weiß nicht, wie viele Vernehmungen ich schon mitgemacht habe, aber ein paar tausend werden es schon gewesen sein – er klopfte sich auf den Bauch. Mein Kriminaler-Instinkt sagt mir in diesem Fall, dass mit der Frau etwas nicht stimmt. Die spielt uns

Theater vor. Die Frage ist nur, was sie damit bezwecken will? Sie müsste doch intelligent genug sein, um zu erkennen, dass ihre Sprücheklopferei uns misstrauisch macht.«

»Ich denke genauso wie du«, stimmte Susanne ihm zu. »Nur: Was nützt es uns? Wir haben nichts Konkretes in der Hand. Wir können nur hoffen, dass die Observierung etwas ergibt.«

Dann formulierte Torsten einen Einwand, der auch Susanne schon in den Sinn gekommen war und sich nicht völlig von der Hand weisen ließ: »Wäre es denn nicht möglich, dass euer Instinkt euch diesmal trügt? Gut, sie ist arrogant und ziemlich unsympathisch. Aber vielleicht kann sie es sich leisten, diese Sprüche zu klopfen, weil sie ganz einfach unschuldig ist und mit den Morden nichts zu tun hat. Und vielleicht ist ihre Firma tatsächlich völlig sauber und sie hat bei einer Hausdurchsuchung gar nichts zu befürchten.«

»Mein Instinkt sagt mir, dass sie in die Sache verwickelt ist«, entgegnete Susanne. »Aber du hast natürlich Recht. Der alte Moeller hat immer gesagt, ohne solide Beweisführung nützt der beste Instinkt nichts. Warten wir also ab, ob die Observierung neue Anhaltspunkte ergibt.«

Nachdenklich fuhr Susanne fort: »Wenn ich die fünf Vernehmungen Revue passieren lasse, gab es eigentlich nur einen Moment, der mir wirklich bemerkenswert erscheint. Würde mich interessieren, ob ihr das genauso seht. Erinnert ihr euch, wie ich Peter Gräwert nach dem Namen des schwedischen Rüstungskonzerns gefragt habe, für den er gearbeitet hat?«

Tönsdorf nickte. »Das wollte ich auch zur Sprache bringen. Es war ja sowieso auffällig, wie nervös Carsten Willmer und Peter Gräwert im Vergleich zu ihr waren. Man merkte ihnen deutlich an, wie unbehaglich sie sich fühlten. Jedenfalls ist mir auch aufgefallen, dass Gräwert bei der Frage den Eindruck machte, als hättest du ihn ertappt. Er hat ganz deutlich einen Moment geschluckt und herumgedruckst, ehe er mit dem Namen herausgerückt ist. Verdächtig, oder? Warum sollte er mit seinem früheren Arbeitgeber hinter dem Berg halten? Da ist doch irgendwas faul.«

Torsten sagte: »Scheint so, dass ich heute in der Rolle des Bedenkenträgers bin, aber wäre nicht auch eine andere Erklärung für sein Zögern denkbar: Er hat ein schlechtes Gewissen, weil er mit der Arbeit für die Rüstungsfirma gegen den Moralkodex seines Vaters verstoßen hat. Vielleicht empfindet er das heute als Fehler, als eine Art Verrat an seinem Vater. Und er hat gezögert, weil er nicht gern daran erinnert werden will.«

Susanne wiegte den Kopf. »Auch eine Möglichkeit, zugegeben. Trotzdem sollten wir uns diesen Rüstungskonzern SAB-Safeguard mal näher anschauen. Tönsdorf, übernimmst du das?«

Der Dicke nickte. »Geht klar, Chefin. Ich klemme mich gleich hinter den Computer.«

Das Telefon klingelte. Es war Antweiler, der Susanne bat, in sein Büro zu kommen. Seine Stimme klang sanft und fürsorglich, was sie sofort befürchten ließ, dass er keine guten Nachrichten für sie hatte.

Sie ging durch den langen, düsteren Flur, klopfte an und betrat sein Büro. Ohne sich hinzusetzen, fragte sie sofort: »Ich vermute, du hast mir was mitzuteilen, worüber ich mich ärgern werde, hab ich Recht?«

Er lächelte. »Manchmal habe ich das Gefühl, du kannst Gedanken lesen. Vielleicht färben ja die übersinnlichen Fähigkeiten deiner Freundin auf dich ab.«

Susanne seufzte. »Na, schieß schon los! Worum geht es denn?«

»Der Kollegin Dettmers passt es nicht, dass du weiter an den Ermittlungen in Sachen Selim und Nadine beteiligt bist, während die Untersuchung gegen dich läuft.«

Daran hatte Susanne überhaupt nicht mehr gedacht. Jetzt plötzlich fiel ihr wieder ein, dass immer noch das Damoklesschwert des Disziplinarverfahrens über ihr schwebte. »Du warst aber doch optimistisch, dass die Sache gut für mich ausgeht«, sagte sie irritiert.

»Bin ich auch weiterhin«, erwiderte Antweiler. »Ich hatte eben deswegen eine Unterredung mit dem LPD. Er ist dafür, das Verfahren gegen dich einzustellen. Du wirst also keinen Aktenvermerk erhalten. Aber bis dahin wollen wir dem Wunsch der Dettmers nachkommen. Es sieht einfach besser aus. Ich möchte, dass du dir ab sofort freinimmst. Im Lauf der nächsten Woche wirst du, denke ich, wieder weiterarbeiten können, als wäre nichts gewesen. Das ist doch eigentlich eine gute Nachricht.«

Nein, das war es ganz und gar nicht. Susanne hasste es, mitten aus der Arbeit an einem Fall herausgerissen zu werden. »Aber wir haben doch so wenig Personal«, widersprach sie. »Wie sollen die Ermittlungen da ohne mich effektiv geführt werden? Zumal wir gerade dabei sind, einen Schritt voranzukommen. Tönsdorf überprüft den schwedischen Rüstungskonzern, für den Peter Gräwert gearbeitet hat. Wir haben den Verdacht, dass Gräwert Präzision …«

Antweiler schüttelte energisch den Kopf. »Tut mir Leid. Ich habe meine Entscheidung getroffen. Du bist erst einmal beurlaubt. Wir müssen an deine längerfristige Karriere denken. Ich will unbedingt vermeiden, dass ein Schatten auf deine Personalakte fällt.«

Susanne sah ein, dass er vermutlich Recht hatte. Antweiler stand auf gutem Fuß mit dem LPD. Auf sein Urteil konnte sie sich verlassen. Die Dettmers war nun einmal furchtbar pingelig, was solche lästigen Formalien betraf. Trotzdem …

»Ich hoffe, du weißt, was du mir damit antust«, sagte sie in schärferem Ton als beabsichtigt.

Antweiler ließ sich nicht aus der Ruhe bringen. Lächelnd erwiderte er: »Ich wusste, dass du sauer reagieren würdest. Aber das ändert nichts. Sieh's doch positiv. Ein paar Tage Zeit zum Ausspannen …«

»Ausspannen?« Susanne versuchte, ihren Ärger herunterzuschlucken. Schließlich wusste sie, dass Antweiler es gut mit ihr meinte. »Wie soll ich ausspannen, wenn ich beim faszinierendsten Fall seit langem außen vor bin?«

»Fahr zu Chris in die Eifel«, schlug er vor. »Das bringt dich auf andere Gedanken. Außerdem«, jetzt zwinkerte er verschwörerisch, »kann ich Tönsdorf und Torsten nicht daran hindern, sich telefonisch mit dir zu beraten.«

»Ach!«, schnaubte sie unzufrieden. »Das ist kein wirklicher Trost.«

»Nimm es gelassen. Ich schätze, spätestens nächsten Mittwoch kannst du wieder einsteigen.«

Susanne ging Richtung Tür und sagte gereizt. »War's das? Oder ist sonst noch was?«

»Moment noch.« Er stand ebenfalls auf, kam um den Schreibtisch herum und legte ihr freundlich die Hand auf die Schulter. »Ich möchte dich zum Essen einladen. Bei mir zu Hause. Sagen wir Sonntagabend?«

Jetzt war Susanne verblüfft. Mit einem Schlag löste sich ihr Ärger auf und sie bekam Herzklopfen. »Also … ähm … ja, gern.«

»Mein Urlaub«, fuhr Antweiler fort und ließ seine Hand weiterhin auf Susannes Schulter ruhen, »diente unter anderem dazu, über deine und meine Zukunft nachzudenken. Darüber möchte ich gerne in Ruhe mit dir sprechen. Passt dir acht Uhr?«

»Okay«, hörte sie sich sagen.

Antweiler lächelte zufrieden. »Schön. Dann erhol dich bis dahin gut.«

Sie erwiderte sein Lächeln etwas verkrampft und unsicher und flüchtete dann beinahe aus seinem Zimmer.

Auf dem Rückweg zu ihrem Büro dachte sie daran, was für einen tollen Körper Antweiler hatte. Er war schlank und perfekt durchtrainiert. Susanne führte das auf die asiatischen Kampfsportarten zurück, mit denen er sich seit Jahren fit hielt. Sie fragte sich, was diese Einladung wohl zu bedeuten hatte. Hatte er tatsächlich von seiner und ihrer Zukunft gesprochen? Sie versuchte, sich vorzustellen, dass zwischen ihnen das passierte, wovon sie immer wieder einmal träumte, wenn sie sein Lächeln sah oder seine geschmeidigen, kontrollierten Bewegungen.

Andererseits spürte sie auch sofort das wohl bekannte Unbehagen, das sie bislang davon abgehalten hatte, selbst konkrete Schritte zur Verwirklichung ihrer Phantasien zu unternehmen. Er war ihr Chef. Sie arbeiteten gut zusammen, und Susanne liebte ihre Arbeit über alles. Was würde sich ändern, wenn sie sich auf eine Beziehung mit ihm einließ? Waren sie dann noch ein so gutes Team wie bisher? Was würde sich im Verhältnis zu ihren Kollegen ändern? Seufzend schob sie diese Gedanken beiseite. Vermutlich war positives Denken, was Chris für solche Situationen empfahl, das einzig Richtige. Loslassen, die Dinge geschehen lassen, darauf vertrauen, dass sich alles gut fügt. Wenn Antweiler der Richtige für sie war, dann würden sie auch zueinander finden, und es würde funktionieren. Aber gerade dieses Zulassen und Geschehenlassen fiel Susanne schwer. Sie hasste es, wenn sie etwas nicht unter Kontrolle hatte, und konnte nur mit Mühe ihren ständig aktiven Verstand abschalten.

Sie zuckte die Achseln. Weibliche Hingabe war nun einmal nicht ihre starke Seite. Aber vielleicht mochte Antweiler ja gerade das an ihr.

Sie betrat ihr Büro und schaute sofort nebenan bei Tönsdorf herein, der vor seinem Computer saß. »Und?«, fragte sie. »Fündig geworden?«

»SAB-Safeguard ist im Rüstungssektor einer der ganz Großen, ein richtiges Rüstungswarenhaus, könnte man sagen«, berichtete er. »Es gibt Tochterunternehmen in Deutschland, der Schweiz und Argentinien. Zum Sortiment gehört alles, was die Herzen von Generälen und Verteidigungsministern höher schlagen lässt: Kampfflugzeuge, Panzer, Kriegsschiffe und Waffensysteme jederart. Das habe ich dem SAB-Internetauftritt entnommen. Jetzt nehme ich mir gleich mal die Gegenseite vor und schaue, was Friedensinitiativen, Rüstungsgegner und Journalisten über SAB ins Netz gestellt haben.«

»Prima. Weiter so. Ich muss euch jetzt leider verlassen.«

Tönsdorf schaute sie erstaunt an: »Warum? Macht dein Magen wieder Probleme?«

»Nein. Antweiler hat mich bis auf weiteres beurlaubt.«

»Wieso denn das?«

»Weil die Dettmers superpingelig ist«, antwortete Susanne, »und nicht will, dass ich mich auf der Dienststelle blicken lasse, während ihre Untersuchung läuft.«

»Ach, diese dusselige Kuh! Aber was machen wir denn ohne dich? Wird fast unmöglich werden, aus anderen Kommissariaten Verstärkung zu bekommen. Die pfeifen personalmäßig doch alle auf dem letzten Loch!«

»Ich weiß. Antweiler ist optimistisch, dass ich ab Mitte

nächster Woche wieder dabei bin. Und dass meine Personalakte sauber bleibt.«

Tönsdorf knuffte sie aufmunternd in die Hüfte. »Na, wir
schaffen das schon irgendwie. Hauptsache, die brummen dir
kein Diszi auf. Das wäre eine Riesensauerei.«

Er und Torsten mussten ihr versprechen, sie sofort anzurufen, wenn es neue Entwicklungen gab. »Ich lasse mein Handy
immer eingeschaltet«, sagte sie.

Dann packte sie ihre Sachen, schwang sich aufs Fahrrad und
fuhr nach Hause.

Chris saß auf der Veranda, den Bauch wohlig mit einem guten Abendessen gefüllt. Sie surfte mit ihrem Notebook im Internet und schaute sich Seiten über Delphine an. Sie hatte
eine sehr schön gestaltete Seite mit herrlichen Unterwasser-
Fotos aus dem Leben einer Delphin-Familie entdeckt, die sie
gerade fasziniert betrachtete. Jonas hatte heute seinen wö-
chentlichen Männerabend und war mit drei Kumpels ins Kino
gefahren, um sich einen dieser Männer-Actionfilme anzusehen, die Chris zum Gähnen langweilig fand. Zum Glück war
Jonas' Kino-Geschmack aber vielseitig, und es gab dann doch
eine Menge Filme, die Chris und er sich gerne gemeinsam an-
schauten.

Mister Brown hatte es sich zu Chris' Füßen gemütlich gemacht und döste vor sich hin. Als das Telefon klingelte, hob
er den Kopf und bellte. »Ist ja gut, ich hab's doch auch gehört«, sagte sie, kraulte ihn kurz hinter dem Ohr und machte
sich auf die Suche nach dem schnurlosen Telefon. Vielleicht
war es besser, sich wieder ein Telefon mit Schnur anzuschaf-
fen. Das stand wenigstens immer an der gleichen Stelle.

Susanne war am Apparat und berichtete mit deutlich hörba-
rer Frustration von ihrer Beurlaubung. Chris musste unwill-

kürlich lächeln. »Wahrscheinlich gibt's unzählige Arbeitnehmer, die sich über ein paar bezahlte freie Tage freuen würden«, sagte sie, »doch du hasst es, nicht arbeiten zu dürfen.«

»Aber – meine Arbeit ist doch nicht bloß ein Job, sie ist … mein Leben.«

»Deine Bestimmung. So, wie's mir bestimmt ist, Schamanin zu sein. Du musst auf deine innere Führung vertrauen. Sicher steckt irgendein tieferer Sinn dahinter.« Anderen kluge Ratschläge zu erteilen, fällt mir leicht, dachte Chris. Damit, sie auch selbst zu befolgen, tue ich mich erheblich schwerer. Plötzlich hatte sie eine Idee: »Warum kommst du nicht einfach mit nach Holland? Jonas und der Hund haben bestimmt nix dagegen.«

»Hm.«

Die Idee gefiel Chris immer besser. Susanne konnte mit Jonas über ihren verzwickten Fall fachsimpeln. Es tat ihr bestimmt gut, sich mit einem anderen Kommissar-Moeller-geschulten Fachmann auszutauschen. Und Jonas konnte seinen kriminalistischen Verstand auf Touren bringen, der in Buchfeld doch eher unterfordert wurde. Sie teilte Susanne ihre Überlegungen mit und fügte nicht ohne Stolz hinzu: »Außerdem treffen wir im Meerespark meine Freundin Maja Anselm, eine der weltweit angesehensten Delphin-Expertinnen. Ich habe mal eine Zeit lang mit ihr in einer WG gewohnt.«

»Aha?« Sofort klang Susanne interessierter.

»Kann doch sein, dass du von Maja etwas erfährst, was dich in der Sache mit den Morden und dem toten Delphin im Rhein weiterbringt.«

Nun war Susanne einverstanden. »Allerdings hab ich Sonntagabend eine wichtige Verabredung. Sind wir dann zurück?«, fragte sie.

»Kein Problem. Jonas muss am Montag wieder zum Dienst.«

Neugierig fragte Chris: »Was denn für 'ne Verabredung? Sag bloß, du hast ein Date?«

»Einladung zum Abendessen. Rate mal, von wem.«

Das war nun wirklich nicht schwer zu erraten. »Antweiler.«

Daraufhin sprudelten aus Susanne ein paar konfuse Sätze heraus, wie Chris sie ähnlich schon bei früheren Gelegenheiten gehört hatte – dass sie nicht wisse, ob das Ganze überhaupt funktionieren könne, und vielleicht mache sie sich wieder mal nur falsche Hoffnungen und überhaupt habe sie keine Ahnung, was sie anziehen solle. Chris munterte sie auf und versprach, am Sonntag bei der Outfit-Wahl zu helfen. Sie verabredeten, dass Chris und Jonas Susanne am nächsten Morgen gegen neun Uhr abholen würden.

Nach dem Telefonat machte Chris gut gelaunt einen ausgedehnten Abendspaziergang mit Mister Brown. Dass Antweiler Susanne zum Essen eingeladen hatte, war durchaus ermutigend. Susanne musste unbedingt lernen, mehr mit dem Leben zu fließen, dann würde es bei ihr auch mit der Liebe klappen. Der Tapetenwechsel würde ihr bestimmt gut tun. Wenn sie mit den Delphinen schwamm, würde sie lockerer werden. Vielleicht hatte sie dabei ja sogar einen Geistesblitz, der ihr half, den Fall zu lösen. Zufrieden sagte sich Chris, dass nun auch das Hundeproblem gelöst war: Während sie und Jonas im Meerespark mit den Delphinen schwammen, konnte Susanne solange auf Mister Brown aufpassen.

Und die Sache hatte noch einen weiteren Vorteil. Schräg gegenüber von Susannes Wohnung lag die Bäckerei Vossen. Dort gab es wunderbare Teilchen, die besten weit und breit, weswegen diese Bäckerei eine unwiderstehliche Anziehungskraft auf Chris ausübte. Sie würde die Gelegenheit nutzen, um sich mit süßem Reiseproviant zu versorgen.

Chris war stolz auf ihre Körperfülle. Das war nicht immer so gewesen und ließ sich zum Teil darauf zurückführen, dass Jonas ihre Rundungen überaus erotisch fand. Seit längerem hatte sich ihr Gewicht knapp unter hundert Kilo eingependelt. Für eine eins dreiundsiebzig große Frau, die während ihrer Zeit in Kanada athletisch durchtrainierte fünfundsiebzig Kilo gewogen hatte, war das nicht wenig. Doch heute fühlte sie oft eine innere Harmonie, die sie in ihren schlanken Tagen nie erlebt hatte. Warum sollte sie sich Schönheitsnormen unterwerfen, die den Frauen von außen durch Mode, Werbung und vieles mehr auferlegt wurden? Es gefiel ihr, rund und schwer geworden zu sein wie eine antike Fruchtbarkeitsgöttin. Sie hatte immer schon eine kräftige Statur gehabt, und ihre stämmigen Beine schienen wie geschaffen, dieses Gewicht zu tragen. Jonas nannte sie manchmal seine stattliche Königin.

Natürlich war sie langsamer und schwerfälliger als früher, aber sie hatte das Gefühl, ihren eigenen Körper-Rhythmus gefunden zu haben. Und sie konnte die schönen Dinge des Lebens viel mehr genießen. Natürlich genoss sie gutes Essen, aber sie bewegte sich auch gerne und viel – spazierte, schwamm, fuhr Fahrrad, tanzte, arbeitete im Garten. Sie kletterte sogar auf Hochsitze (deren statische Belastbarkeit Jonas vorsichtshalber regelmäßig überprüfte). Seelisch und körperlich fühlte sie sich heute viel gesünder als früher, irgendwie wonnig.

Chris sah die Luchsin mit ihren Jungen, zwei Wildschweine, ein Rudel Hirsche, und auf dem Rückweg zum Jagdhaus, als es schon dämmerte, strich ein Uhu dicht über ihren Kopf hinweg. Dass sich ihr so viele Tiere zeigten, betrachtete sie als gutes Omen. Sie freute sich auf die Begegnung mit den Delphinen und das Wiedersehen mit Maja Anselm.

9. Kapitel

Die Fahrt nach Holland am nächsten Morgen verlief ruhig und staufrei. Chris und Jonas hatten sich geeinigt, dass sie hin- und er zurückfahren würde. Im Kassettenrecorder lief *October Road,* eine wunderschöne, angenehm entspannte CD von James Taylor.

»Eigentlich wollte ich ja die neue CD von Norah Jones auch aufnehmen«, erzählte Chris ärgerlich. »Aber neuerdings verhindert dieser blödsinnige Kopierschutz auf den CDs sogar, dass du sie dir fürs Auto auf Kassette überspielen kannst. Finde ich eine Sauerei! Ich hab die CD gekauft und dafür ganz schön Geld bezahlt. Da ist es doch mein gutes Recht, sie mir fürs Auto oder für eine Freundin aufzunehmen. Damit schädige ich die Musikfirma oder die Künstler nun wirklich nicht. Dass der Kopierschutz verhindert, sich CDs zu brennen, finde ich ja noch in Ordnung. Aber dass man nun nicht mal mehr eine Kassette verschenken darf, ist der Hohn. Dass es dabei um das Wohl der Künstler geht, ist doch bloß vorgeschoben – blanke Heuchelei. In Wahrheit wollen die großen Konzerne allem ihre Markenstempel aufdrücken und alles besitzen oder kontrollieren. Egal ob es nun die Musik ist oder irgendwas anderes. Und wozu? Damit ein paar gierige Manager und Großaktionäre noch ein paar Millionen mehr scheffeln können! Aber in Wahrheit sind diese steinreichen Typen innerlich vollkommen arm, weil sie nichts zu verschenken haben. Ihr Herz ist leer.«

Sie zog die Nase kraus. »Na ja, falls Tracy Chapmans nächste

CD einen Kopierschutz hat, werde ich wohl schwach werden und sie mir trotzdem kaufen. Aber irgendwie wäre ich menschlich enttäuscht. Ich hoffe, dass sie nicht so superkommerziell denkt.« Nach kurzer Pause fügte sie hinzu: »Übrigens erscheint ihre nächste CD schon diesen Oktober! Weiß ich aus dem Internet! Toll, nicht? Früher hat es immer so lange gedauert, aber jetzt bringt sie alle zwei Jahre eine neue heraus. Und dann geht sie bestimmt auch bald wieder auf Tournee und kommt nach Deutschland.« Chris seufzte schwärmerisch. »Oh, Tracys Konzert in Frankfurt voriges Jahr war sooo schön ...«

Unterwegs machten sie eine kurze Pause, während der Susanne ihre erste Zigarette rauchte und Chris das erste Vossen-Teilchen verputzte. Das zweite hob sie sich für nachmittags auf. Jonas und Susanne waren nicht solche Süßigkeiten-Freaks wie Chris. Jonas aß ein Wurstbrot, und Susanne, die meistens erst mittags richtig Appetit bekam, ließ sich von Chris lediglich zu einem Apfel überreden.

Während Chris sich aufs Fahren konzentrierte und die Musik aus den Lautsprechern mitsummte, ging Susanne mit Jonas alle Aspekte des Falls durch. Doch zu neuen Einsichten gelangten sie nicht. Chris, die momentan vollkommen auf dem Delphin-Trip war, meinte, dass der Delphin bestimmt der Schlüssel zur Aufklärung sei.

Susannes Handy klingelte. Es war Tönsdorf, der sehr bedrückt klang. »Mesut?«, fragte Susanne ahnungsvoll.

»Ja, leider. Die BKA-Kollegen haben seine Leiche gefunden. In einem Waldstück ein paar Kilometer von dem Autobahnparkplatz entfernt. Von Jakobs fehlt weiter jede Spur. Ich fahre jetzt zu Ali Ylmaz. Diese Nachricht muss ich persönlich überbringen, da kann ich nicht einfach nur anrufen, auch wenn das leichter für mich wäre.«

Fast den ganzen Rest der Fahrt brachte Susanne kein Wort mehr heraus. Sie war von einer grimmigen Wut erfüllt. Wir müssen diesen Verbrechern endlich das Handwerk legen, dachte sie. Wie viele Menschen sollen noch sterben? Sie mussten unbedingt an die Hintermänner herankommen, die Auftraggeber. Chris hatte schon Recht. Im modernen Kapitalismus war alles käuflich. Alles hatte sein Preisschild. Auch der Tod. Wie viel mochten die Profikiller wohl kosten, die nun schon vier junge Leute auf dem Gewissen hatten?

Als Susanne noch einmal in Köln im Kommissariat anrief, meldete sich Torsten und berichtete, dass Tönsdorf noch bei Ali Ylmaz sei. »Der Dicke ist ziemlich fertig«, sagte er. »Ist aber auch eine Scheiße, das mit Mesut. Ich mag gar nicht an die Eltern denken. Versetz dich mal in deren Lage – innerhalb weniger Tage werden beide Söhne erschossen.«

Sie fragte, ob Tönsdorf denn schon die Schattenseiten von SAB-Safeguard beleuchtet habe. »Hat er«, antwortete Torsten. »Diese Rüstungskonzerne haben alle Dreck am Stecken, auch SAB. Kriegswaffen sind eben schmutzige Ware. SAB ist in etliche Schmiergeldaffären verwickelt, sowohl in diversen Nato-Staaten wie auch in der Dritten Welt. Muss hart für den alten Gräwert gewesen sein, dass sein Sohn ausgerechnet in einem solchen Laden gearbeitet hat.«

Torsten versprach, sich zu melden, wenn es Neues zu berichten gab.

Bald darauf trafen sie am holländischen Wattenmeer ein. Der Meerespark lag gleich hinter dem Deich, nicht weit entfernt von der kleinen Ortschaft Waddingen. In Sichtweite des Parks befand sich eine Neubausiedlung mit Reihenhäusern. Dort hatte sich Maja Anselm vor kurzem ein Haus gekauft.

»Komisch«, sagte Chris, während sie langsam durch die Straße fuhr und die Hausnummer suchte, »hier sieht's mir eigentlich etwas zu gutbürgerlich aus. Kann mir gar nicht vorstellen, dass Maja sich in einer solchen Umgebung wohl fühlt. Überhaupt – Maja und ein eigenes Haus. Sie war doch immer so eine Weltenbummlerin.«

Die rot geklinkerten Häuser sahen alle gleich aus und ließen sich nur an den Nummern unterscheiden. Als sie vor dem Haus mit der richtigen Nummer parkten und ausstiegen, öffnete ein junger Mann, der sie zu erwarten schien, die Tür. »Ihr seid Majas Besuch aus Deutschland?«, fragte er mit holländischem Akzent. »Ich bin Benni, Majas Stellvertreter im Park.« Er wirkte schüchtern, aber nicht unsympathisch. Susanne schätzte ihn auf Ende zwanzig.

»Wo ist Maja denn?«, fragte Chris. »Ich bin so gespannt, sie wiederzusehen.«

»Tja«, druckste er herum, »sie ist in Arnheim.«

»So?« Chris machte ein erstauntes Gesicht. »Sie hat aber doch gesagt, sie hat heute frei und erwartet uns und ...«

»Kommt erst mal rein, ich koche euch Kaffee.« Er streichelte Mister Brown den Kopf. »Das ist aber ein netter Hund.«

Beim Kaffeekochen erzählte Benni, dass Maja bei ihrem Freund sei, der ihn Arnheim wohne. »Sie hat mich gebeten, mich um euch zu kümmern. Und dass ich dir viele Grüße bestellen soll, Chris. Sie will dich auf jeden Fall heute noch anrufen. Und heute Abend ist sie zurück.« Er verzog das Gesicht. »Na, ich vermute eher, morgen früh.«

»Irgendwie komisch«, wunderte sich Chris. »Sie hätte doch gestern was sagen können. Ich meine, dann wären wir erst morgen gekommen. Warum hat sie mich denn nicht noch mal angerufen?«

Benni zuckte die Achseln. »Ehrlich gesagt, seit Maja mit diesem Typen zusammen ist, erkennst du sie manchmal nicht wieder. Es ist eine, na ja, wohl sehr chaotische Beziehung.«

»Was ist er denn für einer?«, fragte Chris neugierig. »Hast du ihn mal kennen gelernt?«

Benni schüttelte den Kopf. »Er war noch nie hier. Maja fährt immer zu ihm nach Arnheim. Warum, weiß ich auch nicht. Vielleicht ist er ja verheiratet, und sie treffen sich heimlich. Keine Ahnung.«

»Wie lange sind sie denn schon zusammen?«

»Ein Dreivierteljahr ungefähr.« Benni machte ein unbehagliches Gesicht. »Ich weiß gar nicht, ob es Maja recht ist, wenn ich mit euch darüber spreche. Besser, du fragst sie selbst, Chris.«

Chris nickte. »Kann ich verstehen. Dann erzähl uns was über die Delphine. Das ist schließlich der zweite Grund, warum wir gekommen sind.«

Benni war sichtlich erleichtert, das Thema wechseln zu können. Während sie Kaffee tranken, erzählte er, dass er Maja seine Stelle im Park verdanke. Er habe Biologie studiert und stamme hier aus der Gegend, sei in Waddingen geboren. »Mein Großvater und mein Onkel waren Fischer. Nur mein Vater ist nicht aufs Meer hinausgefahren, sondern lieber Lehrer geworden. Er hat mein Interesse an der Wissenschaft, an Ökologie und diesen Dingen geweckt. Durch Maja kam dann meine besondere Liebe zu den Delphinen zustande. Vorher hatte ich mich vor allem mit dem Ökosystem des Wattenmeers beschäftigt, doch als ich einen von Majas Vorträgen besuchte, hat sie mich mit ihrer Begeisterung für die Delphine angesteckt. Ich habe sie hier im Park besucht und ihr bei der Arbeit mit diesen faszinierenden Tieren zugeschaut. Da war es um mich geschehen! Seither hat die Beschäftigung mit ihnen mich nicht mehr losgelassen. Delphine sind einfach … unglaublich!«

Benni schaute auf die Uhr. »Leider muss ich jetzt wieder los.

Hab noch ein paar Dinge zu erledigen. Aber ich lade euch für heute Abend zum Essen ein. Drüben im Hafen liegt mein Boot, ein umgebauter Kutter, den ich von meinem Onkel geerbt habe. Kommt dorthin, dann koche ich uns was Gutes. Sagen wir um sieben? Maja hat mir erzählt, dass du Schamanin bist, Chris. Darüber musst du mir unbedingt mehr erzählen.« Er beschrieb ihnen den Weg zum Liegeplatz des Kutters. Dann gab er Chris einen Schlüsselbund, an dem sich der Schlüssel zum Haus und der Personalschlüssel für den Meerespark befanden. »Maja sagte, dass ich euch den ruhig geben soll. Damit könnt ihr umsonst in den Park und euch dort umschauen.« Er erklärte ihnen, wo sich der Personaleingang des Meeresparks befand. Dann ging er eilig aus dem Haus.

Chris wollte sofort in den Park, da sie es kaum erwarten konnte, die Delphine zu sehen. »Na, dann geht ihr beiden mal als Erste«, sagte Jonas. »Mister Brown und ich halten inzwischen Siesta.« Er steuerte das gemütliche Sofa in Majas großem Wohnzimmer an. Das ganze Haus schien für eine allein stehende Person eigentlich eine Nummer zu groß. Die Einrichtung wirkte noch etwas behelfsmäßig und unfertig. »Wie lange wohnt Maja denn schon hier?«, fragte Susanne.

»Seit einem halben Jahr, hat sie gesagt«, antwortete Chris. »Mir wär's ein bisschen groß. Was es wohl gekostet hat? Ich hätte gedacht, sie würde ihr Geld eher in Reisen und die Arbeit für den Schutz der Delphine investieren. Na ja, vielleicht will sie ja hier mit ihrem Freund zusammenziehen. Glaubst du, Benni ist eifersüchtig? Kam mir fast so vor, als sei er mit diesem Typen gar nicht einverstanden.«

»Ist doch gut möglich«, sagte Jonas, während er die Schuhe auszog und es sich auf dem Sofa bequem machte, »dass er nicht nur in die Delphine verliebt ist, sondern heimlich auch in Maja.«

Das Gelände des Parks mit den Becken für die verschiedenen Meeresbewohner lag in eine sanfte Dünenlandschaft eingebettet, vor der, zur Waddenzee hin, der schützende Deich aufragte. Es herrschte reger Besucherbetrieb.

»Schau, da ist Maja!«, sagte Chris zu Susanne, als sie sich dem Haupteingang näherten. Sie zeigte auf ein großes Plakat, auf dem eine athletisch-üppige blonde Frau auf zwei Delphinen ritt. Sie stand seitlich gebückt auf dem einen Delphin und hielt sich mit der linken Hand an der Rückenflosse des zweiten Delphins fest, während sie die rechte kühn in die Luft streckte.

»Tolle Technik«, sagte Susanne bewundernd.

»Maja war immer schon eine Sportskanone. Ich wette, sie schwimmt besser als du, und das will ja was heißen!«

Sie betraten den Park durch den Seiteneingang, den Benni ihnen beschrieben hatte. Eigentlich hatten sie sich zuerst die Delphine anschauen wollen, aber nun blieben sie bei den Walrossen stehen, und Chris konnte sich gar nicht vom Anblick dieser gemütlichen Riesen losreißen.

»Die haben wirklich lustige Gesichter«, meinte Susanne.

Fasziniert sah Chris zu, wie die massigen Tiere in ihrem Becken auf und ab schwammen. Dabei reckten sie immer wieder ihre Mäuler mit den borstigen Schnurrbärten und dicken Lippen aus dem Wasser. Sie schürzten die Lippen wie ein Mensch, der ein Lied pfeift, und gaben ziemlich melancholische Trompetentöne von sich. »Mit Walrossen hab ich mich nie beschäftigt«, sagte Chris. »Wusste gar nicht, dass sie solche Laute erzeugen. Klingt interessant. Ich meine, es macht Spaß, ihnen zuzuhören. Aber dieses Becken ist viel zu klein! Ich finde, das ist Tierquälerei. Muss ich unbedingt mit Maja drüber sprechen. Aber vielleicht ist sie nur für die Delphine zuständig und hat hierauf keinen Einfluss.«

Sie gingen weiter und kamen an einem flachen, überdachten Becken vorbei, um das viele Eltern mit ihren Kindern herumstanden. Hier schwammen kleine Rochen aus der Nordsee; Sie waren besonders für die Kinder eine echte Attraktion, denn es bestand die Möglichkeit, die Rochen zu füttern und vorsichtig zu streicheln, was die kleinen Besucher unter viel Gekicher gern ausprobierten. In einem kleinen Aquarium nebenan konnte man die Eier von Rochen und Haien bei der Reifung beobachten. »Das ist wirklich eine gute Idee, dieser Meeres-Streichelzoo«, sagte Chris. »Schau, wie interessiert die Kinder bei der Sache sind!«

Chris entdeckte einen Eisstand und konnte nicht widerstehen. Sie lud Susanne ein. Eis schleckend kamen sie zur Delphin-Lagune. Schon von weitem sahen sie zwei Delphine verspielte Sprünge vollführen. »Die Lagune ist wirklich riesig«, freute sich Chris. »Da können sie sich richtig austoben.« Und noch etwas erregte ihre Aufmerksamkeit: Das ganze Gelände um die Lagune war mit Gegenständen, die aus der Kultur der kanadischen Küstenindianer stammten, dekoriert. »Das hätte Silver Bear gefallen«, sagte sie.

Erinnerungen an das aufregende Leben in Kanada stiegen in ihr auf. Es gab mächtige, reich verzierte Totempfähle, Tanzmasken und ein mit indianischen Tiersymbolen bemaltes Langhaus, in dem ein Andenkenladen untergebracht war. Schautafeln informierten darüber, wie die Indianer an der Westküste Kanadas in Harmonie mit dem Meer und seinen Bewohnern lebten. Die bunten Malereien und Totems kamen Chris irgendwie bekannt vor, und sie fragte sich, von welchem indianischen Volk sie stammten. Doch darüber stand leider nichts auf den Informationstafeln. Es war nur allgemein von »Indianern an der Westküste Kanadas« die Rede.

»Die Weißen neigen immer dazu, alle Indianer in einen Topf

zu werfen«, sagte Chris zu Susanne. »Dabei gibt es zwischen ihnen genauso viele Unterschiede, was Sprachen und Traditionen angeht, wie bei den Europäern. Schließlich haben doch beispielsweise Briten, Franzosen, Dänen, Polen und wir Deutsche alle unsere Eigenheiten. Und wehe, diese Eigenheiten werden nicht gebührend zur Kenntnis genommen! Dann sind wir schwer beleidigt.«

In einem großen Holzhaus, das auf einer Halbinsel stand, die in die Lagune ragte, befand sich ein Aufzug. Gemeinsam mit anderen Besuchern fuhren Chris und Susanne in die Tiefe. Sie gelangten in ein Unterwasserrestaurant mit riesigen Glasflächen ringsum. Chris ging ganz nah an eine der Glasscheiben heran, streckte die Hand aus und berührte sanft das kühle Glas. Ein Delphin schwamm heran, stieß mit seiner lächelnden Schnauze von der anderen Seite dagegen und betrachtete Chris aufmerksam. Er schien sich ebenso für die Menschen hinter der Scheibe zu interessieren wie diese sich für die Delphine.

Aber Chris störte das Gedränge und die, wie sie fand, etwas drückende und dumpfe Atmosphäre in dem Unterwasserlokal. Sie fuhren wieder hoch an die Sonne und schlenderten um die Lagune herum. Als sie entspannt am Geländer lehnten und dem verspielten Treiben der Delphine zuschauten, gesellte sich plötzlich Benni zu ihnen. »Und, gefällt es euch?«, fragte er.

»Mir scheint, dass die Delphine sich recht wohl fühlen«, antwortete Chris. »Obwohl sie natürlich immer noch eingesperrt sind.«

»Ja, das ist das große Dilemma jedes Delphinariums«, sagte Benni. »Zudem sind in den meisten die Becken viel zu klein. Aber die Lagune hier im Meerespark finde ich akzeptabel. Immerhin ist diese Delphin-Spielwiese mit fünfzehn Millionen Liter Meerwasser gefüllt. Und ich habe immer das Gefühl, dass die Delphine gerne hier sind. Der Kontakt mit den Menschen scheint ihnen großen Spaß zu machen. So, ich muss weiter. Bis später auf meinem Boot.« Er verschwand in einem der Technikräume.

Kurz darauf klingelte Chris' Handy. Es war Maja, die sich erkundigte, ob sie gut angekommen seien. »Tut mir wirklich Leid, dass ich nicht da bin«, sagte sie. Chris fand, dass ihre Stimme bedrückt klang. »Aber Benni hat dir ja sicher von meinem Freund erzählt. Ist … nicht so einfach mit uns. Es war sehr wichtig, heute zu ihm zu fahren. Aber … manchmal denke ich, ich sollte Schluss mit ihm machen. Für immer. Dass das für uns beide besser wäre. Ich werde wohl noch über Nacht in Arnheim bleiben. Aber morgen früh bin ich ganz bestimmt zurück. Und dann nehme ich mir das ganze Wochenende Zeit für euch. Versprochen! Ich hoffe, du bist nicht böse. Ich freue mich wirklich darauf, dich wiederzusehen.«

Chris war ein wenig gekränkt, bemühte sich aber, es sich nicht anmerken zu lassen, zumal Maja ziemlich unglücklich klang. »Ist schon okay. Wir schauen uns gerade den Park an. Und Benni hat uns heute Abend zum Essen auf sein Boot eingeladen.«

Maja wirkte erleichtert. »Ah, schön, dass er sich um euch kümmert. Auf den guten Benni ist immer Verlass. Manchmal weiß ich gar nicht, was ich ohne ihn machen soll.«

Sie verabschiedeten sich.

»Ein bisschen eingeschnappt bist du doch«, sagte Susanne lächelnd. »Das sehe ich dir an.«

»Hmpf. Mag's halt nicht, wenn man mich versetzt! Aber sie wird schon ihre Gründe haben.« Chris' Gesicht hellte sich auf. »Was soll's? Wir machen schließlich Urlaub hier. Los!

Einen ersten Eindruck vom Park haben wir. Jetzt holen wir Jonas und den Hund, und dann ab ans Meer!«

Der Rest des Nachmittags wurde zu einem ausgelassenen Badevergnügen an Waddingens belebtem öffentlichen Strand. Susanne stürzte sich mit ihren Freunden lachend in die Wogen und vergaß für eine Weile den schwierigen Fall und den Ärger über ihre Beurlaubung. Nur Mister Brown hatte Probleme: An so viele Menschen im Wasser war er nicht gewöhnt. Immer wieder machte sich sein Neufundländer-Rettungsinstinkt bemerkbar, und Chris und Jonas mussten ihn davon abhalten, Leute aus dem Wasser zu ziehen, die gar nicht gerettet werden wollten.

Am Abend spazierten sie gut gelaunt über die Hafenmole von Waddingen und hielten nach Bennis Boot Ausschau. Vor einem gemütlich altmodischen, aber offensichtlich hochseetüchtigen Fischkutter mit hölzerner Kajüte blieben sie stehen.

»Die *Walrus*«, sagte Jonas. »Das muss es sein.«

Erfreut sah Chris, dass die Kajüte mit den gleichen farbenfrohen indianischen Symbolen bemalt war, die sie im Park gesehen hatte. Der verführerische Geruch nach gebratenem Fisch wehte über die Reling, und da erschien Benni und winkte.

»So pünktlich«, sagte er grinsend. »Das können nur Deutsche sein.«

Da der Abend mild war, setzten sie sich nach draußen auf Deck. Benni erzählte, dass sein Großvater diesen Kutter in den zwanziger Jahren des vorigen Jahrhunderts hatte bauen lassen. Später war er dann von Bennis Onkel gefahren worden. »Hast du die indianischen Malereien selbst angebracht?«, fragte Chris.

»Nein. Das war einer von den indianischen Künstlern, die auch die Kunstgegenstände im Park angefertigt haben. Er

224

gehört zum Stamm der Kwakwaka'wakw auf Vancouver Island.«

»Die Kwakwaka'wakw kenne ich«, sagte Chris fachkundig und ohne über den komplizierten Namen zu stolpern. »Deswegen kamen mir also die Malereien und Skulpturen im Park so vertraut vor.«

Benni warf ihr einen anerkennenden Blick zu. »Du bist der erste europäische Mensch, der mir begegnet, der den Namen richtig aussprechen kann.«

»Ich selbst habe beim Stamm meines Lehrers Silver Bear gelebt«, erzählte Chris. »Weiter oben im Norden. Aber Silver Bear war der Ansicht, ich sollte auch andere Stämme kennen lernen. Denn es gibt ja nicht *die* Indianer, sondern viele verschiedene Stämme mit unterschiedlichen Traditionen. Und so waren wir unter anderem auch bei den Kwakwaka'wakw. Wieso wird denn im Park nicht erwähnt, von welchem Volk die Kunstwerke stammen?«

Benni zuckte die Achseln. »Die Parkleitung will die Besucher wohl nicht verwirren. Also spricht man nur von den Indianern an der Westküste, auch wenn es da verschiedene Stämme gibt. So genau wollen es die Leute gar nicht wissen. Aber wenn du Indianer sagst, dann seufzen sie romantisch verklärt, weil sie den Kopf voller Klischees haben. Dieser Maler und Holzbildhauer war jedenfalls ein sympathischer Typ mit einem ziemlich abgefahrenen Sinn für Humor. Er nannte sich Orca Joe.«

Chris schüttelte den Kopf. »An den Namen erinnere ich mich nicht«, sagte sie. »Aber wir waren schließlich nur zwei Wochen bei ihnen zu Besuch. Da habe ich sicher nicht den ganzen Stamm kennen gelernt.«

»Keine Ahnung, ob das sein wirklicher Name ist«, fuhr Benni fort, »oder ob er damit nur die Weißen veralbert. In den Wochen, während er im Park arbeitete, wurden wir gute Freunde. Er trug ständig eine knallrote Baseball-Kappe, liebte laute Rockmusik, rauchte wie ein Schlot, und als Abschiedsgeschenk hat er mir mein Boot bemalt. Er hat mir viel von seinem Stamm erzählt und dem Leben, das er heute führt. Eines Tages fliege ich nach Kanada und besuche ihn auf Vancouver Island. Das habe ich mir fest vorgenommen.«

Benni konnte gut kochen. Sie aßen vorzüglich schmeckende Scholle und tranken dazu Heineken-Bier. Nur Chris bevorzugte Apfelschorle. Sie machte sich wenig aus Alkohol, von einem gelegentlichen Glas Rotwein beim Essen abgesehen.

Ein paar Fischkutter liefen in den Hafen ein, von kreischenden Möwen umschwärmt, und Benni erzählte vom Wattenmeer: »Die Schlickwüste, die ihr heute bei einer Wattwanderung seht, war nicht immer so. Von der Vielfalt des Lebens, die hier früher herrschte, ist kaum noch etwas übrig. Einst gab es in den Mündungsgebieten von Rhein, Ems, Weser und Elbe reiche Austernbänke, Sandkorallenriffe und Seegraswiesen. In den flachen Küstengewässern lebten nicht nur riesige Störe, sondern auch Walarten wie der Nordkaper und der Grauwal. Die Delphine, die ihr heute im Park gesehen habt, die Großen Tümmler, folgten den Heringsschwärmen bis vor die niederländische Wattenküste.« Er kam nun beinahe ins Schwärmen, als er fortfuhr: »Über dem Brackwasser, den Torfmooren und Sümpfen kreisten See- und Fischadler, an den salzigen Lagunen gab es Pelikane und Silberreiher. Wölfe, Elche und Auerochsen zogen durch das sumpfige Marschland.«

Susanne zündete sich eine Zigarette an und blickte unsicher zwischen Chris und Benni hin und her. Sie hatte schon viel von Chris gelernt, aber in Gegenwart von Menschen, die wie diese beiden in enger Verbindung zur Natur lebten, fühlte sie sich manchmal auf sonderbare Weise schuldig, als sei das urbane Leben eine Sünde oder zumindest eine schwer abzulegende schlechte Angewohnheit wie das Rauchen. Nicht, dass Chris ihr jemals Vorwürfe gemacht hätte. Ihre Schuldgefühle kamen tief aus ihrem Inneren und sagten ihr, dass sie für die Fremdheit, die sie als Stadtmensch draußen in der Natur empfand, selbst verantwortlich war. Sieh doch, schienen Tiere und Pflanzen, Land und Meer zu sagen, du selbst hast das Band durchtrennt, das dich und uns vereinte. Aber es fiel schwer, den Weg zurück zu finden. Falls es ihn überhaupt noch gab.

Benni trank einen großen Schluck Heineken und zählte dann auf, was seine friesischen Vorfahren angerichtet hatten: Mindestens einunddreißig Wirbeltierarten waren aus dem Wattenmeer verschwunden. Weit über neunzig Prozent der einstigen Gezeitenzone mit ihren Lagunen, Sümpfen und Mooren war inzwischen eingedeicht, trockengelegt, zerstört. Es gab keine einzige Austernbank mehr. Von den hundert bis zweihundert Quadratkilometern Seegraswiesen, die früher allein im niederländischen Wattenmeer existiert hatten, war fast nichts übrig geblieben. Noch im neunzehnten Jahrhundert hatte man in der südlichen Nordsee und in den Flüssen Tausende von Stören gefangen, doch bereits um 1920 waren die Bestände dieses Riesenfischs vernichtet. Auch bei den Walen hatte der Mensch ganze Arbeit geleistet: Vom atlantischen Nordkaper gab es heute höchstens noch dreihundertfünfzig Exemplare, und die letzten Grauwale in diesem Teil der Weltmeere hatte man schon im siebzehnten Jahrhundert ausgerottet.

»Immerhin«, schloss Benni seine bittere Bestandsaufnahme, »scheint dank der unermüdlichen Arbeit von Menschen wie Maja langsam ein Umdenken einzusetzen. Inzwischen leben wieder an die elftausend Seehunde im Watt. Auch erste Kegelrobben kehren auf die Sandbänke zurück. Und im vorigen Jahr hat hier bei uns in den Niederlanden zum ersten Mal seit langer Zeit ein Seeadlerpärchen gebrütet. Es gibt sogar Überlegungen, wieder Pelikane anzusiedeln.«

»Fein!«, sagte Chris erfreut. »Das sind doch wenigstens ein paar gute Nachrichten.«

»Und schön, dass die Seehundbestände sich wieder erholt haben«, meinte Jonas. »Diese knuffigen Kerle muss man einfach gern haben.«

Susanne ging an die Reling und schaute aufs Wasser, über das sich allmählich die Dunkelheit herabsenkte. Bennis Litanei über den Niedergang des Wattenmeers lief letztlich auf eines hinaus: Der Mensch war das gefährlichste Raubtier – der gierigste, unersättlichste aller Jäger. Nie bekam er genug. Nie war er zufrieden.

Plötzlich musste sie an Stephanies Mutter denken. Was hatte Frau Willmer gesagt? *Gier zerstört die Menschen. Wenn wir nicht das richtige Maß finden, beschwören wir Unheil herauf für uns selbst und andere.* Worin bestand die Maßlosigkeit, die Frau Willmer den Gräwert-Zwillingen vorwarf? Peter Gräwerts Verbindung zur Rüstungsindustrie lag auf der Hand. Aber Waffentechnologie und Delphine – gab es da einen Zusammenhang? Wenn ja, welchen?

Susanne setzte sich wieder zu den anderen, goss sich Bier nach und fragte Benni: »Sag mal, zum Thema Delphine und Militär – fällt dir da irgendwas ein?«

»Also, es gibt diese Geschichten darüber, dass die Russen und die Amerikaner während des Kalten Krieges Delphine darauf trainiert hätten, Minen zu legen oder Taucher anzugreifen. Die US-Navy fängt zu diesem Zweck angeblich heute noch jährlich eine bestimmte Zahl von Delphinen, vor allem

Große Tümmler.« Er schüttelte angewidert den Kopf. »Bestimmt muss man die Tiere furchtbar misshandeln, damit sie etwas Derartiges tun. Ich kenne kein anderes Tier, das sich uns Menschen gegenüber so zutraulich und friedfertig verhält wie die Delphine. Was für eine Perversion, sie zum Töten zu dressieren! Ich habe mal gehört, dass diese geisteskranken Militärs dazu die natürliche Neugierde und den Spieltrieb der Delphine ausnutzen. Delphine stupsen Menschen gerne mit der Schnauze an. Auf diese Weise nehmen sie Kontakt auf und signalisieren, dass sie mit uns spielen möchten. Nun hat man den Delphinen, die als Tötungsmaschinen missbraucht werden, einen mit Gift gefüllten Druckbehälter umgeschnallt. Von diesem Behälter führt eine Kanüle zur Schnauze des Delphins, an der wiederum eine Injektionsnadel befestigt ist. Wenn der Delphin dann auf einen Taucher zuschwimmt, um ihn zur Begrüßung mit der Schnauze anzustupsen, injiziert er ihm dabei das Gift. Pervers, nicht wahr? Wie krank müssen Hirne sein, die sich so was ausdenken?« Chris schüttelte sich und schmiegte sich an Jonas, der ihr beruhigend den Arm um die Schulter legte. »Widerlich!«, sagte sie.

Susanne war ebenfalls schockiert, aber Bennis Antwort ging nicht ganz in die Richtung, die sie erwartet hatte. Irgendwie dachte sie, dass es noch einen anderen Zusammenhang geben musste. Was Benni da erzählte, hörte sich nicht nach Hightech-Waffensystemen an, mit denen sich viel Geld verdienen ließ – genug Geld, um beispielsweise ein Unternehmen wie Gräwert Präzision zu retten und wieder in die Gewinnzone zu führen. »Ich dachte mehr an teure Hochtechnologie, mit der man eine Menge Geld verdienen könnte«, sagte sie.

»Warum willst du das denn wissen?«, fragte Benni.

»Ich arbeite gerade an einem Kriminalfall, bei dem diese Frage möglicherweise von Bedeutung ist.« Sie verspürte wenig Lust, die vielen blutigen Einzelheiten des Falls vor ihm auszubreiten.

Chris, in ihrer unnachahmlichen Direktkeit, brachte die Sache auf den Punkt: »In Köln sind jede Menge Morde passiert und im Rhein ist ein toter Delphin aufgetaucht, der ebenfalls ermordet ... ähm, erschossen wurde«, sagte sie.

»Das klingt ja aufregend«, meinte Benni. »Also, mir fällt da noch etwas anderes ein: Im vergangenen Jahr hat es im Atlantik auffällig häufig Strandungen von Walen und Delphinen gegeben. Einige der Tiere wurden obduziert, und dabei stellte sich heraus, dass sie Schädigungen am Gehirn aufwiesen – Blutungen, die offenbar ihren Orientierungssinn beeinträchtigten, sodass sie strandeten und qualvoll sterben mussten. Angeblich hat die Nato zu dieser Zeit in den Gewässern, wo die Strandungen passiert waren, ein neuartiges, geheimes Unterwasser-Ortungssystem getestet, das mit Infraschall arbeitet. Also mit besonders niedrigen Schallfrequenzen – gewissermaßen das genaue Gegenteil zum Ultraschall-Sonar der Delphine. Es ist nicht auszuschließen, dass durch die Schallwellen, die dieses Ortungsgerät aussendet, die sensiblen Gehirne der Wale und Delphine geschädigt wurden. Falls das so ist, würde es eine tödliche Gefahr für die Meeressäuger bedeuten, wenn diese Technik im großen Stil eingeführt würde.«

»Die gesamte Nato?«, fragte Jonas. »Da müssten Tausende von Kriegsschiffen umgerüstet werden. Das wäre ja eine wahre Goldgrube für die Rüstungsfirmen, die an dem Projekt beteiligt sind.«

»Inwieweit die gesamte Nato beteiligt ist, weiß ich nicht genau«, entgegnete Benni. »Aber an den Tests sollen die US-

Navy, die britische, die französische und die deutsche Marine teilgenommen haben.«

Susanne fühlte sich plötzlich wie elektrisiert. Sie zog ihr Handy aus der Jacke und wählte die Privatnummer von Toni Walterscheid, dem Gerichtsmediziner.

10. Kapitel

»Susanne?«, stöhnte Toni Walterscheid. »Kennst du eigentlich keinen Feierabend? Ich habe es mir gerade mit meiner Frau und einer Flasche Kölsch gemütlich gemacht. Wir gucken uns einen der alten Miss-Marple-Filme aus den sechziger Jahren auf DVD an. Ist immer wieder nett. Da fällt mir ein – bist du nicht beurlaubt? Wo steckst du denn überhaupt?«

»In Friesland«, sagte Susanne.

»Friesland?«, wiederholte Toni ungläubig. »Mädchen, du bist Kölnerin! Was willst du denn bei den Fischköpfen?«

Susanne musste lachen. »Es gibt aber durchaus auch nette Fischköpfe«, sagte sie und zwinkerte Benni zu. »Ich sitze gerade bei so einem auf dem Boot, und er hat mir eine vorzügliche Scholle gebraten. Aber jetzt ernsthaft: Hast du den Delphin noch im Kühlfach?«

»Klar. Man weiß ja nie, wozu man ihn noch brauchen kann.«

»Hast du dir bei der Obduktion auch das Gehirn angeschaut?«

»Nicht näher, um ehrlich zu sein«, antwortete Toni. »Bin schließlich kein Tierbeschauer. Ich habe mich auf die Schussverletzung konzentriert.«

»Würdest du dir dann bitte sein Gehirn noch mal gründlich vornehmen?«

»Wonach genau suchst du denn?«, fragte er.

»Veränderungen. Zellschädigungen, Blutungen. So was in der Richtung.«

232

»Okay, mach ich, kein Problem. Aber morgen wird's schwierig, da ist der Terminplan schon voll. Sagen wir Montag?«

»Toooni«, bat Susanne, »du musst es vorziehen. Es hat schon genug Tote gegeben. Wird Zeit, dass wir die Sache endlich aufklären.«

Toni stöhnte noch etwas herum, erklärte sich schließlich aber bereit, am nächsten Morgen schon um sieben Uhr ins Gerichtsmedizinische Institut zu fahren und sich zuallererst dem Delphin zu widmen.

Susanne steckte ihr Handy wieder weg und hörte Benni zu, der mehr über Chris' schamanische Ausbildung bei Silver Bear erfahren wollte. Besonders interessierte es ihn, wie sie ihre schamanischen Erfahrungen mit ihrer naturwissenschaftlichen Ausbildung in Einklang brachte – eine Herausforderung, die ihm selbst gegenwärtig sehr zu schaffen mache. »Ich glaube«, sagte er, »wenn man sich ständig mit Delphinen beschäftigt, wird man zwangsläufig spirituell – ein Wort, das die meisten Naturwissenschaftler hassen wie die Pest. Aber ich muss immer wieder feststellen, dass diese Spiritualität einfach schon in mir war: Ich war von klein auf verrückt nach dem Meer und seinen Tieren, besonders den großen Meeressäugern, und ich hatte das Gefühl, mit ihnen kommunizieren zu können. Auf ganz unwissenschaftliche, intuitive Art. Orca Joe war eigentlich der erste Mensch, der das verstanden hat.«

Chris hörte ihm mit leuchtenden Augen zu. »Ich kann das auch sehr gut verstehen«, sagte sie. »Genauso ging es mir mit Bären, Wölfen und all den anderen Landtieren. Und Maja? Hat sie auch diesen besonderen Draht zu den Delphinen?«

Benni zögerte einen Moment, dann antwortete er: »Sie ist vor allem Wissenschaftlerin. Sie liebt die Delphine. Es sind für sie faszinierende Tiere, die unbedingt geschützt werden sollten. Aber sie betrachtet sie auf wissenschaftliche Art. Von außen, verstehst du, Chris?«

Sie nickte. »Maja beschäftigt sich mit ihrem Verhalten und analysiert ihre Lebensgewohnheiten, aber öffnet sich nicht intuitiv für ihr Bewusstsein. Das ist es, was du meinst, nicht wahr?«

»Stimmt. Und dennoch ist sie eine ausgezeichnete Delphin-Trainerin. Sie hat unsere Show entwickelt und meine Kollegen und mich ausgebildet. Aber inzwischen schwimmt sie leider selbst nicht mehr mit unseren Delphinen. Sie kümmert sich jetzt hauptsächlich um die Verwaltung, sitzt viel im Büro. Vorträge hält sie auch nicht mehr so oft. Schade eigentlich, denn sie konnte die Leute wirklich für den Schutz dieser Tiere begeistern.«

Chris war über Majas Veränderung überrascht. »Da kenne ich sie von früher ganz anders«, sagte sie. Doch Benni reagierte darauf einsilbig, wollte offensichtlich in Majas Abwesenheit nicht gern über sie sprechen.

Schließlich bedankten sie sich für das gute Essen und machten sich auf den Heimweg. Benni schlug ihnen zum Abschied vor: »Wenn einer von euch auf Mister Brown aufpasst, können die beiden anderen morgen früh in den Park kommen. Ich bin bei den Delphinen, füttere sie und spiele mit ihnen. Morgen haben sie ihren freien Tag, da ist keine Vorstellung. Und bringt Badesachen mit! Ihr wollt doch sicher mit ihnen schwimmen, oder?«

»Geht das denn morgens schon?«, erwiderte Chris erstaunt. »Als ich Maja danach gefragt habe, wollte sie es erst überhaupt nicht erlauben. Sie hat dann zwar doch noch eingewilligt, meinte aber, dass es nur ginge, wenn der Park geschlossen sei, damit die anderen Besucher es nicht mitbekämen.«

Benni reagiert mit Verwunderung. »Das hat sie gesagt? Komisch. Verstehe ich nicht. Du bist doch studierte Zoologin, und Wissenschaftler wie dich haben wir hier öfter zu Gast. Selbstverständlich dürfen unsere Forschungsgäste während der Öffnungszeiten mit den Delphinen schwimmen. Natürlich nur, wenn einer von uns dabei ist. Die Besucher finden das faszinierend und schauen gern zu. Wir selbst gehen doch auch fast täglich ins Wasser, um mit den Tieren zu trainieren, und die Besucher wissen ja gar nicht, wer zum Personal dazugehört und wer nicht.« Er schüttelte den Kopf. »Manchmal frage ich mich wirklich, was mit Maja in letzter Zeit los ist.«

Sie verabschiedeten sich und spazierten zurück zu Majas Haus. Es war ein milder, sternenklarer Abend. Chris und Jonas amüsierten sich damit, den Himmel zu betrachten und neue Sternbilder zu erfinden. »Schau – der Stern da, zusammen mit dem und dem und dem. Sieht fast aus wie Mister Browns Kopf, wenn er einen Knochen im Maul hat«, sagte Jonas.

Chris kicherte. »Ich finde, sieht eher aus wie der Kopf einer Kuh, die Mumps hat.« Sie zeigte auf eine andere Sternformation. »Das ist ein Delphin.«

Jonas meinte: »Nimm die Sterne dort noch dazu, dann bekommst du einen Blauwal.«

Susanne beteiligte sich nur halbherzig an dem Spiel, da sie in Gedanken mit der neuen Perspektive beschäftigt war, die Benni aufgezeigt hatte. Ein Rüstungsgroßauftrag für die Nato – Umrüstung aller Kriegsschiffe auf die neue Ortungstechnik, damit ließe sich Gräwert Präzision hervorragend sanieren. Und natürlich brauchten Andrea und ihr Bruder dafür potente, erfahrene Partner aus der Rüstungsindustrie, zum Beispiel SAB-Safeguard. Ein solches Ortungssystem stellte für die Gräwert-Zwillinge zudem eine clevere Möglichkeit dar, auf dem militärischen Sektor Geld zu verdienen, ohne sich völlig am friedlichen Erbe ihres Vaters zu versündigen: ein Ortungssystem war keine Waffe im eigentlichen Sinne. Jedenfalls konnte Susanne sich vorstellen, dass Andrea Willmer, die wenig Skrupel zu kennen schien, die Sache so verkaufen würde.

Auf dem Anrufbeantworter ihrer Gastgeberin erwartete sie eine Nachricht von Maja. Sie entschuldigte sich erneut, dass sie sie nicht empfangen hatte und erst morgen kommen würde. Im Wohnzimmer und im Gästezimmer auf der ersten Etage gebe es Schlafgelegenheiten. Sie sollten sich ganz wie zu Hause fühlen. »Na, wenigstens ist sie angemessen zerknirscht«, sagte Chris.

Susanne überließ Chris und Jonas gerne das Gästezimmer. Auf dem Sofa im Wohnzimmer sank sie sofort in tiefen, erschöpften Schlaf.

Während Susanne, Chris und Jonas am Wattenmeer Bennis gebratene Schollen genossen hatten, war in Köln Tönsdorf und Torsten Mallmann die Zeit lang geworden. Sie saßen im Auto und taten, was bei der Kripo zum zähen täglichen Brot gehörte: observieren und hoffen, dass endlich irgendetwas geschah. Vor gut zwei Stunden war Andrea Willmer zu Hause eingetroffen und eine gute Viertelstunde später auch ihr Mann. Und es sah nicht so aus, als hätte einer von ihnen die Absicht, das Haus an diesem Abend wieder zu verlassen.

»Was meinst du?«, fragte Torsten. »Sollen wir für heute Schluss machen? Ich habe nicht das Gefühl, dass noch etwas Wesentliches geschieht.«

Tönsdorf zögerte. »Susanne wäre das nicht recht, glaube ich.«

»Ach«, schnaubte Torsten ärgerlich, »Susanne hat Urlaub!

Wir müssen selbst entscheiden. Du weißt, wie sehr ich sie bewundere, aber ich glaube, dieses Mal verrennt sie sich. Wir verschwenden hier unsere Zeit. Andrea Willmer und ihr Bruder sind unbescholtene Geschäftsleute. Sicher, die Willmer ist knallhart und nicht sehr sympathisch, aber das macht sie noch nicht zur Verbrecherin. Kann ja sein, dass sie beschlossen haben, die Pfade ihres Vaters zu verlassen. Natürlich könnte Peter Gräwert seine Kontakte zu SAB-Safeguard wieder auffrischen, was ihnen den Einstieg ins Rüstungsgeschäft erleichtern würde. Aber das ist alles nicht strafbar. Nein, ich wette, die Gräwert-Zwillinge haben mit den Morden nichts zu tun.«

»Na gut, noch eine halbe Stunde, dann machen wir Feierabend«, sagte Tönsdorf widerstrebend. Er fragte bei Schmitz und Broeckers vom Kommissariat vier nach, die zur Zeit Peter Gräwert observierten. Auch sie hatten nicht viel zu berichten. Peter Gräwert hatte vor einer knappen Stunde die Firma verlassen und war inzwischen im Adenauer-Hochhaus am Rheinufer eingetroffen, wo er in einem der oberen Stockwerke ein teures Apartment bewohnte.

Tönsdorf freute sich, dass Susanne mit Chris ans Meer gefahren war. Nicht, weil er sie nicht gerne um sich gehabt hätte – im Gegenteil, die Zusammenarbeit mit ihr erfüllte ihn mit einer tiefen Freude und Befriedigung, die er bei der Arbeit früher nie erlebt hatte. Er war sicher, dass er seinerzeit nicht zu trinken angefangen hätte, wenn er schon früher Susannes Team zugeteilt worden wäre. Und Susanne zuliebe schaffte er es, trocken zu bleiben. Nun machte er sich Sorgen, dass sie die letzten traumatischen Tage nicht genügend verarbeitet hatte. Sie hatte nach der Entführung den Dienst viel zu schnell wieder aufgenommen, statt für mindestens eine Woche auszuspannen. Aber andererseits bewunderte er Susannes unglaubliche Zähigkeit, die ihn immer wieder in Erstaunen versetzte.

Er selbst versuchte noch, seinen Besuch bei Ali Ylmaz am Morgen zu verdauen. Ylmaz war völlig zusammengebrochen, als Tönsdorf ihm die Nachricht von Mesuts Tod überbracht hatte. Tönsdorf zündete sich eine Zigarette an, in der Hoffnung, dass dies ihm helfen würde, die Erinnerung an Ali Ylmaz' verzweifeltes Gesicht aus seinem Bewusstsein zu verdrängen. In diesem Moment öffnete sich das elektrische Doppelgaragentor der Willmers. Andrea Willmer steuerte ihr Mercedes Coupé auf die Straße und fuhr zügig los.

Torsten startete den Motor, nahm die Verfolgung auf und stöhnte dabei: »Scheiße, ich hatte mich schon auf den Feierabend gefreut!« Tönsdorf schaute auf die Uhr. Es war kurz nach acht.

Die Willmer fuhr schnell und scherte sich nicht um Geschwindigkeitsbegrenzungen. Torsten hatte Mühe, ihr zu folgen. Sie fuhr Richtung Innenstadt. Wegen des langen Donnerstags herrschte auf den Straßen noch reger Verkehr, was die Verfolgung nicht gerade erleichterte.

»Mist«, sagte Tönsdorf. »Sie schaut immer wieder in den Rückspiegel. Ich wette, sie hat uns längst bemerkt.«

Sie näherten sich einer großen Kreuzung, deren Ampel gerade auf Rot sprang. Plötzlich gab die Willmer Vollgas und überfuhr die Ampel, unmittelbar bevor der Querverkehr sich in Bewegung setzte. Torsten musste abrupt abbremsen, da die von links und rechts losbrausenden Wagen nun den Weg versperrten. »So eine Scheiße!«, fluchte er und hämmerte auf das Lenkrad. Tönsdorf schüttelte den Kopf. Sie hatten sich von diesem raffinierten Frauenzimmer abhängen lassen wie zwei blutige Anfänger! Als die Ampel auf Grün umschaltete, war sie längst über alle Berge.

Torsten fuhr auf der Inneren Kanalstraße ein Stück in Richtung Nippes, aber sie konnten das schwarze Coupé der Willmer nirgendwo entdecken. Tönsdorf rief auf der Leitstelle an und ließ Fahrzeugbeschreibung und Kennzeichen an alle Funkstreifen durchgeben, mit der Anweisung, nur den Standort des Wagens zu melden, ihn aber nicht anzuhalten.

»Wahrscheinlich hat sie uns schon kurz nach dem Losfahren bemerkt und ist extra Richtung Innenstadt gefahren, weil sie uns hier leichter abhängen konnte«, sagte Torsten ärgerlich. »So ein Luder! Jedenfalls muss ich Susanne Abbitte leisten. Nun wissen wir jedenfalls, dass die Willmer Dreck am Stecken hat. Aber sie ist dümmer, als ich dachte. Deutlicher hätte sie uns ja nicht verraten können, dass etwas faul ist.«

Sie kurvten noch eine Weile ergebnislos durch die Innenstadt, und auch von den Funkstreifen kam keine Meldung. Gegen einundzwanzig Uhr dreißig beschlossen sie, die Aktion abzubrechen und sich ein paar Stunden Schlaf zu gönnen. Tönsdorf überlegte, ob er Susanne informieren sollte, entschied sich aber dagegen. Sie brauchte Erholung. Es reichte, wenn er sie morgen anrief.

Susanne träumte von Kriegsschiffen, die eine raue See durchpflügten. Es waren bedrohliche, schnelle Schiffe mit mächtigen Geschütztürmen und langen Torpedorohren. Ihre schlanken, grauen Rümpfe zerteilten die Wellen, und die Gischt spritzte meterhoch. Über dem sturmgepeitschten Wasser erhob sich ein fremdartiger, unangenehmer Summton, der Susanne durch Mark und Bein ging.

Sie schlug die Augen auf und merkte, dass kein bedrohlicher Summton, sondern das Klingeln ihres Handys sie geweckt

hatte. Draußen war es schon hell. Sie schaute durch die großen Wohnzimmerfenster von Maja Anselms Haus in einen
nebligen Morgen. Ihre Uhr zeigte Viertel nach sieben.

Mit verschlafener Stimme meldete sie sich. Es war Tönsdorf,
der heiser und völlig übermüdet klang. »Andrea Willmer ist
tot«, sagte er.

Susanne brauchte eine Weile, um die Information zu verar-
beiten. Sie musste husten, räusperte sich und erwiderte:
»Das glaube ich einfach nicht.«

»Sie ist erschossen worden. In ihrem Wagen.«

Susannes Verstand nahm erst ganz allmählich seine Arbeit
auf. Der Tod. Schon wieder. Aber Andrea Willmer? Susannes Hauptverdächtige … Sie merkte, wie sie für einen Moment völlig die Fassung verlor – das schreckliche Gefühl,
unerklärlichen Ereignissen hilflos ausgeliefert zu sein und
keinen klaren, vernünftigen Gedanken fassen zu können.
»Ich denke, ihr habt sie observiert. Wie konnte das denn passieren?«

»Sie ist uns gestern Abend … entwischt.«

»Entwischt?«

»Irgendwie hat sie gemerkt, dass wir ihr folgen. Sie hat einfach eine rote Ampel überfahren und war auf und davon. Wir
konnten ihre Spur nicht mehr aufnehmen, und auch von den
Funkstreifen hatte sie niemand gesehen. Ich nehme an, sie
ist sofort aus der Stadt gefahren, als sie uns abgehängt hatte.
Heute Morgen, kurz nach vier, hat sie dann ein Jäger draußen Richtung Bergheim in einem Waldstück gefunden. Erschossen.«

Susanne war wütend, spürte aber, dass es unfair gewesen
wäre, diese Wut an Tönsdorf auszulassen. Wenn es Andrea
Willmer gelungen war, Torsten und ihm zu entwischen, dann
wäre sie vermutlich auch Susanne entwischt. Torsten war

ein reaktionsschneller und guter Fahrer. Also beherrschte sie sich und fragte nur: »Die gleiche Handschrift wie bei Stephanie und den Ylmaz-Brüdern?«

»Nein«, erwiderte Tönsdorf, »ganz sicher nicht. Ihr Wagen parkte auf einem Waldweg, ein Stück von der Landstraße entfernt. Sie saß hinter dem Steuer.«

Susanne runzelte die Stirn. »Doch wohl kein Selbstmord? Das kann ich mir überhaupt nicht vorstellen. Dazu war sie nicht der Typ.«

»Selbstmord können wir mit Sicherheit ausschließen. Der Täter muss auf dem Beifahrersitz gesessen und von dort geschossen haben. Außerdem haben wir die Reifenspuren eines weiteren Wagens gefunden. Sie werden noch analysiert.«

»Also kannte sie den Täter …«

»Höchstwahrscheinlich«, sagte Tönsdorf. »Er hat drei Schüsse auf sie abgegeben, zwei in die Brust und einen in den Hals. Ein geübter Schütze war er wohl nicht.«

»Dann scheiden die beiden schwedischen Profikiller schon mal aus.«

»Sowieso. Zumal wir ja bis jetzt nicht wissen, ob überhaupt ein Zusammenhang mit den anderen Morden besteht. Obduziert wird sie erst am späten Vormittag. Toni und seine Kollegen sind mächtig im Stress. Er war übrigens heute Morgen schon ungewöhnlich früh in der Gerichtsmedizin. Sagte, er würde für dich das Gehirn des Delphins in Scheiben schneiden. Vielleicht erklärst du mir ja später noch, was es damit auf sich hat?«

»Werde ich«, sagte Susanne. »Wisst ihr schon etwas über die Waffe?«

»Der Ballistiker ist noch bei der Arbeit«, antwortete Tönsdorf. »Fest steht aber schon, dass es sich bei der Munition um

Vollmantelgeschosse handelt, die seit Jahren nicht mehr hergestellt werden. Und es gibt Oxidationsspuren an den Geschossen, die Rückschlüsse auf die Waffe zulassen. Es scheint sich um eine schlecht gepflegte Waffe zu handeln, die lange nicht benutzt worden ist. Patronenhülsen haben wir keine gefunden. Entweder der Täter hat die Hülsen mitgenommen oder er hat einen Trommelrevolver benutzt.«

»Ich setze mich sofort in den nächsten Zug«, sagte Susanne.

»Langsam«, entgegnete er. »Antweiler hat dich doch beurlaubt. Du würdest bestimmt Ärger mit der Dettmers bekommen. Tut's dir denn nicht gut, am Meer auszuspannen?«

»Machst du Witze? Glaubst du, ich kann hier am Strand in der Sonne rumliegen, während in Köln alles drunter und drüber geht?« Sie biss sich auf die Lippe. Sie wollte natürlich auf keinen Fall, dass es sich so anhörte, als ob sie ihm und Torsten nicht zutraute, die Ermittlungen allein zu führen. »Damit meine ich selbstverständlich nicht, dass ich kein Vertrauen in euch beide habe. Ich halte mich auch bestimmt nicht für unersetzlich. Ich kann es einfach nur nicht aushalten, hier untätig rumzusitzen!«

Er seufzte. »Na, du musst selbst entscheiden. Ich schreibe jetzt noch schnell einen ersten Bericht, und dann lege ich mich erst mal zwei Stunden aufs Ohr. Ich habe gestern Abend bis halb zehn Dienst geschoben, und heute Morgen haben sie mich um zwanzig vor fünf wieder aus dem Bett geklingelt. An deiner Stelle würde ich den Strandurlaub genießen und mal nach Herzenslust ausschlafen.« Nach einer kurzen Pause fügte er mit einem weiteren Seufzer hinzu: »Aber ich kenne dich gut genug, um zu wissen, dass du das nicht tun wirst.«

Sie verabschiedeten sich und Susanne legte das Handy weg.

»Was'n los?«

Chris stand verschlafen blinzelnd auf der Wendeltreppe, die von dem zur Diele hin offenen Wohnzimmer nach oben führte. Sie trug einen weiten, mit bunten indianischen Mustern bedruckten Sommerschlafanzug. Susanne erzählte ihr, was geschehen war.

Chris setzte sich auf die Treppe. »Irgendwann muss doch mal Schluss sein. In diesem Fall, in dem du da ermittelst, wird einfach zu viel gestorben, finde ich.«

Susanne setzte sich neben sie und sagte: »Ich fahre heute nach Köln zurück.«

Chris schob die Unterlippe vor. »Schade«, sagte sie enttäuscht. »Ich dachte, wir könnten zusammen ein schönes Delphin- und Bade-Wochenende verbringen.«

»Ich würde ja auch gerne hier bei euch bleiben. Aber ich habe einfach das Gefühl, dass ich in Köln gebraucht werde.«

Chris warf ihr einen besorgten Blick zu. »Soll ich mitkommen? Ich meine, wenn ich dir irgendwie helfen kann ...«

Susanne lächelte und legte den Arm um Chris' füllige Taille. »Danke, das ist wirklich lieb. Aber ich finde es wichtiger, dass du herausfindest, was es mit deinen Delphin-Träumen auf sich hat. Vielleicht besteht ja tatsächlich ein Zusammenhang zu unserem Fall, und du stößt auf etwas, das uns weiterbringt.«

»Na gut«, sagte Chris. »Dann suchen wir jetzt eine Zugverbindung heraus, und ich fahre dich später zum Bahnhof. Aber vorher wird gefrühstückt! Auf keinen Fall lasse ich dich mit nüchternem Magen gegen die Verbrecher in den Kampf ziehen. Kriegerinnen müssen gut essen! Das gibt Kraft.«

Susanne lachte. Gemeinsam deckten sie den Tisch. Jonas, der inzwischen auch aufgewacht war, wurde in die nächste Bäckerei geschickt, und dann frühstückten sie ausgiebig. Anschließend brachte Chris sie mit dem Auto nach Leeuwarden, von wo aus um 9.17 Uhr ein Intercity fuhr. Sie musste nur einmal in Utrecht umsteigen und würde um 13.41 Uhr in Köln eintreffen. Kaum saßen sie im Wagen Richtung Bahnhof, als Susannes Handy klingelte.

Es war Toni Walterscheid. »Bingo!«, sagte er ohne Umschweife. »Kein Zweifel – das Gehirn deines Delphins ist massiv geschädigt. Ich bin natürlich kein Tier-Experte, aber ich vermute, dass er auch ohne die Schussverletzung nicht mehr lange überlebt hätte. Das Zellgewebe seines Gehirns weist irreparable Schäden auf: Kleinere Blutungen an mehreren Stellen und andere Gewebeveränderungen, die ich noch nicht richtig deuten kann.«

»Könnten diese Schäden durch Schallwellen verursacht worden sein? Durch die Einwirkung von Infraschall, um genau zu sein?«

Toni zögerte einen Moment. »Nun, ehrlich gesagt, habe ich keine Ahnung, wie sich Infraschall auf die Gehirne von Delphinen und anderen Lebewesen auswirkt. Ich weiß gar nicht, ob darüber Studien existieren. Jedenfalls sieht es aus, als wäre sein Gehirn heftig durchgeschüttelt worden.«

Nachdem Susanne sich bedankt hatte, sagte er: »Dann nehme ich mir jetzt diese Andrea Willmer vor. Neuerdings liefert ihr uns ja Leichen am laufenden Band!«

Als sie durch Leeuwarden fuhren, bedauerte Susanne fast, nach Köln zurückzufahren. Die Stadt war von Grachten durchzogen, und es gab viele stilvolle alte Häuser. Auch der leuchtend weiße, im viktorianischen Stil erbaute Bahnhof wirkte ansprechend. Doch für Sightseeing blieb keine Zeit.

Chris kam mit auf den Bahnsteig. Sie knuddelte Susanne, sagte: »Pass gut auf dich auf!«, und winkte, als der Zug sich in Bewegung setzte.

Chris überlegte, ob sie einen Stadtbummel machen sollte, entschied sich schließlich aber dagegen und fuhr sofort nach Waddingen zurück. Es zog sie zu den Delphinen. Unterwegs stellte sie fest, dass die weite und ebene friesische Landschaft durchaus auch ihren Reiz hatte. Doch Chris bevorzugte Hügel und Wälder. Wenn ich hier am Wattenmeer geboren wäre wie Benni, wäre das sicher anders, dachte sie.

Als sie den Wagen vor Majas Haus parkte, unterhielt sich Jonas gerade von Vorgarten zu Vorgarten mit Majas Nachbarn zur Linken, einem Ehepaar, beide schlank und Mitte vierzig. Chris gesellte sich zu ihnen, und Jonas machte sie miteinander bekannt. Jean und Helene waren keine Holländer, sondern Schweizer, das merkte Chris schon nach den ersten paar Worten. Wenn sie Schweizer reden hörte, musste sie immer ein Schmunzeln unterdrücken. Diese komischen Ch-Laute! Chris liebte Emil Steinberger. Jonas' Videosammlung umfasste eine ganze Batterie köstlicher Sketche dieses Kabarettisten und Chris hielt sich jedes Mal, wenn sie sie sah, den Bauch vor Lachen. Dankbar registrierte sie, dass Jonas sie nur als Biologin vorgestellt hatte, die in der Eifel in einem Naturschutzgebiet arbeite. Mit ihrem Schamanismus ging sie nicht gern hausieren, das musste man nicht gleich jedem auf die Nase binden.

Als Jonas sagte, er selbst sei Polizist, zuckten Jeans Mundwinkel kurz, und für Chris sah es einen Moment lang aus, als bekäme Helenes hübsches Gesicht etwas Graues, Rattenhaftes. Dann wirkte alles wieder völlig normal. Chris wusste, dass ihre übersensible Intuition ihr gelegentlich einen Streich spielte. Sie entschied, die Sache nicht weiter ernst zu nehmen. Jean erzählte, er vertrete eine Schweizer Firma, für die er in den Niederlanden Software vertreibe. Helene sagte nicht viel, sondern kicherte nur etwas hysterisch. Die beiden waren jedenfalls nach Chris' Geschmack keine Menschen, die sie interessant fand oder zu sich nach Hause einladen würde.

Jonas und sie verabschiedeten sich höflich und gingen hinein.

»Maja hat sich noch nicht blicken lassen?«, fragte Chris.

»Auch nicht angerufen«, antwortete Jonas. Was war nur los mit ihr? Chris fing an, sich ein wenig Sorgen um sie zu machen. Ihr Verhalten war eigenartig.

Sie nahm Jonas in den Arm und küsste ihn. »Hmpf. Bist du sehr böse, wenn ich dich schon wieder allein lasse und zu den Delphinen gehe? Eigentlich hatte ich gehofft, Maja wäre inzwischen aufgetaucht. Dann könnte sie auf Mister Brown aufpassen, während du und ich zusammen in den Park gehen.«

Jonas zuckte die Achseln. »Geh mal ruhig.« Er grinste. »Ich habe ja den Hund als Gesprächspartner. Und der lässt mich immer ausreden.«

»Ach, du!« Chris knuffte ihn in die Seite.

Sie verabredeten, sich mittags um zwölf am Strand zu treffen und zusammen nach Waddingen zu spazieren, um dort in einem der gemütlichen Hafen-Restaurants zu Mittag zu essen.

Chris packte eine Wasserflasche, einen Apfel und ein paar Kekse in ihren Rucksack, außerdem einen Notizblock, falls sie irgendwelche Beobachtungen aufschreiben wollte – eine alte Angewohnheit aus ihrer Zeit als Wissenschaftlerin. Dann zog sie unter Shorts und T-Shirt ihren neuen samtroten Badeanzug an und ging in den Park. Diesmal ließ sie sich nicht ablenken, sondern marschierte schnurstracks zur Delphin-Lagune. Zu ihrer Freude sah sie Benni, der im abgesperrten und für die Besucher nicht zugänglichen Teil des Parks die Delphine mit Fischen fütterte. Als er Chris entdeckte, winkte er. Er zeigte auf ein Tor im Zaun und begab sich dann selbst dorthin, um sie hereinzulassen.

Sie betraten eine kleine Plattform aus Holz, die in die Lagune hineinragte. Chris durfte den Delphinen Fische in die lächelnden Mäuler werfen. »So aus der Nähe sieht man doch, dass es Raubtiere sind«, meinte sie. »Sie haben ganz hübsche Zahnreihen.«

»Klar«, sagte Benni. »Ich bin sehr dagegen, sie zu verniedlichen. In manchen esoterischen Kreisen gilt es heute ja als schick, Delphine zu überirdischen Engelswesen zu verkitschen. Aber sie sind Raubtiere und haben durchaus auch Aggressionen.«

»Man darf Tiere eben nicht vermenschlichen«, erwiderte Chris. »Delphine sind, wie sie sind, so wie ein Bär eben ein Bär ist. Bären können ganz schön ungemütlich werden, und trotzdem sind es faszinierende Tiere, deren Lebensräume wir schützen sollten. Die Welt wäre doch total arm, wenn es keine Wildnis mehr gäbe, wo große Raubtiere wie Bär, Wolf und Tiger frei umherstreifen! Aber im Unterschied zu Bären greifen Delphine ja, soweit ich weiß, niemals Menschen an?«

»Stimmt«, antwortete Benni. »Und auch untereinander kommen ernsthafte Auseinandersetzungen bei ihnen nur sehr selten vor.«

»Genau wie bei den Wölfen«, sagte Chris und freute sich, die Delphine aus dieser Nähe beobachten zu können. Es waren auch einige Jungtiere dabei, die sehr drollig wirkten. Als alle Fische verfüttert waren, setzte sich Benni auf die Plattform und ließ seine nackten Füße ins Wasser baumeln. Chris zog ihre Sandalen aus und setzte sich neben ihn. Neugierig kam sofort ein Delphin angeschwommen und stupste ihre Füße mit der Schnauze an. »Darf ich ihn streicheln?«, fragte Chris.

»Na klar«, sagte Benni. »Deswegen stupst er dich ja an.«

Vorsichtig beugte sich Chris vor und strich behutsam mit der

Hand über die graue Haut des Delphins. Sie kicherte. »Fühlt sich an wie ein nasser Gummistiefel – aber zugleich ganz warm und lebendig.«

Benni lachte. »Ein Gummistiefel? Ein Glück, dass er dich nicht versteht, sonst wäre er bestimmt beleidigt.«

Möglicherweise war der Delphin das sogar, denn er streckte den runden Kopf mit der spitzen Schnauze aus dem Wasser und stieß ein schrilles Kreischen aus. Dann tauchte er abrupt unter und verschwand. Ein paar Augenblicke später kam er ein Stück entfernt wieder an die Wasseroberfläche und kreischte erneut.

»Was will er denn?«, fragte Chris. »Schade, dass ich kein Delphinisch verstehe.«

»Er will, dass wir ins Wasser kommen und mit ihm schwimmen«, sagte Benni lachend. Chris stimmte in sein Lachen ein. Von den Delphinen schien eine verspielte Heiterkeit auszugehen, die ansteckend wirkte.

»Ja«, meinte Benni. »Delphinisch würde wohl jeder gerne verstehen. Was die Delphine einander mitteilen, hat leider noch kein Forscher entschlüsseln können. Oft habe ich den Eindruck, dass sie nicht nur über ein enormes stimmliches Ausdrucksvermögen verfügen, sondern dass ihre Sprache auch nuancenreicher ist als unsere eigene. Außerdem können sie ihre emotionale Verfassung wie Wölfe durch klare Körpersignale kommunizieren. Selbstverständlich können sie auch wütend werden. Siehst du zum Beispiel das große Männchen dort hinten? Das ist Storm. Als ich neu hier war und gerade erst lernte, mit den Delphinen zu arbeiten, hat er mir mal einen mächtigen Schrecken eingejagt. Während ich mit ihnen drüben im Show-Becken trainierte, muss ich irgendetwas getan haben, worüber er sich ärgerte. Ich hab es aber nicht gemerkt und zog weiter mein Programm durch. Als ich das Signal zum Hinausschwimmen gab, kam er ganz dicht heran und schlug mit seiner gewaltigen Schwanzflosse direkt vor mir aufs Wasser. Seither weiß ich, dass du Delphine nicht herumkommandieren darfst. Du kannst ihnen nicht deinen Willen aufzwingen und das Alpha-Männchen oder -Weibchen spielen wie bei Hunden. Du musst sie respektieren und bereit sein, dich sozusagen als gleichberechtigter Mitspieler auf sie einzulassen.«

Benni zögerte einen Moment, dann fuhr er etwas unsicher fort: »Oft habe ich den Eindruck, dass eigentlich ich der Schüler bin und sie die Lehrer, auch wenn ich das natürlich wissenschaftlich nicht belegen kann. Maja ist da eher skeptisch, aber mir kommt es wirklich oft so vor, als versuchten die Delphine, die hier im Delphinarium leben, uns etwas zu vermitteln. Manchmal scheinen sie richtig ärgerlich zu sein, weil wir so schwer von Begriff sind. Siehst du zum Beispiel das Weibchen dort? Sie heißt Trudi. Ich probiere im Moment etwas mit ihr aus, was Malcolm Brenner in den siebziger Jahren mal mit einem Großen Tümmler praktiziert hat, der Ruby hieß. Brenner hat damals über seine Freundschaft mit diesem Delphin sogar ein Buch geschrieben.« Er lächelte. »Delphine sind viel zu klug für monotone Spielchen. Du musst sie ständig fordern, sonst langweilen sie sich.«

Benni nahm einen Ball und warf ihn Trudi zu. Erstaunlich zielgenau beförderte sie ihn mit ihrer Schnauze zurück. Benni sagte: »Trudi, sag Truuu-diii!«

Der Delphin antwortete mit einem Schwall pfeifender und kreischender Laute. Benni warf Trudi erneut den Ball zu und wiederholte: »Sag Truuu-diii!« Wieder stieß sie das Kreischen aus und stupste den Ball Richtung Benni. »Nein, das musst du schon besser machen«, sagte Benni und hielt den Ball zurück. Chris beobachtete das Treiben der beiden fasziniert. Eine Weile ging es hin und her, wobei Trudi stets genau den gleichen kreischenden Lautschwall von sich gab. Dann, beim fünften Versuch, brachte Trudi plötzlich zwei deutlich getrennte Silben heraus, die sie genauso betonte wie Bennis »Truuu-diii!«. Zur Belohnung warf er ihr den Ball zu, den sie in Sekundenschnelle zurückstieß.

Bennie begann wieder »Truuu-diii!« zu rufen. Und jetzt setzte Trudi bei ihrer Antwort einen deutlich wahrnehmbaren Konsonanten an den Anfang ihres Kreischens und ein hohes »iii« an das Ende. Sie wiederholte den Laut ein paarmal, und Chris war verblüfft, wie sehr er Bennis »Truuu-diii« ähnelte. Dann begann Trudi aufgeregt auf Delphinisch zu schnattern und nickte heftig mit dem Kopf.

»Dieses Nicken ist ein Ausdruck freudiger Erregung«, erklärte Benni. »Brenner nannte es ›Bejahen‹. Und nun pass auf, was jetzt kommt!«

Trudi artikulierte einen Laut, der für Chris wie ein hohes »Kii-orr-upp« klang. Benni versuchte den Laut nachzuahmen, so gut ihm das mit seinen menschlichen Stimmbändern möglich war. Chris musste daran denken, welche Mühe es sie damals in Kanada gekostet hatte, das Wolfsheulen zu erlernen. Aber mit der Zeit war sie darin so gut geworden, dass sie immer Antwort erhalten hatte, wenn sich Wölfe in der Nähe befanden.

Einige Male riefen Benni und Trudi sich noch ihr »Kii-orr-upp« zu, wobei das Delphinweibchen den Laut jedes Mal etwas variierte und Benni versuchte, diese Variationen nachzumachen. Er wandte sich Chris zu. »Merkst du was? Ich habe versucht, ihr ein Wort aus unserer Sprache beizubringen, und sie dreht den Spieß einfach um und unterrichtet mich in Delphinisch! Wenn ich nur wüsste, was sie mir damit sagen will.«

Chris war beeindruckt. »Ich habe vor ein paar Tagen von Delphinen geträumt«, sagte sie. Ihren schamanischen Traum hätte sie nicht jedem erzählt, aber bei Benni hatte sie das Gefühl, dass er solchen Dingen aufgeschlossen gegenüberstand. »Mir war, als hätten sie eine Botschaft für mich. Deshalb bin ich hergekommen – um herauszufinden, was die Delphine mir mitteilen wollen.«

Benni lächelte und zeigte einladend auf das Wasser der Lagune. »Na, dann los! Begib dich auf Entdeckungsreise.«

Chris zog sich aus, sodass das Samtrot ihres Badeanzugs zum Vorschein kam. Rot trug sie gern. Es durfte nur nicht zu knallig sein. Als sie sich zu Benni gesellte, der bereits ins Wasser gestiegen war, kam sofort ein Delphin angeschwommen und stupste sie mit der Schnauze an. Jetzt erst wurde Chris die Größe dieser Tiere so richtig bewusst. Ein Glück, dass sie absolut friedlich waren, denn ihre langen, rundlichen Körper schienen enorme Kraftpakete zu sein. Der Delphin rieb seine Schnauze an Chris' Oberschenkel. »He!«, kicherte sie, »was macht er denn da? Das kitzelt!«

Benni lachte. »Offenbar findet er dich attraktiv.«

»Also so was!« Chris gab dem Tümmler einen behutsamen Klaps, woraufhin er von ihr abließ. Kurz darauf näherten sich ihnen drei weitere Delphine, und nun begann eine Art Wasserballett, das Chris großen Spaß machte. Man konnte wirklich sagen, dass die Delphine mit Chris und Benni durchs Wasser tanzten.

Chris vergaß vollkommen die Zeit. Diese Geschöpfe lebten nicht nach der Uhr, sondern beherrschten die Kunst, ganz in der Gegenwart aufzugehen. Als sie sich so im Wasser vergnügte, wurde ihr plötzlich intensiv bewusst, dass dies das ursprüngliche Element war, die Quelle allen Lebens.

Einst hatten die Ahnen der Delphine als vierbeinige Säugetiere auf dem Land gelebt, doch vor Jahrmillionen waren sie ins Meer zurückgekehrt. Niemand wusste, warum – vielleicht aus Sehnsucht nach dem Ursprung. Die Lebensfreude ihrer heutigen Nachfahren war jedenfalls der beste Beweis, dass sie damals eine gute Wahl getroffen hatten.

Jonas saß am Strand, schaute den Möwen nach und fragte sich, wo Chris blieb. Inzwischen war es schon nach halb eins, doch sie ließ sich nicht blicken. Es war recht warm, und Mister Brown, der vorhin noch begeistert Stöckchenholen gespielt hatte, lag jetzt neben Jonas im Sand und streckte hechelnd alle viere von sich. Als Chris um ein Uhr noch immer nicht aufgetaucht war, stieg Jonas mit dem Hund auf den Deich und ging ein Stück in Richtung Meerespark. Von hier konnte man einen Blick auf die Lagune und die anderen Becken im Park werfen. Von weitem sah Jonas, wie Chris in ihrem roten Badeanzug mit einem jungen Mann, den er als Benni identifizierte, auf einer Holzplattform saß und die Beine ins Wasser der Lagune baumeln ließ. Zwei oder drei Delphine schwammen um sie herum. Chris und Benni unterhielten sich offensichtlich sehr angeregt, da er Chris zwischendurch vergnügt lachen sehen konnte. Hören konnte er sie nicht, dazu blies der Wind vom Meer zu kräftig.
Nun glitten die beiden ins Wasser und plantschten fröhlich mit den Delphinen herum. Jonas zögerte. Am Liebsten hätte er laut gerufen und gewinkt. Er hatte Hunger und ärgerte sich, dass Chris überhaupt keine Anstalten machte, ihre Verabredung einzuhalten. Ihre Armbanduhr hatte sie vermutlich einfach in den Rucksack gestopft und noch keinen einzigen Blick darauf geworfen. Gewiss war sie völlig von den Delphinen fasziniert. In solchen Momenten verlor sie jedes Zeitgefühl.

Jonas seufzte. Chris wirkte sehr glücklich und er redete sich ein, dass die Erfahrung, die sie gerade machte, bestimmt wichtig für sie war. Also machte er schweigend kehrt und kaufte sich an einer Imbissbude am Strand eine Portion Pommes mit Mayo. Er setzte sich auf eine Bank, schaute aufs Meer und versuchte, den Anblick zu genießen. Eigentlich war Mister Brown ein unersättlicher Vielfraß, der das Betteln nicht lassen konnte. Aber aus fetten Kartoffeln machte er sich nichts und warf nur einen verächtlichen Blick auf die Frittentüte.

Dass Chris die Zeit vergaß, kam gelegentlich vor. Mit dieser Schwäche hatte Jonas zu leben gelernt. Aber er merkte, dass er sich Sorgen wegen Benni machte. Jonas hasste es, eifersüchtig zu sein. Das war ein dummes, enges, klein kariertes Gefühl. Und wirklichen Grund dazu hatte Chris ihm nie gegeben. Als er sie damals verlassen hatte, war das nicht geschehen, weil sie einen anderen Mann gehabt hatte, sondern weil er eifersüchtig auf ihre schamanische Begabung gewesen war, darauf, dass es in ihrem Leben einen Bereich gab, der Jonas verschlossen blieb. Jonas würde nie diese innige Beziehung zu Tieren und der Natur aufbauen können, die für Chris so selbstverständlich war. Er liebte die Natur und genoss es, mit Chris draußen im Wald zu wohnen. Doch was schamanische Erfahrungen anging, würde er immer ein Außenseiter sein. Während der Monate ihrer Trennung war ihm klar geworden, dass er Chris trotzdem liebte und dass es vieles gab, was sie verband und was sie miteinander teilen konnten. Er war mit dem festen Vorsatz zu ihr zurückgekehrt, künftig nicht mehr neidisch auf ihre Begabung zu sein, sondern diesen Teil ihres Lebens zu respektieren und sie zu unterstützen, so gut er es vermochte.

Schließlich gab es ja auch viele andere Paare, bei denen die

Partner unterschiedlichen Berufen oder sogar Berufungen nachgingen. Ein Mann musste zum Beispiel nicht selbst Chirurg sein, um glücklich mit einer Chirurgin verheiratet zu sein – er musste nur Respekt und Verständnis für ihren Beruf aufbringen. Jonas fand, dass er in dieser Hinsicht inzwischen große Fortschritte gemacht hatte, und ihre Beziehung verlief heute auch viel harmonischer als früher.

Aber da war dennoch eine Angst, die ihm gelegentlich zu schaffen machte: Chris an einen Mann zu verlieren, mit dem sie ihre schamanischen Erfahrungen teilen konnte. Schon am vergangenen Abend war Jonas aufgefallen, wie intensiv Chris und Benni sich unterhalten hatten. Die beiden schienen auf einer Wellenlänge zu liegen. Jonas hatte genau gesehen, wie Chris' Augen leuchteten, wenn Benni von seinen Erlebnissen mit den Delphinen und seiner Liebe zu den Meerestieren erzählte. Er schien ebenso wie Chris über ein geradezu indianisches Natur-Bewusstsein zu verfügen. In ihrem Alltag hatte Chris viel zu selten Gelegenheit, sich mit solchen Menschen auszutauschen. Ihre indianischen Freunde in Kanada waren weit entfernt, auch wenn sie sich ab und zu E-Mails schickten. Und in Buchfeld war Chris ein ziemliches Unikum. Manchmal fragte sich Jonas, warum sich Chris eigentlich ausgerechnet einen Lebensgefährten und eine beste Freundin ausgesucht hatte, die beide zwar über kriminalistischen Scharfblick verfügten, aber so spirituell und intuitiv waren wie Holzklötze.

Eine Seelenverwandtschaft, wie Chris sie im Moment offenbar mit Benni erlebte, würde Jonas ihr nie bieten können, und dieser Gedanke schmerzte. Wütend darüber, dass er sich wieder einmal negativen Gedanken und Gefühlen hingab, stand er auf und warf die leere Frittentüte in einen Mülleimer. Er wischte sich die fettigen Finger an einem Papiertaschentuch ab und rief nach Mister Brown. Der war hinunter zum Wasser gelaufen, weil irgendetwas seine Neugierde geweckt hatte. Er schnüffelte im Sand herum und reagierte nicht. »Mister Brown!«, rief Jonas wütend. »Komm endlich, verdammt noch mal!«

Jetzt hob der Hund den Kopf. Er hatte ein feines Gespür für Jonas' und Chris' emotionale Verfassung. Als er merkte, dass Jonas schlechte Laune hatte, kam er sofort laut hechelnd und mit gesenkter Rute angerannt. Beschwichtigend rieb er seinen Kopf an Jonas' Hosenbein. »Ja, schon gut«, sagte Jonas. »Ich bin ja nicht wütend auf dich, sondern auf mich selber, und das macht es besonders schwer erträglich.«

Oben auf der Deichkrone blieb Jonas einen Moment stehen. Es drängte ihn, wieder Richtung Meerespark zu gehen, um nachzuschauen, was Chris und Benni gerade taten, doch er riss sich zusammen. Lass es, sagte er sich, benimm dich nicht wie ein Idiot. Rasch ging er zurück zu Majas Haus und fragte sich, ob ihre verschollene Gastgeberin inzwischen endlich aufgetaucht war. Unterwegs versuchte er, sich auf erfreuliche Dinge zu konzentrieren, um damit seine schlechte Laune in den Griff zu bekommen. Aber es gelang ihm nicht besonders gut.

Vor dem Haus parkte neben Jonas' Opel Caravan nun ein älterer, ziemlich gammelig aussehender VW Golf. Da Chris die Schlüssel bei sich trug, die Benni ihnen gegeben hatte, klingelte Jonas an der Tür. Es dauerte einen Moment, dann wurde die Tür geöffnet. Jonas hatte Majas Plakat am Parkeingang gesehen, daher erkannte er sie sofort. Berufsbedingt war er es gewohnt, Menschen schnell und präzise zu taxieren, und er fand, dass Maja sich zu ihrem Nachteil verändert hatte.

Auf dem Plakat war sie athletisch-üppig gewesen, so wie

Chris vor ihrer Rückkehr in die Eifel. Doch jetzt hatte Maja etliche Kilos abgenommen, was ihr nicht gut stand. Sie wirkte mager, etwas hohlwangig und hatte dunkle Schatten unter den Augen. Ihr blondes Haar war glanzlos und ungepflegt. Mit seiner feinen Polizisten-Nase bemerkte Jonas sofort, dass sie nach Alkohol roch.

Er stellte sich vor. »Ah, Chris' Freund«, sagte sie. »Und was für ein netter Hund. Chris ist bestimmt im Park bei den Delphinen?«

Jonas nickte. Maja lud ihn ein, Pizza mit ihr zu essen; sie wollte gerade eine in den Ofen schieben. Da die Pommes nur etwas für den hohlen Zahn gewesen waren, nahm er das Angebot dankend an.

Auf dem Küchentisch standen eine angebrochene Flasche Weißwein und ein fast leeres Glas. Maja trank den restlichen Wein aus und goss sich sofort nach. »Kühler Weißwein – wenn es draußen warm ist, gibt es nichts Angenehmeres. Willst du auch ein Glas?«

»Danke«, antwortete Jonas. »Alkohol trinke ich nur abends. Außerdem steigt er mir bei der Hitze schnell zu Kopf.«

»Hier, such dir eine aus.« Majas Tiefkühltruhe quoll mit Fertiggerichten über. Jonas verzog unwillkürlich das Gesicht. »Ich finde, beim Essen muss es schnell gehen«, sagte sie. »Früher habe ich viel zu viel Zeit mit Kochen vergeudet.«

»Chris und ich essen eigentlich lieber frisch zubereitete Sachen«, entgegnete Jonas. »Und wir lassen uns bewusst Zeit zum Genießen. Kochen ist schließlich eine der schönsten Beschäftigungen der Welt.«

Maja ging nicht auf seine Bemerkung ein, sondern hielt ihm mehrere Pizzen zur Auswahl hin. »Ich hab fast alle Sorten, bloß keinen Thunfisch, wegen der Treibnetze.«

Maja wählte Pizza Bolognese, und Jonas tat es ihr gleich.

Wahrscheinlich schmeckten sie sowieso alle ähnlich pappig.
Er gab Mister Brown Wasser, das dieser gierig aufschlabber-
te, und füllte ihm dann etwas Futter in seinen Napf.
Während Maja die Pizzen in den Backofen schob und den
Tisch deckte, redete sie in einem fort. Unterbrochen wurde
der Redeschwall nur, wenn sie an ihrem Weinglas nippte,
was ziemlich oft geschah. Wieder goss sie sofort nach, als es
leer war. Die Flasche war nur noch zu einem Viertel voll, und
Jonas fragte sich, ob Maja tatsächlich schon beinahe die ganze Flasche intus hatte. Eine angebrochene Flasche im Kühlschrank war ihm jedenfalls am Morgen nicht aufgefallen.
Maja erzählte von ihrem Vater, in dessen Fußstapfen sie als
Meeresbiologin getreten war. Was für ein außergewöhnlicher Mensch er gewesen sei, Chris habe ihn ja noch kennen
gelernt. Wie viel er für den Schutz der Meere geleistet habe.
Dann ging sie zu ihren eigenen Leistungen über. Sie habe
sich in den letzten Jahren großes internationales Ansehen erworben und zählte auf, an welchen Abkommen zum Schutz
der Meeressäuger sie maßgeblich mitgewirkt hatte. Wenn
ihr Vater das erlebt hätte, wäre er gewiss stolz gewesen.
Ein paar Mal versuchte Jonas, wenn sie gerade trank oder
Luft holte, den Monolog in einen Dialog zu verwandeln, doch
sie schien überhaupt nicht zuzuhören. Er fragte sich, warum
sie ihm das alles erzählte. Prahlerei schien nicht das Motiv
zu sein, zumal er ja von Chris wusste, dass Maja tatsächlich
Bemerkenswertes geleistet hatte. Offenbar versuchte sie,
mit diesem Gerede ihre Unsicherheit zu verbergen – nur, warum trank sie so viel?
Die Pizzen dufteten für traurige Fertigkost wenigstens einigermaßen appetitlich. Vermutlich wurden dafür eigens irgendwelche Duftstoffe zugesetzt. Als sie sich zu Tisch setzten, war die Weinflasche leer. Beim Essen schaffte Jonas es,

Majas Monolog auf eine für ihn etwas interessantere Schiene zu lenken: Er bat sie, ihm vom Leben der Wale und Delphine zu erzählen. »Zahlenmäßig am eindrucksvollsten sind natürlich die großen Wale – Blauwal, Buckelwal, Pottwal«, sagte sie. Für Jonas stand nun fest, dass sie die ganze Flasche Wein getrunken hatte. Ihre Wangen röteten sich auf eine ungesunde, fleckige Art und Weise, und ihr Blick fing an, glasig zu werden. Während Benni am vorigen Abend sehr gefühlvoll von seiner Arbeit erzählt hatte, klang bei Maja alles sehr viel wissenschaftlicher und technischer. Sie ratterte Zahlen herunter, die in der Tat sehr eindrucksvoll waren:

Wale und Delphine konnten so alt wie Menschen werden – fünfzig bis achtzig Jahre, der Grönlandwal sogar über hundert Jahre.

Der Blauwal wog schon bei der Geburt sieben Tonnen, konnte später hundertachtzig Tonnen schwer und dreiunddreißig Meter lang werden. In seinen Magen passten bis zu fünf Millionen Krillkrebse, was einem Gewicht von zwei Tonnen entsprach. Seine Zunge war so schwer wie ein Elefant, sein Herz so groß ein VW Käfer und pumpte neun Tonnen Blut durch den Körper. Und er stieß Rufe aus, die mit hundertachtundachtzig Dezibel lauter als jeder Düsenjet waren. Damit verständigten sich die Wale unter Wasser über Hunderte von Kilometern hinweg.

Der Pottwal hatte von allen Lebewesen auf Erden das größte Gehirn und konnte dreitausend Meter tief tauchen. Wenn er danach wieder auftauchte, atmete er so laut ein, dass man es einen Kilometer weit hören konnte.

Der Grauwal schließlich unternahm von allen Säugetieren die weitesten Wanderungen: Er legte elftausend Kilometer zurück, um von der Arktis in südliche Gewässer zu gelangen. Als sie ihre Pizza zur Hälfte gegessen hatte, verstummte

Maja plötzlich. Sie schob ihren Teller weg, stand auf und holte eine Likörflasche aus dem Küchenschrank. »Möchtest du auch einen Schluck Likör? Das beruhigt den Magen.«

Jonas lehnte dankend ab. »Im Bauch eines Blauwals könnte ich dann ja wohl locker spazieren gehen. Ich meine, falls mich mal das Schicksal meines biblischen Namensvetters ereilt und ich von einem solchen verschluckt werde.«

Maja schaute ihn einen Moment verständnislos an, dann lachte sie, was allerdings nicht sehr fröhlich klang. »Ein Blauwal könnte dich gar nicht verschlucken. Der ist schließlich ein Bartenwal und körperlich ganz auf den Krillfang eingestellt. Du würdest gar nicht in seinen Magen gelangen, sondern in den Barten stecken bleiben. Aber durch den Schlund eines Pottwals würdest du vermutlich hindurchpassen. Der verschluckt sogar über zehn Meter lange Riesentintenfische.« Sie machte sich nicht die Mühe, ein Likörglas aus dem Schrank zu nehmen, sondern goss ihr Weinglas halb mit Likör voll. Schweigend trank sie es aus. Jonas fragte sich, ob sie so lange weitertrinken würde, bis sie vom Stuhl kippte.

Er blickte zur Küchenuhr. Sie zeigte inzwischen zwanzig nach zwei. Allmählich wurde er ernsthaft wütend auf Chris. Maja goss sich Likör nach und sagte: »Habe mich von meinem Freund getrennt. Es ist aus. Für immer und ewig. Jetzt bin ich endlich wieder frei.« Ihre Zunge fing an, schwer zu werden. Als sie das zweite Glas Likör getrunken hatte, stand sie schwankend auf und murmelte: »Muss mich ein bisschen hinlegen. Bis später.«

Unsicher auf den Beinen, ging sie hinüber ins Wohnzimmer. Durch die geöffneten Türen sah Jonas, wie sie sich dort aufs Sofa fallen ließ. Bald darauf hörte er leises Schnarchen.

Für Chris verging die Zeit wie im Flug. Alles, was mit den Delphinen zu tun hatte, war aufregend und faszinierend! Sie hatte zwar noch nichts herausgefunden, was ihr bei der Deutung ihres Traums helfen konnte, aber es machte unglaublichen Spaß, mit den Großen Tümmlern herumzuplantschen. Und sie hatte wirklich den Eindruck, dass Delphin und Mensch auf einer Ebene standen, ganz wie Benni sagte – hier ging es um Spiel und Kommunikation zwischen zwei intelligenten Spezies. »Ich bin überzeugt, dass Wale und Delphine intelligenter sind als wir«, meinte Benni. »Unser Gehirn hat sich erst vor ungefähr einer Million Jahren zu seiner heutigen Komplexität entwickelt. Sie dagegen besitzen schon seit zwanzig bis fünfundzwanzig Millionen Jahren diese Riesengehirne. Wer weiß, vielleicht haben sie schon vor Jahrmillionen alle Rätsel des Universums gelöst und vollkommene Erleuchtung erlangt. Und heute schwimmen sie als abgeklärte, gelassene Philosophen durch die Ozeane und freuen sich ihrer Tage.«

»Vielleicht sind sie deshalb uns Menschen gegenüber so freundlich und sanftmütig, trotz allem, was wir ihnen antun«, sagte Chris. »Wir sind für sie wie unreife Kinder, die erst allmählich zu lernen beginnen, was sie schon seit Ewigkeiten wissen.«

Benni lud Chris ein, beim Training im Show-Becken zuzuschauen. Es lag unter einem Kuppeldach und war wie die Bühne eines Amphitheaters von aufsteigenden Sitzreihen umgeben. Jetzt beim Training war es dort leer und ruhig. Gebannt beobachtete Chris, wie Benni mit den Delphinen arbeitete. Dabei assistierten ihm zwei junge Biologiestudentinnen, die in den Semesterferien im Park jobbten. Chris gewann den Eindruck, dass die Arbeit mit den Meeressäugern wirklich auf Freiwilligkeit basierte. Diese drei Menschen waren keine Dompteure, sondern Partner der Delphine in einem für beide Seiten lustvollen Spiel. Bei den Großen Tümmlern handelte es sich um wahre Temparamentbündel, die vor Energie schier zu platzen schienen. Sie vollführten unglaubliche Kunststücke, sprangen meterhoch aus dem Wasser und trugen abwechselnd eine der beiden jungen Frauen auf dem Rücken. Benni rief keine lauten Kommandos zur Verständigung mit den Delphinen, sondern es genügten kleine Handbewegungen, die sie offenbar genau registrierten.

Plötzlich fiel Chris siedendheiß ein, dass sie sich für zwölf Uhr mit Jonas am Strand verabredet hatte. Hastig durchwühlte sie ihren Rucksack nach ihrer Armbanduhr und stellte erschrocken fest, dass es schon kurz nach halb drei war. Auwei! Jonas würde garantiert sauer sein.

Chris sprang auf, verabschiedete sich hastig von Benni und seinen Assistentinnen und eilte zu Majas Haus. Jonas saß in der Küche und blätterte missmutig in einer Zeitung. Mister Brown schnarchte unter dem Tisch. Chris blieb in der Tür stehen und sagte zaghaft: »'tschuldigung – hab die Zeit ganz vergessen. Die Delphine … also, ich hab gar nicht auf die Uhr geschaut. Ist Maja denn in der Zwischenzeit endlich gekommen? Dann kann sie ja vielleicht auf den Hund aufpassen, und ich führe dich im Park herum und zeige dir alles und lade dich zu einem großen Eis ein und …«

»Maja liegt im Wohnzimmer auf der Couch und schläft ihren Rausch aus«, sagte Jonas knurrig. »Wenn du mich fragst, hat deine Freundin ein massives Alkoholproblem.«

»Maja? Aber die hat sich doch früher nie viel aus Alkohol gemacht! Sie war immer total sportlich und gesundheitsbewusst.«

»Jedenfalls gehe ich mir jetzt endlich mal den Park anschauen, nachdem ich gestern Nachmittag auf deinen Medizinhund aufgepasst habe und heute auch schon fast den ganzen Tag.« Chris schob die Unterlippe vor. »Schade, ich dachte, wir könnten noch mal zu zweit los.« Sie zog den Schlüssel für den Personaleingang aus der Tasche und gab ihn Jonas, der ein mürrisches »Bis später!« brummte und hinausging.

Durchs Küchenfenster sah Chris, wie er davonstapfte, die Hände tief in den Hosentaschen vergraben. Er war wirklich ziemlich sauer, was Chris nun auch wieder etwas übertrieben fand. Warum konnte er nicht ein bisschen mehr Verständnis zeigen? Gut, sie hatte sich verspätet, aber die Begegnung mit den Delphinen war eine so außergewöhnliche Erfahrung – da konnte es doch wohl mal passieren, dass man die Zeit vergaß.

Mister Brown war aufgewacht und begrüßte Chris schwanzwedelnd. Sie ging in die Hocke und kraulte ihn ausgiebig. »Na, wenigstens du lässt dich knuddeln«, sagte sie. Dann ging sie ins Wohnzimmer und schaute kopfschüttelnd auf die leise vor sich hin schnorchelnde Maja hinunter. Sie fand, dass Maja blass und ungepflegt aussah. Und abgenommen hatte sie – was für Chris immer ein bedenkliches Zeichen war. Wie war es möglich, dass die sportliche, erfolgreiche Maja, die Delphin-Frau, hier am frühen Nachmittag betrunken auf dem Sofa lag?

Für einen Moment stand Chris unschlüssig da und ließ die Schultern hängen. Nach den wunderschönen Erlebnissen mit den Delphinen waren Jonas' beleidigte Reaktion und Majas traurige Verfassung wirklich eine herbe Enttäuschung! Sie spürte, wie sich ihre Laune verschlechterte. Dagegen halfen nur zwei Dinge: Essen oder Bewegung. Chris entschied sich für Letzteres, da sie sich nach den aufregenden Stunden im Meerespark überhaupt nicht müde, sondern regelrecht ener-

getisiert fühlte. Es war, als hätten die Delphine etwas von ihrer überschäumenden Lebenskraft auf Chris übertragen. Da
sie Jonas den einen Schlüsselbund gegeben hatte, nahm sie
den, der in der Küche lag. Maja brauchte ihn in nächster Zeit
sicher nicht. Chris ließ sie weiterschlafen und machte mit
dem Hund einen ausgedehnten Strandspaziergang.

11. Kapitel

»Bist du sicher, dass du mitkommen willst?«, fragte Torsten Mallmann. »Wenn Antweiler davon erfährt, gibt es höchstwahrscheinlich Ärger. Denk an die Dettmers und ihre Untersuchung.«

»Dafür übernehme ich selbst die Verantwortung«, erwiderte Susanne. »Wir müssen diesen Verbrechern endlich das Handwerk legen, und da wird jede Kraft gebraucht.«

Torsten seufzte. »Wie du meinst. Ich gehe eben rüber zu Schmitz und Broeckers und sage ihnen, dass ich übernehme. Bleib besser im Auto sitzen, bis sie weg sind. Muss ja nicht jeder gleich wissen, dass du hier bist.«

Sie parkten im Schatten des mächtigen Adenauer-Hochhauses am Kölner Rheinufer. Torsten hatte den Wagen so abgestellt, dass er für Schmitz und Broeckers nicht zu sehen war.

Er hatte Susanne am Bahnhof abgeholt und ihr ihre Dienstwaffe mitgebracht. Man könne ja nie wissen. Anschließend waren sie bei einem Italiener in der Nähe der Domplatte eingekehrt, um Mittag zu essen. Dabei hatte Torsten sie über alle bisherigen Ermittlungsergebnisse im Mordfall Andrea Willmer informiert. Das meiste wusste Susanne bereits, da sie schon am frühen Morgen mit Tönsdorf telefoniert hatte. Neue Erkenntnisse waren bislang kaum hinzugekommen. Bei dem zweiten Wagen, der hinter dem Mercedes der Willmer im Wald geparkt hatte, waren die Reifen alt und ziemlich abgefahren gewesen. Das hatte die Spurensicherung inzwischen herausgefunden. Der Jäger, der die Willmer frühmorgens zufällig gefunden hatte, war bis jetzt der einzige Zeuge.

Tönsdorf war nach Hause gefahren, um sich ein paar Stunden hinzulegen. Nachdem Schmitz und Broeckers überaus dankbar, wie Torsten grinsend berichtete, in den Feierabend davongebraust waren, machten sich Susanne und er auf den Weg zu Peter Gräwert, der ein Apartment im zwölften Stock bewohnte.

»Wie hat er heute Morgen auf die Nachricht vom Tod seiner Schwester reagiert?«, fragte Susanne.

»Weinkrampf«, antwortete Torsten trocken. »Seine Sekretärin hat ihn getröstet und nach Hause gefahren. Sie ist ungefähr eine Stunde bei ihm geblieben und dann zurück in die Firma gekommen. Kurz darauf hatte er Besuch von seinem Hausarzt, der ihm vermutlich eine Beruhigungsspritze verpasst hat.«

Das Adenauer-Hochhaus war eine teure Adresse. Ein Apartment im zwölften Stock kostete hier wahrscheinlich ein kleines Vermögen. Schon der Eingangsbereich wirkte edel und war mit großen Kübelpflanzen dekoriert. In einem verspiegelten Lift fuhren sie nach oben.

Gräwert öffnete sofort, schüttelte ihnen die Hand und bat sie höflich herein. Susanne sprach ihm ihr Beileid aus, was er mit einem stummen Kopfnicken quittierte. Er bewohnte ein geräumiges Apartment mit einer Designerküche, die ins Wohnzimmer überging. Es war geschmackvoll und in keiner Weise protzig oder überladen eingerichtet. Das Wohnzimmer wurde von einer großen Fensterfront beherrscht, die einen eindrucksvollen Panoramablick auf den Rhein eröffnete. Diese Aussicht war durchaus einige Euro wert, fand Susanne.

Auf dem Couchtisch standen eine Flasche Whisky und ein Glas. Gräwert bat sie, auf seinem schicken, mit hellbraunem

Leder bezogenen Sofa Platz zu nehmen. Ringsherum standen hohe Bücherregale. Susanne bezweifelte, dass Gräwert viel Zeit zum Lesen hatte, musste aber zugeben, dass der Raum eine angenehme Atmosphäre ausstrahlte.

»Auch ein Workaholic wie ich braucht sein Refugium, um sich zurückzuziehen und aufzutanken«, sagte er. »Das habe ich mir hier erschaffen.« Er goss sich einen Schluck Whisky ein und bot ihnen ebenfalls davon an. »Ein sehr erlesener schottischer Malt. Ich beziehe ihn aus einer kleinen Distillery in den Highlands.«

Torsten konnte nicht widerstehen und probierte einen Schluck. Susanne lehnte dankend ab. Sie machte sich nichts aus Hochprozentigem. Kölsch und Wein in Maßen genügten ihr.

»Trinken wir auf Andrea«, sagte Gräwert und prostete Torsten zu. »Gibt es … Neuigkeiten?« Er wirkte nervös und unsicher, was angesichts des Vorgefallenen nicht verwunderlich war.

Torsten berichtete kurz von der Wagenspur im Wald.

»In den Kreisen, in denen Andrea und ich normalerweise verkehren, gibt es keine Autos mit alten, abgefahrenen Reifen«, sagte Gräwert.

»Und sie hatte keine Feinde?«, fragte Susanne.

Gräwert hob die Schultern. »Wer könnte das im Geschäftsleben schon von sich behaupten? Sie haben meine Schwester ja kennen gelernt. Andrea konnte sehr hart sein. Sie forderte viel von sich selbst und anderen. Aber – ob Sie mir das nun glauben oder nicht – bei den Mitarbeitern war sie beliebt. Unser Vater war ein Choleriker und konnte furchtbar ungerecht sein. Andrea dagegen war immer fair.«

Torsten fragte: »Wie wird es denn jetzt in der Firma weitergehen ohne sie?«

Gräwert stand auf, ging zum Fenster und schaute hinunter auf den Rhein. »Ich weiß es nicht. Wir haben uns hervorragend ergänzt. Ich bin Konstrukteur, Ingenieur, das ist meine Leidenschaft. Ich liebe es, technische Herausforderungen zu meistern. Aber alles Kaufmännische langweilt mich entsetzlich. Andrea dagegen liebte die Betriebswirtschaft. Darin war sie ein As. So bildeten wir beide ein perfektes Team. Ihr Tod ist ein unersetzlicher Verlust. Ich weiß, dass ich die Firma ohne sie nicht leiten kann. Vielleicht ist es am besten, wenn ich alles verkaufe.«

Susanne stellte sich neben ihn und schaute in die Tiefe. Auf der anderen Seite des Flusses lagen der Deutzer Rheinpark, die Zoobrücke und dahinter der Mülheimer Hafen. Dort drüben hatte mit dem Mord an Andrea Willmers Schwägerin diese ganze grässliche Geschichte begonnen. »Wie wird Ihr Schwager mit dem Tod seiner Frau fertig?«

Gräwert lachte bitter. »Fertig werden? Ich kann mir nicht vorstellen, dass er damit überhaupt fertig wird! Wie soll man es jemals verkraften, wenn einem kurz hintereinander die Schwester und dann die Ehefrau ermordet werden?«

»Und Sie haben keine Idee, wer hinter diesen Verbrechen stecken könnte?«, fragte Torsten vom Sofa aus.

Gräwert zögerte einen Moment, dann sagte er: »Ich weiß, es klingt unwahrscheinlich, aber ich bin überzeugt, dass zwischen den beiden Morden keinerlei Zusammenhang besteht.«

Susanne blickte ihn erstaunt an. »So? Das müssen Sie uns aber genauer erklären.«

Gräwert setzte sich wieder in seinen Sessel und schüttete sich einen Fingerbreit Whisky ins Glas. »Wissen Sie, ich habe immer befürchtet, dass eines Tages so etwas Schreckliches geschehen könnte.« Er trank einen Schluck. »Ich werde Ihnen jetzt etwas über meine Schwester erzählen, das Sie früher oder später sowieso herausfinden würden: Sie … hatte viele Männerbekanntschaften. Im Grunde war sie kein Familienmensch; genau wie ich. Das muss wohl an der besonderen Erziehung liegen, die uns unser Herr Vater angedeihen ließ.«

»Warum hat sie dann Carsten Willmer geheiratet?«

»Um ehrlich zu sein: Ich glaube, das hat sie vor allem aus Pflichtgefühl gegenüber unserem Vater getan, der sich Enkel wünschte.«

Susanne erinnerte sich, wie die Willmer ihre beiden Söhne »Kronprinzen« genannt hatte.

»Damit will ich nicht sagen, dass sie Carsten nicht mochte«, fuhr Gräwert fort. »Eine Zeit lang ist sie ihm auch treu geblieben, glaube ich. Aber dann hat sie ihr … promiskes Leben wieder aufgenommen.«

»Könnten Sie das etwas genauer beschreiben?«, sagte Torsten.

Gräwert drehte das Whiskyglas zwischen den Fingern. »Sie ging oft in Bars, um einen Mann für eine Nacht aufzureißen.«

»Und das waren alles reine One-Night-Stands? Sind Sie sicher, dass sie keine länger anhaltenden Verhältnisse hatte?«

Gräwert nickte. »Ganz sicher. Andrea liebte die Abwechslung. Sie brauchte das, es war wie eine Sucht. Ich habe sie gewarnt, da ich befürchtet habe, dass sie dabei eines Tages an irgendein perverses Schwein geraten würde. Und das ist ja nun auch geschehen.«

»Wusste Carsten auch über die Eskapaden seiner Frau Bescheid?«, fragte Susanne.

Gräwert kratzte sich hinter dem Ohr. »Wissen Sie, Carsten kann rührend naiv sein. Und er hat Andrea wirklich geliebt. Möglich ist natürlich, dass er etwas geahnt hat. Aber vielleicht hat er es auch einfach verdrängt und nicht wahrhaben wollen.«

Irgendetwas an dieser Geschichte kam Susanne seltsam vor, ohne dass sie im Moment hätte sagen können, was es war.

Gräwert stand wieder auf. »Also, wenn Sie keine weiteren Fragen haben, wäre ich dankbar, wenn Sie mich nun allein lassen. Ich … brauche etwas Ruhe, um zu mir zu finden. Ich darf mich nicht gehen lassen. Meine Verantwortung für die Firma besteht schließlich weiterhin. Sie wissen ja, wie Sie mich telefonisch erreichen können.«

Als sie in den Lift gestiegen waren, fragte Susanne: »Was hältst du von der Sache?«

Torstens Antwort kam zögernd: »Ist zumindest vorstellbar. Sie hat einen Mann aufgegabelt, der sich als mordlustiger Irrer entpuppt. Dass das allerdings ausgerechnet ein paar Tage nach der Ermordung ihrer Schwägerin passiert, ist schon ein merkwürdiger Zufall.«

»Und da sind noch eine ganze Menge anderer Ungereimtheiten: Du hast ja gesagt, dass sie voll bekleidet war und weder vergewaltigt noch ausgeraubt wurde. Es kann sich also kaum um einen Raubmord oder ein Sexualverbrechen gehandelt haben.«

»Könnte aber sein, dass der Täter sie erst erschossen hat, um sie anschließend zu vergewaltigen. Dann ist er gestört worden oder in Panik geraten und hat sich davongemacht, ohne sein Vorhaben auszuführen. Solche Fälle sind ja schon vorgekommen.«

Sie gingen zum Wagen zurück. Nach kurzem Schweigen sagte Susanne seufzend: »Was soll's? Schicken wir eben ein paar Zivilstreifen in die einschlägigen Bars und lassen sie ein Foto von Andrea herumzeigen. Wer weiß, vielleicht erkennt sie ja jemand.«

Als sie eingestiegen waren, fragte Torsten: »Und was jetzt?«

»Observieren. Irgendwie überzeugt mich die Story, die er uns da über Andreas Liebesleben aufgetischt hat, nicht so ganz. Falls er lügt, stellt sich natürlich die Frage, warum.«

Torsten zuckte die Achseln. »Vielleicht ein Ablenkungsmanöver.«

»Deshalb will ich wissen, ob er heute noch mal weggeht und sich vielleicht mit irgendwem trifft.«

Eine Weile saßen sie schweigend im Auto und beobachteten den Hauseingang, dann klingelte Torstens Handy. »Hallo, Liebes. Was? ... Nein, ist gerade ganz schlecht. Aber ... Moment, ich frage mal nach und rufe dich zurück.«

Bedrückt berichtete er, dass sein Sohn Fieber hatte und seine Frau gleich zu einer wichtigen Fortbildung musste. Eigentlich hatte die Oma als Babysitterin einspringen sollen, aber die war nun ebenfalls krank geworden.

»Na, geh schon«, sagte Susanne lächelnd. »Ruf dir ein Taxi. Ich komm hier allein klar.«

Er atmete erleichtert auf. »Ich denke, so in ein, zwei Stunden ist Tönsdorf wieder fit. Dann kannst du ihn dir als Verstärkung rufen.«

Torsten telefonierte mit seiner Frau und bestellte sich dann ein Taxi an die nächste Straßenecke. »Wir werden beide mächtig Ärger bekommen. Jetzt lasse ich dich auch noch alleine Dienst schieben, obwohl du beurlaubt bist.«

Susanne winkte ab und zwinkerte ihm zu: »Wer weiß, vielleicht schaff ich's ja heute Abend, den Fall zu lösen. Dann ist das alles vergessen.«

Torsten grinste. »Unverbesserliche Optimistin!«

Er ging davon, und Susanne blieb im Wagen zurück. Allein arbeiten, als einsame Wölfin – das hatte nach wie vor seinen Reiz. Sie rauchte eine Zigarette und ließ den Hauseingang und die Ausfahrt der Tiefgarage nicht aus den Augen. Wenn es ihr vielleicht auch nicht gelang, den Fall vollständig aufzuklären, so musste sie doch unbedingt ein entscheidendes Stück vorankommen. Sonst drohte am Montag im Kommissariat gewaltiger Ärger. Na ja, dachte sie, für diese Art von Ärger bin ich ja bei der Kölner Polizei berüchtigt.

Bisher hatte ihr allerdings der Erfolg meistens Recht gegeben. Anderenfalls hätte der LPD sie längst dazu verdonnert, wieder die Uniform anzuziehen und Streifendienst zu schieben, das wusste sie genau.

Sie musste lediglich eine gute halbe Stunde warten, bis etwas geschah: Peter Gräwert kam aus dem Haus und wartete auf dem Bürgersteig. Bald darauf hielt ein Taxi, er stieg ein, und Susanne machte sich an die Verfolgung.

Wie sich zeigte, brachte das Taxi ihn nach Lövenbruch in die Firma. Vermutlich hatte er wegen des Whiskys nicht den eigenen Wagen nehmen wollen, was die Ordnungshüterin in Susanne lobend zur Kenntnis nahm. Sie parkte ihren Wagen hinter einem Lkw, von wo aus sie das Gräwert-Firmengebäude gut beobachten konnte, ohne selbst gesehen zu werden. Auf dem Parkplatz vor dem Haupteingang stand ein schwarzer 7er-BMW, eines dieser protzigen Monster, vermutlich mit Zwölfzylindermotor. Der Fahrer, ein bulliger Kerl im Maßanzug, lehnte lässig am Kotflügel und rauchte. Er wirkte, als trüge er eine Pistole unter dem Jackett.

Ein paar Minuten später fuhr ein silberner E-Klasse-Mercedes auf den Parkplatz. Carsten Willmer stieg aus und verschwand im Gebäude. Es war kurz nach vier Uhr nachmittags. Zum Glück stand Susannes Wagen im Schatten des Lkws. Sie ließ beide Seitenfenster herunter, lehnte sich im Sitz zurück und wartete.

Neben Andrea Willmers Büro befand sich auf der Chefetage von Gräwert Präzision ein Konferenzzimmer. Vier Männer saßen dort um einen runden Tisch. Einer von ihnen war Peter Gräwert, ein anderer Carsten Willmer. Der dritte Mann, ein korpulenter Rothaariger um die fünfzig, hieß Martinsson und bekleidete eine hohe Position im Vorstand des schwedischen Rüstungskonzerns SAB-Safeguard. Der vierte Mann war groß und schlank, etwas jünger als Martinsson, trug den Namen Hökberg und tauchte in den Gehaltslisten des Konzerns nicht auf, obwohl er seit vielen Jahren für besondere Aufgaben eingesetzt und gut bezahlt wurde. Er zeichnete sich durch eine geradezu aufreizende Freundlichkeit aus.

Gräwert räusperte sich, wandte sich an Hökberg und sagte: »Ich habe Ihren Rat befolgt und der Kripo die Lüge mit Andreas Männergeschichten aufgetischt. Aber ich bezweifle, dass sie sich davon lange irreführen lassen. Diese Kommissarin kann man nicht so leicht für dumm verkaufen.«

Hökberg entgegnete: »Es geht uns darum, etwas Zeit zu gewinnen, mehr nicht. Vertrauen Sie uns in solchen Fragen einfach, wir haben damit langjährige Erfahrung.«

Gräwert schlug mit der flachen Hand auf den Tisch. »Ihnen zu vertrauen, war der größte Fehler, den Andrea und ich je gemacht haben! Wegen Ihrer Stümperei und der Ihrer Handlanger ist Andrea jetzt tot, und alles, wofür wir beide geschuftet haben, steht vor dem Untergang!«

»Langsam, Peter«, sagte Martinsson beschwichtigend, »ich kann deinen Schmerz über den Tod deiner Schwester gut verstehen. Aber werde nicht ungerecht. Es war schließlich alles eure Idee. Als die Tests im offenen Meer problematisch verliefen und die Politiker wegen der Proteste der Tierschützer kalte Füße bekamen, wollte die Konzernleitung das Projekt abblasen. Wir hätten dir deinen Anteil an den Patenten ausbezahlt, und das wär's gewesen. Wir haben schließlich genug andere lukrative Rüstungsprojekte. Aber ihr wolltet ja unbedingt das Joint Venture. Ihr wolltet eure Firma um jeden Preis retten. Also habe ich mich in Stockholm für euch eingesetzt, und gemeinsam konnten wir das Projekt doch noch zum Erfolg führen. Die Nato-Generäle und -minister sind ganz heiß auf unser System! Dank Andreas genialer Idee sind alle Vorbehalte ausgeräumt und alle Verträge unterschrieben. Bald fließt das große Geld.«

»Aber zu welchem Preis?«, fragte Carsten Willmer mit zitternder Stimme. »Zu welchem Preis?«

Martinsson musterte ihn kühl. »Das Rüstungsgeschäft ist nichts für – wie sagt man auf Deutsch? – Weicheier. Wir handeln mit Krieg und Tod. Was glaubt ihr, wie wir uns auf den Märkten Lateinamerikas, Afrikas und Asiens behaupten – gegen die Konkurrenz aus den USA, aus Russland und China? Das geht nur mit Spezialisten wie Hökberg. Ihr hattet keine Skrupel, unser Geld zu nehmen, aber mit dem Blut, das daran klebt, wollt ihr euch nicht die Finger schmutzig machen.«

Aus Hökbergs Gesicht war die aufgesetzte Freundlichkeit verschwunden. »Hätten Sie, Herr Gräwert, damals auf dem Geburtstag von Herrn Willmers Vater nicht einen über den Durst getrunken, hätten Sie nicht mit Stephanie über Tierschutz gestritten und Andeutungen über Ihr Delphin-Projekt gemacht, wäre manches anders gelaufen.«

Carsten Willmer schaute Gräwert vorwurfsvoll an. »Ich war damals auch unheimlich wütend auf dich! Ich glaubte, meinen Ohren nicht zu trauen, als ich dich so reden hörte!«

Peter Gräwert senkte peinlich berührt den Blick. »Wie konnte ich ahnen, dass das solche Folgen haben würde?«

»Aber hätten Sie damals den Mund gehalten, wäre Stephanie

niemals auf die Idee gekommen, diese unglaubliche Aktion zu starten, nicht wahr?«, entgegnete Hökberg.

Gräwert biss sich auf die Lippe und schwieg.

Carsten Willmer schüttelte verzweifelt den Kopf. »Wie sollte ich ahnen, dass Stephanie mich dann ein paar Wochen später nur deshalb um einen Job in der Bank gebeten hat, weil sie auf diesem Wege an Informationen über Gräwert Präzision und SAB herankommen wollte?«

»Und wer hätte voraussehen können, dass dieses verrückte Mädchen sich mit einer anderen Verrückten und einem Einbrecher zusammentun würde, um den Delphin zu befreien und einen Bombenanschlag auf das Labor zu verüben? Dennoch ist es geschehen, da brauchen wir nicht weiter darüber zu lamentieren«, sagte Martinsson und fuhr nach einer kurzen Pause fort: »Wer will Hökbergs Männern verdenken, dass sie in dieser Situation überreagiert haben? Schließlich hatten sie den Auftrag, für Sicherheit und absolute Geheimhaltung zu sorgen.«

»Und was Maja Anselm angeht«, mischte sich Hökberg wieder ein, »das alles hat sich doch Ihre Schwester ausgedacht! Sie hat den Betrug eingefädelt, und ich muss zugeben, dass sie damit wirklich Talent bewiesen hat. Ich war schon an verdeckten Operationen in vielen Ländern beteiligt, aber eine Frau wie Ihre Schwester habe ich noch nicht kennen gelernt. Und Sie können mir glauben, so eine hätten wir gut gebrauchen können! Knallhart war sie, Hut ab, kann ich da nur sagen!«

»Wieso haben Sie sie dann nicht besser beschützt?«, fragte Gräwert erregt.

»Jean und Helene überwachen die Anselm jetzt seit sechs Monaten«, antwortete Hökberg, »und die verstehen ihr Handwerk.«

»Jean und Helene?«, fragte Carsten Willmer verwirrt.

»Das sind Kollegen aus der Schweiz. Haben früher für die CIA gearbeitet und dort alles gelernt, was man in diesem Geschäft können muss.« Hökberg zündete sich eine Zigarette an. »Seit Wochen haben wir darauf hingewiesen, dass die Anselm aus dem Ruder zu laufen drohte, dass sie zu viel trank und psychisch immer labiler wurde. Ihre Schwester hat uns doch selbst vorgeschlagen, sich mit der Anselm zu treffen, um sich ein Bild von ihrem Zustand zu machen und ihr gut zuzureden. Aus Holland bekamen wir die Nachricht, dass die Anselm dort pünktlich losgefahren war. Unser Mann hat sich mit seinem Wagen auf der anderen Straßenseite, gegenüber dem Waldweg, wo Ihre Schwester und die Anselm sich schon mehrfach getroffen hatten, postiert. Die Anselm kam, parkte hinter Ihrer Schwester und stieg zu ihr in den Wagen. Was im Wagen geschah, konnte unser Mann in der Dunkelheit nicht erkennen. Aber wer hätte schon damit gerechnet, dass sie Ihre Schwester ermorden wollte? Als die Schüsse fielen, stand unser Mann vor der Gewissensfrage, ob er nach Ihrer Schwester sehen sollte oder die Anselm verfolgen, die in ihrem Wagen davonbrauste. Was hätte er tun sollen? Natürlich hat er sich um Ihre Schwester gekümmert. Aber sie war schon tot, da war nichts mehr zu machen. Er hat mich angerufen, und ich habe ihn angewiesen, den Tatort zu verlassen.«

»Warum haben Sie keinen Arzt gerufen, verdammt?«, fragte Gräwert.

»Ich habe Ihnen doch schon gesagt, dass sie bereits tot war. Was hätte ein Arzt da noch nützen sollen? Wir wollten verständlicherweise mit der Sache nicht in Verbindung gebracht werden. Deswegen war es besser, abzuwarten, bis ein Unbeteiligter Ihre Schwester fand. Und so geschah es ja dann auch.«

»Woher soll ich sicher sein, dass Sie mich nicht anlügen?«
fragte Gräwert. Er starrte Hökberg wütend an und stieß hervor: »Vielleicht haben Sie in Wahrheit Andrea ermorden lassen und schieben den Mord nun Maja Anselm in die Schuhe!«
Zu Martinsson gewandt, rief er: »Kann doch sein, dass SAB
von Anfang an vorhatte, Andrea und mich auszubooten!«
Martinsson hob die Hände. »Peter, Peter, jetzt redest du
dummes Zeug.«
Carsten Willmer hustete, räusperte sich und sagte leise:
»Was ist, wenn Maja sich an die Öffentlichkeit wendet? Dann
war alles umsonst. Dann kann Gräwert Präzision dichtma-
chen, unsere Bank ist am Ende und bei SAB in Schweden
werden auch etliche Köpfe rollen.«
»So weit wird es nicht kommen«, sagte Martinsson ruhig.
»Die Anselm ist zu einem unkalkulierbaren Sicherheitsrisiko
geworden. Jean und Helene werden sich um sie kümmern.
Sie werden Maja zu einem Bootsausflug überreden, von dem
sie nicht zurückkehren wird. Bis morgen Mittag ist das Problem aus der Welt geschafft.«

Benni parkte seinen alten, verbeulten Renault Kombi auf der
Mole vor seinem Kutter. Er stieg aus und öffnete den Kofferraum. Dort standen zwei Kartons mit Lebensmitteln, ein
Kasten Bier und zwei Wasserkanister zur Auffrischung seiner Bordvorräte. Ein freies Wochenende lag vor ihm, und es
zog ihn hinaus aufs Meer. Abgesehen von der Zeit mit den
Delphinen im Park, fühlte er sich am glücklichsten, wenn er
mit der *Walrus* an den Friesischen Inseln vorbei hinaus in die
Nordsee fuhr, ins Reich der Wale, Delphine und Robben.
Von seinem Gehalt als Delphin-Trainer hätte er sich den Un-
terhalt des Kutters nicht leisten können, aber Benni verdien-
te im Sommer noch Geld dazu, indem er Touristen durch

die Waddenzee und zu den Inseln fuhr und ihnen die See-hundbänke und andere Naturwunder zeigte – ganz ähnlich, wie Chris es mit ihrer Waldschule machte, von der sie ihm erzählt hatte. Nur dass seine Schule auf dem Wasser schwamm.

Er trug den ersten Karton an Bord. Chris hatte er sofort ins Herz geschlossen. Sie schien das Gleiche für Tiere zu empfinden wie er. Fast bedauerte er, dass sie in festen Händen war, aber er hatte sofort an der Art, wie sie über ihn sprach, ge-spürt, dass sie ihren Jonas sehr liebte. Benni musste sich ein-gestehen, dass er beinahe schmerzhaften Neid auf das Glück der beiden verspürte. Er sehnte sich nach einer Frau, die sei-ne Liebe zum Meer teilte und sich Kinder wünschte. Wie aus-sichtslos seine Zuneigung zu Maja war, wurde ihm immer be-wusster. Schon früher hatte er vergeblich versucht, ihr zu zeigen, dass er mehr sein konnte als nur ein guter Freund. Aber sie schien davon nichts zu bemerken oder nichts zu be-merken wollen. Und seit sie sich in die Affäre mit diesem merkwürdigen Typen aus Arnheim gestürzt hatte, den man hier in Waddingen nie zu Gesicht bekam, war sie nur noch ein Schatten ihrer selbst.

Früher war sie schön rund gewesen, was Benni an Frauen schon immer gut gefallen hatte. Leider war sie in letzter Zeit dünn geworden und trank beängstigend viel. Lange hatte Bennie davon geträumt, dass Maja sich doch noch in ihn ver-liebte, dass sie zusammen Kinder haben könnten und Maja an seiner Seite glücklich und zufrieden werden würde. Aber er ahnte inzwischen, dass er diesen Traum für immer begra-ben musste. Besonders schlimm war es nach jenem nebligen Tag vor fünf Monaten geworden, als das Band zwischen Maja und den Delphinen zerrissen war. Benni rätselte noch immer, was sich damals eigentlich zwischen ihr und den Tieren abgespielt hatte. Er verstand es bis heute nicht. Seitdem betäubte Maja ihre Gefühle mit Wein und Likör.

Als er alle Vorräte an Bord geschafft hatte, machte er sich daran, die Lebensmittel in der Kombüse zu verstauen. Er dachte an die Stunden, die er mit Chris verbracht hatte. Chris strahlte einen ansteckenden Optimismus aus, eine Zuversicht, dass in der zerrütteten Beziehung zwischen Mensch und Natur doch noch eine Wende zum Besseren möglich war. Paradebeispiel für den Zustand dieser Beziehung war für Benni der Umgang der Menschen mit Walen und Delphinen. Wenn er diesen Zustand beschreiben sollte, schwankte er zwischen Verzweiflung und Hoffnung.

Die Häufigkeit einiger Walarten hatte zwar leicht zugenommen, seit 1986 das Fangverbot der Internationalen Walfangkommision in Kraft getreten war, aber die Verschmutzung der Meere schritt weiter fort. Es war fraglich, ob die Bestände an großen Walen nicht längst vom Menschen zu sehr dezimiert worden waren, um sich dauerhaft erholen zu können. Die Japaner töteten immer noch Tausende von Pott-, Brydeund Seiwalen, angeblich zu »wissenschaftlichen« Zwecken, während es in Wahrheit nur um Profit ging: Japanische Feinschmecker-Restaurants zahlten für ein Kilo Fleisch dieser sanften Riesen bis zu zweihundertachtzig Euro. Immer noch verendeten alljährlich Hunderttausende von Zwergwalen und Delphinen qualvoll als Beifang in den Fanggeräten der Fischereiindustrie. Manchmal befiel Benni eine tiefe Schwermut angesichts dessen, was die Menschheit anrichtete. Dann sehnte er sich danach, mit der *Walrus* auf den Ozean hinauszufahren, bis der Diesel zur Neige ging und der Motor stehenblieb. Dort in der unendlichen Weite die Wale zu treffen und für immer bei ihnen zu bleiben.

»Benni?«

Er ging an Deck und sah Jean unten auf der Mole stehen, Majas Schweizer Nachbarn. Das waren nette Leute, er und seine Frau Helene. Sie kümmerten sich um Maja, luden sie manchmal zu sich ein und sie sorgten sich wie Benni wegen Majas Alkoholkonsum.

»Sag, hast du morgen schon etwas vor?«

Benni zuckte die Achseln. »Ich werde wohl mit dem Kutter rausfahren.«

»Sehr gut. Was hältst du davon, wenn Helene und ich mitkommen und wenn wir Maja überreden, auch mitzufahren? Du weißt ja selbst, dass es Maja in letzter Zeit nicht gut geht. Vielleicht würde so ein gemeinsamer Meeresausflug sie auf andere Gedanken bringen. Was meinst du?«

Die Idee gefiel Benni auf Anhieb. Maja war schon seit Monaten nicht mehr mit ihm hinausgefahren, eigentlich seit diese unglückliche Geschichte in Arnheim begonnen hatte. Dabei wusste er doch, wie sehr sie den Ozean liebte. »Guter Vorschlag«, antwortete Benni.

»Helene und ich wollen nachher mal bei Maja reinschauen. Komm doch auch vorbei. Vielleicht gelingt's uns gemeinsam, sie zu überreden.«

Erfreut sagte Benni zu und nahm sich vor, Chris ebenfalls einzuladen. Jean lächelte, winkte ihm zu und eilte mit raschen Schritten davon. Benni ging von Bord, um noch ein paar Utensilien aus dem Wagen zu holen. Schmunzelnd gestand er sich ein, dass er am liebsten mit Chris allein hinausgefahren wäre – aber wenn Chris' Polizist und der dicke, braune Hund mitkamen, sollte es ihm auch recht sein.

Jan Piersman, einer der Waddinger Fischer, fuhr mit seinem rostigen Pick-up über die Mole, hielt neben ihm an und streckte den Kopf aus dem Fenster. »Hey, Benni, hab 'ne interessante Neuigkeit.«

»So? Was liegt an?«

»Delphine!«

Benni blickte ihn erstaunt an. »Wo?«

»Hab heute Morgen draußen welche gesehen, auf der Seeseite von Terschelling. Ziemlich viele. Mindestens zwanzig oder so. Ganz nah beim Inselstrand. Und nicht nur das: Ein paar haben meinen Kutter begleitet, wie eine Eskorte, und sind mit uns durchs Boomkensdiep bis in die Waddenzee geschwommen. Meines Wissens ist das nicht mehr vorgekommen, seit mein Opa zur See fuhr.«

»Stimmt«, sagte Benni. »Das ist seit Ewigkeiten nicht mehr passiert. Normalerweise muss man weit raus in die Nordsee fahren, um überhaupt noch welche zu Gesicht zu bekommen.« Er schaute Jan prüfend an. »Du willst mich doch nicht verarschen?«

»Quatsch!«, entgegnete der. »Wenn du mir nicht glaubst, frag Piet Vestdijk. Der hat sie auch gesehen.«

Benni bedankte sich bei Jan für den Tipp. Seine Stimmung hob sich. Was für ein Wunder! Delphine in der Waddenzee – da konnte er Chris morgen unter Umständen ein ganz besonderes Erlebnis bieten.

Und eine Hoffnung regte sich in ihm: Vielleicht löste die Begegnung mit den Delphinen auf offener See in Maja eine Veränderung aus. Vielleicht fand sie endlich wieder zu sich selbst.

Ungefähr eine Stunde war vergangen. Die Sonne kam allmählich um den Lkw herum, sodass es in Susannes Wagen warm wurde. Sie fing an zu schwitzen. Was mache ich hier eigentlich?, dachte sie. Ich sollte nach Hause fahren. Mit jeder Minute, die ich hier unbefugt im Dienstwagen herumsitze, obwohl ich beurlaubt bin, rückt die Wahrscheinlichkeit eines

Disziplinarverfahrens näher. Antweiler wird nicht ewig seine schützende Hand über mich halten können. Auch ihm sind Grenzen gesetzt.

Da sah sie Carsten Willmer aus dem Gräwert-Gebäude kommen und zu seinem Mercedes gehen. Was sollte sie tun? Auf Gräwert warten, sich an Willmers Fersen heften oder nach Hause fahren? Doch während sie darüber nachdachte, handelte sie schon. Die Entscheidung geschah einfach. Sie startete den Motor und fuhr ihm nach. Wenn sie vom Dienst suspendiert wurde, wollte sie wenigstens vorher das Schloss zur Aufklärung dieses verdammten Falls knacken, und wenn es das Letzte war, was sie in ihrer Kripo-Laufbahn tat. Ihr Bauch sagte ihr, dass Willmer das schwächste Glied in der Kette war und sie von ihm am ehesten Antworten erhalten würde.

Er fuhr Richtung Rodenkirchen. Vermutlich war er unterwegs zu seinen Eltern, die auf seine Söhne aufpassten. Was hatte er mit Gräwert besprochen? Wenn es um die familiäre Katastrophe gegangen war, die sie bewältigen mussten, hätten sie sich dafür wohl kaum in Gräwerts Firma getroffen. Und wem gehörte der BMW? Diese Zwölfzylinder-Schlachtschiffe waren die Autos der Konzernmanager und Spitzenpolitiker. Gräwert spielte also offenbar in einer höheren Liga, als man es bei einem mittelständischen Unternehmer vermuten würde. Der Wagen hatte ein Kölner Kennzeichen. Susanne hatte sich die Nummer auf das Clipboard am Armaturenbrett geschrieben, zögerte aber, bei der Leitstelle eine Halterfeststellung machen zu lassen. Dann wäre aktenkundig geworden, dass sie sich eigenmächtig im Dienst befand. Schließlich rief sie bei Torsten an und bat ihn, das für sie zu übernehmen.

Als er wenig später zurückrief, bog Carsten Willmer gerade

in Rodenkirchen in die Straße, wo das Haus seiner Eltern stand. »Der BMW ist auf eine Mietwagenfirma zugelassen, die ihr Büro am Köln-Bonner Flughafen hat. Sie vermieten Luxuslimousinen mit Fahrer an ausländische Manager und Geschäftsleute. Die Fahrer sind bewaffnet und als Leibwächter ausgebildet. Ich habe gleich mal auf der Büronummer der Firma angerufen, aber da läuft nur ein Anrufbeantworter. Müssen wir morgen früh noch mal versuchen.«

»Ist immerhin ein Anhaltspunkt.«

Ein ausländischer Manager – vielleicht von SAB-Safeguard?, überlegte Susanne. »Nimmt dein Kleiner dich sehr in Anspruch oder kannst du dich ein bisschen ans Telefon klemmen?«

»Nein, das geht jetzt. Er schläft.«

»Gut. Versuch mal rauszukriegen, ob auf dem Flughafen ein Business-Jet von SAB-Safeguard steht oder irgendeine andere schwedische Geschäftsreisemaschine. Ist nur eine Vermutung. Natürlich weiß ich nicht, ob die sich den Luxus leisten, ihre Manager mit eigenem Flugzeug reisen zu lassen.«

»Okay, ich schaue, was sich machen lässt.«

Susanne stellte den Motor ab und erneut begann die Warterei. Willmer war durch den Garten gegangen. Vermutlich saßen seine Eltern auf der Veranda. Susanne fragte sich, ob Frau Willmer möglicherweise sogar erleichtert über den Tod ihrer ungeliebten Schwiegertochter war. Kam sie als Mörderin in Frage? Völlig ausschließen ließ sich im Moment überhaupt nichts, zumal der Mord an Andrea Willmer nicht die Handschrift der Killer trug, die die jungen Leute auf dem Gewissen hatten.

Susanne wollte wissen, ob die Kinder bei den Großeltern waren, oder ob sich das Kindermädchen in Willmers Haus in Lövenbruch um sie kümmerte. Vorsichtig stieg sie aus und schlich geduckt hinter den parkenden Autos näher an das Willmer'sche Grundstück heran. Es gelang ihr, einen Blick auf die Veranda zu erhaschen. Dort waren Willmers Söhne. Er bückte sich gerade und umarmte beide sehr liebevoll, dann umarmte er auch seine Eltern. Es sah aus wie ein Abschied.

Rasch huschte Susanne zu ihrem Wagen zurück. Als Carsten Willmer auf die Straße trat, saß sie bereits wieder hinter dem Lenkrad, wenn auch etwas atemlos. Er ging zu seinem Mercedes, hielt dann aber plötzlich inne. Seine Mutter kam an den Gartenzaun. Willmer machte kehrt und umarmte sie erneut. Als er schließlich losfuhr, schaute ihm seine Mutter lange nach und wischte sich Tränen aus dem Gesicht. Susanne zögerte einen Moment. Sollte sie ihn davonfahren lassen und mit der Mutter sprechen? Aber da waren die Kinder und Carsten Willmers Vater. Ein offenes Gespräch würde vermutlich kaum möglich sein.

Kurz entschlossen folgte sie Willmer, der schon auf die Hauptstraße abgebogen war. Es gelang ihr gerade noch, zu ihm aufzuschließen, indem sie bei Dunkelgelb über eine Kreuzung rauschte. Er fuhr auf der Rheinuferstraße Richtung Innenstadt. Sie fühlte die elektrisierende Spannung, die sich immer dann einstellte, wenn sie einer Fährte folgte. Ich bin einfach Jägerin, dachte sie. Das war ich immer schon. Es liegt mir im Blut.

Als ihr klar wurde, dass er offenbar in Richtung Probsthof fuhr, stiegen allerlei gemischte Gefühle in ihr hoch. Tatsächlich setzte er in der Schwarzbachstraße den Blinker und hielt vor der Innenstadtwache am Straßenrand. Susanne wurde heiß und kalt. Wenn Willmer jetzt auf die Wache ging, bedeutete dies, dass der Kommissar vom Dienst seine Aussage zu Protokoll nehmen würde. Aus der intensiven Verabschiedungsszene, deren Zeugin sie gerade gewesen war, folgerte Susanne, dass Willmer etwas zu sagen hatte, wofür man ihn gleich in eine Zelle stecken würde. Susanne würde dann frühestens am Montag das Protokoll zu lesen bekommen. Diese Vorstellung machte sie fast wahnsinnig. Fahr weiter, Idiot!, dachte sie. Ich will, dass du es *mir* erzählst. Und zwar noch heute!

Willmer stieg aus dem Wagen. Gut, resignierte Susanne, Hauptsache, es kommt Bewegung in die Sache. Sie fragte sich, welcher Kollege gerade in der Wache Dienst hatte. Hoffentlich kein Stümper wie Broeckers oder Niemüller. Dann würde das Protokoll das Papier nicht wert sein, auf dem es geschrieben war. Willmer ging ein paar Schritte auf das Polizeigebäude zu. Doch dann blieb er unschlüssig stehen. Plötzlich drehte er sich rasch um, setzte sich wieder in den Wagen und fuhr weiter. Offenbar hatte er kalte Füße bekommen.

Susanne atmete auf. Jetzt war sie wieder am Zug. Ganz schön egoistisch, dachte sie. Ich hätte den Kollegen auf der Wache das Erfolgserlebnis gönnen sollen. Jetzt, wo Willmer sein Vorhaben, bei der Polizei eine Aussage zu machen, nicht in die Tat umgesetzt hatte, schien er nicht recht zu wissen, wie es weitergehen sollte. Er kurvte ziemlich plan- und ziellos durch die Innenstadt, fuhr so unkonzentriert, dass er fast eine rote Ampel überfuhr. Er stoppte abrupt und hätte dadurch beinahe einen Auffahrunfall verursacht. Susanne, die drei Wagen hinter ihm fuhr, trat glücklicherweise rechtzeitig auf die Bremse.

Hatte er seine Frau aus Eifersucht ermordet, weil er ihre ständigen Seitensprünge nicht mehr ertragen konnte, und quälte ihn nun sein Gewissen? Vielleicht hatte er die Gunst der Stunde nutzen wollen und gehofft, die Polizei würde an einen Zusammenhang mit den Morden an Stephanie und den

Ylmaz-Brüdern glauben, sodass man ihn nicht verdächtigte. Nein, diese Möglichkeit erschien Susanne extrem unwahrscheinlich. Zwischen all den Morden musste ein Zusammenhang bestehen. Und sie war fest entschlossen, Willmer zum Reden zu bringen.

12. Kapitel

Nach ihrem Strandspaziergang hatte Chris sich einen erfrischenden Bananenshake gemixt und saß nun auf Majas Veranda, während ihre Gastgeberin noch immer auf dem Sofa vor sich hin schnarchte. Jonas hatte sich noch nicht blicken lassen, und Chris hoffte, dass er besserer Laune sein würde, wenn er zurückkehrte. Sie vermutete, dass es eigentlich gar nicht ihre Verspätung war, die ihn verstimmt hatte. Schließlich kam es immer wieder mal vor, dass Chris die Zeit vergaß und diesbezüglich für Durcheinander sorgte. Obwohl es, wie sie fand, ohnehin besser geworden war. Inzwischen war sie ja auch schon Anfang dreißig und nicht mehr ganz so chaotisch.

Nein, sie hatte vielmehr den Verdacht, dass Jonas eifersüchtig auf Benni war. Und Eifersucht war ein Gefühl, das Jonas hasste. Da konnte er sich selbst nicht mehr leiden. Eigentlich benahm sich Jonas nicht besitzergreifend, das hätte Chris auch gar nicht mit sich machen lassen. Und in der Eifel war sie häufig allein unterwegs, beaufsichtigte die Waldarbeiter, veranstaltete ihre Naturseminare und dergleichen, ohne dass er ihr deswegen Vorwürfe machte.

Aber manchmal hatte sie das Gefühl, dass er darunter litt, nicht ebenfalls schamanische Träume oder das zweite Gesicht zu haben – eine Art spiritueller Minderwertigkeitskomplex. Er selbst konnte das nicht so richtig artikulieren und Chris spürte es eher, als dass Jonas offen darüber sprach. Jonas war einfach so herrlich normal – gerade das liebte sie so an ihm! Das machte ihn zu Chris' idealem Gegenpol, der Ruhe und Stabilität in ihr Leben brachte. Und seine bodenständig sorgfältige Art, mit den Dingen des Alltags umzugehen, die Fürsorge, die er Tieren und Pflanzen, aber auch Werkzeugen und Gerätschaften aller Art entgegenbrachte, sorgten für eine wunderbare häusliche Atmosphäre. Der Garten gedieh, und es gab im und ums Haus herum nichts, das Jonas nicht reparieren konnte. Außerdem baute er stabile Hochsitze, die Chris bedenkenlos erkletterte, und kochte hervorragend. Er ging wie Chris leidenschaftlich gern ins Kino und las nicht nur viel, sondern man konnte mit ihm auch gut über den Inhalt der Bücher diskutieren. Dass er lieber Bruce Springsteen, Billy Joel, Johnny Cash und die Bläck Fööss hörte als Tracy Chapman, konnte sie verschmerzen – bei Grönemeyer, Irish Folk und Barockmusik traf sich ihr Geschmack dann wieder. Nein, Chris hätte Jonas nicht gegen einen ganzen Harem indianischer Schamanen eintauschen wollen!

Es klingelte an der Tür.

Ah, das wird Jonas sein, dachte Chris. Ich muss ihm das, worüber ich da eben nachgedacht habe, unbedingt sagen. Es scheint eben doch nicht zu genügen, wenn ich ihm meine tiefe Verbundenheit nur signalisiere. Daran sieht man doch mal wieder, dass Frauen und Männer grundverschieden sind: Frauen spüren solche Dinge, Männern musst du sie erklären. Und wenn Jonas begriff, was sie ihm zu verstehen geben wollte, konnte er sich bestimmt entspannen und war nicht länger eingeschnappt.

Auf dem Weg zur Haustür warf Chris einen missbilligenden Blick auf Maja, die noch immer im Wohnzimmer auf dem Sofa schlief. Natürlich brachte Chris ein gewisses menschliches Verständnis auf, aber im Grunde waren ihr betrunkene Menschen zuwider.

Mister Brown lief hinter ihr her, und in der Diele bellte er laut. »Schsch!«, machte Chris. »Du weckst Maja auf.«

Benni stand vor der Tür.

Hmpf.

Das war nun doof. Natürlich musste sie ihn hereinbitten. Aber garantiert würde ein paar Minuten später Jonas aufkreuzen und neuerlich nervös werden, wenn er Chris und Benni plaudernd auf der Veranda vorfand.

Aber was sollte sie machen? Sie bot Benni von ihrem alkoholfreien Bananenshake an, und als sie aus der Küche ins Wohnzimmer gingen, war das Sofa leer. Chris hörte, wie im Bad die Dusche zu rauschen begann. So was! Offenbar hatte Mister Browns Gebell Maja tatsächlich geweckt, und sie war im Bad verschwunden, ohne auch nur Hallo zu sagen.

Chris und Benni hatten erst ein paar Worte gewechselt, und er berichtete gerade aufgeregt, dass vor der Insel Terschelling Delphine gesichtet worden waren, als die Haustür aufgeschlossen wurde. Jonas kam herein, vom Hund freudig begrüßt. Als Jonas Benni bei Chris sitzen sah, verzog er das Gesicht missmutig und setzte sich etwas abseits in Majas kitschige Hollywoodschaukel. Nach einer knappen Begrüßung begann er mit Benni ein verkrampftes Gespräch über den Meerespark. »Die Lagune ist wirklich sehr schön«, sagte er. »Aber das Becken für die Walrosse finde ich zu klein.«

Chris fühlte eine Welle der Zuneigung. Mein Jonas!, dachte sie. Er hat das mit den Walrossen auch gleich bemerkt. Los, setz dich zu ihm, sagte sie sich, damit er sein Revier abstecken kann. Sie gesellte sich zu Jonas auf die Schaukel, der auch sofort seinen Arm um sie legte. Dagegen hatte Chris überhaupt nichts einzuwenden, und sie spürte, wie er sich etwas entspannte.

Wieder klingelte es an der Tür. Heiliger Grizzlybär, dachte Chris, es geht hier ja zu wie in einem Taubenschlag! Sie ging zur Tür. Im Bad rauschte immer noch die Dusche.

Diesmal waren es die Schweizer von nebenan, Jean und Helene, mit einer Schüssel Salat, einem Baguette und einer großen Käseplatte. Chris, deren Magen schon vor einiger Zeit zu knurren begonnen hatte, ließ sie gerne herein.

»Wir dachten, wir schauen mal nach euch«, sagte Helene. »Maja ist heute wohl wieder … unpässlich?«

»Könnte man so sagen. Sie duscht gerade.«

Kurze Zeit später saßen sie alle auf der Veranda und machten sich über das mitgebrachte Essen her. Maja war inzwischen aus dem Bad aufgetaucht, mit nassen Haaren, verquollenen Augen und zittrigen Händen. Sie begrüßte Chris schüchtern und mit so schlechtem Gewissen, dass Chris sie doch erst einmal kräftig knuddelte.

Benni erzählte erneut begeistert von den Delphinen im Wattenmeer. Jean sagte: »Maja, mit Benni habe ich vorhin schon kurz gesprochen, und er findet die Idee gut. Helene und ich würden nämlich gerne morgen mit euch beiden eine Tour auf Bennis Kutter unternehmen. Jetzt, wo auch noch Delphine aufgetaucht sind, ist es natürlich besonders interessant.« Er lachte. »Für uns Schweizer Landratten wird's Zeit, endlich mal Seeluft zu schnuppern. Na, und wo wir nun schon einmal neben einer so angesehenen Meeresexpertin wohnen …«

Chris mochte sein Lachen nicht. Sie fragte sich, warum ihr die beiden so unsympathisch waren. Immerhin schmeckte der Salat ausgezeichnet.

Selbst die Aussicht, Delphine zu sehen, schien Majas schwermütige Stimmung nicht aufzuhellen. Chris glaubte schon, sie würde ablehnen, doch Maja sagte: »Gern. Eine gute Idee. Weit hinausfahren. Ja. Darauf habe ich Lust.« Ihr

Tonfall klang allerdings, als hätte man sie zu einer Trauerfeier eingeladen. Du meine Güte, dachte Chris, sie ist wirklich depressiv.

Benni lächelte Chris an. »Natürlich bist du auch herzlich eingeladen.«

Chris warf einen vorsichtigen Blick in Jonas' Richtung. Auf seiner Stirn waren zwei steile Falten erschienen.

Ziemlich spät fügte Benni hinzu: »Du kannst natürlich auch mitkommen, Jonas. Und der Hund.«

Chris war hin und her gerissen. Einerseits wollte sie für ihr Leben gern die Delphine draußen im Meer beobachten. Andererseits fand sie die Aussicht eher beunruhigend, den ganzen Tag mit Jonas und Benni auf Bennis Kutter zu verbringen. Das würde bestimmt eine ziemlich verkrampfte Atmosphäre geben. Jonas nahm ihr die Entscheidung ab, indem er knurrte: »Okay, meinetwegen. Ich bin zwar nur ein Bauer aus der Eifel, aber seekrank werde ich so schnell nicht.«

Chris hätte ihm am liebsten einen Rippenstoß versetzt. Alter Brummkopf, dachte sie.

»Auf eines muss ich euch allerdings noch hinweisen«, sagte Benni. »Mein Funkgerät ist seit gestern kaputt, und bis morgen lässt sich der Schaden nicht beheben. Erst nächste Woche. Ich selbst kann darauf verzichten. Wenn ich draußen bin, stelle ich es ohnehin meistens ab, weil ich nicht gestört werden will, auch wenn das nicht ganz den Vorschriften entspricht. Im Notfall besteht dann natürlich keine Möglichkeit, Hilfe herbeizurufen.«

Jean winkte ab. »Das verleiht der Sache einen besonderen Reiz, finde ich. Schließlich sind die Menschen jahrhundertelang ohne Funkgerät zur See gefahren. Oder hast du damit ein Problem, Liebes?«

»Ach wo«, sagte Helene. »Ich kenne keine Angst, das weißt du doch.«

Man verabredete, sich am nächsten Morgen um halb acht an der *Walrus* zu treffen, sodass der Tag gut ausgenutzt werden konnte. Danach plätscherte das Gespräch belanglos und, zumindest was Jonas anging, recht gezwungen dahin.

Sobald der Besuch sich verabschiedet hatte, murmelte Maja entschuldigend, sie wisse, dass sie eine furchtbar schlechte Gastgeberin sei und es täte ihr Leid, aber sie müsse sich nun hinlegen, sonst käme sie morgen früh nicht rechtzeitig aus dem Bett.

Chris und Jonas bereiteten sich im Gästezimmer auf die Nacht vor, mit Mister Brown als lebendem Bettvorleger. Während sie sich auszogen, sagte Chris: »Du bist eifersüchtig wegen Benni, gib's zu.«

Jonas druckste einen Moment herum, dann sagte er: »Stimmt.«

»Ist aber doch albern.«

»Ich weiß. Und du weißt auch, wie schwer es mir fällt, über meine Gefühle zu reden.«

»Versuch's trotzdem.«

Jonas seufzte und setzte sich aufs Bett. »Ich werde einfach niemals so indianisch oder naturverbunden sein wie zum Beispiel dieser Benni. Manchmal denke ich, dass dir da vielleicht was fehlt, etwas, das ich dir nicht geben kann. Ich hab dann oft Angst, dich zu verlieren – an irgend so einen Wilden, der mit Bäumen redet oder mit Walen singt.«

Jetzt war der Moment gekommen. Chris holte tief Luft. »Da ist was, was ich dir immer schon mal sagen wollte. Ich hab gedacht, du würdest es spüren, aber das ist wohl ein Fehler von uns Frauen. Euch Männern muss man eben alles erklären. Also: Ich würde niemals einen Partner haben wollen, der ebenso verrückte Träume und Visionen hat wie ich. Ich finde es wunderbar, dass du ganz normal und bodenständig bist, verstehst du? Und das finde ich auch bei Susanne wunderbar. Ihr beide seid Balsam für meine Seele. Es ist nett, ab und zu auf Schamanentreffen zu fahren oder mich mit meinen Kollegen per E-Mail auszutauschen. Aber es gibt doch nichts Langweiligeres als eine Bande von Fachidioten, die in ihrem eigenen Saft schmoren, ob's nun Zahnärzte, Juristen oder Schamanen sind. So einer wie Benni würde mir nach kurzer Zeit tierisch auf die Nerven gehen, weil wir uns zu ähnlich sind! Verstehst du das?«

Jonas schaute sie erstaunt an. Dann lachte er. »Warum hast du mir das denn nie gesagt? Jetzt sind wir schon so lange zusammen, und ich habe immer geglaubt, dass du mich *trotzdem* magst, obwohl ich so unschamanisch bin. Ich dachte, das ist ein Makel, den du eben in Kauf nimmst. Aber du willst mich gerade deshalb! Du bist sozusagen ganz versessen auf meine Normalität.«

Chris nickte heftig. »Fahr ich total drauf ab.«

Er breitete die Arme aus. »Ach, mein Bärchen! Du ahnst ja nicht, was für ein Stein mir vom Herzen fällt! Komm her!«

Das tat Chris gern, und sie liebten sich – sanft und leise, um Maja nicht zu stören. Anschließend lag Chris dicht neben ihm und fühlte sich weich, warm und glücklich. Sie musste an die Delphine in der Lagune denken. Mit Jonas zu schlafen, war so leicht und natürlich wie der Tanz zweier Delphine im Ozean.

»Weißt du«, sagte Jonas, »du solltest morgen allein mit den anderen zu den Delphinen fahren. Du bist schließlich hergekommen, um deinen Traum zu entschlüsseln, und ich finde, dass du dich morgen ganz auf diese Erfahrung einlassen können musst, ohne dass ich oder der Hund dich ablenken. Bestimmt hat es etwas zu bedeuten, dass ausgerechnet jetzt, zum ersten Mal seit Jahrzehnten, Delphine ins Wattenmeer gekommen sind. Mister Brown und ich machen uns derweil einen gemütlichen Strandtag. Abends kannst du mir dann alles erzählen.«

Meistens fand Chris es herrlich, wenn Jonas sie begleitete. Aber ab und zu kam es vor, dass sie lieber allein loszog. Diesmal war das der Fall, und dass Jonas es selbst spürte, machte sie sehr froh. »Danke«, sagte sie und küsste ihn zärtlich.

Susanne fuhr seit Stunden Carsten Willmer hinterher und war der Verzweiflung nahe. Er kurvte herum – sinnlos, ziellos, endlos. Über die Zoobrücke, die Deutzer Brücke, den Militärring, nach Niehl, nach Riehl, dann über die Mülheimer Brücke. Über die Flughafenautobahn. Das nächtliche Lichtermeer Kölns zog auf immer neuen Routen an Susanne vorbei. Sie hielt es für unwahrscheinlich, dass er sie bemerkt hatte und sich einen Spaß daraus machte, sie zum Narren zu halten. Nein, sein planloses Umherfahren hatte etwas Verzweifeltes.

Als sie sich auf der Flughafenautobahn zum zweiten Mal der Tankstelle Schloss Röttgen näherten, diesmal aus der anderen Richtung, hielt Willmer an, um aufzutanken. Das war gegen halb zwei Uhr nachts. Susanne überlegte, ob sie ihn hier an der Tankstelle zur Rede stellen sollte. Dass er sie nicht bemerkt hatte, stand nun jedenfalls fest: Er wirkte geistesabwesend und hätte sie vermutlich nicht einmal erkannt, wenn sie dicht an ihm vorbeigegangen wäre. Seine Bewegungen waren fahrig und unkonzentriert. Herrgott, konnte der Mann nicht endlich nach Hause fahren und sich schlafen legen? Oder hatte er am Ende vor, sich umzubringen und fand keine geeignete Stelle für einen Suizid?

Nach dem Tanken fuhr er endlich in Richtung Lövenbruch. Zu Hause schnappe ich ihn mir, dachte Susanne. Und dann? Sie hatte keinen Kollegen als Zeugen dabei, nicht mal ein Diktiergerät. Du bist dabei, Mist zu bauen, sagte sie sich. Sollte sie Tönsdorf aus dem Schlaf klingeln? Sie zögerte einen Moment, dann entschloss sie sich, Antweiler anzurufen. Nach dem vierten Klingelton meldete er sich verschlafen. »Susanne? Wo, zum Teufel, steckst du?« Sie berichtete kurz, wo sie war und was sie trieb. Eine längere Pause entstand. Dann sagte er, mit nun erstaunlich wacher Stimme: »War wohl ein Fehler, dich zu beurlauben. Hätte ich mir denken können, dass du so was tun würdest. Okay, ich komme. Wir treffen uns vor Willmers Haus. Wenn er schon so weit war, dass er vor der Wache gestanden hat und reingehen wollte, ist er jetzt nach der stundenlangen Fahrerei garantiert mürbe.«

»Bring deine Dienstwaffe mit. Man kann nie wissen.«

Willmer fuhr endlich und endgültig nach Hause. Es war nicht möglich, ihn noch auf der Straße abzufangen, da er vom Wagen aus sein elektrisches Garagentor öffnete und aus der Garage direkt ins Haus ging.

Antweiler traf fast zeitgleich mit Susanne in Lövenbruch ein. Er stieg aus dem Wagen, nickte ihr zu und sagte: »Wird Zeit, dass wir diesen verdammten Fall endlich knacken.«

Als sie sich dem Haus näherten, wurde drinnen in der Diele das Licht ausgeschaltet. Susanne klingelte an der Tür. »Herr Willmer?«, rief sie. »Ich weiß, dass Sie da sind. Kriminalpolizei. Öffnen Sie, wir müssen mit Ihnen reden.«

Willmer reagierte nicht, aber Susanne glaubte förmlich, hinter der verchromten Metalltür in der dunklen Diele stehen zu sehen, mit hängenden Schultern und zitternden Knien.

»Und was machen wir jetzt?«, fragte Antweiler.

»Andere Maßnahmen ergreifen«, sagte Susanne.

»Falls jemand fragt – ich bin nur rein zufällig hier.« Im Lichtschein der Straßenlaterne sah Susanne Antweiler wissend grinsen.

Gefolgt von ihrem Chef ging Susanne durch den noch unfertigen Garten um das Haus herum. Vor der Verandatür blieb sie stehen. Das Wohnzimmer war hell erleuchtet. Susanne sah Willmer neben der Wendeltreppe stehen, die nach oben zum Büro seiner toten Frau führte. Verloren stand er dort, einsam und offensichtlich unfähig, irgendeine Entscheidung zu treffen. Susanne beschloss, ihm die Entscheidungsfindung zu erleichtern. Sie zog ihre Dienstwaffe, fasste sie am Lauf, holte aus und zertrümmerte das Glas der Verandatür. Antweiler sagte überhaupt nichts, und vermutlich war das auch besser so.

Als Hökbergs Handy klingelte, schimpfte Fredman, der am Steuer der Limousine saß, wieder einmal vor sich hin. »Wir hätten uns längst absetzen müssen«, sagte der blonde Bodybuilder. »Was ist, wenn der Jet in Köln-Bonn keine Startfreigabe mehr bekommt? Warum zögert Martinsson so lange? Hängt da mit Gräwert im Labor rum und quatscht und quatscht. Er hat die Sache nicht mehr im Griff. Es ist zu viel schief gegangen. Zu viele Tote. Zu viel Polizei. Ich wette, Martinsson steht in der Zentrale längst auf der Abschussliste.«

»Halt endlich dein Maul, Fredman! Du wirst nicht für's Reden bezahlt.« Hökberg meldete sich.

Sund war am Apparat. »Willmer ist endlich nach Hause gekommen«, sagte er.

Hökberg atmete erleichtert auf. Seit Stunden suchten sie diesen Idioten. Während Hökberg und Fredman in der Stadt herumgekurvt waren, hatte Sund vor Willmers Haus gewartet.

»Aber gleich danach ist diese Kommissarin aufgekreuzt«, fuhr Sund fort. »Mit einem Kollegen. Zuerst haben sie geklingelt, aber nachdem Willmer nicht aufgemacht hat, sind sie ums Haus herumgegangen und haben offenbar die Verandatür eingeschlagen. Jedenfalls hat es sich so angehört.«

»Was sind das denn für Bullen?«, wunderte sich Hökberg.

»Unternimm nichts, bis wir da sind. Du kannst es nicht allein mit zweien von denen aufnehmen.«

»Und wenn sie ihn zum Verhör mitnehmen?«

»Dann leg sie alle drei um, wenn sie aus dem Haus kommen.«

»Das ist ... das ist ... Hausfriedensbruch«, stammelte Willmer.

Susanne erwiderte: »Angesichts der vielen Toten scheint mir das angemessen zu sein. Wir werden Ihnen jetzt so lange Gesellschaft leisten, bis Sie uns endlich sagen, was Sie wissen.« Demonstrativ setzte sie sich aufs Sofa.

Antweiler ließ sich rechts neben ihr nieder, stellte sein Diktiergerät auf den Tisch und sagte: »Sie waren doch schon fast so weit, bei uns am Probsthof auszupacken. Los, Mann! Reden Sie! Erleichtern Sie endlich Ihr Gewissen.«

»Sie ... haben gesehen, dass ich ... Also sind Sie mir die ganze Zeit nachgefahren!«

Susanne nickte.

Willmer ließ sich schwer in den Sessel rechts von Antweiler fallen. »Es ist alles, aber auch wirklich alles schief gegangen! Ich hätte auf meine Mutter hören sollen. Ich habe mich auf Dinge eingelassen, die eine Nummer zu groß für mich waren ... und zu böse.«

Plötzlich wirkte er gelöst, beinahe entspannt. »Mein Gewissen erleichtern ... ja. Dadurch werden die Toten nicht wieder lebendig, aber zumindest bekommen alle, die Unrecht getan haben, ihre Strafe. Meine Mutter hatte mich am Nachmittag schon überredet, zur Polizei zu gehen, aber als ich dann vor dem Kommissariat stand, konnte ich es nicht. Ich glaube, ich war mein ganzes Leben lang ein Feigling.«

»Dann schießen Sie mal los: Welcher Zusammenhang besteht zwischen der Firma Gräwert Präzision, dem Bankhaus Sonderath und SAB-Safeguard?«, fragte Susanne, um ihn vom Lamentieren abzubringen.

»Peter, also Herr Gräwert, hat in der Entwicklungsabteilung von SAB-Safeguard gearbeitet. Er hat dort ein neuartiges Ortungssystem für Kriegsschiffe entwickelt, das mit ultrastarken Niedrigfrequenz-Sendern arbeitet und eine lückenlose Abtastung großer Meereszonen ermöglicht. Er ist Mitinhaber der entsprechenden Patente. Nach dem Tod ihres Vaters wollten Andrea und er einen Teil der geplanten Produktion zu sich nach Köln holen, um damit ihre Firma zu sanieren. Es geht um einen Großauftrag: Die Kriegsmarinen sämtlicher Nato-Staaten und möglicherweise auch noch die einiger anderer Länder wollen ihre Schiffe nicht nur mit diesem neuen System ausrüsten, sondern zusätzlich auch mit neuartigen U-Boot-Abwehrwaffen, die mit dem Ortungssystem gekoppelt sind. Diese Waffen würden dann von SAB in Schweden produziert, während das Ortungssystem bei Gräwert gefertigt werden soll. Das Auftragsvolumen beträgt insgesamt mehrere Milliarden Euro.«

»Dafür kann dann schon mal der eine oder andere Mord auf der Spesenrechnung stehen«, bemerkte Antweiler trocken.

»Zumindest steht für alle Beteiligten eine Menge auf dem Spiel«, sagte Willmer. »Vor allem für Gräwert und unsere Bank. Bei der Firma Gräwert geht es buchstäblich um alles oder nichts, und auch wir stehen am Rande einer Katastrophe, wenn Gräwert aufgeben muss. Dadurch würde eine Art

Erdrutsch ausgelöst, der uns bei der gegenwärtigen Rezession alle in den Abgrund ziehen würde. Wir sind ein kleines privates Bankhaus, dessen Reserven fast aufgebraucht sind.«

Susanne erinnerte sich daran, was Benni über die Tests von Ortungsgeräten auf hoher See erzählt hatte, und fragte: »Aber die Erprobung des Systems draußen im Meer entsprach nicht den Erwartungen?«

Willmer schaute sie erstaunt an: »Davon wissen Sie bereits? Ja und nein: Das System hat alle Tests im Atlantik und im Mittelmeer glänzend absolviert. Es ermöglicht absolute Kontrolle, kein feindliches Schiff kann ihm entgehen. Die Militärs waren hoch zufrieden. Nur gab es eine unerfreuliche Nebenwirkung: Immer wenn die Geräte getestet wurden, strandeten in dem jeweiligen Seegebiet tote Delphine und Wale. Bei der Untersuchung dieser Tiere ergab sich, dass sie an Blutungen im Gehirn gestorben waren. Es sah ganz danach aus, als ob die extremen Infraschallwellen, die das Sonar aussendet, für den Tod der Tiere verantwortlich waren. Daraufhin bekamen die beteiligten Regierungen kalte Füße und drohten, die Aufträge zu stornieren. Man fürchtete den Verlust von Wählerstimmen. Schließlich sind Wale und Delphine die Lieblings-Wappentiere von Greenpeace und Co.«

»Womit Gräwert und Co dann hätten einpacken können«, ergänzte Antweiler.

»Genau. SAB-Safeguard hätte den Stopp des Projekts vielleicht verschmerzen können. Wir aber nicht. Da kam meine Frau auf eine, wie es zunächst schien, grandiose Idee: Was die Militärs brauchten, war eine Beruhigungstablette, die sie ihren zuständigen Ministern und Staatssekretären verabreichen konnten. Eine wissenschaftliche Studie, mit der die Unbedenklichkeit unseres Sonarsystems bescheinigt wurde.«

»Einen Persilschein«, sagte Susanne.

»Wie schon gesagt, die Militärs waren wirklich scharf auf unser System. Man musste nur eine Möglichkeit finden, ihm politisch den Weg zu ebnen. Daraufhin wurde im Kellergeschoss des Gräwert-Verwaltungsgebäudes ein Labor gebaut. Mit eigenem Versuchsbecken, in das ein junger Delphin gesetzt wurde ...«

Susanne unterbrach ihn. »Der Delphin, den ihre Schwester später befreit hat, und der, wie wir inzwischen herausgefunden haben, deutliche Gehirnschädigungen aufwies.«

»Nein. Es wurden nacheinander vierzehn Delphine ... *verbraucht,* muss man wohl sagen. Dreizehn verendeten während der Tests. Den vierzehnten hat Stephanie mit ihren Freunden befreit. Zum Glück scheiterte der Bombenanschlag, den sie außerdem geplant hatten.«

»Wie das?«

»Sie wurden entdeckt, ehe sie den Sprengsatz anbringen konnten. Und da war es ihnen dann wohl wichtiger, mit dem Delphin zu entkommen.« Die Fragen nach Stephanie waren Willmer eindeutig sehr unangenehm. Rasch wechselte er das Thema: »Um auf die Tests zurückzukommen: Es zeigte sich tatsächlich, dass die Vermutungen richtig waren. Das Sonar hatte den Tod der Delphine und Wale in den jeweiligen Gebieten verursacht. Wenn es aktiviert wurde, krümmten sich die Delphine vor Schmerzen, und wenn sie den Infraschall-Frequenzen über längere Zeit ausgesetzt wurden, starben sie.«

»Und da hat man dann die Forschungsergebnisse gefälscht«, schloss Susanne.

»Die Militärs und Politiker wollten es gar nicht so genau wissen. Die waren froh, wenn sie ihren Persilschein bekamen. Und so wurden ein paar Delegationen ins Labor geführt, denen dann ein vergnügt herumschwimmender Delphin präsentiert wurde. Man tat so, als würde das Sonar eingeschaltet.

Da es aber nicht wirklich lief, zeigte der Delphin natürlich auch keine Reaktion. Die Damen und Herren sind alle sehr gerne auf diesen Trick hereingefallen. Bei einigen wurde noch ein bisschen mit Schmiergeld nachgeholfen. Alles lief bestens. Was noch fehlte, war ein international angesehener Wal- und Delphinexperte, der seine Unterschrift unter die gefälschte Studie setzte und ihr damit Glaubwürdigkeit verlieh. Aber Andrea hatte auch daran gedacht. Sie überließ einfach nichts gerne dem Zufall.« Er machte eine Pause, atmete tief durch, schaute Susanne an und sagte: »Meine Frau war bisexuell, müssen Sie wissen.«

»Bisexuell?«

»Ich nehme nicht an, dass ich Ihnen die Bedeutung des Wortes erklären muss. Sie hatte immer wieder intime Beziehungen mit anderen Frauen.«

»Und Sie haben davon gewusst?«, fragte Susanne.

»Nicht von Anfang an. Und zu Beginn unserer Ehe war sie mir wohl auch treu. Aber als die Kinder etwas größer wurden ...«

»Ging sie ihren früheren Neigungen wieder nach.«

»Ich glaube, sie hat mich wirklich geliebt. Und sie bemühte sich, diese Neigung ... auf eine Weise zu befriedigen, die mich möglichst wenig verletzte. Ab und zu eine kurze Bekanntschaft in einer Bar ..., Sie verstehen?«

Frauenbekanntschaften, keine Männergeschichten. In diesem Punkt hatte Peter Gräwert also gelogen.

»Wie dem auch sei – für das von ihr ausgeheckte Betrugsmanöver erwies sich ihre Bisexualität als äußerst nützlich ...«

Irgendetwas ließ Susanne plötzlich aufschauen und Richtung Verandatür blicken. Sie sah, wie jemand einen Gewehrlauf ins Zimmer schob. Dann ging alles sehr schnell. Sie schaffte es gerade noch, sich reflexartig vom Sofa auf den Boden fallen zu lassen, als auch schon der erste Schuss fiel.

Die Kugel traf Willmer in die Schläfe. Die zweite Kugel zerfetzte ihm den Oberkiefer. Antweiler hatte sich bereits zur Seite geworfen, als die dritte Kugel seinen rechten Oberarm streifte. Noch bevor Willmer tot vornüberfiel, hatte Susanne die Deckenlampe zerschossen. Für einen Augenblick herrschten völlige Dunkelheit und Stille, dann flammte an der Verandatür das Mündungsfeuer des Gewehrs auf, als der Schütze eine ungezielte Salve in Richtung Sofa feuerte, die aber weder sie noch Antweiler traf. Danach schien er keuchend hinter der Hauswand in Deckung zu gehen. Susanne hörte seinen nervösen Atem, das schabende Geräusch seiner Schuhe auf den Steinfliesen.

»Ich lebe noch«, flüsterte Antweiler. »Aber ich kann nicht schießen. Mein Arm.«

Mochten die Kollegen über Susannes Trainingseifer noch so schmunzeln, jetzt zahlten sich die Stunden im Schießstand und auf der Nahkampf-Matte aus. In ihren Adern pulsierte das Adrenalin, sie fühlte sich ungeheuer wach und erstaunlich ruhig. In zwei, drei schnellen Sprüngen glitt Susanne durch das Zimmer und ging neben dem Hifi-Schrank in Position. Von hier aus konnte sie die Veranda und das ganze Zimmer besser überblicken. Sie hatte einen entscheidenden Vorteil: Im Zimmer war es nun dunkler als draußen, wo der Mond schien und das Licht einer Straßenlampe für Beleuchtung sorgte.

Susanne lauschte. Es schien unwahrscheinlich, dass der Schütze allein gekommen war. Und bestimmt besaß einer der Komplizen, wenn es ihr Job gewesen war, für SAB-Safeguard die Willmers zu überwachen, einen Schlüssel für das Haus. Sie hatte den Gedanken noch nicht ganz zu Ende gedacht, als sie hörte, wie jemand leise die Haustür öffnete. Sie griffen also von zwei Seiten an. Eigentlich war das klug, nur schätzte der zweite Angreifer die Lichtverhältnisse im Haus falsch ein. Zu viel Licht fiel von draußen in den Durchgang zwischen Diele und Wohnzimmer. Als die schattenhafte Gestalt neben der Wendeltreppe auftauchte, schoss Susanne sofort. Sie wollte ihn zwar nicht töten, hatte aber in dieser Situation keine andere Wahl, als auf seinen Körper zu zielen. Er brach mit einem gepressten Stöhnen zusammen.

Bevor der Mann auf der Veranda wieder das Feuer eröffnete, tauchte Susanne hinter dem Hifi-Schrank unter. Seine Gewehrsalve ging ins Leere. Und als sie rechts am Hifi-Schrank vorbeizielte, bot er ihr seine ungeschützte linke Körperseite dar. Sie schoss ihm in die Schulter. Er schrie, riss den Gewehrlauf herum, doch da hatte Susannes zweiter Schuss ihn bereits im Oberschenkel getroffen. Das Gewehr fiel klirrend auf die Steinfliesen. Über das Stöhnen des Mannes hinweg hörte Susanne draußen im Garten einen dritten Komplizen wegrennen. Er hatte offenbar genug.

Schnell wie eine Gepardin war Susanne auf der Veranda, die Glassplitter knirschten unter ihren Füßen. Sie rannte vorbei an dem maskierten Gewehrschützen, der sich vor Schmerzen keuchend auf dem Boden wälzte – soweit sie sehen konnte, handelte es sich um den blonden Bodybuilder. Der dritte Mann war vermutlich der Chef. Chefs hielten sich im Hintergrund, und wenn es brenzlig wurde, machten sie sich aus dem Staub. Es sei denn, sie hatten Antweilers Format.

Er hatte seinen Wagen fast erreicht, doch ehe er einsteigen konnte, war Susanne hinter ihm. »Waffe weg, Hände über den Kopf und langsam umdrehen!«, fauchte sie.

Vorsichtig zog er seine Pistole aus dem Schulterhalfter und warf sie auf den Asphalt. Er war groß und schlank. Als er sich umgedreht hatte, sagte Susanne: »Wollmaske abnehmen! Und wenn Sie so nett wären, sich vorzustellen!«

Er zog sich die Maske vom Kopf und sagte: »Hökberg.«

Statur und Stimme passten. Sie war sicher, den Drecksack aus der Fabrikhalle vor sich zu haben, den Boss des blonden Bodybuilders.

Mit freundlicher Stimme, jedoch spürbar verkrampft und nervös, redete er auf Susanne ein: »Lassen Sie uns verhandeln. Ich kann Ihnen bestimmt ein interessantes Angebot machen. Ich vertrete einen der größten Rüstungskonzerne der Welt. Für Leute mit Ihren Fähigkeiten haben wir immer Verwendung. Wie viel verdienen Sie bei der Polizei? Angesichts Ihres lebensgefährlichen Jobs bestimmt lächerlich wenig. Bei uns können Sie als Sicherheits-Expertin das Zehnfache verdienen. Mindestens. Es würden interessante Aufgaben auf Sie warten: in Lateinamerika, Afrika, Asien. Sie könnten Regierungen in Sicherheitsfragen beraten, Polizei-Sondereinheiten ausbilden und den dortigen Militärs und Politikern nebenbei die Vorzüge unserer Rüstungsprodukte nahe bringen – Schnellfeuergewehre, Landminen, Panzer mit Spezialausrüstung zur Bekämpfung von Aufständischen, Kampfhubschrauber, U-Boote und dergleichen mehr. Dafür würden Sie selbstverständlich üppige Provisionen kassieren und Sie wären ein gern gesehener Gast in diesen Ländern, würden allen Komfort genießen, dessen sich die dortige Oberschicht erfreut: eigene Villa mit Dienstpersonal, persönliche Leibwächter, Luxuslimousine mit Chauffeur. Nun – was halten Sie davon?«

»Mein Ex-Kollege Jakobs vom BKA ist offensichtlich dieser Versuchung erlegen.«

»Sagen wir, Herr Jakobs hat eine durch und durch vernünftige Wahl getroffen. Er hat die Zeichen der Zeit erkannt. Diese Welt wird von den Gesetzen des Marktes regiert. Warum sollte er sich mit dem Gehalt eines kleines Beamten zufrieden geben, wenn er viel mehr für sich herausholen kann? Er hat sich inzwischen für eine Tätigkeit auf den lateinamerikanischen und karibischen Märkten entschieden. Kolumbien, Bolivien und Peru. Haiti und Kuba. Dort sehen wir für unsere Produkte ausgezeichnete Absatzchancen. Aber wenn Sie als Einsatzgebiet Afrika bevorzugen oder so faszinierende Länder wie Indonesien oder Malaysia, lässt sich das selbstverständlich auch arrangieren, Frau Wendland. Ich bin überzeugt, wir können Ihnen ein Angebot machen, dass Sie vollauf zufrieden stellen wird.«

»Sparen Sie sich Ihre Spucke für den Haftrichter, Hökberg«, entgegnete Susanne. »Mag schon sein, dass Leute Ihres Schlages glauben, die ganze Welt aufkaufen zu können. Vermutlich hat dieser schwitzende Herr Jakobs die Gesetze der Globalisierung und des Neoliberalismus besser begriffen als ich. Ich bin nur eine kleine Polizeibeamtin und hoffnungslos altmodisch. Aber ich verkaufe meine Seele nicht an den Teufel.«

»Bravo! So kenne ich dich«, sagte eine vertraute Stimme. Da stand Antweiler neben den frisch gepflanzten Rosensträuchern. Im Licht der Straßenbeleuchtung wirkte sein Gesicht fahl, und sein rechter Arm war blutüberströmt. Aber er hielt sich aufrecht. »Ich habe bereits die Kollegen und den Notarzt verständigt. Zu deiner Beruhigung: Das Arschloch, das du im Haus angeschossen hast, lebt noch. Er hat einen Bauchschuss, aber ich denke, er kommt durch. Und wenn die Ärzte die beiden Wichser wieder zusammengeflickt haben, dürfen sie sich auf viele Jahre hinter Gittern freuen – oder vielleicht passt es in diesem Fall besser, zu sagen: hinter schwedischen Gardinen!«

Susanne atmete auf. Sie war trotz allem erleichtert, dass der Mann noch lebte. Sie war schließlich keine Killerin.

Je nach den Tidezeiten fuhren die Waddinger Fischer manchmal auch nachts hinaus oder kamen in den Hafen zurück. Doch in dieser Nacht lag die Mole verlassen, bis auf einen Volvo-Kombi, der vor Bennis Kutter parkte. Jean, der Schweizer, hatte gerade eine Taucherausrüstung angelegt. Da waren noch zwei Männer. Einer lehnte mit schussbereiter Pistole am Kotflügel und beobachtete wachsam die Umgebung. Der andere ging Jean zur Hand, der eine Stirnlampe trug und gerade ins Wasser stieg. Er ließ sich von seinem Gehilfen die erste Sprengladung geben. Im Produktsortiment von SAB-Safeguard gab es alles, was Jean für diesen Job benötigte. Die Sprengladungen waren mit Zeitzündern versehen und auf elf Uhr vormittags programmiert, wenn der Kutter sich voraussichtlich draußen auf der Nordsee befinden würde. Es bestand aber auch die Möglichkeit, den Zündzeitpunkt über Funk zu ändern, falls sich das als nötig erweisen sollte.

Jean und Helene hatten schon in vielen Ländern gearbeitet und waren für ihre Aufgaben umfassend ausgebildet, unter anderem bei der CIA, da sie einmal für einen amerikanischen Ölkonzern in Afrika im Einsatz gewesen waren. Fachkundig brachte Jean unter Wasser vier Sprengladungen am Rumpf der *Walrus* an, zwei an Backbord und zwei an Steuerbord. Sie würden den Rumpf aufreißen wie eine Sardinenbüchse, sodass der Kutter innerhalb weniger Minuten sank. Personen, die sich unter Deck aufhielten, würden sofort von den Explosionen getötet werden. Aber auch wer auf Deck stand, hatte praktisch keine Chance, lebend davonzukommen, da der Sog des sinkenden Schiffs ihn mit in die Tiefe reißen würde.

Jean überprüfte noch einmal, ob alle Zünder ordnungsgemäß aktiviert waren, dann kletterte er aus dem Wasser, zog sich um, und der Volvo-Kombi mit den drei Männern verschwand in der Nacht.

Hökberg erklärte, er werde die Aussage verweigern, zeigte sich aber insofern kooperationsbereit, dass er den Aufenthaltsort seines Vorgesetzten verriet. Der SAB-Manager Martinsson halte sich zusammen mit Peter Gräwert in dessen Firma auf. Martinsson sei in Begleitung zweier bewaffneter Leibwächter.

Der Notarzt kam nach einer ersten Untersuchung zu dem Schluss, dass die von Susanne angeschossenen Männer nicht in Lebensgefahr schwebten. »Die beiden können von Glück sagen, dass Sie eine so gute Schützin sind, Frau Wendland«, bemerkte er.

Antweiler wollte Susanne begleiten, doch sie und der Arzt bestanden darauf, dass er sich im Krankenhaus versorgen ließ. Als sie ihn auf der Rollbahre sitzen sah, während ein Sanitäter ihm einen Verband anlegte, beugte sie sich zu ihrem eigenen Erstaunen plötzlich zu ihm herunter und küsste ihn auf die Wange. Dies geschah völlig spontan und ohne große Überlegung.

Zuerst machte Antweiler ein sehr überraschtes Gesicht, doch dann lächelte er und sagte: »Ich fürchte, bei unserer Verabredung heute Abend gibt es ein Problem: Zum Kochen brauche ich beide Hände. Eventuell müsstest du mir assistieren.«

Susanne zuckte die Achseln. »Ich helfe dir gern, aber ich muss dich vorwarnen: Ich bin eine lausige Köchin.«

Antweiler lachte. »Eine Frau, die so gut schießt, muss nicht auch noch gut kochen können.«

Nachdem Antweiler ins Krankenhaus abtransportiert war, forderte Susanne ein Sondereinsatzkommando an, fuhr zur Firma Gräwert Präzision und verhielt sich so vorschriftsmäßig, dass die Dettmers ihre helle Freude gehabt hätte. Sie ließ sich vom Leiter des SEK sogar dazu überreden, eine kugelsichere Weste anzulegen. Als das Kommando das Erdgeschoss des Verwaltungsgebäudes gesichert hatte, gingen sie nach unten in den Keller. Dort gab es eine breite Doppeltür aus Metall, auf der in großen Lettern SONAR-LABOR stand. Die SEK-Beamten gingen links und rechts in Stellung, dann öffnete einer von ihnen die Tür.

Die Laborhalle wurde von einem rechteckigen Becken dominiert, das vielleicht fünfzehn mal zehn Meter groß war. Eine Gefängniszelle für Delphine. Am hinteren Ende des Beckens befanden sich auf einem Podest in etwa zwei Meter Höhe ein Computer-Arbeitsplatz und ein Pult mit Kippschaltern und Schiebereglern – eine Art Schaltzentrale. Irgendwelche elektrischen Aggregate summten leise vor sich hin.

Peter Gräwert stand oben am Schaltpult. Unten vor dem Podest saß an einem Konferenztisch, um den sich einige elegante, chromglänzende Stühle gruppierten, ein untersetzter rothaariger Mann, Martinsson vermutlich. Seine zwei Gorillas, die etwas abseits saßen, hatten offenbar Anweisung, keinen Widerstand zu leisten. Als Susanne und die SEK-Leute mit den Waffen im Anschlag in die Halle marschierten, nahmen sie sofort die Hände hinter den Kopf.

»Alle hier anwesenden Personen stehen unter Mordverdacht und sind vorläufig festgenommen«, sagte Susanne.

Die beiden Bodyguards warfen brav ihre Waffen auf den Boden und ließen sich Handschellen anlegen. »Sie sind Martinsson?«, fragte Susanne den Rothaarigen.

Er nickte. »Ich vermute, es handelt sich um ein bedauerliches Missverständnis«, sagte er diplomatisch. »Ich bin schwedischer Staatsbürger, Manager eines international renommierten Konzerns mit besten Kontakten zu den Regierungen in Deutschland und anderen Nato-Staaten«, fuhr er fort. »Herr Gräwert ist einer unserer Geschäftspartner. Ich wüsste nicht, was wir uns zuschulden kommen lassen hätten.«

Gräwert blieb oben an seinem Schaltpult stehen und schaute Susanne an. »Wie Sie wissen, bin ich Ingenieur, Frau Kommissarin. Als Ingenieur steht man manchmal vor fast unlösbaren Aufgaben. Unsere Kunden wollten ein Ortungssystem, mit dem sich das Meer lückenlos überwachen und jedes feindliche Wasserfahrzeug aufspüren lässt. Ein solches System habe ich entwickelt.«

»Nur leider tötet es Delphine und Wale«, sagte Susanne kühl. »Und für Menschen dürfte es auch nicht ungefährlich sein.«

Martinsson zuckte die Achseln. »Ich verstehe die ganze Aufregung nicht. Uns liegt ein wissenschaftliches Gutachten vor, in dem eindeutig festgestellt wird, dass unser System für Meeressäuger völlig unschädlich ist.«

»Laut Carsten Willmer ist dieses Gutachten gefälscht.«

Für einen Moment verruschten Martinssons Gesichtszüge, dann fing er sich wieder und setzte eine Unschuldsmiene auf.

»Ich weiß nicht, wie Herr Willmer dazu kommt, solche Anschuldigungen zu erheben. Wir von SAB-Safeguard haben jedenfalls keinen Grund, an der Seriosität des Gutachtens zu zweifeln.«

Was für ein Heuchler, dachte Susanne angewidert.

In Gräwerts Gesicht zuckte es nervös. »Letzten Endes gibt es viele Wahrheiten«, sagte er. »Meine Schwester hatte ihre Wahrheit, jetzt ist sie tot, und ihre Wahrheit ist mit ihr gestorben. Ich habe meine Wahrheit. Martinsson hier hat seine Wahrheit. Sie, Frau Kommissarin, haben Ihre Wahrheit.«

Susanne runzelte die Stirn. Sein Gesichtsausdruck und das nervöse Zucken gefielen ihr nicht. »Worauf wollen Sie hinaus?«

»Auf gar nichts. Nicht mehr. Unsere militärischen Auftraggeber wollten ein Ortungssystem, mit dem sich jeder Angriff von See rechtzeitig genug entdecken lässt, um wirksame Ge-

genmaßnahmen treffen zu können. Das ist ein wichtiger Baustein für die moderne Verteidigungsstrategie zu Lande und zu Wasser. Es geht um Sicherheit. Alle wünschen sich Sicherheit. Mein System schafft Sicherheit. Ihm entgeht kein U-Boot, kein Torpedo, keine terroristische Attacke auf dem Seeweg. Was kümmert es mich, wenn dabei Wale und Delphine draufgehen? Die Menschen haben Hunderttausende, vielleicht sogar Millionen Wale abgeschlachtet, ohne mit der Wimper zu zucken. Glauben Sie, außer ein paar Öko-Freaks würde sich irgendjemand daran stören, wenn es keine Wale mehr gäbe? Unsinn! Die Menschen würden genauso ihren Geschäften nachgehen wie zuvor. Sehen Sie hier in Köln irgendwo Wale oder Delphine? Nein, diese Stadt funktioniert bestens ohne sie. Schließlich gibt es auch keine Mammuts oder Säbelzahntiger mehr, und die Welt ist trotzdem nicht untergegangen.«

Susanne merkte, wie ihr sein Gerede auf die Nerven ging. Was bezweckte er damit? Wollte er Zeit gewinnen? »Ihre philosophischen Ausführungen interessieren mich herzlich wenig. Kommen Sie jetzt bitte von Ihrem Podest herunter. Sie sind vorläufig festgenommen. Was Sie zu sagen haben, können Sie im Kommissariat zu Protokoll geben.«

»Mein System funktioniert. Ich bin Wissenschaftler und ich nehme die Freiheit der Wissenschaft für mich in Anspruch. Darum werde ich auch niemals ins Gefängnis gehen. Der Geist ist frei!«, rief Gräwert und schob plötzlich die Regler auf seinem Pult bis zum Anschlag nach oben.

»Peter, was tust du?« Martinsson sprang vom Stuhl auf und rannte die Stufen zum Podest hoch, etwas schneller als Susanne, die ihm auf den Fersen folgte. Das leise Summen, das Susanne schon beim Betreten des Labors wahrgenommen hatte, schwoll zu einem grässlich wummernden Brummton an, der ein unangenehmes Ziehen in der Magengegend verursachte.

»Ich folge Andrea.«

Martinsson streckte die Arme aus, um Gräwert festzuhalten, doch der war schon übers Geländer gestiegen, und ehe Martinsson ihn zu fassen bekam, sprang er in hohem Bogen in das Becken.

Susanne hielt den Atem an. Wasser spritzte in einer hohen Fontäne auf und ging als feiner Regen auf Susanne und Martinsson nieder. Einige Augenblicke lang geschah nichts. Gräwert machte ein paar Schwimmzüge. Dann wurde sein Körper plötzlich von einem konvulsivischen Zucken geschüttelt. Es sah aus wie ein epileptischer Anfall. Martinsson fummelte panisch an den Reglern herum. Doch als er endlich den richtigen in die Nullstellung geschoben hatte und der wummernde Ton verstummte, hatten sich Gräwerts Muskeln bereits wieder entspannt. Er trieb reglos im Wasser. Blut quoll ihm aus den Ohren und Nasenlöchern und breitete sich als roter Nebel im Wasser aus.

»Los!«, rief Susanne. »Wir müssen ihn rausholen!« Sie zog die Schuhe aus und sprang ins Wasser. Es war überraschend kalt. Mit kräftigen Zügen schwamm sie zu Gräwert und zog ihn an den Rand des Beckens. Doch als sie seine erloschenen Augen sah, ahnte sie, dass es vergeblich war. Die SEK-Leute hoben Gräwert aus dem Wasser. Ihre Reanimierungsversuche blieben jedoch erfolglos. Der Ingenieur war tot.

Susanne stieg aus dem Becken und stand tropfend und etwas verloren da. Während die Kollegen Martinsson Handschellen anlegten, sagte sie zu ihm: »Und, sind Sie zufrieden? Alle Zeugen sind tot.«

»Ich weiß nicht, was Sie meinen«, entgegnete Martinsson, der sich wieder in der Gewalt hatte und so ruhig wirkte wie

vor Gräwerts Selbstmord. »Offenbar liegt hier ein von Gräwert und seiner Schwester raffiniert eingefädelter Betrug
vor.«

»Ich wette hundert zu eins, dass Sie damit nicht durchkommen, Martinsson. Sie wandern ins Gefängnis. Und zwar für
ziemlich lange.«

Er zuckte die Achseln. »Da wäre ich mir nicht so sicher, Frau
Kommissarin. Unser Unternehmen verfügt über ausgezeichnete Anwälte. Ich vermute, spätestens in einer Woche bin ich
wieder in Schweden.«

Susanne gab den Beamten einen Wink, Martinsson abzufüh-
ren. Jetzt spürte sie die Kälte. Ihr Körper fing an zu zittern.
Einer der SEK-Männer hängte ihr eine Decke um und klopfte
ihr anerkennend auf die Schulter. Wenigstens war der fürchterliche Brummton verstummt. Sie fragte sich, was das gewesen war, denn Infraschall war für menschliche Ohren eigentlich nicht wahrnehmbar. Jedenfalls hoffte sie, dieses
quälende Geräusch nie mehr im Leben hören zu müssen.

13. Kapitel

Chris erwachte gut gelaunt und ausgeruht; sie ließ Jonas weiterschlafen, legte ihm aber einen kleinen Zettel auf den Nachttisch, auf den sie geschrieben hatte: »Ich liebe Dich, Dein Bärchen.« Da Benni gemeint hatte, genug Proviant für ein schönes Frühstück auf dem Kutter zu haben, aß Chris nur zwei ihrer selbst gebackenen Vollkorn-Honigmuffins und eine Banane.

Als Maja sich um zwanzig nach sieben noch nicht in der Küche blicken gelassen hatte, ging Chris nachschauen. Sie klopfte an Majas Schlafzimmertür, die nur angelehnt war. Keine Antwort. Dann streckte Chris den Kopf ins Zimmer und sah, wie Maja, die bereits angezogen war, hastig etwas in ihren Rucksack stopfte und ihn eilig verschloss. Sie drehte sich um und lächelte Chris etwas schief und unsicher an. »Woll'n wir?«

Draußen vor dem Haus warteten sie auf Jean und Helene. »Komisch«, sagte Chris. »Bei Schweizern stelle ich mir eigentlich vor, dass sie superpünktlich sind. Schließlich haben sie doch die besten Uhren der Welt.«

Das sollte ein kleiner Scherz sein, aber Maja schien gar nicht zuzuhören. Sie starrte dumpf vor sich hin. Schließlich erschien Helene allein und machte ein betrübtes Gesicht. »Tut mir wirklich Leid, aber wir können nicht mitkommen. Jean hat wieder Probleme mit den Bandscheiben. Er hat einen fürchterlichen Hexenschuss.«

»Soll ich mal nach ihm sehen?«, bot Chris an. »Ich kenne da eine Energiebehandlung, die manchmal Wunder wirkt.«

Helene erwiderte eilig: »Nein, nein, ist nicht nötig, danke. Gleich kommt der Arzt und gibt ihm eine Spritze. Und dann wird er heute das Bett hüten müssen. Deshalb kann ich leider auch nicht mitfahren. Ich muss mich um ihn kümmern. Der Ärmste kann sich ja kaum rühren.« Nach ein paar Höflichkeitsfloskeln verschwand sie wieder.

Chris zog die Stirn kraus. »Ehrlich gesagt: Besonders sympathisch finde ich deine Nachbarn nicht. Vielleicht ist es sowieso schöner, wenn die beiden nicht dabei sind.«

Maja zuckte die Achseln. »Mir ist es egal, ob wir zu fünft oder zu dritt sind – Hauptsache, wir fahren möglichst weit hinaus«, murmelte sie.

Chris schlug sich plötzlich gegen die Stirn. »So was Blödes. Hab was vergessen! Bin gleich wieder da.«

Wenn sie es eilig hatte, konnte sie sich, in Anbetracht ihrer Fülle, erstaunlich flink bewegen. Sie wogte die Wendeltreppe hinauf und lief ins Gästezimmer, wo Jonas inzwischen aufgewacht war. »Nanu, ihr seid noch nicht in See gestochen?«

»Doch, gleich geht's los. Hab mein Notizbuch vergessen. Vielleicht möchte ich mir ja ein paar Notizen machen.« Meistens schrieb sie dann doch nichts auf, aber es war beruhigend, das Buch wenigstens dabeizuhaben. »Die beiden komischen Schweizer kommen übrigens doch nicht mit. Jean hat einen Hexenschuss, liegt im Bett und kann sich nicht rühren.«

Jonas zwinkerte ihr zu. »Ist dir wahrscheinlich eh lieber, wenn sie nicht mitkommen, gib's zu! Sie scheinen ziemlich anstrengend zu sein.«

Chris nickte. »Stimmt.«

Jonas zeigte auf den Zettel. »Danke für die Post.« Er zog sie zu sich heran und küsste sie. Der Kuss schmeckte so gut, dass Chris am liebsten gleich wieder zu ihm ins Bett gehüpft wäre. »He! Jetzt muss ich aber los!« Sie befreite sich, und Jonas rief ihr nach: »Grüß mir die Delphine!«

Dann stieg Chris zu Maja in deren alten Golf, und sie fuhren zum Waddinger Hafen.

Jonas genoss es, einmal schön lange im Bett zu bleiben. Schließlich hatte er Urlaub. Als er gegen halb neun aufstand, tuckerten Chris und Maja schon längst mit Benni durchs Wattenmeer auf das Boomkensdiep zu. Erfreut sah er, dass Chris ihm zwei ihrer saftigen Biomuffins dagelassen hatte. Ein tiefes Glücksgefühl erfüllte ihn. Alle Eifersucht auf Benni war verflogen. Was es doch zwischen den Menschen immer wieder für verrückte Missverständnisse gab, nur weil sie nicht genug miteinander redeten! Chris liebte also seine Normalität. Und er hatte schon mit dem Gedanken gespielt, auf irgendwelche merkwürdigen Esoterik-Traum-Seminare und dergleichen zu fahren, um ihr zuliebe mehr Zugang zum Schamanismus zu bekommen. Was für ein Glück, dass er das nicht getan hatte! Er hätte sich dabei überhaupt nicht wohl in seiner Haut gefühlt, weil es einfach nicht zu ihm passte. Aber damit brauchte er sich nun nicht mehr zu belasten, sondern konnte sich auf die Dinge konzentrieren, die ihm wirklich Freude machten.

Als Jonas die Muffins verputzt und in Ruhe Kaffee getrunken hatte, verschwand Mister Brown in der Diele und kam mit der Leine im Maul wieder zurück. Aha. Der Hund wollte Bewegung. Die konnte er haben. Jonas machte mit ihm einen flotten Spaziergang zum Waddinger Hafen, schaute den Fischern auf ihren Kuttern ein wenig beim Netzeflicken zu, kaufte sich ein mit frischen Krabben belegtes Brötchen und spazierte über den Deich zurück, während Mister Brown unten am Wasser entlangtobte.

Es war kurz nach halb elf, als Jonas auf die Uhr schaute und beschloss, zum Haus zurückzugehen. Ihm war plötzlich eingefallen, dass er sein Handy im Gästezimmer vergessen hatte. Ausgerechnet. Chris, die bestimmt ebenfalls ihr Handy zu Hause gelassen hatte, würde grinsen, wenn sie das wüsste. Jonas hielt Chris nämlich bisweilen vor, dass sie so nachlässig mit ihrem Mobiltelefon war. Meistens war auch noch ihre Mailbox ausgeschaltet, sodass man stundenlang vergeblich versuchte, sie zu erreichen. Sie tat das nicht mit Absicht, sondern aus Zerstreutheit und einem angeborenen Unvermögen, elektronische Geräte zu bedienen. Das überließ sie gerne Jonas, der es liebte, die Funktionsweise solcher geheimnisvollen Gerätschaften zu entschlüsseln. Chris kam dann jedes Mal aus dem Staunen nicht mehr heraus. »Wow! So funktioniert das? Is' ja irre!«

Jonas beeilte sich nun, da er neugierig war, ob Susanne ihm vielleicht eine Nachricht auf die Mailbox gesprochen hatte. Eigentlich hatte er schon nachschauen wollen, bevor er aus dem Haus gegangen war, es dann aber doch vergessen. Er fragte sich, welche neuen Entwicklungen es in diesem merkwürdigen Fall gab, an dem sie arbeitete. Das war wirklich eine verworrene Geschichte. Wenn sie noch keine Nachricht hinterlassen hatte, würde er sie auf jeden Fall anrufen und sich erkundigen. Anschließend hatte er vor, zurück an den Strand zu gehen. Er hatte sich *Moby Dick* von Melville mitgenommen, den er immer schon mal lesen wollte. Also würde er sich am Strand mit Genuss diesem Roman widmen. Und zwischendurch würde er den Möwen zuschauen und den vorbeiziehenden Wolken und mit Mister Brown entlang des Wassers Stöckchenholen spielen.

Vom Strand führte ein Fußweg zu der Straße, an der Majas Reihenhaus stand. Als Jonas mit dem Hund an der Leine um die Ecke bog, sah er den großen Volvo-Kombi der Schweizer mit geöffneter Heckklappe vor dem Haus parken. Gerade kam Jean aus dem Haus. Er schleppte zwei schwere Koffer, die er einen nach dem anderen schwungvoll in den Kofferraum packte. Dabei musste er sich weit vorbeugen, was ihm offenkundig keinerlei Schwierigkeiten bereitete. Dann verschwand er wieder im Haus und machte Helene Platz, die zwei mit Anziehsachen überquellende Kartons zum Auto trug.

Hatte Chris nicht gesagt, der Mann hätte einen schweren Hexenschuss? Davon war er überraschend schnell genesen. Als Nächstes trug Jean zwei Metallkoffer zum Auto. Es sah aus, als hätte er die Ausrüstung eines ganzen Filmteams dabei. Wollten die beiden ganz plötzlich ausziehen?

Jonas schaute den Hund an, machte »Schsch« und legte die Finger auf die Lippen. Dann besann er sich eines Besseren und beschloss, es mit Chris' Methode zu versuchen: Er stellte sich einen mucksmäuschenstillen Mister Brown vor, der für sein folgsames Schweigen mit reichlich Ohrenkraulen belohnt wurde. Daraufhin blieb der Hund tatsächlich ruhig. Die beiden pirschten sich heran, bis sie hinter Jonas' Opel Caravan in Deckung gehen konnten.

Die Schweizer hatten die Rücksitze ihres Kombis umgeklappt, und Jean machte sich daran, die von Helene auf dem Rasen gestapelten Kisten und Kartons im Fahrzeug zu verstauen. Das Bücken machte ihm eindeutig keine Schwierigkeiten. Er bewegte sich mit sportlichem Schwung. Helene kam zum Auto und sagte: »Martinsson hat sich immer noch nicht gemeldet. Ich verstehe das nicht.«

Jean gab ihr einen Kuss und meinte achselzuckend: »Abwarten. Die Aktion läuft jedenfalls nach Plan. Und wir setzen uns erst mal in die Schweiz ab. Alles Weitere findet sich.«

Nachdem Jean die Kofferraumklappe zugeschlagen hatte,

gingen sie beide ins Haus. Was hatte das alles zu bedeuten? Welche Aktion? Und warum wollten sie sich in die Schweiz absetzen? Jonas war lange genug Polizist, um zu ahnen, dass hier etwas ganz und gar nicht stimmte. Nur – was sollte er tun? Jean fragen, was sein Hexenschuss mache und warum sie so plötzlich abreisten? Es sah eindeutig nach Flucht aus. Oder gab es für die Sache eine völlig harmlose Erklärung? Jonas fragte sich, was sich in den vielen Metallkoffern befand, die Jean im Wagen verstaut hatte. Software-CDs zumindest bestimmt nicht. Sie wirkten, als sei darin umfangreiches technisches Gerät verpackt.

Der Wagen war voll geladen. Allem Anschein nach würden die beiden sich jeden Moment aus dem Staub machen. Es gab einen Grundsatz, den Jonas seinen Leuten in der Buchfelder Polizeiwache eingeschärft hatte: Lieber einmal zu viel einschreiten als zu wenig. Hatte man sich geirrt, konnte man sich immer noch entschuldigen. Schritt man jedoch nicht ein, wenn man vielleicht ein Verbrechen hätte verhindern können, war der Schaden ungleich größer.

Jonas beschloss, die Abreise der beiden ein wenig zu verzögern, was ihm Gelegenheit geben würde, ihnen genauer auf den Zahn zu fühlen. Von seiner Position aus waren es nur ein paar Meter zu ihrem Wagen. Der Volvo hatte teure Alufelgen. Da genügte ein kräftiger Tritt, um das Ventil zu ruinieren. Jonas schlich geduckt um seinen Caravan herum, ohne Jeans und Helens Haustür aus den Augen zu lassen. Dabei merkte er mal wieder, dass er in letzter Zeit um die Leibesmitte zugelegt hatte; er wurde schwerfälliger. Das war ja auch kein Wunder, so gerne, wie er und Chris kochten und aßen. Aber er war positiv überrascht, wie schnell er es schaffte, am linken Vorderrad des Volvos das Ventil abzutreten und wieder in seiner Deckung hinter dem Opel zu verschwinden.

Mister Brown hatte sich die ganze Zeit über musterhaft still und reglos verhalten. Offenbar hatte er die telepathische Botschaft empfangen und wollte sich sein Ohrenkraulen verdienen. Falls einer der Anwohner auf der anderen Straßenseite Jonas beobachtet hatte und die Polizei rief, drohte ihm schlimmstenfalls eine Anzeige wegen Sachbeschädigung oder groben Unfugs, aber das nahm er in Kauf.

Der Reifen zischte vor sich hin, und der Volvo bekam vorne unübersehbar Schlagseite. Wenig später kam das Paar auch schon mit zwei Umhängetaschen, die offenbar den letzten Rest des Gepäcks bildeten, aus dem Haus.

Als sie zur Straße gingen, stutzte Jean, rannte um den Volvo herum und rief: »So eine Scheiße! Irgendein Bengel hat uns die Luft aus dem Reifen gelassen! Wenn ich den erwische, breche ich ihm den Hals!«

»Was machen wir jetzt?«, fragte Helene, spürbar nervös. Sie schaute auf die Uhr.

»Na, was schon? Den Reifen wechseln. Los!« Jean öffnete den Kofferraum und begann das Gepäck wieder auszuladen, um an das Reserverad heranzukommen.

Jetzt war der Moment für Jonas' Auftritt gekommen. Die beiden blickten nicht in seine Richtung, sondern waren ganz mit der Reparatur ihres Wagens beschäftigt. Jonas tauchte hinter dem Opel Caravan auf, ignorierte seine vom langen Hocken schmerzenden Knie und schlenderte herbei, als käme er gerade aus Majas Haus. »Gibt's Probleme?«, fragte er mit jovialer Freundlichkeit.

»Kann man wohl sagen!«, stöhnte Jean ärgerlich. »Der Vorderreifen ist platt.« Dann stutzte er, schaute Jonas an und fragte: »Wieso bist du nicht auf dem Kutter?«

Auf Helenes Gesicht spiegelte sich eine Mischung aus Wut und Verblüffung. Jonas dachte: Ihr muss doch heute Morgen aufgefallen sein, dass ich nicht dabei war. Vielleicht hatte sie mich ganz einfach vergessen oder gedacht, ich komme noch oder sitze mit dem Hund schon in Majas Wagen. Jedenfalls scheinen die beiden geglaubt zu haben, dass ich mit hinausgefahren bin und bei Maja niemand zu Hause ist. Offenbar haben sie mich auch nicht mit dem Hund aus dem Haus gehen sehen.

Statt zu antworten, sagte Jonas: »Wie willst du denn mit einem Hexenschuss das Rad wechseln? Das ist doch mörderisch für die Bandscheiben.«

Plötzlich schien Jean wieder einzufallen, dass er unter grässlichen Schmerzen litt. Er verzog das Gesicht, rieb sich mit der Hand das Kreuz und sagte lahm: »Ja … ja, stimmt.«

Jonas schaffte es nur mühsam, einen Lachanfall zu unterdrücken. Er hob mit großzügiger Geste die Hände. »Kein Problem. Ich übernehme das. Ist doch Ehrensache.«

Jean wollte sich bücken, um weiteres Gepäck auszuladen, doch Jonas hielt ihn zurück. »Nein, lass mich das machen. Du musst deinen Rücken schonen.« Er hob die zentnerschweren Metallkisten und -Koffer aus dem Wagen. Während er den Kofferraumboden hochklappte und das Reserverad aus seiner Verankerung löste, sagte er: »Müsst ihr denn weit fahren? Mit einem akuten Hexenschuss bis in die Schweiz – keine gute Idee. Ihr solltet besser noch ein, zwei Tage warten.«

»Woher weißt du, dass wir in die Schweiz …« Jeans Stimme klang jetzt wachsam und misstrauisch.

»Oh, hab ich nur vermutet. Wegen des vielen Gepäcks.«

»Meine Mutter ist plötzlich krank geworden«, sagte Helene rasch. »Wir wollen sie im Krankenhaus besuchen.«

Schlecht gelogen, dachte Jonas, während er den Wagenheber ansetzte. Wozu nahmen sie dann ihren ganzen Hausrat mit?

»Das mit dem Fahren wird schon gehen«, sagte Jean. »Der

Arzt war vorhin da und hat mir eine Spritze gegeben. Jetzt sind die Schmerzen wie weggeblasen.«

Auch schlecht gelogen, sagte sich Jonas, löste die Radmuttern und liftete anschließend den Volvo mit dem Wagenheber in die Höhe. Jonas' Bandscheiben waren ebenfalls nicht mehr ganz astrein – gab es heute überhaupt noch einen durchschnittlich zivilisationsgeschädigten Mitteleuropäer über fünfunddreißig ohne Rückenprobleme? Jedenfalls wusste Jonas, was ein Hexenschuss war. Er hatte selbst schon drei hinter sich. Keine Chance, morgens noch bewegungsunfähig im Bett zu liegen, und drei Stunden später Kisten und Koffer ins Auto zu wuchten – und wenn der Arzt Jean zehn Spritzen gegeben hätte!

Während Jonas die Muttern abschraubte, kam ihm ein anderer Gedanke, der ein schmerzliches Kribbeln in seiner Magengegend auslöste: Jean und Helene hatten gestern die gemeinsame Kutter-Tour vorgeschlagen. Dann hatten sie sich am Morgen unter einem Vorwand vor der Mitfahrt gedrückt. Und nun legten sie verdächtige Eile an den Tag, sich grußlos in die Schweiz abzusetzen, und zwar – nach der Menge ihres Gepäcks zu urteilen – auf Nimmerwiedersehen. Bennis Funkgerät war defekt, das hatte dieses merkwürdige Ehepaar mitbekommen. Wenn auf See also irgendetwas geschah, hatten die drei keine Möglichkeit, Hilfe zu holen. Der eilige Aufbruch hier musste seine Gründe haben. Jonas machte sich plötzlich heftige Sorgen um Chris.

Jeans und vor allem Helenes Nervosität ließ sich förmlich mit Händen greifen. Ehe Jonas in die Eifel zurückgekehrt war, hatte er jahrelang bei der Kölner Polizei gearbeitet und in den finstersten Ecken der Domstadt Dienst getan. Auf dem Kölner Kiez hatte er gelernt, seine Umgebung wachsam zu beobachten, denn ein Polizist konnte dort leicht ein Messer in die Rippen bekommen. So ließ er die beiden nicht aus den Augen, und es war ihm nicht entgangen, dass Helene nun schon zum zweiten Mal auf die Uhr geschaut hatte. Sie stand auf der Beifahrerseite. Jean dagegen näherte sich jetzt der Fahrerseite und beobachtete schweigend, wie Jonas das Rad abnahm, nach hinten rollte und in die Mulde im Kofferraum legte.

Während er sich am Ersatzrad zu schaffen machte, warf er einen Blick die Straße hinauf und hinunter. Durchgangsverkehr gab es hier keinen. Es war geradezu beängstigend ruhig. Offenbar mussten alle Nachbarn samstagvormittags entweder arbeiten oder waren mit ihren Familien zum Einkaufen oder Baden gefahren.

Wenn Jean und Helene Dreck am Stecken hatten und sich aus dem Staub machen wollten, würde Jean vermutlich versuchen, Jonas niederzuschlagen. Und er würde damit natürlich so lange warten, bis das Rad gewechselt war und sie sofort losbrausen konnten. Jonas hob das Rad auf die Achse, fing an, die Muttern mit dem Radkreuz festzuziehen und versuchte dabei, seinen Gegner einzuschätzen. Er selbst war einsachtzig groß und hatte in seinen fittesten Zeiten fünfundsiebzig Kilo gewogen. Nun ja, inzwischen ging er unaufhaltsam auf gemütliche neunzig Kilo zu. Jean war vielleicht zehn Jahre älter, ein paar Zentimeter größer, wirkte aber sehr schlank und durchtrainiert. Sicher kein leicht zu bezwingender Gegner.

Jonas hatte immerhin das Radkreuz, eine ganz brauchbare Waffe. Er zog die letzte Mutter fest, ließ den Wagen vorsichtig ab und nahm den Wagenheber unter dem Holm weg. Dann setzte er das Radkreuz wieder an, um die Muttern noch einmal nachzuziehen. Eine nach der anderen. Schließlich die letzte.

Beeindruckend schnell sauste die Pistole, die Jean nicht im Schulterhalfter, sondern in der Jackentasche seines leichten Sommeranzugs getragen hatte, auf Jonas' Kopf nieder. Doch Jonas hatte geahnt, dass Jean bewaffnet war, und die Pistole kommen sehen, so wie er damals bei der Razzia am Eigelstein das Messer des jungen Türken hatte kommen sehen. Das Messer hatte seine Rippen nur gestreift und nichts als einen Kratzer hinterlassen. Auch jetzt traf der Pistolengriff nur seine Schulter, schmerzhaft zwar, aber ohne großen Schaden anzurichten. Reflexartig schlug er seinem Gegner das Radkreuz in die Magengrube.

Der Schweizer krümmte sich, und die Pistole flog auf den Asphalt. Doch innerhalb weniger Sekunden hatte Jean sich wieder gefangen, warf sich auf Jonas und verpasste ihm einen wuchtigen Kinnhaken. Für einen Moment wurde Jonas schwarz vor Augen. Als er seine Umgebung wieder wahrnahm, hatte sich Jean die Pistole geschnappt und zielte damit auf Jonas' Brust. Dabei stand er so, dass sein Rücken dem Opel Caravan zugekehrt war.

Dort erwachte in diesem Augenblick ein Ungeheuer zum Leben, das sich nicht entscheiden konnte, ob es nur ein dicker Hund oder vielleicht doch ein riesiger, in seiner Wut unbezwingbarer Grizzly sein wollte. Na endlich, dachte Jonas, wurde aber auch Zeit.

Jean war zu überrascht, als dass er auf Mister Brown schießen hätte können. Mit drei großen Sätzen flog der Riesenhund auf ihn zu, warf ihn nach hinten um. Die Pistole und Jeans Hinterkopf krachten auf den Asphalt, und Mister Brown stand auf seiner Brust, knurrte wie der Hund von Baskerville und fletschte seine Zähne dicht vor Jeans Kehle. Er biss aber nicht zu, denn er war schließlich gut erzogen.

Jonas zog sich mühsam am Kotflügel hoch und befühlte mit

der Zunge seine Zähne. Sie schienen gottlob alle noch fest im Kiefer zu sitzen. Auf der Beifahrerseite des Volvo ertönte ein metallisches Klicken. Etwas müde drehte Jonas den schmerzenden Kopf und sah, dass Helene eine Pistole auf ihn richtete. »Pfeif dieses Vieh zurück. Es soll meinen Mann loslassen. Sonst lege ich dich um. Glaub ja nicht, dass ich nicht schießen kann.«

Jonas war sonderbar ruhig, vielleicht eine Nachwirkung des heftigen Schlags. Später würde er vielleicht in Ohnmacht fallen, aber jetzt spürte er überhaupt keine Angst. »Denk mal nach«, antwortete er. »Wenn du mich erschießt, beißt der Hund deinem Mann die Kehle durch. Das bringt er ohne weiteres fertig.«

Helene zögerte. Gleichzeitig hörte Jonas ein Geräusch, das stets Musik in seinen Ohren war: Polizeisirenen. Ein Streifenwagen bog mit Blaulicht um die Ecke, dahinter noch einer, und auch vom anderen Ende der Straße rauschten Polizeiwagen heran. Über den Dächern hörte Jonas das pfeifende Knattern eines Hubschraubers. Er atmete auf. Es war immer wieder ein erhebendes Gefühl, Kollegen bei der Arbeit zuzusehen, ob es nun Deutsche waren oder andere Nationalitäten. »Tja«, sagte er zu Helene, »sieht ganz so aus, als müsstet ihr eure Reise in die Schweiz verschieben.«

Sie schaute einen Moment zwischen Jonas und der heranstürmenden Staatsgewalt hin und her. Dann tat sie das einzig Vernünftige: Sie warf die Pistole weg und nahm die Hände hinter den Kopf. Jonas klopfte gegen seinen Oberschenkel. »Mister Brown, bei Fuß!« Er merkte, wie seine anschwellende Unterlippe ihn beim Sprechen behinderte.

Folgsam ließ der Hund von Jean ab, kam zu Jonas und rieb seinen Kopf an dessen Hosenbein. Jonas kraulte ihn hinter den Ohren. Mit der anderen Hand zog er ein Tempotaschentuch aus seiner Hosentasche und betupfte seine blutende Lippe. Uniformierte Beamte strömten herbei, zogen Jean auf die Füße und legten ihm und seiner Frau Handschellen an. Einer der Polizisten fragte Jonas in gut verständlichem Deutsch: »Sind Sie der Kollege Jonas Faber?«

Jonas nickte.

»Dann kommen Sie schnell mit. Es geht um Leben und Tod!«

Jonas zog die Leine aus der Tasche, legte sie Mister Brown an und rannte mit ihm hinter dem niederländischen Polizisten her. Sie sprangen in einen Streifenwagen, der sofort losbrauste.

»Der Hubschrauber konnte nicht direkt bei den Häusern landen«, sagte der Polizist. »Er steht hinten auf der Wiese. Wir fliegen auf die Insel Terschelling.«

Jonas schaute ihn besorgt an.

»Dort steigen wir in ein Schnellboot der Küstenwache um. Es besteht der Verdacht, dass sich auf dem Kutter *Walrus* des Herrn Benni Roozen ein Sprengsatz befindet. Möglicherweise ist dieser Sprengsatz bereits detoniert.«

Nun war die groteske Ruhe dahin, die Jonas eben noch verspürt hatte, als Helene die Waffe auf ihn richtete. Eine eisige Faust griff nach seinem Herzen. »Oh … mein Gott …«, stammelte er. »Chris …«

Es war furchtbar laut im Hubschrauber. Jonas hielt Mister Brown die empfindlichen Hundeohren zu. Dann erbarmte sich der Polizist, der sich inzwischen als Kommissar Hoogland vorgestellt hatte, und gab ihm für den Hund ein nicht eingestöpseltes Headset. Glücklicherweise ließ Mister Brown es sich ohne Schwierigkeiten über den dicken Wuschelkopf streifen. Jonas kraulte ihm das Fell, um ihn zu beruhigen.

Über sein eigenes Headset gab ihm Kommissar Hoogland einen kurzen Lagebericht. Jonas hörte aufmerksam zu, was ihn wenigstens vorübergehend von seiner quälenden Angst um Chris ablenkte. »Die Kölner Kripo hat vorhin mit uns Kontakt aufgenommen – eine Frau Hauptkommissarin Wendland. Sie leitet die dortigen Ermittlungen«, berichtete Hoogland. »Sie hat heute Morgen auch mehrfach versucht, Sie telefonisch zu erreichen, aber erfolglos.« Wie denn auch?, dachte Jonas. Wir haben ja beide unsere Handys nicht dabei.

Sie flogen sehr niedrig. Jonas sah den Schatten des Hubschraubers über das Watt huschen. Die Flut kam herein, und das in die Priele strömende Wasser glitzerte in der Sonne. Es war ein wunderschöner, klarer Tag mit wenig Wind.

»Unsere Kölner Kollegen haben einen Betrugskandal aufgedeckt, in den die deutsche Firma Gräwert Präzision und der schwedische Rüstungskonzern SAB-Safeguard verwickelt sind. Es geht um ein Sonar-Ortungssystem für Kriegsschiffe. Bei Gräwert Präzision ist hierzu ein Forschungsgutachten erstellt worden, das die angebliche Unbedenklichkeit dieses Systems bescheinigte. Das Gutachten war jedoch gefälscht. Damit wollten die Firmen sich einen Großauftrag der Nato erschleichen. In Wahrheit stellt dieses Infraschall-Sonar eine tödliche Gefahr für Meeressäugetiere dar. Es löst Gehirnblutungen aus, an denen die Tiere qualvoll verenden.«

Jonas sah ein paar Seehunde. Sie sonnten sich auf einer Sandbank, die von der Flut umspült wurde. Mister Brown sah die Seehunde auch, bellte aufgeregt und kratzte an der Cockpitscheibe. Jonas hielt ihn am Halsband fest und kraulte ihm beruhigend das Fell.

»Einer der Drahtzieher war der SAB-Manager Martinsson.« Diesen Namen hatte Jonas schon gehört, als er Jean und Helene beobachtet hatte. »Er wurde in Köln verhaftet. Zu seinen

Handlangern gehörte ein gewisser Hökberg, der ebenfalls festgenommen wurde. Hökberg war an der Ermordung mehrerer Zeugen beteiligt, die beabsichtigt hatten, den Betrug aufzudecken und die Öffentlichkeit zu informieren.« Jonas nickte. Die Morde an Stephanie Willmer, Selim und Mesut Ylmaz.

»Martinsson verweigert bislang die Aussage, aber Hökberg hat ein vollständiges Geständnis abgelegt. Er gehört zu einem internationalen Netzwerk so genannter ›Sicherheits-Fachleute‹ des SAB-Safeguard-Konzerns. Sie beziehen ihre Gehälter aus schwarzen Kassen, die in den offiziellen Geschäftsberichten des Konzerns nicht auftauchen. Normalerweise operieren sie in der Dritten Welt, wo Menschenrechtsverletzungen an der Tagesordnung sind. Dort helfen diese ›Experten‹ beispielsweise mit, Unrechtsregime an der Macht zu halten oder an die Macht zu putschen, die sich dafür dann mit üppigen Rüstungsaufträgen an SAB-Safeguard erkenntlich zeigen. In den zivilisierten Staaten Europas hat sich der Konzern bislang auf die branchenüblichen Schmiergeldzahlungen beschränkt.«

Kommissar Hoogland schaute Jonas besorgt an. »Dass diese Leute jetzt auch hier bei uns in Mitteleuropa mit solcher Brutalität aktiv werden, verleiht der Sache eine besondere Brisanz.« Jonas fragte sich, warum Unrecht und Mord weniger brisant sein sollten, wenn sie in Afrika oder Lateinamerika verübt wurden. Gewalt tat schließlich allen Menschen gleich weh, egal wo sie lebten. Er befühlte seine schmerzende Unterlippe.

Jonas fiel auf, dass Mister Brown sich erstaunlich ruhig verhielt. Er war Chris' Medizinhund. Sie hatte ihn im Tierheim entdeckt, beziehungsweise er hatte sich Chris ausgesucht, wie sie immer behauptete. Wenn jemand nach Beweisen dafür suchte, dass das moderne naturwissenschaftliche Weltbild viel zu engstirnig und beschränkt war, gaben Chris und ihr Medizinhund bestimmt ideale Studienobjekte ab. Dass es zwischen den beiden eine telepathische Verbindung gab, stand für Jonas außer Zweifel. Er hatte mit diesem Hund und seiner Herrin immer wieder die verrücktesten Dinge erlebt. Chris musste noch am Leben sein. Andernfalls hätte Mister Brown längst ein gewaltiges Trauergeheul angestimmt. Jonas fasste wieder etwas Mut.

»Das Schweizer Ehepaar, das wir eben verhaftet haben«, fuhr Hoogland fort, »gehörte auch zu dieser Truppe von Sicherheits-Fachleuten. Glückwunsch übrigens zu Ihrem mutigen Eingreifen. Und Ihr Hund hat sich natürlich auch einen Orden verdient – oder wenigstens eine große Wurst. Jedenfalls hatten, laut der Aussage Hökbergs, Jean und Helene Wehrli den Auftrag, Maja Anselm zu überwachen.«

Jonas schaute Hoogland verwundert an. »Aber warum denn das?«

»Maja Anselm ist in die Betrugsaffäre verwickelt. Das Ganze ist etwas kompliziert, aber zwischen Andrea Willmer, der Miteigentümerin der Firma Gräwert Präzision, und Maja Anselm bestand wohl vor Jahren einmal eine intime Beziehung. Vor etwa neun Monaten hat Andrea Willmer diese Beziehung wieder aufgefrischt, mit dem Ziel, Maja Anselm für ihr Vorhaben mit ins Boot zu holen. Und die ließ sich auf den Handel ein. Sie hat ein falsches Gutachten verfasst und dafür eine Million kassiert. Ein Teil des Geldes ist auf ein Schweizer Konto geflossen, vom Rest hat sie sich das Reihenhaus gekauft.«

Wenn Chris das erfuhr, würde sie tief enttäuscht sein. Maja Anselm, die große Delphin-Forscherin, hatte die Delphine verraten und sich kaufen lassen. Jonas seufzte. Unter ihnen tauchte die weitläufige Dünenlandschaft der Insel Terschelling auf.

Während der Hubschrauber zur Landung ansetzte, klopfte Hoogland auf seine Brusttasche. »Ich habe hier einen Haftbefehl der deutschen Behörden für Maja Anselm. Sie steht im dringenden Verdacht, Andrea Willmers ermordet zu haben.«

»Aber warum sollte sie das getan haben?«, fragte Jonas.

Hoogland zuckte die Achseln. »Das Motiv ist noch nicht völlig klar. Maja Anselm ist in den letzten Wochen offenbar psychisch immer labiler geworden und zunehmend dem Alkohol verfallen. Vermutlich quälte sie das schlechte Gewissen. Vielleicht wollte sie sich an Andrea Willmer rächen, weil sie von der Willmer angestiftet wurde, ihre früheren Ideale zu verraten, oder weil sie sich benutzt fühlte. Wir wissen es aber noch nicht genau.«

Die Kufen des Hubschraubers berührten weichen Sandboden. Hoogland und Jonas nahmen ihre Headsets ab. Über den langsam abschwellenden Rotorlärm hinweg rief Hoogland: »Jedenfalls müssen wir davon ausgehen, dass Maja Anselm bewaffnet ist! Aufgrund ihres labilen psychischen Zustands dürfte sie gefährlich und unberechenbar sein!«

»Wie viel Uhr ist es?«, fragte Chris.

Benni antwortete: »Viertel vor elf durch.«

»Oh, da haben wir noch so viel Zeit, um hier draußen bei den Delphinen zu sein. Das ist schön.« Chris war glücklich und fühlte sich auf dem Kutter erstaunlich wohl. Normalerweise wurde sie ohne festes Land unter den Füßen ziemlich schnell seekrank. Aber das Meer war an diesem Tag außergewöhnlich ruhig. Kein Wölkchen trübte den Himmel, und es ging kaum Wind.

Das größte Glücksgefühl aber bereiteten Chris die Delphine. Die ersten waren schon aufgetaucht, als der Kutter das

Boomkensdiep passiert hatte, die schmale Durchfahrt zwischen den Inseln Terschelling und Vlieland. Als fröhliche Eskorte hatten sie die *Walrus* hinaus in die offene Nordsee begleitet, und Chris hatte sich gar nicht satt sehen können an ihren eleganten Luftsprüngen.

Inzwischen befand sich die *Walrus* weit draußen im offenen Meer, ungefähr zwanzig Kilometer westlich von Terschelling. Chris konnte mit nautischen Maßeinheiten nichts anfangen und hatte Benni gebeten, ihr die Seemeilen und Knoten in Kilometer umzurechnen. Benni hatte den Motor abgestellt und ließ den Kutter einfach treiben, sodass sie die etwa dreißig Delphine in Ruhe beobachten konnten. »Es ist wirklich ein Wunder«, sagte er begeistert, »dass wir hier so viele von ihnen antreffen. Eigentlich gar nicht zu erklären.«

Er hatte sie darauf aufmerksam gemacht, dass es sich um zwei unterschiedliche Arten handelte, die gemeinsam den Kutter umkreisten, als sei die *Walrus* für sie die Sensation des Tages: Ozeandelphine, mit geschwungener schwarzweißer Zeichnung auf den Flanken, und Große Tümmler, wie Chris sie schon aus dem Meerespark kannte. »Was sie uns wohl mitteilen wollen?«, fragte sie.

»Wenn ich das wüsste«, antwortete Benni. »Sieht aus wie ein großes, genial choreographiertes Wasserballett, nicht wahr? Aber was es bedeutet – ich habe nicht die leiseste Ahnung.«

»Vielleicht wollen sie uns einfach nur zeigen, wie schön das Leben sein kann«, sagte Chris und wurde den Eindruck nicht los, dass die Ankunft der Delphine etwas mit ihrem Traum zu tun hatte. Was kann ich für euch tun?, fragte sie in Gedanken. Sagt es mir!

Dann erinnerte sich Chris an Maja, die den ganzen Vormittag kaum ein Wort gesprochen hatte. Sie hielt sich etwas abseits von Chris und Benni und starrte ausdruckslos aufs Wasser.

Chris ging zu ihr und stellte sich neben sie an die Reling. »Freust du dich denn gar nicht?«, fragte sie.

Maja zuckte die Achseln. »Ich habe schon so oft Delphine gesehen. Irgendwann verliert alles seinen Reiz.« Sie schwieg einen Moment, dann fügte sie hinzu: »Ich finde, ihre Lebensfreude hat fast etwas Beleidigendes.«

Chris schaute sie erstaunt an: »Wieso beleidigend? Das verstehe ich nicht. Was ist an Lebensfreude beleidigend?«

»Sie sind so vollkommen. Wenn du mich fragst, welches die am höchsten entwickelten Lebewesen auf diesem Planeten sind, würde ich sagen: Wale und Delphine. Im Vergleich zu ihnen sind wir Menschen Missgeburten der Evolution.«

Chris schüttelte nachdrücklich den Kopf. »Nein, Maja, da bin ich anderer Meinung. Auch wir Menschen haben unsere eigene Schönheit. Wir müssen nur lernen, mit unseren Gaben und Talenten etwas Gutes anzufangen. Dabei können wir bestimmt viel von den Waltieren lernen, aber auch von anderen Geschöpfen der Natur. Daran glaube ich ganz fest.«

Maja lachte bitter. »Deine Naivität in allen Ehren, aber seit Darwin wissen wir doch, worum es in der Evolution geht: Fressen und gefressen werden. Überall regiert das Gesetz des Stärkeren. Das Leben ist ein ständiger Kampf.«

Chris ließ sich nicht umstimmen. »Du solltest deinen engen naturwissenschaftlichen Horizont mal ein bisschen erweitern, Maja. Darwin und seine Jünger haben sich möglicherweise in vielem geirrt. Spielen nicht Kooperation, Zuneigung, Kreativität und Freude eine ebensolche, wenn nicht sogar größere Rolle als Fressen und Kämpfen? Ich beobachte jetzt seit Jahren wild lebende Tiere. Und ganz im Gegensatz zu den Behauptungen der Darwinisten bin ich mir absolut sicher, dass das Leben der Tiere unendlich viel mehr ist als nur ein stupider Kampf ums Dasein.«

Ein Tümmler streckte ganz nah vor ihnen den Kopf aus dem Wasser und stieß einen Schwall geheimnisvoller delphinischer Laute aus. »Bestimmt möchten sie, dass wir zu ihnen ins Wasser kommen und mit ihnen schwimmen«, sagte Chris und schaute Maja aufmunternd an. »Was meinst du? Sollen wir?«

Maja sagte leise: »Ich habe Andrea Willmer getötet.«

Chris glaubte, ihren Ohren nicht zu trauen. »Du hast … Aber …«

»Ich bin lesbisch, Chris. Ich habe mir nie etwas aus Männern gemacht. Deswegen hatte Benni bei mir auch nie eine Chance, obwohl ich natürlich gemerkt habe, dass er gerne bei mir gelandet wäre«, sagte Maja mit einem Seitenblick auf Benni, der näher herangekommen war und aufmerksam zuhörte. »Vor Jahren, als wir beide gerade an der Kölner Universität zu studieren anfingen, wenn auch ganz unterschiedliche Fächer, hatten Andrea und ich eine Affäre miteinander, die über ein Jahr dauerte. Für mich war Andrea die Liebe meines Lebens. Später trennte sie sich von mir, und wir studierten in verschiedenen Städten weiter. Ich bin lange nicht darüber hinweggekommen. Vor etwa neun Monaten nahm sie dann plötzlich wieder Kontakt zu mir auf. Ich war damals einsam und unglücklich und hatte schon lange keine Beziehung mehr gehabt. Sie versprach mir, dass sie sich von ihrem Mann trennen würde. Und dann bat sie mich um Hilfe. Sie brauchte ein gefälschtes Gutachten, um ihre Firma zu retten. Ich sollte bezeugen, dass ein militärisches Sonarsystem für Meerestiere unschädlich sei. Doch in Wahrheit werden Waltieren, die in seinen Wirkungsbereich geraten, die Hörorgane zerfetzt. Sie erleiden tödliche Gehirnschäden und innere Blutungen. Ich habe dieses gefälschte Gutachten dennoch geschrieben und eine Million Euro dafür bekommen.«

Chris sagte bestürzt: »Ich verstehe einfach nicht, wie du für eine Million Euro oder wegen deiner Liebe zu dieser Andrea deine Ideale verraten konntest! Wie konntest du den Delphinen das antun? Und dir selbst!«

»Ach – Ideale! Das ist ein so großes Wort.« Majas Gesicht bekam einen Ausdruck, der Chris erschreckte. »Das Schlimmste war – ich fing an, es zu genießen. Da in dem Labor waren mir die jungen Delphine in dem viel zu kleinen Becken völlig ausgeliefert. Meine Versuchstiere. Sie waren ganz in meiner Gewalt. Sie, die so viel glücklicher waren, als es ein Mensch jemals sein könnte. Und ich hatte die Macht, dieses Glück für immer zu zerstören. Wenn ich den Regler des Sonars nach oben schob, verwandelte sich die Lebensfreude der Delphine in schmerzvolles Schütteln und Zucken.« Maja stöhnte. »Das ist das Schlimmste, was Andrea mir angetan hat – sie hat dieses … dieses Böse in mir geweckt. Darum musste sie sterben. Ich habe sie dafür … bestraft.

»Sie konnte nur etwas wecken, das bereits da war«, sagte Benni erschüttert und starrte hinaus aufs Meer.

Die ganze Zeit über hatte Maja ihren kleinen Rucksack bei sich getragen und nicht eine Sekunde aus den Augen gelassen. Chris hatte sich schon gefragt, was wohl darin sein mochte, dass sie ihn so eifersüchtig bewachte. Jetzt bückte sich Maja, öffnete ihn und nahm einen kleinen Revolver heraus. Sie entsicherte die Waffe und richtete sie auf Benni. Hört mir gut zu: Ihr werdet mich jetzt nach England bringen. Nach Harwich. Dort suche ich mir ein Schiff, das mich mitnimmt. Weit weg. Irgendwohin, wo mich niemand kennt und ich ein neues Leben beginnen kann. Wenn ihr beiden mir gehorcht, tue ich euch nichts, und ihr könnt anschließend unversehrt wieder nach Holland zurückfahren.«

Benni schüttelte den Kopf. »Nein, Maja. Das werde ich nicht

tun. Da musst du mich schon erschießen. Ich will, dass du mit uns zurückfährst. Du musst dich der Polizei stellen und für das einstehen, was du getan hast. Und du musst die Öffentlichkeit über die Gefahren dieses Sonarsystems aufklären. Das bist du den Waltieren einfach schuldig. Oder hasst du sie wirklich so sehr? Das kann ich nicht glauben.«

Maja hielt die Waffe in beiden Händen und zielte auf Bennis Brust. Dann sah Chris, wie Majas Arme zu zittern anfingen. Ihre Augen füllten sich mit Tränen. Sie ließ die Waffe fallen und stürzte nach unten in die Kajüte unter Deck. Lautes Weinen drang von dort herauf.

Mit rauer Stimme sagte Benni zu Chris: »Ich werde gehen und mich um sie kümmern. Bleib du an Deck. Du musst nichts weiter tun, als nach Schiffen Ausschau halten. Wenn sich eines nähert, gib mir vorsichtshalber Bescheid, damit wir gegebenenfalls ausweichen können. Vor allem auf Fähren musst du aufpassen, die sind enorm schnell.« Er verschwand unter Deck. Chris hörte, wie er beruhigend auf Maja einredete. Nach einer Weile schluchzte sie nur noch leise.

Plötzlich bemerkte Chris, dass die Delphine verschwunden waren. In der Aufregung um Maja hatte Chris gar nicht mehr auf sie geachtet. Der Ozean schien sie verschluckt zu haben. Weit und breit war kein einziger mehr zu sehen. Chris stützte sich auf die Reling und schaute hinunter in die blaue Tiefe. Sie fühlte sich unbehaglich. Ein dumpfer Schmerz schien sich auf einmal von ihrem Bauch aus wellenförmig in ihrem ganzen Körper auszubreiten.

Eine Stimme in ihrem Kopf sagte laut und deutlich: »Spring! Spring! Sofort!«

Wie von einem inneren Zwang getrieben zog Chris ihre Sandalen aus. *Spring!* Sie zögerte. Lähmende Stille lastete auf dem Schiff. Chris bekam Angst. Drei Möwen, die auf dem Dach der Kajüte gesessen hatten, flogen kreischend davon.

»Benni?«, rief sie. »Maja?«

Spring! Chris bebte plötzlich am ganzen Körper wie ein wildes Tier, das sich einer unbekannten Gefahr gegenübersieht.

»Ja, was ist?«, antwortete Benni aus dem Schiffsrumpf. Seine Worte klangen dumpf, als kämen sie aus weiter Ferne.

Spring! Dann hörte sie ein tiefes Grollen, als erwachte ein Seeungeheuer zum Leben. Bennis Schiff bäumte sich auf wie ein harpunierter Wal, und Chris wurde über die Reling ins Meer geschleudert. Trotz des Sommerwetters war das Wasser kalt und nahm ihr den Atem.

Aus dem eisernen Rumpf drang ein schrecklicher Schrei. Dann hörte Chris nur noch das Gurgeln und Rauschen des Wassers, das offenbar ungehindert in den Leib des Schiffes strömte.

Völlig hilflos musste Chris mitansehen, wie die *Walrus* innerhalb weniger Augenblicke im Meer versank. Ein Strudel bildete sich, ein unbarmherziger Sog. Chris' Überlebensinstinkt war stärker als das lähmende Entsetzen, das sie gepackt hatte. Sie schwamm verzweifelt um ihr Leben und schaffte es, sich an der Oberfläche zu halten. Die See beruhigte sich rasch wieder. Nichts blieb von der *Walrus* außer ein paar Dingen, die lose an Deck gelegen hatten und nun auf dem Wasser trieben: Bennis Jacke, eine Seekarte, ein paar leere Plastikflaschen. Chris sah auch ihre Sandalen, die wie herrenlose Boote davonglitten.

Sie brauchte einen Moment, um zu erfassen, was geschehen war. Das Schiff hatte Benni und Maja für immer mit in die Tiefe gerissen und sie selbst trieb mutterseelenallein im Meer.

Chris schwamm und schaute sich um. In allen Himmelsrichtungen nichts als Wasser. Zwanzig Kilometer entfernt lag die Insel Terschelling – das war so weit weg, dass sie deren Strand nicht einmal am Horizont ausmachen konnte. Sie konnte sich nicht erinnern, je in ihrem Leben weiter als ein oder zwei Kilometer geschwommen zu sein.

In welcher Richtung befand sich Terschelling überhaupt? Weit und breit war kein Schiff in Sicht und auch sonst gab es kein Anzeichen von Leben. Die Delphine schienen die drohende Explosion gespürt zu haben und waren geflüchtet. Der Traum, dachte Chris. Mein Albtraum ist Wirklichkeit geworden. Ich schwimme allein und vollkommen verloren im Ozean. Kalte, lähmende Panik erfasste Chris. Sie fing an zu keuchen und zu strampeln. Salzwasser drang ihr in Nase und Mund.

14. Kapitel

Das Schnellboot nahm Fahrt auf und rauschte aus dem Boomkensdiep hinaus in die offene Nordsee. Jonas und Kommissar Hoogland standen auf der Brücke neben dem Kapitän. »Wir machen dreißig Knoten«, sagte der Kapitän auf Deutsch zu Jonas. »So ein Kutter wie der von Benni Roozen schafft nur acht bis neun Knoten. Dürfte kein Problem sein, sie einzuholen.«

»Wenn die *Walrus* nicht längst gesunken ist«, sagte Hoogland skeptisch.

Dann stellte der Kapitän Jonas und Kommissar Hoogland ein Kamerateam des Deutschen Fersehens vor, das sich ebenfalls an Bord befand. »Was für ein Zufall! Die sind eigentlich heute hier bei uns an Bord, um unseren Alltag zu filmen. Normalerweise hätten wir ihnen nur eine langweilige Patrouillenfahrt entlang der Friesischen Inseln bieten können. Aber nun gibt es richtig Action.«

Jonas warf ihm einen bösen Blick zu. Als der Kapitän und Hoogland mit besorgter Miene auf den Radarschirm blickten, fragte er: »Was ist?«

»Nichts, leider«, antwortete der Kapitän. »Die See ist, wie es auf Deutsch heißt, glatt wie ein Kinderpopo. Kein Schiff weit und breit, außer zwei kleinen Seglern. Wenn die *Walrus* nicht deutlich schneller ist, als es bei einem Kutter zu erwarten wäre, müsste sie sich noch im Radius unseres Radars befinden. Was das höchstwahrscheinlich bedeutet, muss sich Ihnen wohl nicht erklären.«

Jonas spürte einen Kloß im Hals. Rasch wandte er sich ab. Hoogland klopfte ihm aufmunternd auf die Schulter. »Abwarten. So schnell geben wir nicht auf.«

Jonas fiel plötzlich ein, dass er sich in der ganzen Aufregung gar nicht mehr um Mister Brown gekümmert hatte. Jetzt entdeckte er den Hund unten an Deck. Er war nach vorn zum Bug des etwa dreißig Meter langen Schiffs gelaufen, hatte die Vorderpfoten auf die Reling gelegt und blickte, wie es schien, sehnsüchtig übers Meer. Er ist nicht einfach nur ein Hund, dachte Jonas. Mister Brown ist ein Medizinhund – Chris' Medizinhund. Wenn jemand Chris finden kann, dann er. Auf einmal kam ihm ein Geistesblitz, eine Idee, die völlig verrückt war, jenseits aller naturwissenschaftlichen Logik – aber den Boden dieser Logik hatte Jonas, seit er mit Chris zusammenlebte, ohnehin schon lange verlassen.

Er wandte sich dem Kapitän zu. »Sehen Sie den Hund?«, fragte er.

»Natürlich«, erwiderte der Kapitän, »der ist so dick und groß, den kann man wohl kaum übersehen.«

Wenn es zwischen Mister Brown und Chris tatsächlich eine besondere telepathische Verbindung gab, würde der Hund dann nicht intuitiv versuchen, seiner Herrin und Meisterin so nahe wie nur irgend möglich zu sein? »Er steht nicht genau mittschiffs, also in der Mitte des Schiffsbugs.«

Der Kapitän hob eine Augenbraue. »Auch das sehe ich. Na und?«

»Er steht ein ganzes Stück links von der Bugmitte.«

Der Kapitän runzelte die Stirn und knurrte unwirsch: *»Links?«*

»Na, ich meine … ach, wie heißt das denn noch mal«, stöhnte Jonas. »Backbord. Jetzt möchte ich – ich weiß nicht, wie ich es seemännisch richtig ausdrücken soll – dass Sie das Schiff auf die Position des Hundes ausrichten.«

Der Kapitän schaute ihn einen Moment schweigend an. Dann sagte er: »Sie sind ja nicht ganz dicht im Hirn.« Ein paar Sekunden herrschte vollkommene Stille, dann zuckte er die Achseln und sagte zu dem Matrosen am Steuerrad: »Meinetwegen. Schaden kann es ja nicht. Kurs auf den Hund beidrehen!«

Der Bug des Schnellboots schwenkte ein Stück nach links. Die Wirkung ließ tatsächlich nicht lange auf sich warten: Mister Brown lief nach rechts, allerdings wiederum über die Bugmitte hinaus, und stellte seine Vorderpfoten auf die Reling. Nun stand er ein Stück nach steuerbord, aber nicht mehr so weit von der Bugmitte entfernt wie zuvor. Jonas schaute den Kapitän an. Der Kapitän schaute Jonas an und sagte: »Okay, okay. Schon gut. Kurs leicht nach steuerbord korrigieren. Versuchen Sie halt, in Gottes Namen, den Hund zu treffen. Das kann doch nicht so schwer sein!«, fuhr er seinen Matrosen an, der umgehend erneut den Kurs veränderte. Jetzt wedelte Mister Brown mit dem Schwanz und bellte und bellte. Jonas atmete auf.

Der Kapitän schob seine Mütze in den Nacken. »Waltran und Seehundsspeck!«, rief er. »Das darf doch nicht wahr sein! Ein Hundekompass! Das ist wirklich das Verrückteste, was ich in meiner seemännischen Laufbahn erlebt habe!«

Der Erste Offizier hatte inzwischen den Radarschirm im Auge behalten und winkte den Kapitän heran. Kopfschüttelnd betrachtete er den Schirm und sagte: »Diese Radarechos … das kann doch gar nicht möglich sein! Völlig unglaublich …«

Während Chris strampelte und versuchte, ihre Panik in den Griff zu bekommen, spürte sie plötzlich auf ihrer Haut ein sanftes Kribbeln. Und sie hörte leise klickende Laute. Plötzlich sah sie eine dreieckige Rückenfinne, dann tauchte kurz der Kopf eines Großen Tümmlers aus den Wellen auf und lächelte sie an. Sein eleganter, stromlinienförmiger Leib glitt ganz nah herbei, und mit seinem Schnabel stupste er Chris behutsam an der Schulter an. Die ganze Zeit über hörte sie die leisen Klicklaute, die er ausstieß. Ein paar Meter entfernt kamen weitere Delphine in Sicht, die übermütig in hohem Bogen ganz aus dem Wasser heraussprangen. Als ihre Körper wieder in ihr Element eintauchten, spritzte weiße Gischt. Chris' Panik verflog. Sie fühlte sich unendlich erleichtert. Sie war nicht mehr allein.

Die Delphine kamen immer näher, umringten sie, tauchten unter ihr durch, beäugten sie neugierig über und unter Wasser. Chris fand die Kraft, mit ruhigen, kräftigen Zügen weiterzuschwimmen. Nun also wurde auch ihr anderer Traum Wirklichkeit. Immer wieder gab es Berichte über Delphine, die Schiffbrüchigen das Leben gerettet hatten, sie sogar über Wasser hielten, wenn ihnen die Kräfte schwanden. Chris hatte das Gefühl, das Wasser sei wärmer geworden.

Plötzlich näherte sich ihr ein besonders großer, kräftiger Delphin, der gut und gern zweieinhalb Mete lang war. Er streckte seinen Kopf aus dem Wasser, stieß den Chris schon vertrauten Schwall Delphinisch aus, dann tauchte er ab und schwebte plötzlich genau unter Chris. Er schob sich nach oben, sodass sie auf seinem runden Rücken zu liegen kam. »He!«, rief sie und musste lachen. »Was soll das?« Sie lag etwas seitlich neben seiner dreieckigen Rückenflosse, und ihre Arme und Beine umklammerten ganz instinktiv seinen warmen, glatten Körper. Dann nahm der Delphin Fahrt auf. Er schwamm so dicht an der Oberfläche, dass sie den Kopf bequem über Wasser halten konnte und mühelos Luft bekam. Auch die anderen Delphine beschleunigten, und in schneller

Fahrt glitten sie durchs Meer. Chris war erstaunt, welches Tempo der Delphin mit seiner ja nicht unbeträchtlichen Last auf dem Rücken erreichte.

Dieser Ritt auf dem Delphin versetzte Chris in einen fast tranceartigen Glückszustand. Dann passierte etwas Unglaubliches. Hatten sie bisher vielleicht zwanzig oder fünfundzwanzig Delphine begleitet, so erblickte sie nun vor sich eine riesige Schar – hundert, vielleicht gar zweihundert Tiere. Ganz plötzlich tauchte ihr Reittier unter ihr weg. Sie musste loslassen, um nicht in die Tiefe gezogen zu werden, und rauschte nun allein vorwärts, mitten in das gewaltige Delphin-Ballett hinein.

Sie begann wieder zu schwimmen und fühlte sich von großer Kraft erfüllt. Wie bei ihrem Bad in der Lagune schienen auch jetzt die Delphine Energie auf sie zu übertragen. Da waren nicht nur Große Tümmler und Ozeandelphine, sondern auch Belugas, Weißwale. Mit ihren vorgewölbten Stirnen und den pummeligen Leibern sahen sie aus wie riesige Meeres-Embryos. All die faszinierenden Details aus dem Meeresbiologie-Seminar während ihres Grundstudiums fielen Chris plötzlich wieder ein. Weil die Belugas so vielfältige Laute erklingen ließen, wurden sie von den Seefahrern auch als »Kanarienvögel des Meeres« bezeichnet. Sie galten als hochintelligent, neugierig und verspielt. In den sechziger Jahren des vorigen Jahrhunderts hatte ein solcher Weißwal für Furore gesorgt, weil er, offenbar einem angeborenen Entdeckertrieb folgend, den Rhein hinaufgeschwommen war, an Köln und Bonn vorbei bis nach Rolandseck. Nachdem er sich dort eine Weile umgeschaut und für viel Medienrummel gesorgt hatte, kehrte er wieder in die Nordsee zurück. Schließlich aßen Belugas am liebsten Kabeljau, und den gab es im Rhein nicht. Jetzt fiel Chris auf, dass all die Delphine sich in einem kreisförmigen Muster bewegten. Sie bildeten mit ihren Leibern eine riesige Rosette, einen Wirbel, in dessen Mitte Chris schwamm. Und da bemerkte Chris ein Schiff, das schon nah herangekommen war und beigedreht hatte, um seine Fahrt zu verlangsamen. Dann zogen sich die Delphine weiter zurück. Tief unter sich nahm Chris eine Bewegung wahr. Große Körper schwebten majestätisch unter ihr dahin; mit weit ausschwingenden Brustflossen, die wie Flügel wirkten. Das mussten Buckelwale sein. Vier dieser großen, über zehn Meter langen Geschöpfe sah Chris durchs Wasser gleiten. Es sind also auch Wale gekommen!, dachte sie aufgeregt. Warum nur haben sie sich alle hier versammelt? Obwohl die Wale so dicht unter ihr dahinschwammen, hatte Chris in Gegenwart dieser sanften Riesen keine Angst. Für einen Moment tauchte sie den Kopf unter Wasser und hörte mysteriöse Klänge, die sich von tief vibrierenden Grundtönen immer wieder in große Höhen aufschwangen. Die Buckelwale sangen.

»All diese großen Schatten voraus. Das können nur Wale sein«, sagte der Kapitän. »Ich wüsste nicht, was sonst solche Echos auf dem Radar hervorrufen sollte. Seit Menschengedenken haben sich keine Großwale mehr in diesen Teil des Meeres gewagt. Nach der jahrhundertelangen Jagd auf sie ist das ja auch kein Wunder.« Er schaute durch sein Fernglas und fragte nachdenklich: »Warum kehren sie jetzt zurück?« Der Erste Offizier reichte Jonas ein Fernglas. Tatsächlich sah er mächtige dunkle Rücken aus dem Wasser ragen, und als sie noch näher herankamen, bemerkte er eine große Schar Delphine, die im Kreis schwammen und eine riesige Rosette zu formen schienen.

Das Schnellboot näherte sich rasch, sodass das Schauspiel

jetzt schon mit bloßem Auge zu beobachten war. Inmitten dieser unglaublichen Delphinrosette schwamm ein einzelner Mensch. »Wusste ich's doch!«, rief Jonas erleichtert. »Wo ist sie da nur wieder hineingeraten?«

Die Fernsehkameras surrten um die Wette.

»Schlauchboot klarmachen für Bergungsaktion!«, ordnete der Kapitän an.

»Eine Kamera aufs Schlauchboot!«, kommandierte der Regisseur des Fernsehteams aufgeregt. »Die andere bleibt hier oben auf der Brücke!«

Da war Jonas längst hinunter aufs Deck gerannt, zog sich seitlich an der Reling die Schuhe aus und stürzte sich mit Mister Brown in die Fluten.

Chris sah sie und winkte. »Jonas! Mister Brown! Kommt nur her! Sie tun euch nichts. Sie sind ganz friedlich.« Die Buckelwale sprühten aus ihren Blaslöchern zischende Wasserfontänen in den Himmel. Ihre riesigen, gefurchten Rücken waren tiefschwarz und von Seepocken bedeckt. Sie schwangen ihre mächtige Brustflossen durch die Luft, und einmal blickte das Auge eines solchen Wals Jonas genau ins Gesicht.

Jonas und der Hund schwammen gemeinsam mit den Buckelwalen zu Chris und erreichten sie praktisch gleichzeitig. Sie strahlte. »Ist das nicht irre?«, sagte sie.

»Ach, mein Bärchen! Mit dir erlebt man wirklich immer wieder die verrücktesten Sachen!«

Dann wurde Chris übergangslos ernst, und ihre Augen füllten sich mit Tränen. »Maja und Benni sind tot. Sie sind mit der *Walrus* untergegangen.«

»Das habe ich schon befürchtet. Der Kutter war nicht mehr auf dem Radarschirm zu sehen.

»Mich haben die Delphine gerettet«, berichtete Chris aufgeregt. »Ich glaube, das, was wir hier sehen, ist ein Kommunikationsversuch. Ein Versuch der Wale, der Menschheit eine Botschaft zu übermitteln.«

»Sie sind intelligent!«, antwortete Jonas. »Das habe ich immer schon gewusst. Und sie sind bestimmt noch viel intelligenter als wir! Statt Kriegsschiffe, Atomraketen und Großbanken zu bauen, bringen sie ihre Zeit auf Erden lieber damit zu, Lieder zu singen und sich grandiosen Liebesspielen hinzugeben.«

Plötzlich erhob sich aus dem Meer ein Ehrfurcht gebietender Ton, den man hörte und zugleich spürte. Eine Stimme, die gewaltig war wie die Stimme Gottes.

»Das ist der Ruf eines Blauwals«, sagte Chris andächtig. »Die Stimme des größten Lebewesens auf Erden.«

Jonas sah fünf Geschöpfe genau auf sie zuschwimmen, deren Leiber aus dem Wasser ragten wie Bergrücken. Er staunte über ihre Größe. Ihre Körper wollten gar kein Ende nehmen – über dreißig Meter und hundertsiebzig Tonnen lebendiges, atmendes Fleisch. Jonas fühlte sich winzig wie ein Wasserfloh. Nun wurde es ihm doch ein wenig mulmig. Sie drängten sich dicht im Wasser zusammen. Wieder ertönte die gewaltige Stimme. Wehmütig, klagend. Die Stimme der Meerkönige. Sie traf Jonas bis ins Mark. Doch sie erzeugte keine Angst, sondern eine tiefe Ehrfurcht vor dem Leben.

Zwei der Blauwale tauchten unter dem Schnellboot hinweg und reckten auf der anderen Seite des Schiffes ihre zehn Meter langen Köpfe mit den gewaltig klaffenden Bartenmäulern aus dem Wasser. Nachdem sie ein drittes Mal ihre Stimmen erhoben hatten, die jede Zelle in Jonas' Körper in Schwingung versetzte, tauchten sie ab und verschwanden. Das schien auch für die anderen Waltiere das Aufbruchssignal zu sein, denn alle glitten sie rasch davon – Delphine, Belugas, Buckelwale. Hier und da sah man noch einige Delphine ihre

Bogensprünge vollführen. Dann war alles vorbei. Die See lag ruhig und still.

Jonas warf einen besorgten Blick auf Chris. Jetzt, wo die erstaunliche Energie der Delphine das Wasser nicht mehr erfüllte, schwanden Chris' Kräfte. »Mir ist kalt«, klagte sie.

Jonas stützte sie, und Mister Brown nahm vorsichtshalber Chris' T-Shirt ins Maul, damit sie nicht unterging. Gemeinsam schwammen sie auf das Schlauchboot zu. Helfende Hände streckten sich ihnen entgegen und halfen ihnen aus dem Wasser.

Als Chris wenig später, in eine warme Decke gehüllt und mit einer dampfenden Tasse Tee in der Hand, an Bord des Schnellboots saß, hatte sie schon wieder etwas Farbe im Gesicht. Der Regisseur kam zu ihnen und sagte begeistert: »Wir haben alles gefilmt. Diese Aufnahmen werden um die Welt gehen!«

»Ich glaube, es war ein Hilferuf der Meerestiere!«, sagte Chris. »Eine Bitte, ihre Lebensräume zu schützen und sie nicht mit Militär-Sonar und anderen Ausgeburten einer irregeleiteten Technik zu quälen. Und eine Einladung an die Menschheit, endlich mit ihnen Freundschaft zu schließen und an dem Geist teilzuhaben, der seit Jahrmillionen in ihren riesigen Gehirnen wohnt.«

Der Fernsehmann sagte geschäftig: »Ruhen Sie sich noch einen Moment aus. Dann machen wir ein Interview.«

Als um kurz nach halb eins die erlösende Nachricht aus Holland kam, dass Chris, Jonas und Mister Brown wohlauf waren, brach Susanne erschöpft weinend in Tönsdorfs Armen zusammen. Er fuhr sie nach Hause, und sie schlief den ganzen Nachmittag wie ein Stein. Um kurz nach achtzehn Uhr wachte sie auf und fand zwei Nachrichten auf ihrem Anrufbeantworter.

Die erste stammte von Chris, deren Stimme beruhigend munter und lebendig klang: »Glückwunsch, dass dieser verrückte Fall nun endlich aufgeklärt ist! Draußen in der Nordsee haben sich erstaunliche und faszinierende Dinge getan. Du musst heute Abend unbedingt die Nachrichten angucken. Ich bin nämlich im Fernsehen!«

Die zweite Nachricht war von Antweiler. Er teilte ihr mit, dass er wieder zu Hause sei. Wenn sie also noch Lust auf ein Abendessen habe … Allerdings trage er den rechten Arm in einer Schlinge. Sie müsse ihm also beim Kochen ein wenig zur Hand gehen.

Sie rief ihn gleich an und sagte, sie werde kommen, sobald sie sich die Nachrichten angeschaut habe. Sie duschte und setzte sich anschließend im Bademantel vor den Fernseher. Zuerst wurden das übliche Berliner Polit-Durcheinander und die Krisenherde der Welt abgearbeitet, dann sagte die Moderatorin: »Vor der niederländischen Küste hat sich heute Mittag ein außergewöhnlicher Zwischenfall ereignet.« Filmaufnahmen der spektakulären Ereignisse wurden eingeblendet. Was Susanne da sah, war so unbeschreiblich schön, dass sie es gar nicht fassen konnte. Eine gigantische Delphin- und Walformation, und Chris mittendrin. Danach folgte ein Interview mit Chris. Es war offenbar kurze Zeit später auf dem Schnellboot aufgezeichnet worden. Sie hatte eine Decke um die Schultern gehängt, und ihr Haar war noch nass. Ihre Augen leuchteten, als sie davon sprach, dass die Wale einen Hilferuf ausgesandt hätten. Chris berichtete, welche Gefahren ihnen durch den Menschen drohten, durch seine Supertanker und Gifte und tödlichen militärischen Sonaranlagen. »Seit Jahrmillionen sind die Ozeane ihr Reich. Wir haben ihnen schon so viel Leid zugefügt und sollten endlich ihre Rechte respektieren.« Chris sagte, sie sei fest von der Intelligenz der Waltiere überzeugt. »Sie laden uns ein, mit ihnen in friedlichen Austausch zu treten. Sie mögen uns Menschen, begegnen uns mit Neugierde und Sanftmut, trotz allem, was wir ihnen angetan haben. Und bestimmt können wir eine Menge von ihnen lernen. Wer weiß, vielleicht entdecken wir unser Potenzial als Menschen überhaupt erst, wenn wir bereit sind, mit den Walen und Delphinen Freundschaft zu schließen.«

Plötzlich wurde Chris offenbar bewusst, dass ihr Millionen Menschen zuschauen würden. Sie errötete, senkte verlegen den Blick und stammelte: »Ähm ... tja, das war's wohl, was ich sagen wollte ... Hmpf.« In diesem Moment wirkte sie so schüchtern und rührend, dass Susanne sie am liebsten sofort in den Arm genommen und geknuddelt hätte.

Anschließend folgte ein Bericht über den Untergang der *Walrus* und über das Betrugsmanöver von Gräwert Präzision und SAB-Safeguard mit dem angeblich für Wale unschädlichen Militär-Sonar. Aber darüber wusste Susanne ja bereits bestens Bescheid. Sie schaltete den Fernseher aus und fühlte sich erschöpft, aber glücklich. Sie spürte, dass sie gerade Zeugin von etwas sehr Bedeutungsvollem und Schönem geworden war.

Anschließend zog sie sich an, setzte sich in ihren alten VW Polo und fuhr zu Antweiler. Er empfing sie lächelnd, hatte die, wie er sagte »Schramme« am Arm sichtlich gut weggesteckt. Was nun folgte, war für Susanne wie eine Offenbarung. Kochen hieß für sie im Allgemeinen, schnell irgendetwas zuzubereiten und in Gedanken woanders zu sein, meistens bei dem Fall, an dem sie gerade arbeitete. Antweiler hingegen pflegte Kochen als eine Kunst. Während sie mit ihm frische Kräuter hackte und eine duftende Soße zubereitete, regte sich in ihr eine sehnsuchtsvolle Ahnung, dass es im Leben Dinge gab, denen sie bisher viel zu wenig Zeit und Aufmerksamkeit gewidmet hatte.

Antweilers Penthouse-Wohnung in Köln-Deutz hatte eine wunderschöne Dachterrasse. Dort aßen sie zu Abend, und Susanne genoss den Blick auf die Lichter der Kölner City. Das Glücksempfinden, das der Anblick der Wale in ihr ausgelöst hatte, hielt weiter an, und zum ersten Mal fühlte sie sich in der Stadt, in der sie geboren war, wirklich zu Hause. Sogar der hell erleuchtete Dom, mit dem sie es ja eigentlich nicht so hatte, erschien ihr weniger hässlich als sonst.

Das Essen schmeckte vorzüglich. Beim Dessert seufzte Susanne: »Wenn wir künftig öfter zusammen kochen und essen, werde ich gewichtsmäßig wohl bald Chris Konkurrenz machen.«

Antweiler lächelte. »Warum nicht? Ich finde es schön und sinnlich, wenn man einer Frau ansieht, dass sie zu genießen versteht.«

Er hieß Martin, eigentlich ein schöner Name. Daran, ihn mit dem Vornamen anzureden, musste sie sich noch gewöhnen.

Er schenkte ihr Wein nach und sagte: »Als ich dich vor ein paar Tagen zum Essen einlud, hatte ich vor, dir etwas anderes zu sagen, als das, was ich dir nun sage. Ich war feige. Ich wollte alles so lassen, wie es war, und dir vorschlagen, unseren kollegialen, langweiligen Status Quo beizubehalten. Ich habe mich vor der Veränderung gefürchtet. Alles beim Alten zu belassen ist immer einfacher.«

Susannes Puls beschleunigte sich ein wenig. »Ähnlich habe ich auch gedacht.«

»Als die Ärzte heute Morgen diese Schramme an meinem Arm versorgten, wurde mir klar, wie kostbar jeder Tag ist. Nur ein paar Zentimeter, und die Kugel hätte meinen Kopf oder mein Herz getroffen. Vielleicht kommt es darauf an, das Leben so zu leben, als könnte jeder Tag der letzte sein.«

Susanne sah ihn an. Er war schlank und gebaut wie ein japanischer Kampfkunst-Meister. Es musste schön sein, völlig in der Gegenwart zu leben, alle Zweifel und Enttäuschungen für immer hinter sich zu lassen. Dennoch wäre Susanne am liebsten in die vertraute Einsamkeit ihrer Wohnung geflüchtet.

Sie stand auf, ging zum Geländer der Terrasse und ließ den Blick über die Kölner Skyline schweifen. Sie wusste, dass sie etwas sagen sollte, irgendetwas, aber ihre Lippen waren wie eingefroren. Sie hielt sich am Geländer fest. Martin kam zu ihr, legte den Arm um sie und küsste sie sanft. Diese Berührung siegte über Susannes Angst.

»Es … ist ein schöner Abend«, sagte sie leise und erwiderte den Kuss.

In Holland saßen eine ziemlich rundliche Frau, ein weniger rundlicher Mann und ein großer brauner Hund dicht beieinander auf dem Deich und schauten ins Watt. Die Sonne war längst hinter den Frieseninseln versunken, und über ihnen wölbte sich der Sternenhimmel.

»Möchtest du wirklich heute Abend noch zurückfahren?«, fragte Chris.

»Warum nicht?«, sagte Jonas. »Du weißt doch, dass ich gern nachts fahre. Da ist die Autobahn angenehm leer, und man kann so schön über die Wunder des Lebens und die allerletzten Dinge philosophieren. Morgen mache ich es mir dann zu Hause in der Hängematte gemütlich und komme endlich dazu, in Ruhe *Moby Dick* zu lesen.«

»Fein! Und ich schaue mal nach, was unsere Uhus und Luchse so treiben. Die sind zwar viel kleiner als Blauwale, aber ich finde sie trotzdem sehr faszinierend.«

Und Mister Brown? Ein Hund hat zwar ein kleineres Gehirn als ein Wal oder ein Mensch, doch zweifellos kann er trotzdem Stolz empfinden. Immerhin verdankten es seine beiden Zweibeiner Mister Browns tatkräftigem Einsatz, dass sie wieder einmal ein gefährliches Abenteuer heil überstanden hatten! Sie brauchten eben einen Medizinhund, der gut auf sie Acht gab.

Im ewigen Wechsel von Ebbe und Flut begann das Wasser erneut, langsam die Priele zu füllen. Noch suchten Möwen und Austernfischer auf den feuchten, fruchtbaren Schlickbänken nach Würmern, Schnecken, Muscheln und Krebsen, aber bald schon würde das Meer wieder für einige Stunden das Watt erobern.

Dort draußen lag der größte aller Kontinente, wo Delphine mit den Wellen spielten und gewaltige, aber sanftmütige Riesen ihre uralten Tänze lustvollen Werdens und Vergehens vollführten – der Kontinent der Wale. Dort sangen sie ihre Lieder, und vielleicht würden die Menschen sich eines Tages für die Botschaft öffnen.

Nachwort

Für diesen wie für alle meine Romane gilt der Grundsatz: Handlung und Personen sind frei erfunden. Nicht erfunden habe ich die Unterwasser-Sonare des Militärs, die eine tödliche Gefahr für die Meeressäuger darstellen. Das ist traurige Realität:

Die US-Navy und andere Kriegsmarinen testen seit Jahren extrem leistungsstarke Sonarsysteme zum Aufspüren feindlicher U-Boote. Das auf amerikanischen Schiffen installierte System besteht aus 18 Lautsprechern, die Schallexplosionen mit über 200 Dezibel durch den Ozean jagen. Das entspricht dem Lärm einer startenden Raumfähre. Die Amerikaner wollen dieses System in drei Vierteln der Weltmeere einsetzen. Bei einem Test im März 2000 kam es zur Strandung von 17 getöteten Walen unterschiedlicher Arten auf den Bahamas. Im September 2002 wurden nach einem Nato-Manöver, bei dem diese Sonargeräte eingesetzt wurden, 15 tote Schnabelwale an die Strände von Fuerteventura und Lanzarote gespült. Im März 2003, bei einem Test vor der kanadischen Küste, tötete der infernalische Schall etliche Schweinswale, und 22 Orcas, die in den Wirkungsbereich des Sonars gerieten, entgingen nur knapp einer Strandung.
Wissenschaftliche Untersuchungen haben ergeben, dass bei den durch das Militär-Sonar verendeten Tieren die Hörorgane zerfetzt waren, außerdem wiesen sie tödliche Blutungen

im Gehirn und anderen inneren Organen sowie Risse in den Lungen auf.

Den Leserinnen und Lesern, die sich für die faszinierende Welt der Waltiere interessieren, möchte ich zwei Bücher ans Herz legen, beide im Zweitausendeins Verlag erschienen: *Kontinent der Wale* von Heathcote Williams und *Der Geist in den Wassern*, herausgegeben von Joan McIntyre.

Zum Abschluss möchte ich einigen Menschen sehr herzlich danken, die mir bei der Arbeit an diesem Roman eine große Hilfe waren: meinen Eltern Margot und Wolfgang Görden, Melanie Görden, Stephanette Bonarius, Gerd Kaminksi, meiner Lektorin Andrea Bußemeier, Andrea Müller und dem ganzen engagierten Team des Verlags Droemer Knaur.

Mögen die Wale Euch immer gute Lieder singen!

Thomas Görden
Linz am Rhein, März 2004

Besuchen Sie den Autor im Internet unter:
www.thomasgoerden.de